Poppy J. Anderson ist das Pseudonym einer deutschen Autorin mit amerikanischen Wurzeln. Sie studierte Germanistik und Geschichtswissenschaft und arbeitet zurzeit an ihrer Dissertation. Schon seit ihrer Kindheit liebt sie es, sich Geschichten auszudenken. Ihre Romane über eine fiktive amerikanische Football-Mannschaft, die New York Titans, brachte sie ursprünglich im Selbstverlag als E-Books heraus – mittlerweile hat die Serie eine riesige Fangemeinde.

«Poppy J. Anderson ist derzeit der Star der Branche.» (Focus)

Poppy J. Anderson

Make Love und spiel Football

Roman

Rowohlt Taschenbuch Verlag

Veröffentlicht im Rowohlt Taschenbuch Verlag,
Reinbek bei Hamburg, April 2015
Der Roman erschien zuerst in der CreateSpace
Independent Publishing Platform
Copyright © 2013 by Poppy J. Anderson
Copyright dieser Ausgabe © 2015 by Poppy J. Anderson
Redaktion Gisela Klemt
Umschlaggestaltung Hafen Werbeagentur, Hamburg
Umschlagabbildung Masterfile/Royalty-Free
Satz aus der Documenta ST, InDesign
Gesamtherstellung CPI books GmbH, Leck, Germany
ISBN 978 3 499 26933 2

1. Kapitel

Genervt warf Brian Palmer, Quarterback und Kapitän der *New York Titans*, seine Sporttasche auf den Boden und ließ sich auf einen Stuhl sinken. Er streckte seine langen Beine, die in verwaschenen Jeans steckten, von sich und griff nach seinem Handy, um die Mails zu checken. Seinen Teamkollegen, die genauso wenig begeistert darüber waren, nach ihrem Training, das immerhin den halben Tag in Anspruch genommen hatte, in den Besprechungssaal gebeten worden zu sein, schenkte er keine Aufmerksamkeit. Vielmehr stellte er frustriert fest, dass ihn seine Mom schon wieder angerufen hatte.

Wohl oder übel würde er sie später zurückrufen müssen, auch wenn er eigentlich andere Dinge geplant hatte. Er hatte ein Date mit einer Jungschauspielerin, die ambitioniert an ihrer Karriere arbeitete. Dass sie gleichzeitig ebenso ambitioniert daran arbeitete, sich einen knackigen Hintern anzutrainieren und in Größe 32 zu passen, empfand Brian nicht als Hinderungsgrund – ganz im Gegenteil. Doch bevor er Lori in ein hübsches Restaurant ausführen konnte, musste er bei seiner Mom nachfragen, worum es ging, obwohl er es sich denken konnte. Seit sich sein Stiefvater von seiner Mutter getrennt hatte, war Linda Palmer-Higgins völlig auf sich gestellt und wirkte meistens hilflos. Da sie jedoch in Georgia lebte, konnte Brian von New York aus wenig tun. Wenn er ehrlich war, hatte er außerdem kein Mitleid mit seiner Mom. Sein Stiefvater war ein cholerischer Mistkerl und dafür verantwortlich, dass Brian und Linda lange

Zeit kaum Kontakt zueinander gepflegt hatten. Wenn sich Carl Higgins nicht von seiner Frau getrennt hätte, würde sich Linda nach wie vor nicht für ihren Sohn interessieren und den Teufel tun, ihn anzurufen.

Vielleicht war Brian zynisch, aber er war sich ziemlich sicher, dass seine Mutter opportunistisch handelte und ihren Sohn nur deshalb um sich haben wollte, um nicht allein zu sein. Darauf konnte er gutverzichten.

Seufzend rutschte er auf dem Stuhl etwas tiefer und löschte die unzähligen Werbemails. Hoffentlich dauerte diese ominöse Besprechung nicht allzu lange, denn er hatte keine Lust, den Rest des Tages hier zu versauern, während Lori kein Höschen tragen würde, wie sie ihm beim letzten Mal versprochen hatte.

«Ich habe gerade gehört, wie der Coach mit Archie von der PR gesprochen hat», erklang hinter ihm eine Stimme. Gelangweilt entschied sich Brian, weiter sein Postfach via Handy zu checken und sich nicht umzudrehen.

«Na und?», hallte eine andere Stimme durch den Raum.

«Du bist nur blöd, oder, O'Neill?»

«Schnauze!»

«Jetzt beruhigt euch», mischte sich eine dritte, leicht autoritäre Stimme ein. Desinteressiert blickte Brian über die Schulter. Zwei seiner Teamkameraden standen sich wütend gegenüber, während ein dritter sie auseinanderzuhalten versuchte. Es sah ganz danach aus, als würde sich zwischen den bulligen Muskelbergen eine handfeste Prügelei entwickeln.

Viele Footballspieler wirkten mit ihren massigen, fleischigen Körpern wie aufgepumpte Riesen, denn ihr Job war es, ihre Teamkollegen vor Angriffen der feindlichen Mannschaft zu beschützen. Brian als Quarterback dagegen war zwar groß und ebenfalls muskulös, aber von ihm wurde Wendigkeit und Schnelligkeit gefordert, weshalb seine Statur viel athletischer wirkte als die der stiernackigen Tackles, die sich jetzt gerade angriffslustig gegenüberstanden.

«Du bist ein blöder Penner...»

«Ich stopf dir gleich dein Maul!»

«Verdammt, haltet beide die Klappe!»

Brian zuckte mit der Schulter und blickte wieder auf sein Handy. Football unterschied sich kaum vom Wilden Westen, in dem Männer wegen harmloser Beleidigungen erschossen worden waren. Beim Football wurden sie dagegen lediglich in den Boden gerammt und hatten meistens sogar Freude daran.

Andere Spieler pfiffen enttäuscht, da sich die vermeintliche Prügelei in Luft auflöste. Ein paar Schläge auf den Kopf hätten allerdings so manchem hier gutgetan, dachte Brian. Zwar hatten die *Titans* in der zurückliegenden Saison die NFC-Meisterschaft gewonnen und waren im Super Bowl nur knapp geschlagen worden, aber seit Wochen lief einiges im Verein schief, nachdem der Besitzer George MacLachlan ganz plötzlich einen Schlaganfall erlitten hatte und nun im Koma lag. Bislang war nicht viel über seinen Gesundheitszustand bekannt gegeben worden, doch niemand rechnete damit, dass er wieder genesen würde. Einige Spieler waren verunsichert, da keine neuen Verträge unterschrieben werden konnten, was bedeutete, dass sie nicht wussten, ob sie auch in der kommenden Saison für die *Titans* spielen würden oder sich lieber schnell einen anderen Verein suchen sollten. Glücklicherweise hatte Brian seinen neuen Vierjahresvertrag noch kurz vor MacLachlans Schlaganfall unterschrieben und musste sich keine Gedanken machen. Er spielte gern für die *Titans* und hatte keine Lust, zu einem anderen Verein zu wechseln, auch wenn ständig jemand versuchte, ihn abzuwerben. Was aber nicht hieß, dass ihm die momentane Situation nicht auf den Sack ging.

Niemand im Verein war wirklich handlungsbefugt, denn die

Diskussion um die Nachfolge des Teambesitzers war noch im vollen Gang. Zwar gab es ein Testament, doch dieses war weder veröffentlicht worden, noch war man sich darüber einig, ob es überhaupt angewandt werden konnte, da der Besitzer nicht verstorben war. Bei aller Sorge um George MacLachlan, einen Mann, den Brian zutiefst verehrte und mochte, dachte er momentan auch an sein Team, das in der letzten Saison so erfolgreich gewesen war. Natürlich wollten sie weiter erfolgreich sein, aber ohne eine starke Führung und sichere Rückendeckung würde es ihnen kaum gelingen. Brian gab es nicht gern zu, aber er war angepisst, dass sich der Erfolg seines Teams wegen dämlicher Diskussionen innerhalb einer Clique von reichen, versnobten Erben in Luft auflösen könnte.

«Hey.» Sein Freund und liebster Passempfänger Julian Scott ließ sich auf den Stuhl neben ihm fallen. «Weißt du, warum wir alle hergerufen wurden?»

«Keine Ahnung.» Brian schob das Handy in seine Jeanstasche.

Julian sah nervös auf die Uhr.

«Noch ein heißes Date?», fragte Brian scherzhaft und blickte zu seinem Kumpel, der sich verlegen durch die blonden Haare fuhr.

Er lächelte. «Liv und ich haben heute den ersten Ultraschalltermin.»

«Wie geht es denn meiner Süßen?»

Schnaubend drohte Julian ihm mit der Faust, was natürlich nur Show war, da Brian keine Konkurrenz darstellte.

Brian war froh, dass sein Teamkollege so glücklich war und Vater wurde. Julian und Liv hatten in den letzten Jahren schlimme Dinge durchmachen müssen, waren jetzt aber auf dem besten Weg, eine von diesen perfekten Ehen zu führen, die ein Leben lang hielten. Merkwürdigerweise war sich Brian sogar ziemlich sicher, dass ihre Ehe halten würde, auch wenn er selbst ein zynischer Mistkerl war, was Ehe, Treue und Liebe betraf. Zu oft war er schon Nutznießer von kaputten Ehen gewesen, als dass er sich diesem Chaos aussetzen wollte. Da hielt er sich lieber an kleine, heiße Affären, die vorüber waren, bevor man sich darüber streiten konnte, wer mit dem Abwasch dran war. Im letzten Jahr hatte er eine Beziehung mit Claire geführt, Livs bester Freundin. Nach wenigen Wochen war jedoch die Luft raus gewesen, was beide gleichzeitig gemerkt hatten. Claire träumte insgeheim von Babys und gemeinsamen Sparkonten, doch sie hatte gewusst, dass Brian nicht der Typ dafür war. Dieser Einsicht war es zu verdanken, dass beide sich weiterhin gut verstanden und befreundet waren. Claires neuer Freund schien auf einer Wellenlänge mit ihr zu liegen, denn sie waren bereits zusammengezogen, was Brian ehrlich freute.

«Liv geht es gut. Ihr ist morgens immer ein wenig übel, aber ansonsten geht es ihr fabelhaft.»

«Gib ihr ein Küsschen von mir. Wir sehen uns ja morgen.»

«Mach ich.» Julian grinste und sah wieder auf die Uhr. «Ich warne dich lieber vor. Sie will selbst kochen, anstatt etwas liefern zu lassen.»

Brian konnte sein Erschrecken kaum verbergen. Liv war eine der liebsten Personen, die er kannte, und er wäre für sie durchs Feuer gegangen, aber das änderte nichts an der Tatsache, dass sie einfach nicht kochen konnte. «Warum das denn?»

«Typischer Nestbautrieb während der Schwangerschaft, vermute ich. Sie will sich absolut gesund ernähren und kauft nur noch im Bioladen ein.»

«O Mann. Ich frage lieber nicht, was sie kochen will.»

«Genau, frag lieber nicht.» Julian gluckste.

Brian war nicht nur Julians bester Freund und Livs liebster Gast, sondern hatte bei ihrer Hochzeit vor einigen Monaten sogar den Trauzeugen gespielt. «Es ist ihr Geburtstag, Scott!

Kannst du sie nicht vom Kochen abhalten, indem du was von *Ehrentag* und *Schonung* laberst?

«Was denkst du denn, was ich seit Tagen probiere?» Seufzend schüttelte Julian den Kopf. «Vielleicht spreche ich es später nach dem Termin beim Frauenarzt an. Wir sollten wirklich lieber Pizza bestellen.»

«Gute Idee.»

Wieder blickte Julian auf seine Uhr. «Wie lange dauert das denn noch? Ich will nicht zu spät zum Arzttermin kommen.»

«Werdet ihr den Arzt fragen, was es wird?»

«O Mann, Palmer!» Der Wide Receiver verdrehte die Augen. «Das kann man jetzt überhaupt noch nicht sehen.»

«Schon gut, schon gut.» Feixend hob Brian die Hände.

Der Runningback Blake O'Neill beugte sich von hinten zu ihnen. «Verdammte Scheiße! Eddie meint, er hätte gehört, dass uns gleich unsere neue Teambesitzerin vorgestellt wird!»

«Teambesitzerin?» Julian zog zischend die Luft durch seine Zähne.

«Scheiße», erwiderte auch Brian voll Inbrunst. «MacLachlans Frau ist jetzt unsere Teambesitzerin?» Das Entsetzen war ihm ins Gesicht geschrieben. Er hatte die Ehefrau seines Arbeitgebers nur ein paarmal gesehen, aber jedesmal war sie nervös und kurz vor einem Tränenausbruch gewesen. Als typische High-Society-Dame mit Perlenkette um den Hals und Angorajäckchen kümmerte sie sich um Charity-Projekte und schien sich für Football nicht die Bohne zu interessieren.

«Keine Ahnung...»

«Nein!» Ein weiterer Spieler mischte sich ein. «Nicht seine Frau. Seine Tochter übernimmt seinen Job.»

«MacLachlan hat eine Tochter?» Blakes Augenbrauen schossen in die Höhe. «Habt ihr jemals eine Tochter bei ihm gesehen?»

«Nein.»

«Noch nie.»

«Ich hab gehört, sie soll in Europa leben», ließ der monströse Tackle Dupree Williams verlauten.

«Krasse Scheiße», fluchte Eddie los, «Europäer haben keinen Schimmer von Football!»

«Diese Pussys spielen nur Fußball.» Abfällig schüttelte Blake den Kopf.

Julian kam auf das Naheliegende zu sprechen. «Seine Tochter muss schon älter sein. Schließlich sind die MacLachlans nicht mehr die Jüngsten.»

«Verheiratet soll sie nicht sein.»

Nachdenklich kratzte sich Dupree am Kinn. «Hab im Internet gelesen, dass sie Theodora heißt. Wenn das mal nicht der Name einer alten Tante ist...»

«Theodora!» Brian schnaubte. «Eine unverheiratete, alte Kampflesbe... Freut euch auf unser Sommerpicknick, Jungs. Gebratene Tofuwurst und grüner Tee aus ökologischem Anbau erwarten uns.»

Seine Kameraden stöhnten auf. Im nächsten Moment setzten sie sich ordentlich hin, da ihr Coach hereinkam und mit festem Schritt ans Podium trat. John Brennan, der nur einige Jahre älter als Brian war und vor zehn Jahren selbst als Quartback für die *Titans* gespielt hatte, sah sein Team an.

«Jungs, wir wollen euch nicht lange aufhalten, also wird das hier nur eine kurze Vorstellung. Sicher habt ihr bereits ungeduldig darauf gewartet zu erfahren, wer Mr. MacLachlans Nachfolge antreten wird.» Er fixierte seine Spieler streng. «Um es kurz zu machen, seine Tochter wird den Verein übernehmen.» Wegen des lauten Aufstöhnens wurde seine Miene eisig. «Ich will kein Genörgel und keine chauvinistischen Äußerungen hören, wenn sie euch gleich vorgestellt wird. Miss MacLachlan wird die Pläne und Vorstellungen ihres Vaters sicherlich nicht ändern.»

«Mal ehrlich, Coach» – Brian lehnte immer noch lässig auf seinem Stuhl –, «ich bin kein Chauvi oder Sexist, aber eine Frau als Teambesitzerin?»

«So was will ich schon gar nicht hören, Rabbit», fuhr sein Coach ihn an und verwendete seinen verhassten Spitznamen, «Miss MacLachlan hat mehrere Universitätsabschlüsse und ist durchaus in der Lage, die Arbeit ihres Vaters zu übernehmen.»

Großer Gott, dachte Brian angewidert, ein weiblicher Bücherwurm, der keine Ahnung von Football hatte. Das schienen seine Kollegen ebenfalls zu denken, denn sie verdrehten alle entsetzt die Augen. Der Coach hätte ihnen sicherlich den Kopf gewaschen, wenn es in diesem Moment nicht an der Tür geklopft hätte. Eine Praktikantin führte die neue Besitzerin herein, deren graue Locken und das beigefarbene Kostüm sie streng wirken ließen.

«Sie sieht wie eine Gouvernante aus», flüsterte Blake von hinten. Brian konnte ihm nur zustimmen. Die junge Praktikantin beachtete er nicht weiter, was ein Wunder war, da ihre Kleidung auf Geschmacksverirrung hindeutete, während ihre langen Beine nackt sicher spektakulär sein mussten. Brians Blick schweifte jedoch zu der Frau, die von nun an seine Gehaltsschecks unterschreiben würde.

Die war sehr blass, wirkte nervös und wenig erfreut, in einen Raum gesperrt zu werden, in dem es Testosteron im Überfluss gab. Genau wie bei ihrer Mutter hatte man den Eindruck, als würde sie im nächsten Augenblick in Tränen ausbrechen.

«Danke, Marge.» Der Coach lächelte die beiden Frauen an, woraufhin die neue Teambesitzerin eilig den Raum verließ und die junge Praktikantin stehenließ.

Brian kniff verwirrt die Augen zusammen. Das fing ja gut an!

«Jungs, darf ich euch Miss MacLachlan vorstellen?»

Theodora MacLachlan hob lässig die Hand und schlenderte

zum Podium, wobei dank ihrer Flipflops silbrig glänzende Fußnagelringe zu sehen waren.

Brian war nicht der einzige Footballspieler, dem es die Sprache verschlug.

Ein Teenager würde den Verein leiten!

Dieser Teenager schien zudem ein wilder Feger zu sein, weil Brian ein Bauchnabelpiercing entdeckte, als die Teambesitzerin John Brennan die Arme um den Nacken schlang und das langärmelige Shirt hochrutschte, um den Blick auf einen glitzernden Stein am Bauch freizugeben.

Fassungslos saß eine ganze Mannschaft hartgesottener NFL-Spieler auf ihren Stühlen und beobachtete eine blutjunge Frau mit honigfarbenen Haaren, die einen ordentlichen Schnitt brauchten, dabei, wie sie den Trainer herzte und abknutschte. Nicht nur die unordentliche Frisur passte nicht zum Image einer Frau, die Besitzerin eines millionenschweren Footballteams war. Die Kleine sah aus, als käme sie soeben aus einer Hippiekommune oder von einem Festival. Sie trug zu den Flipflops löchrige Jeans und ein Shirt, auf dem Bob Marley abgedruckt war. Die unzähligen Ketten und Armreifen an ihren Handgelenken klapperten und klimperten, als sie das Gesicht des Coachs umfasste und ihm einen fetten Schmatzer auf die Wange drückte.

«Teddy...» John Brennan wehrte verlegen den Wangenkuss ab und wurde sogar rot.

Teddy?

«Hab dich nicht so, John.» Die rauchige Stimme wollte so gar nicht zu dem jugendlichen Gesicht passen, aus dem bernsteinfarbene Augen glühten. «Wir haben uns schließlich ewig nicht gesehen!»

Wenn die Kleine jetzt auch noch eine Verliebtheit zum Coach entwickelte, würde sich Brian erschießen, gelobte er. Damit wäre die Saison bereits im Arsch.

Auch seine Mitspieler schienen solche Gedanken zu hegen, da sie langsam unruhig wurden.

Teddy MacLachlan ließ sich dadurch jedoch nicht irritieren, sondern hüpfte leichtfüßig zu dem Tisch, der auf dem Podium stand, und setzte sich auf die Tischplatte, während ihre beinahe nackten Füße in der Luft baumelten. Sie war die absolute Lässigkeit in Person und musterte die fassungslosen Spieler mit neugierigen Blicken.

«Hi, mein Name ist Teddy, und ich bin die neue *Titans*-Besitzerin.» Sie schnitt eine Grimasse. «Verdammt, das hört sich ja wie bei den Anonymen Alkoholikern an.» Mit einer lässigen Handbewegung fuhr sie fort: «Noch einmal von vorne. Also, ich bin Theodora MacLachlan, würde mich jedoch freuen, wenn ihr einfach Teddy sagt. Ich bin zu jung, um von euch hofiert zu werden. Es tut mir leid, euch mit meinem Auftritt überfallen zu haben, aber ich wollte nicht versäumen, euch kennenzulernen, und komme gerade erst vom Flughafen. Die Verwaltung hat mir soeben erzählt, dass es in den letzten Wochen Probleme mit einigen Verträgen gab, wofür ich mich bei euch entschuldigen muss. Darum werde ich mich als Erstes kümmern.»

Brian schnitt eine Grimasse. Die Kleine war doch nicht einmal alt genug, um legal Alkohol kaufen zu dürfen, und sprach hier von Verträgen. Er kam sich vor, als säße er in einem Paralleluniversum. Das Hippiemädchen schwafelte weiter von Lizenzen, Vertragsverlängerungen und Gemeinschaftsklauseln, wobei sich Brian fragte, wer ihr das eingetrichtert hatte. Jemand, der Piercings in Augenbraue und Bauchnabel hatte, beinahe barfuß war und ein Shirt mit dem Bild des größten Kiffers des letzten Jahrhunderts trug, war sicher nicht in der Lage, ein Sportimperium wie das der *Titans* zu führen. Da er nicht viel von Höflichkeit hielt, wenn es um seinen Job ging, zeigte sein Gesichtsausdruck genau diese Haltung. Sie schien es bemerkt zu haben, da sie ihre bernsteinfarbenen Augen auf ihn richtete und ihn fragend ansah.

«Mr. Palmer, Sie sehen sehr unglücklich aus. Kann ich Ihnen irgendwie weiterhelfen?»

Im ersten Moment war er irritiert, dass sie überhaupt wusste, wer er war, setzte dann jedoch ein lässiges Lächeln auf. «Ich habe tatsächlich eine Frage, Süße.»

«Palmer!» John Brennan sah ihn aufgebracht an.

«Schon gut, John.» Teddy schien amüsiert zu sein und bedachte Brian mit einem unbeeindruckten Blick. «Mit Dominanzgehabe kenne ich mich aus.»

Ihre Ruhe brachte Brian auf die Palme. Vielleicht fand sie die ganze Situation lustig und sah das Profi-Footballteam als ihren persönlichen Spielplatz an, aber die NFL war eine ernste Angelegenheit – vor allem für die Spieler und die Mitarbeiter, deren Existenzen davon abhingen. Er wollte nicht mit ansehen, wie die reiche Tochter seines früheren Arbeitgebers auf ihrem Selbstfindungstrip alles kaputtmachte, was die *Titans* in letzter Zeit mühsam aufgebaut hatten.

Auffordernd hob sie die Hand. «Bitte, Mr. Palmer. Was kann ich für Sie tun?»

«Schätzchen, Sie könnten einiges tun, doch dann hätte ich bestimmt eine Klage wegen sexueller Belästigung am Arbeitsplatz am Hals.»

Eigentlich hatte er mit einer schockierten Reaktion gerechnet, doch Teddy MacLachlan sah ihn abschätzend an und hob mit einem spöttischen Lächeln die rechte Augenbraue, was ihn fast zur Weißglut brachte.

«Soll ich das als Frage verstehen, Mr. Palmer?»

Sein Gesicht verschloss sich. «Ganz und gar nicht. Meine Frage bezieht sich eher auf Ihre Qualifikation, ein Profi-Footballteam zu leiten.»

Hinter ihm tuschelten seine Kameraden miteinander und schienen erleichtert, dass ihr Kapitän diesen Punkt zur Sprache brachte.

«Wollen Sie wissen, ob ich die nötigen Voraussetzungen mitbringe, in die Fußstapfen meines Vaters zu treten?» Ihre Mundwinkel kräuselten sich amüsiert.

Brians Coach war weniger belustigt und warf ihm solch zornige Blicke zu, dass er jetzt schon die nächste Trainingseinheit fürchtete. «Palmer, ich werfe dich eigenhändig raus, wenn du nicht langsam etwas Respekt zeigst!»

«Respekt muss man sich erst verdienen.»

Seltsamerweise kamen diese Worte nicht von Brian, sondern von Teddy MacLachlan selbst, die verständnisvoll nickte und dann mit der Schulter zuckte. «Es ist kein Problem für mich, wenn jemand seine Bedenken äußert.»

«Für dich vielleicht nicht, Teddy, aber für mich.» John Brennan sah mit durchbohrenden Blicken zu seinen Spielern.

«John» – ihre Stimme klang plötzlich ein wenig autoritär, worüber sich nicht zuletzt der Coach selbst wunderte, der sie fragend ansah –, «Mr. Palmer hat eine völlig legitime Frage gestellt, damit kann ich umgehen. Ich würde sie gern beantworten.»

Der Coach musste dies akzeptieren, sah Brian jedoch weiterhin unfreundlich an.

Die blutjunge Teambesitzerin räusperte sich. «Seien Sie versichert, Mr. Palmer, dass ich sehr wohl fähig bin, die Arbeit meines Vaters fortzusetzen. Ich kenne mich mit der Arbeit des Vereins aus und habe Abschlüsse in Finanzwesen, Betriebswirtschaftslehre und Unternehmensmanagement gemacht.»

Brian verschränkte die Arme vor der Brust. «Das heißt jedoch nicht, dass Sie Ahnung von Football haben, Schätzchen.»

Ihr Gesicht blieb unverändert freundlich, als sie zuckersüß

antwortete: «Nun, ich weiß jedenfalls, dass Ihre Passrate in der vergangenen Saison bei 103,1 lag, obwohl Sie vier Jahre früher auch schon eine Rate von 104,8 geschafft haben. Pro Spiel werfen Sie 283 Yards, und mit 4,6 Sekunden auf 40 Yards sind Sie nur 0,3 Sekunden langsamer als Yamon Figurs, der bislang den Rekord hält. Ach ja, Ihr derzeitiger Körperfettanteil liegt bei 17,2 Prozent, was bedeutet, dass Sie genau 2,3 kg abnehmen sollten.»

Hatte sie ihn eben fett genannt und auf sein Alter angespielt? Brian schwankte zwischen Fassungslosigkeit und Entsetzen, während er diese freche Göre mit dem grauenhaften Haarschnitt ansah, die sich amüsiert auf dem Konferenztisch rekelte und nun seinem Coach etwas zuflüsterte, der daraufhin vergnügt prustete.

«Du solltest den Mund schließen», raunte ihm Julian grinsend ins Ohr.

Brian fand das weniger komisch. Normalerweise war er ein Spaßvogel, aber von seiner neuen Teamchefin vorgeführt zu werden passte ihm überhaupt nicht.

Teddy MacLachlan wandte ihren provozierenden Blick von ihm ab und sah zu den anderen Spielern. «Jungs, ich kann eure Bedenken wirklich verstehen, aber ich versichere euch, dass ich alles tun werde, was dem Team und dem Verein nutzen wird. Meinem Vater haben die *Titans* alles bedeutet, und er wollte stets das Beste für den Verein. Ich bin fest entschlossen, daran anzuknüpfen. Falls ihr Probleme, Fragen oder irgendwelche anderen Anliegen habt, steht meine Tür immer für euch offen.»

Brian hörte nur mit halbem Ohr zu, wie ein Teamkollege eine Frage zu seinem Vertrag stellte, die Teddy MacLachlan mit ernster Miene beantwortete. Dafür beobachtete er sie intensiv und versuchte nicht einmal, seine finsteren Blicke zu kaschieren. Er war verblüfft und verärgert über ihre Dreistigkeit. Verdammt, woher kam dieses Mädchen überhaupt? Er spielte seit zwei Jahren für die *Titans* und hatte sie nie zuvor gesehen – er hatte nicht einmal gewusst, dass sein ehemaliger Chef überhaupt eine Tochter hatte. Sie dagegen schien sehr gut über ihn und alle anderen Spieler informiert zu sein, weil sie jeden Fragesteller mit Namen ansprach. Auf den unzähligen Events der letzten beiden Jahre hätte er sie sicher bemerkt, denn wie konnte man jemanden mit einer solchen Frisur nicht bemerken?

Er fühlte sich benachteiligt. Und das gefiel ihm am allerwenigsten.

«Ich denke, dass wir langsam Schluss machen können.» John Brennan sah Teddy MacLachlan fragend an. «Du wirst dich ja in den nächsten Tagen um die Vertragsverlängerungen kümmern.»

Sie nickte, und als die Spieler auf ihren Stühlen hin und her rutschten, als wollten sie jeden Moment aufspringen, sagte sie: «Eine Sache wäre da noch.»

Frustriert sanken alle zurück.

«Wie ich erfahren habe, beginnt der Mannschaftsurlaub übermorgen, weshalb ich vorher mit euch über etwas reden will.» Sie setzte sich aufrechter hin und legte den Kopf ein wenig schief, während sie sich durch die zerzausten Haarnester auf ihrem Kopf fuhr. «In ein paar Wochen findet der alljährliche Benefizlauf für die Brustkrebshilfe statt, für die die *Titans* immer einen Scheck ausgestellt haben. In diesem Jahr würde ich es gern anders handhaben und brauche eure Unterstützung dafür.»

Als sei Brian wieder einmal das Sprachrohr seiner Kameraden, blickten sie kollektiv zu ihm. Er seufzte auf, weil ihm wirklich nicht der Sinn danach stand, mit der nervtötenden Hippiebraut länger als nötig zu reden. Das Gekicher von Al Rory, dem riesigen Center der *Titans* schräg hinter ihm, unterbrach das Gequatsche der neuen Besitzerin, die ihn verwirrt ansah.

«Stimmt irgendetwas nicht, Mr. Rory?»

«Mach dir nichts draus, Teddy» – der Coach schüttelte genervt den Kopf –, «sobald Al das Wort *Brust* hört, kichert er los.»

Wieder prustete der massive Center hinter seiner Hand los, während seine Teamkameraden die Augen verdrehten. Vor allem in der Umkleidekabine störte das pubertierende Gehabe des Centers ungemein, weil dies der Ort war, an dem mehr nackte Brüste und andere nackte Tatsachen kommentiert wurden als irgendwo sonst. Das Leben eines Footballspielers war genau so, wie man es sich vorstellte. Es bestand aus Sex und noch mehr Sex. Noch bevor das Team ein Hotel betrat, konnte man die Groupies entdecken, die scharf darauf waren, es mit einem Footballspieler zu treiben, und sich nur wenig zurückhaltend verhielten. Der Center dagegen benahm sich wie ein zehnjähriger Chorknabe, der den BH seiner Schwester entdeckt hatte, anstatt wie ein erwachsener Mann, der mehr Frauen die Bluse öffnen konnte als ein Gynäkologe.

«Ach so.» Teddy MacLachlan schaute wieder in die Runde. «Jedenfalls ist meine Idee, dass wir mit dem Team an dem Benefizlauf teilnehmen und den Erlös spenden. Das ist viel persönlicher als ein simpler Scheck. Außerdem signalisieren die *Titans* damit, dass ihnen auch die weiblichen Fans am Herzen liegen.»

Die Spieler erstarrten und blickten sich hilfesuchend an. An einem Benefizlauf zugunsten von Brustkrebspatientinnen teilzunehmen gehörte nicht zum Traum eines Spielers in der NFL. Vielleicht klang es herzlos und unsensibel, aber Football war nun mal kein Ort für politische Korrektheit.

Als niemand etwas sagte, erbarmte sich Brian, schließlich war er nicht umsonst der Kapitän. «Sollen wir vielleicht auch noch rosa Schleifchen tragen?»

«Das wird sich bestimmt machen lassen, Mr. Palmer», erwiderte Teddy und lächelte unverbindlich.

Er runzelte die Stirn. «Wir stellen Ihnen gern einen Scheck

aus, aber wir lassen uns nicht durch den Central Park treiben, weil Sie gute Presse haben wollen!»

«Das hat nichts mit guter Presse zu tun», erwiderte sie ruhig, doch Brian sah, dass ihre Augen wütend blitzten, was ihm ein perverses Gefühl von Genugtuung verschaffte.

«Schätzchen, nur weil wir Footballspieler sind, müssen Sie uns nicht für dumm verkaufen. Sie wollen ein Foto in der *Times* haben, auf dem wir wie Ihre persönliche Leibgarde mit pinken Shirts während des Spendenlaufs zu sehen sind. Aber da machen wir nicht mit.»

Zustimmendes Gemurmel erklang hinter ihm.

Sie seufzte auf. «Warum sind Sie so stur? Es ist für einen guten Zweck.» Interessiert beugte sie sich nach vorn. «Was stört Sie denn am meisten an meinem Vorschlag? Der Zehn-Kilometer-Lauf oder die Aussicht, eine pinke Schleife am T-Shirt zu tragen?»

«Beides», erwiderte er fest.

«Dann sollten Sie sowohl an Ihrer Kondition arbeiten als auch über Ihre Vorurteile bezüglich sexueller Orientierung nachdenken.»

«Hören Sie mal...»

Der Coach räusperte sich amüsiert und unterbrach beide Streithähne. «Der Spendenlauf ist eine gute Idee.»

«Wir wollen uns nicht vorführen lassen.» Brian sah sie abschätzig an.

«Oder Sie haben Angst, sich zu blamieren», gab sie zurück und zuckte mit der Schulter.

«Ich bin Profisportler. Zehn Kilometer sind keine Strecke für mich!»

«Ach!»

«Wenn Sie so versessen auf diesen Spendenlauf sind, können Sie ja selbst dran teilnehmen.» Er verzog ironisch den Mund.

«Palmer», erklang wieder die warnende Stimme seines Coachs, aber Brian hatte genug von dieser ausgeflippten Göre, die hier hereinspazierte und ihnen solche Schnapsideen aufzwang.

«Soll das eine Herausforderung sein, Mr. Palmer?» Sie lächelte heiter.

Er schnaubte. «Was schlagen Sie denn vor? Eine Wette, wer schneller im Ziel ist?» Sein spöttischer Unterton war nicht zu überhören.

«Wenn Sie das wünschen.» Ihr Vorschlag klang so abwegig, dass Brian halb ernst, halb sarkastisch erwiderte: «Warum machen wir nicht einen Halbmarathon draus, Süße, und der Verlierer schuldet dem anderen einen Strip?»

Sie erhob sich vom Tisch, sprang vom Podium und stand plötzlich vor ihm, um ihm die Hand zu reichen. «Abgemacht.»

2. Kapitel

Teddy MacLachlan stand im Flur der herrschaftlichen Wohnung ihrer Eltern und legte zögernd ihr Gepäck auf dem glänzenden Marmorboden ab, während sie sich unsicher umsah. In der eleganten Wohnung in der Upper East Side hatte sich in den letzten Jahren nichts geändert. Noch immer schmückten Kronleuchter die Decken, und antike Kandelaber befanden sich an den Wänden, um die erlesenen Kunstwerke perfekt zu beleuchten. Anstatt des dunklen Caravaggio hing jetzt jedoch rechts von ihr ein bunter Renoir und wirkte viel fröhlicher. Nicht, dass Teddy sich von dieser Fröhlichkeit hätte anstecken lassen können! Die schlimmste Begegnung des heutigen Tages stand ihr noch bevor.

Wie aufs Stichwort trat ihre Mutter aus dem Salon und blieb in der Tür stehen, um sie zu mustern. Teddy sah sofort, dass sie ihr immer noch nicht verziehen hatte, und ließ die Schultern sinken. Die letzten vier Tage waren ein furchtbares Durcheinander gewesen und hatten sie an den Rand eines Nervenzusammenbruchs gebracht, daher hätte sie nichts lieber gehabt, als dass ihre Mutter sie in die Arme schließen würde. Doch ein Blick auf die steife Haltung von Majory MacLachlan reichte aus, um Teddy davon zu überzeugen, dass sich nichts geändert hatte.

«Du bist zurück.»

«Hallo, Mom.» Teddy vergrub die Hände in ihrer Daunenjacke und lächelte zaghaft. Sie hatten sich das letzte Mal vor drei Jahren gesprochen und damals nur Höflichkeiten ausgetauscht – immerhin weil Teddys Dad dabei gewesen war, der ihr im Gegenteil zu seiner Frau niemals krummgenommen hatte, was passiert war. Damals hatten ihre Eltern eine Europareise unternommen und Teddy in Lancaster besucht, wo sie ihr Managementstudium betrieb. Das gemeinsame Abendessen war eine heikle Sache gewesen, weil Majory genauso steif wie jetzt auf ihrem Stuhl gesessen und kaum ein Wort gesprochen hatte. Für Teddy war es eine Tortur, und sie hatte sich ständig eingebildet, dass ihre Mutter sie wie ein FBI-Ermittler musterte. Nur Dad hatte ihr den Abend versüßt, denn sein Stolz und seine Zuneigung waren kaum zu überbieten gewesen. O Gott, sie vermisste ihn so!

Bei dem Gedanken an ihren Dad schnürte sich ihre Kehle zu. Erst vor zwei Monaten hatten sie miteinander telefoniert und eine gemeinsame Reise nach Indien geplant, sobald ihr Projekt in Südamerika beendet wäre. Er hatte so gesund, glücklich und euphorisch geklungen. Wie konnte er nur drei Wochen später einen Schlaganfall haben! Ihr Vater bedeutete ihr alles, und sie ertrug den Gedanken nicht, dass er nach seinem Hirninfarkt nun im Koma lag und nie wieder aufwachen würde. Während dieser vermaledeiten Vorstellungsrunde im Verein hatte sie ständig den Schmerz unterdrücken müssen, ihren Vater verloren zu haben, und hatte sich Mühe gegeben, so fröhlich wie möglich zu erscheinen.

Ihre Tränen hatte sie im Verein zwar zurückhalten können, doch als sie anschließend in die Klinik gefahren war, in der ihr Vater bewegungslos und an zahlreiche Maschinen angeschlossen in einem sterilen Einzelzimmer lag, war sie schluchzend auf einen Stuhl gesunken und hatte seine Hand gehalten. Niemals zuvor war er ihr so alt, schwach und krank vorgekommen wie in diesem Augenblick, und die Erkenntnis, dass er nie wieder mit ihr reden würde, hatte sich schmerzhaft in ihr Herz gebohrt. Sie war in medizinischen Dingen nicht bewandert und hatte die vielen Fachbegriffe, mit denen sein Arzt um sich warf, nicht verstanden, dennoch hatte sie begriffen, dass der Schlaganfall und die fehlende Sauerstoffversorgung sein Gehirn dauerhaft geschädigt hatten.

Der Schock darüber saß ihr noch in allen Gliedern, während sie jetzt ihrer missbilligend dreinschauenden Mutter gegenüberstand.

«Elise hat dein altes Zimmer hergerichtet.» Majory strich den Ärmel ihres schwarzen Kaschmir-Cardigans glatt und richtete anschließend die weiße Perlenkette, die um ihren Hals hing.

Keine Frage nach ihrer Reise oder nach ihrem Befinden kamen über die verkniffenen Lippen ihrer Mutter, dabei sah sie selbst so schrecklich mitgenommen aus, dass man ihr ihre 78 Jahre leicht abnahm.

«Mom, wie geht es dir? Du siehst müde aus.» Besorgt legte Teddy den Kopf schief.

«Mein Mann liegt im Koma – wie soll es mir schon gehen?» Ihre Haltung wurde so steif, dass sie jeden Moment in zwei Teile hätte brechen können. «Weißt du eigentlich, wie furchtbar es ist, wenn sich das einzige Kind nicht die Mühe gemacht hat, sofort nach New York zu kommen?»

Teddy schluckte und spürte, wie ihre Augen feucht wurden. «Das stimmt nicht, Mom. Von Dads Schlaganfall habe ich erst vor vier Tagen erfahren und mich sofort auf den Weg hierher gemacht.»

Der Blick ihrer Mutter wurde nicht weicher.

«Mom, ich war mitten in Bolivien. Ohne Handyempfang, Strom oder Internet.»

«Dein Vater hat alles für dich getan, Teddy.» Ihre Mutter begann zu weinen. «Ich hätte ein bisschen mehr Anteilnahme von dir erwartet.» Sie drehte sich um und verschwand im Salon, dessen Türen sie hinter sich schloss. Mit einem furchtbar schlechten Gewissen und einem Kloß im Hals blieb Teddy im Flur stehen und wischte die ungebetenen Tränen fort. Zitternd griff sie nach ihren Reisetaschen und trottete den langen Flur entlang, in dem es noch genauso roch wie in ihrer Kindheit und Jugend. Es hatte sich wirklich nichts geändert. Auch ihr Zimmer sah noch so aus wie vor zehn Jahren, als sie ausgezogen war.

Sie schaltete das Licht an, warf ihren verschlissenen Rucksack auf das Bett, setzte die Taschen auf dem Boden ab und sank auf die Matratze. Ihre Augen starrten auf die verspielte Spitze am Betthimmel über ihr, während sie die letzten Tage Revue passieren ließ.

Sobald sie die schlimme Nachricht erhalten hatte, hatte sie sich auf den Weg zum Flughafen gemacht. Es dauerte ewig, um aus dem Nationalpark Reserva Rios Blanco Y Negro im Nordosten des Landes nach Trinidad zu kommen. Von dort aus war sie nach Santa Cruz aufgebrochen, hatte fast zehn Stunden in einem alten Reisebus verbracht, bis sie endlich den Flughafen erreichte. Mit Zwischenlandungen in Caracas und Miami sowie ewigen Wartezeiten an verschiedenen Flughäfen war sie 70 Stunden später in New York angekommen und sofort zum Verein gefahren. Sie war wenig versessen darauf gewesen, ihrer Mutter zu begegnen, und hatte sich lieber dem Job gewidmet. Sobald sie in Santa Cruz Internet und Telefondienste zur Verfügung gehabt hatte, war sie von Informationen und Problemen geradezu erschlagen worden, weshalb ihr diese erste Stippvisite sinnvoll erschienen war.

Obwohl Teddy normalerweise große Herausforderungen nicht scheute, fragte sie sich verzagt, wie sie das alles bewältigen sollte. Von klein auf hatte ihr Dad klargemacht, dass er es gern sähe, wenn sie eines Tages bei den *Titans* arbeitete, aber dass er ihr den Verein übertragen würde, hatte sie nicht erwartet. Nicht nach allem, was passiert war.

Teddy brauchte eine Dusche, eine richtige Mahlzeit und eine

gute Portion Schlaf, weil es an alldem gemangelt hatte, während sie unterwegs war. Herr im Himmel, sie trug immer noch die gleiche Kleidung, die sie vor vier Tagen angezogen hatte, und stank vermutlich wie die Hühner, mit denen sie bis nach Trinidad gefahren war! Es gab so viel zu überdenken, zu planen ... Erneut überkam sie der Kummer darüber, dass ihr Vater nie wieder mit ihr reden würde und sie ihm niemals sagen konnte, wie leid ihr doch alles tat. Weinend drehte sie den Kopf zur Seite und schmiegte das Gesicht in die weiche Bettdecke.

Ihr Vater war immer ihr größter Fürsprecher und bester Ratgeber gewesen. Dass er jetzt nicht hier war, um ihr in dieser chaotischen Situation Rückendeckung zu geben und sie zu unterstützen, machte alles nur noch schlimmer. Sie wusste nicht, wie sie ihren neuen Job anpacken sollte, wie sie mit ihrer Mutter klarkommen konnte und wie sie es schaffen sollte, dass das Lebenswerk ihres Vaters nicht den Bach runterging. Brian Palmer war ein arrogantes Großmaul, aber sie musste ihm recht geben. Was verstand sie schon von der Leitung eines NFL-Teams? Vor einem Jahr hatte sie ihren letzten Abschluss gemacht und anschließend einige Praktika absolviert, bevor sie sich der Aufbauhilfe in Bolivien widmete, die ihr Vater mit seiner Stiftung ins Leben gerufen hatte. Für das nächste Jahr hatte sie geplant, in der Finanzabteilung der *Titans* einen Job zu übernehmen und sich langsam mit der Arbeit dort vertraut zu machen. Ihre schönen Pläne waren nun völlig über den Haufen geworfen worden – sie wurde ins kalte Wasser gestoßen und fürchtete zu ertrinken.

Nicht nur die große Verantwortung, die jetzt auf ihr lastete, machte ihr das Herz schwer, sondern auch die Tatsache, dass sie wieder in New York war. In den letzten Jahren hatte sie die meiste Zeit in England gelebt, dort studiert und gearbeitet, wenn sie nicht in den Semesterferien für die Aufbauhilfe der Stiftung unterwegs gewesen war. Bolivien war eine von vielen

Stationen gewesen, die sie dafür besucht hatte. Ihrem Vater war sie dankbar, dass er ihr auch diese Seite der Welt gezeigt hatte. Der Abstand zu Manhattan hatte ihr gutgetan und sie geerdet. Das Leben bestand nicht nur aus Spaß, Glitzer und Party, auch wenn die exklusiven Privatschulen, die Teddy besucht hatte, genau dieses Bild vermittelt hatten.

Als sie wieder aufschaute, fiel ihr Blick auf die alte Kommode an der gegenüberliegenden Wand und auf die gerahmten Fotos darauf. Seufzend erspähte sie das Bild, auf dem sie die Vince Lombardi Trophy umklammerte und vor einer ganzen Mannschaft von kampferprobten, verschwitzten Footballspielern stand, die gerade eben den Super Bowl gewonnen hatten. Ihr Dad befand sich rechts von ihr, strahlte und blickte liebevoll auf seine dreizehnjährige Tochter, die in einem blau karierten Kleid und mit Zöpfen und einem breiten Lachen die schwere Trophäe in die Luft hielt. Der damalige Quarterback John Brennan stand schräg neben ihr und war im Begriff, sie hochzuheben. Unweigerlich musste sie lächeln, denn John hatte sich kaum verändert. Er war immer ihr liebster Spieler gewesen, was wohl auch daran lag, dass er ihr auf dem Gelände der *Titans* mit seinem Auto das Fahren beigebracht hatte, als sie zwölf Jahre alt gewesen war. Kurz nach dem Super-Bowl-Sieg hatte der ganze Schlamassel erst angefangen.

Erschöpft schloss Teddy die Augen und trieb langsam in den Schlaf hinüber. Ihr Leben lang hatte sie mit Footballspielern zu tun gehabt, ihre Hausaufgaben auf der Tribüne gemacht, während das Team trainierte, und sich von gigantischen Noseguards im Mannschaftsbus erklären lassen, wie man Poker spielt. Da war es wirklich kein Wunder, dass die flotten Sprüche eingebildeter Primadonnen an ihr abglitten und sie keine Angst bekam, wenn arrogante Quarterbacks ihr zornige Blicke schenkten.

3. Kapitel

Liv Scott reichte Brian eine Platte mit frischem Gemüse und schenkte ihm ein dankbares Lächeln. «Danke, Brian. Du bist ein Schatz.»

Feixend drückte er ihr einen Kuss auf die Lippen und musste nicht lange warten, bis ein mürrisches «Mrmpf» hinter ihm ertönte. Amüsiert ließ er von der lachenden Liv ab und drehte sich zu seinem Freund um, der mit Gewittermiene in der Tür zur Küche stand.

«Verdammt, Scott! Du unterbrichst uns immer zu den ungünstigsten Zeiten.»

«Kaum drehe ich dir den Rücken zu, knutscht du meine Frau ab», beschwerte sich der blonde Wide Receiver zornig, während Liv glucksend den Dip in kleine Schälchen füllte.

Um seine Besitzrechte klarzustellen, schubste Julian Brian unsanft zur Seite und zog seine Frau mit einem Grummeln an sich, die daraufhin kicherte und die Schultern hochzog, als er ihr Küsse in den Nacken drückte.

«Nehmt euch ein Zimmer ...» Brian verdrehte die Augen. «Das ist ja schon fast widerlich, wie ihr euch ständig befummelt.»

«Nur kein Neid, mein Freund.» Julian grinste diabolisch und tätschelte seiner Frau den Hintern, bevor er ihr die Schälchen abnahm. «Du bist ab morgen im Urlaub und wirst bestimmt eine nette Begleitung finden.»

«Oder auch zwei», brachte Liv es auf den Punkt und trug eine weitere Schale ins Esszimmer, wo sie sie auf den Tisch stellte. Beide Männer folgten ihr und warfen einen Blick auf ihren wohlgeformten Hintern, der in dem engen Kleid besonders gut zur Geltung kam. Julian kommentierte den Blick seines Freundes nicht, sondern stellte die Schälchen zu den anderen Sachen auf den Tisch. Seine Frau hatte es sich doch nicht nehmen lassen, das Essen für ihre Geburtstagsparty selbst zu kochen. Was seine Teamkameraden sagen würden, die natürlich eingeladen waren, wollte er lieber nicht wissen, denn Liv hatte samt und sonders gesunde Gerichte vorbereitet.

«Den Urlaub brauche ich echt dringend.» Brian stibitzte sich eine Karotte und biss herzhaft zu. «Seid ihr sicher, dass ihr nicht nach Cancún mitkommen wollt?»

«Um dir deinen Flirturlaub zu versauen?» Julian schüttelte den Kopf.

«Fahr du schön allein», erwiderte auch Liv und rückte die Speisen zurecht. Die ersten Gäste würden bald eintreffen. Brian war schon länger hier und hatte tatkräftig geholfen. «Julian und ich machen einen kurzen Abstecher nach Vermont und besuchen seine Schwester.»

«Ach ja.» Brian kaute geräuschvoll an seiner Karotte herum. «Das Baby anschauen und so weiter.»

«Genau.»

«Apropos Baby ... wie war denn euer Termin gestern?»

Sein Kumpel grinste stolz. «Alles ist perfekt. In sieben Monaten bekommen wir Nachwuchs.»

Auch Liv lächelte weich und sah ihren Mann mit strahlenden Augen an.

Brian dagegen rechnete nach und seufzte auf. «O Mann, Scott, da habt ihr euch einen perfekten Zeitpunkt ausgesucht, um euren Sprössling zu zeugen. Dir ist schon klar, dass wir dann mitten in der Saison sind?»

«Du hast einen Knall, Rabbit», sagte Liv lachend und verschwand wieder in der Küche, um dort den Kühlschrank zu öffnen.

Brian flüsterte seinem Teamkollegen zu: «Was ist mit der Pizza? Ich komme um vor Hunger und habe keinen Bock auf Spinatlasagne.»

«Was sollte ich denn tun?» Julian warf einen Blick zur Küche und flüsterte zurück: «Sie hatte es sich in den Kopf gesetzt und war nicht davon abzubringen.»

«Himmel.»

Liv kam zurück und reichte beiden ein Bier. «Ihr braucht nicht zu flüstern. Mein Gehör funktioniert einwandfrei, ich bekomme also eh alles mit.»

«Was?» Brian tat schockiert.

Sie lehnte sich an ihren Mann und streichelte gedankenverloren seinen Oberschenkel. Brian musste zugeben, dass sie ein tolles Paar waren. Julian war nicht nur auf dem Footballfeld überzeugend, sondern auch im Privaten ein feiner Kerl. Seine Frau stand ihm in nichts nach und war nicht nur echt heiß, sondern besaß ein kluges Köpfchen und großen Humor. Die beiden gingen sehr vertraut miteinander um, was wohl daran lag, dass sie bereits mit neunzehn ein Paar geworden waren und mit Anfang zwanzig geheiratet hatten. Einige Jahre später waren sie getrennt gewesen und hatten sich erst vor einem Jahr scheiden lassen, um wenige Monate danach wieder zusammenzukommen. Brian hatte erst vor kurzem erfahren, dass der Grund für ihre Trennung der Tod ihres gemeinsamen Sohnes gewesen war. Umso mehr freute es ihn, dass die beiden wieder geheiratet hatten und nun ein Baby erwarteten.

«Falls es euch beruhigt» – Liv verdrehte die Augen –, «beim Pizzaservice liegt bereits die Bestellung für zehn Pizzen. Ich halse mir nicht freiwillig auf, euch Footballspieler satt zu bekommen.»

Mit seiner Bierflasche deutete Brian auf beide. «Du weißt, dass ich dich liebe, nicht wahr, Liv?»

«Hey!», knurrte Julian.

«Ich weiß», erwiderte Liv, schmiegte sich jedoch weiterhin an ihren Mann.

«Wenn es mit euch beiden nicht mehr klappt, hast du ja meine Nummer.»

Das fand sie anscheinend äußerst komisch. «Tut mir leid, aber ich käme mit deiner promiskuitiven Art nicht zurecht, mein Lieber.»

Er runzelte die Stirn. «Ich bin nicht promiskuitiv.»

«Da habe ich aber etwas anderes gehört.» Auch Liv griff nach einer Karotte und biss davon ab.

Brian verschränkte die Arme vor der Brust und sah sie aus hellblauen Augen neugierig an. «Lass mal hören. Hat dein Göttergatte gepetzt, was in der Umkleidekabine erzählt wird?»

«Überhaupt nicht, aber ich kann zählen.» Fröhlich legte sie den Kopf schief. «Laut Klatschkolumne wurdest du das zweite Mal in Folge mit einer Schauspielerin gesehen. In der vorletzten Woche war es irgendein Starlet aus einer Realityshow, das du jedoch nur einmal getroffen hast, und im vergangenen Monat hattest du Dates mit gleich drei Unterwäschemodels von Victoria's Secret. Die vielen Sternchen, mit denen du dich nach Claire getröstet hast, erwähne ich gar nicht.»

Liv übertrieb total, fand Brian. Es waren nur zwei Unterwäschemodels gewesen, und das Starlet hatte nicht mehr als einen Zungenkuss von ihm bekommen, schließlich war auch er wählerisch.

«Da weißt du sogar mehr als ich.» Julian drückte seiner Frau einen Kuss auf die Wange. «Von einem Realityshow-Star wusste ich gar nichts, Palmer. Außerdem dachte ich, dass du die Finger von Unterwäschemodels lassen wolltest.» Er grinste hämisch.

Brian schoss die Röte ins Gesicht. Im letzten Jahr hatte eine Verflossene von ihm, ein brasilianisches Wäschemodel, öffentlich Witze über die Größe seiner Ausstattung gemacht und ihn in furchtbare Verlegenheit gebracht, weil das Thema sogar in Sportsendungen aufgegriffen worden war. Es war normal, dass sich Footballkameraden untereinander aufzogen, das machte ihm nichts aus, aber er erinnerte sich allzu gut daran, dass diese Kleine mit dem üppigen Busen nicht nur an die Öffentlichkeit getreten, sondern auch noch in seinem Bett so laut geworden war, dass sich seine Nachbarn bei ihm beschwert hatten, was ebenfalls ziemlich peinlich gewesen war.

«Lass ihn in Ruhe», schalt Liv, fragte dann jedoch neugierig: «Was läuft zwischen dir und dieser Lori Jackson?»

«Ich weiß nicht, was du meinst.» Lässig trank er einen Schluck.

«Das krieg ich schon noch raus», warnte sie ihn und ging zur Tür, weil es klingelte.

Brian würde ihr nichts sagen, weil es nichts mehr zu sagen gab. Lori war ein hübsches Mädchen, das er dreimal getroffen hatte, und der Sex war auch gut gewesen, aber morgen flog er nach Cancún und hatte damit eine perfekte Ausrede, um sich erst einmal nicht mehr bei ihr zu melden. Ihre kurze Affäre würde auf diese Weise einschlafen und somit niemandem weh tun.

Nach und nach trudelten die Geburtstagsgäste ein und verteilten sich in dem gemütlichen und relativ großen Haus von Liv und Julian. Brian unterhielt sich mit Claire, deren Freund nachkommen wollte, fiel über die Peperonipizza her, flirtete mit einer Nachbarin von Julian und gesellte sich irgendwann zu seinen Teamkollegen, die in der Sitzecke des Wohnzimmers heftig diskutierten.

«Worum geht's, Jungs?»

«Um unsere neue Besitzerin.»

Brian verzog das Gesicht. «Das hier ist eine Party! Müssen wir ausgerechnet darüber sprechen?»

«Worüber müsst ihr sprechen?» Liv trat auch in den Kreis und setzte sich auf die Lehne der Couch.

«Rabbit ist gestern mit unserer neuen Teamchefin aneinandergerasselt.» Der Runningback Blake O'Neill grinste. «Es war herrlich.»

«Julian hat mir davon schon erzählt» – ihr Blick hing fragend am besten Freund ihres Mannes –, «du warst nicht gerade höflich oder?»

«Football hat nichts mit Höflichkeit zu tun», verteidigte er sich.

«Immerhin ist sie eine Frau, mein Lieber.» Liv nippte an ihrer Bio-Limonade. «Willst du mir etwa sagen, dass ausgerechnet *du* nicht in der Lage warst, sie um den kleinen Finger zu wickeln?»

Der monströse Tackle Dupree Williams kicherte. «Er hat es nicht einmal versucht.»

Liv fragte verblüfft: «Wieso denn nicht?»

Brian runzelte finster die Stirn. «Ihr tut gerade so, als würde ich mit jeder Frau flirten, die mir begegnet.»

Auf die eindeutigen Blicke hin schnaubte er. «Jetzt hört aber mal auf!»

«Worüber sprecht ihr?» Julian, der auf der Suche nach seiner Frau gewesen war, blickte neugierig auf seine Kumpels.

«Du auch noch», beschwerte sich Brian.

«Wir fragen ihn nur darüber aus, warum er mit eurer neuen Besitzerin aneinandergeraten ist», klärte Liv ihren Mann auf.

Julian gluckste. «Ich würde es nicht so nennen.»

«Ach nein?»

Amüsiert streichelte er das Ohrläppchen seiner Frau. «Die Kleine hat Brian wie einen Zirkusclown vorgeführt, wenn ihr mich fragt.»

«Es hat dich aber niemand gefragt, Scott!» Brians hellblaue Augen schleuderten ihm Blitze entgegen.

«Erzähl! Das will ich hören.» Claire hatte sich der Truppe ebenfalls angeschlossen und war ganz entzückt über die Aussicht, von Schandtaten ihres Ex zu hören. Er warf ihr einen mürrischen Blick zu. Manchmal ging sie ihm durch ihre provozierende Art richtig auf den Keks. Auch als sie zusammen gewesen waren, hatte sie es nicht lassen können, ihn so lange auszufragen oder nachzubohren, wenn sie etwas wissen wollte, bis er ausgeflippt war. Zwar war sie eine umwerfende Frau mit rotem Haar, einem spektakulären Busen und einem attraktiven Gesicht, aber als gute Freundin war sie ihm viel lieber.

Brian verdrehte seufzend die Augen. «So lustig ist das gar nicht!»

Blake grunzte nur. «Sie hat auf dein Alter angespielt und dich fett genannt.»

Liv verschluckte sich an ihrer Limonade. «Was?»

«Ich gäbe viel dafür, dabei gewesen zu sein», seufzte Claire.

«Hey! So war das überhaupt nicht!»

«Doch, so war das», erwiderte Julian, «du bist knallrot geworden und hättest sie am liebsten erwürgt, während sie sich mit ihrem lässigen Blick über dich lustig gemacht hat.» Er trank einen Schluck. «Außerdem hast du dich von ihr provozieren lassen, falls du es nicht bemerkt hast.»

«Was?»

Julian hob eine dunkelblonde Augenbraue. «Irre ich mich, oder nimmst du jetzt an dem Benefizlauf teil?»

Brian konnte nur noch stottern. «Ja ... nein ... es ... keine Ahnung!»

«Könntet ihr das auch den Normalsterblichen erklären, die nicht dabei waren?», beschwerte sich Claire ungehalten. «Wovon sprecht ihr überhaupt?»

Bevor irgendeiner seiner Kumpels wieder völlig falsche Informationen von sich geben konnte, ergriff Brian das Wort und schnaubte abfällig: «Unsere neue Teamchefin kann nicht älter als neunzehn sein –»

«Sechsundzwanzig», unterbrach ihn Dupree.

«Woher weißt du das?»

«Internet», erwiderte der riesige Tackle mit dem Irokesenschnitt und dem wenig schmeichelhaften T-Shirt, auf dem BAMBI abgedruckt war, was für *Butt And Mega Boob Inspector* stand.

«Moment...» Liv war ziemlich verwirrt. «George ist einundachtzig Jahre alt und seine Frau nicht wesentlich jünger.»

«Respekt», kicherte Blake und wurde von seinem blutjungen Teamkollegen unterbrochen. Dupree erwies sich als wahre Informationsquelle.

«Sie wurde adoptiert.»

«Das erklärt es natürlich.» Liv nickte.

Brian versuchte diese neuen Informationen abzuspeichern. «Und wenn schon! Für den Job ist sie zu jung, zu unerfahren...»

«Und sie hat keine Eier, wolltest du sagen.» Claire sah ihn finster an.

«Blödsinn», verteidigte er sich, auch wenn er so etwas in der Art hatte sagen wollen, doch Liv und Claire hätten es ihm garantiert krummgenommen.

«Football ist halt Männersache.» Blake setzte sich mit seiner Äußerung voll in die Nesseln.

«Ach, da haben Frauen also nichts zu suchen, oder was?» Claire funkelte den strahlenden Runningback an, der nicht bemerkte, dass er neben einer tickenden Zeitbombe saß. Brian hatte einmal miterlebt, wie Claire ausgeflippt war, und war jetzt froh, dass sich ihr Zorn nicht gegen ihn richtete. Blake musste allein klarkommen.

«Genau...»

«Abgesehen von Cheerleadern natürlich! Die haben beim Football was zu suchen, schließlich hüpfen die in kurzen Röckchen durch die Gegend, damit unterentwickelte Primaten wie ihr einen hochkriegt», fuhr sie ihm übers Maul. Blake, der sechzig Kilo mehr wog als Claire, zuckte verängstigt zurück und drückte sich in die Couchlehne. Anscheinend war ihm gerade aufgegangen, dass er einen Fehler gemacht hatte.

Julian versuchte zu vermitteln. «Es geht nicht darum, dass sie eine Frau ist, Claire, sondern darum, dass sie anscheinend gerade erst mit der Universität fertig geworden ist und keine Erfahrung hat.»

«Das hörte sich bei ihm aber ganz anders an.» Claire warf Blake einen schrägen Blick zu.

«Wie auch immer», wandte sich Brian an seine Ex, «um ein Footballteam zu managen, *muss* man etwas von Football verstehen, Schätzchen...»

«Komm mir nicht mit deiner Schätzchen-Nummer!» Claire hatte Haare auf den Zähnen und keine Skrupel, das zu beweisen. «Wer sagt denn, dass eine Frau keine Ahnung von Football haben kann?»

«Hört auf, euch zu zanken.» Liv schüttelte den Kopf und blickte anschließend die Footballspieler an. «Und ihr solltet etwas netter zu eurer neuen Chefin sein.»

Brian schnaubte wie ein Dampfkessel. «Beim Football ist kein Platz für Nettigkeit!»

«Aber sie ist deine Chefin», wies Claire ihn auf das Offensichtliche hin.

«Hör zu», erwiderte er betont ruhig und fuhr sich durch sein schwarzes Haar, «das ist eine ernste Sache. Wenn sie das Geschäft nicht ernst nimmt, könnte der ganze Verein den Bach runtergehen.»

«Warum verdammt ihr sie eigentlich von vornherein? Vielleicht stellt sie sich nicht so schlecht an.»

Julian gab seiner Frau und Claire recht und war damit der einzige Spieler, der diese Meinung teilte. Alle anderen waren überhaupt nicht scharf darauf, Anweisungen von einer sechsundzwanzigjährigen Chefin anzunehmen, die wie ein zerrupftes Huhn ausgesehen hatte.

«Palmer, die Kleine hatte alle Statistiken über dich im Kopf. Ganz so blöd kann sie gar nicht sein.»

Brian starrte seinen Kumpel finster an. «Scott...»

«Was für Statistiken?»

Julian wandte den Kopf zu Claire und erklärte schmunzelnd: «Brian legte sich mit ihr an und sagte rigoros, dass er Zweifel an ihrer Qualifikation habe. Daraufhin rasselte sie ihm freundlich alle Statistiken über ihn herunter, einschließlich der Tatsache, dass sein Körperfettanteil nicht optimal ist.»

«Das muss dich ja schwer getroffen haben.»

«Du brauchst mich gar nicht so nett anzulächeln.» Brian schenkte Claire einen finsteren Blick.

Sie lächelte jedoch weiter und richtete ihre Aufmerksamkeit wieder auf Julian, der vergnügt fortfuhr: «Dass sie das ganze Team für einen Benefizlauf zugunsten von Brustkrebspatientinnen einspannen wollte, stieß natürlich auf wenig Zustimmung. Brian lag ihr damit in den Ohren, dass wir keine rosa Schleifchen tragen würden und nicht ihre persönliche Leibgarde wären...»

«O Brian!» Liv schüttelte den Kopf. «Das arme Mädchen!»

Julian gluckste auf. «Von wegen, armes Mädchen! Sie hat ihn ausgetrickst, Baby. Bevor er sich's versah, stimmte er zu, am Lauf teilzunehmen.»

Blake kicherte. «Das ganze Team freut sich schon auf einen Striptease von ihr!»

«Das verstehe ich nicht.»

Julian legte seiner Frau einen Arm um die Schulter und verkündete heiter: «Brian und Teddy MacLachlan treten gegeneinander an. Der Verlierer schuldet dem Gewinner einen Striptease.»

Bevor Dupree etwas sagen konnte, ergänzte Blake mit einem volltönenden Lachen: «Ich wette, dass sie nach dem Strip nie wieder eine Besprechung einberufen wird! Danach wird es ihr zu peinlich sein, uns in die Augen zu sehen.»

Die anderen Spieler lachten ebenfalls.

«Und wenn du verlierst?»

Das Gelächter verstummte, und alle sahen Claire fassungslos an. «Palmer ist Profisportler», machte Blake ihr klar.

«Na und?»

«Er verdient seine Brötchen mit Sport», schob ein anderer nach, «und er ist verdammt schnell.»

«Aber...»

Brian lehnte sich lässig zurück. «Seit ich laufen kann, spiele ich Football. Vor vier Jahren habe ich den Super Bowl gewonnen und wurde zum *Most Valuable Player* gewählt...»

«Nicht zu vergessen, dass du laut deinem neuen Vertrag pro Jahr 28 Millionen Dollar kassierst.»

Brian sah Dupree scharf an. Er sprach nicht gern über seinen Verdienst, weil er es den anderen gegenüber, die weniger besaßen, unhöflich fand.

Claire zuckte angesichts der Gehaltshöhe zusammen, sagte jedoch nichts.

«Die kleine Hippiebraut wird sich nicht gerade freuen, wenn sie sich vor uns entblättern muss», schloss er seine Ausführungen und nickte zufrieden.

«Wieso denn Hippiebraut?»

Blake antwortete an Brians Stelle: «Wenn du sie gesehen hättest, Liv, würdest du nicht fragen.»

Julian nickte und fügte hinzu: «Es war schon etwas merkwürdig, Respekt vor jemandem zu haben, der Bob Marley auf dem T-Shirt hatte, Flipflops trug und eine gepiercte Augenbraue präsentierte.»

«Und ein Bauchnabelpiercing.»

Als sich alle interessiert zu ihm umdrehten, erklärte Brian offensiv: «Ihr rutschte das Shirt hoch, als sie den Coach umarmte.»

Claire und Liv lächelten sich an. «Die nächste Saison scheint wirklich interessant zu werden.»

Dann erhob sich Liv von der Lehne und tätschelte kichernd Brians dunklen Schopf. «Auf das Picknick in diesem Jahr werden sich bestimmt alle freuen. Mal sehen, was du dir dort wieder leistest.»

4. Kapitel

Teddy rieb sich über die müden Augen und unterdrückte gerade ein Gähnen, als die Tür zu ihrem Büro aufgerissen wurde. Normalerweise war sie nicht schreckhaft, aber ihr entfuhr ein Schrei, als Brian Palmer wie der Teufel selbst in ihr Büro hereingestürmt kam. Hinter ihm erschien ihre erschrockene Sekretärin, die bereits für Teddys Dad gearbeitet hatte. Die arme Ann war bleich geworden und schlüpfte hinter dem vor Zorn bebenden Quarterback vorsichtig ins Zimmer. Unsicher sah sie Teddy an. Offenbar wusste sie nicht, ob sie den Sicherheitsdienst rufen sollte oder nicht.

«Ich fass es nicht!», brüllte Brian Palmer außer sich, kam auf ihren Schreibtisch zu und schlug seine Fäuste wütend auf die edle Holzplatte. Ihr Dad hatte den Tisch fünfzig Jahre lang besessen, aber wenn der rüpelhafte Quarterback so weitermachte, hielte das edle Möbelstück keinen weiteren Tag durch. Der Schlag hatte zudem einen Fotorahmen umstürzen lassen, den sie schnell wieder hinstellte.

«Mr. Palmer...»

«Teddy?», flüsterte Ann und sah den dunkelhaarigen Footballspieler furchtsam an.

«Schon gut, Ann.»

«Soll ich jemanden rufen?» Die Sekretärin schien ihr nicht glauben zu wollen.

«Unsinn.» Teddy versuchte, ihr wild klopfendes Herz zu ignorieren, und schenkte Ann einen beruhigenden Blick. «Ich denke, ich weiß, weshalb Mr. Palmer ein wenig aufgebracht ist.»

«Aufgebracht!» Ihr Gegenüber sah sie aus seinen hellblauen Augen dermaßen wütend an, dass sie beinahe um ihr Leben fürchtete. «Aufgebracht? Ich bin stinkwütend!»

«Ann, es ist alles gut.» Teddy lächelte und winkte ihrer Sekretärin zu, die zweifelnd zum Kapitän der *Titans* sah, jedoch den Raum verließ und die Tür schloss.

«Mr. Palmer...»

«Halten Sie die Klappe!» Er beugte sich drohend über den Schreibtisch und knirschte mit den Zähnen. «Vier Wochen war ich im Urlaub, habe dabei versucht, mich mit der unerfreulichen Situation hier zu arrangieren – und komme wieder, nur um einen Grünschnabel auf dem Feld zu sehen, den Sie als Quarterback engagiert haben!»

Teddy atmete tief durch und lehnte sich zurück. «Warum setzen Sie sich nicht, damit wir darüber –»

«Einen Scheiß werde ich tun!»

Verzagt biss sie sich auf die Lippen. Eigentlich hatte sie damit gerechnet, dass er erst in ein paar Tagen zurück sein würde, und beschlossen, ihn abzufangen und ihm die Sachlage zu erklären, bevor er den einundzwanzigjährigen Quarterback entdecken konnte. Nun sah er alles völlig falsch und schien davon auszugehen, dass er ersetzt werden sollte, was natürlich nicht der Fall war. Nach ihrer letzten und einzigen Begegnung vor vier Wochen hätte sie damit rechnen müssen, dass er die Nachricht in den falschen Hals bekam, denn Brian Palmer schien nicht von der geduldigen oder vernünftigen Sorte zu sein, sondern ging sofort in die Luft, wenn ihm etwas nicht passte. Momentan sah er aus, als würde er ihr am liebsten den Hals umdrehen. Sein braun gebranntes Gesicht war zusätzlich rot angelaufen, die Augenbrauen finster zusammengezogen, während ihm die dunklen Haare in die Stirn fielen, als hätte er sie sich vor Wut unablässig gerauft. Die leicht schräge Nase und die kleine Narbe unterhalb des rechten Mundwinkels vervollständigten das Bild eines aggressiven Footballspielers, der zum Kampf bereit war. Zwar konnte Teddy ihn verstehen, aber Respektlosigkeit durfte sie sich einfach nicht gefallen lassen, sonst konnte sie sofort ihren Koffer packen.

«Mr. Palmer» – auch sie erhob sich und stemmte beide Handflächen auf den Tisch –, «jetzt halten *Sie* mal die Klappe, verstanden? Wenn Sie mit mir über meine Entscheidungen im Draft sprechen wollen, dann nicht in diesem Ton!»

Das schien ihn nicht wirklich zu beeindrucken, da er die Augen zu Schlitzen zusammenzog und fauchte: «Von Anfang an wusste ich, dass es eine verdammt miese Idee war, *Ihnen* die Entscheidungsbefugnis zu geben! Irgendjemand sollte Ihnen mal erklären, wie das Spiel hier läuft!»

«Das Spiel läuft so, wie ich es sage», konterte sie.

Brian Palmer schnaubte auf. «Ich hatte um einen weiteren Cornerback gebeten, um die Defense zu verstärken, aber Sie kommen mit einem Quarterback an! Lady, Sie haben keine Ahnung, was Sie tun!»

Wütend klatschte sie ihm ein Papier vor die Nase.

«Was ist das?»

«Schauen Sie drauf», fuhr sie ihn an und war plötzlich noch wütender als er zuvor. Seit vier Wochen riss sie sich buchstäblich den Arsch auf, schlief nachts nur wenige Stunden und arbeitete wie ein Tier, während sie als Dank von überall gute Ratschläge, fiese Kommentare oder misstrauische Blicke erntete. Sie hatte es so satt! Sie wusste, dass sie bisher gute Arbeit geleistet hatte, aber von ihrem Quarterback angefahren zu werden, der in den letzten vier Wochen entspannt Cocktails an einem Strand getrunken und keine Ahnung vom aktuellen Stand der Dinge hatte, war zu viel des Guten.

Widerstrebend nahm er das Blatt Papier an sich und verzog keine Miene.

Es klopfte. John steckte seinen Kopf zur Tür hinein. «Alles okay bei euch?»

Teddy verdrehte innerlich die Augen. Ann hatte den Trainer zu Hilfe gerufen, dabei wollte sie ihre Schlachten gern allein schlagen.

«Alles okay, John. Dein heißblütiger Quarterback liest gerade den Vertrag, der mit Tom Peacock zustande gekommen ist.»

«Oh.» John betrat den Raum, schloss die Tür hinter sich und setzte sich halb auf ihren Schreibtisch, um seinen Spieler zu beobachten.

Verwirrt blickte der Quarterback zu seinem Coach. «Ich kapiere das nicht!»

John grinste und deutete auf Teddy. «Das sollte dir die Urheberin selbst erklären.»

Widerstrebend blickte Brian Palmer zu ihr. «Also?»

Seufzend begann sie: «Die *Ravens* haben gleich in der ersten Runde des Drafts einen neuen Cornerback gezogen, dieses Supertalent aus Ohio, und Tom Peacock damit vor den Kopf gestoßen.»

«Das Gefühl kenne ich», erwiderte er und schenkte ihr einen mörderischen Blick.

«Rabbit!» Gutmütig forderte sein Coach ihn auf, friedlich zu bleiben.

Teddy schob den rechten Ärmel ihrer rot karierten Bluse hoch. «Tom hat das gar nicht gefallen. Außerdem war er mit der Firmenpolitik der *Ravens* nicht zufrieden, weil sie ihre Offense sträflich vernachlässigen, im Draft nur Spieler für die Defense verpflichtet haben und in der letzten Saison aus genau diesen Gründen am Ende der Tabelle standen. Ein Mann von Toms Format will bei den besten Teams spielen.»

«Warum haben Sie nicht selbst dieses Wunderkind aus Ohio verpflichtet anstatt Peacock, der immerhin schon seit fünf Jahren in der NFL spielt?»

«Eben», erklärte sie, «er hat fünf Jahre Erfahrung und kennt alle Spielzüge der anderen Teams, während das Wunderkind erst drei Jahre Collegefootball gespielt hat. Außerdem durften die *Ravens* als Letzte der vorherigen Saison als erster Verein im Draft wählen, und ich wusste, dass sie den Cornerback nehmen würden.»

Teddy konnte sehen, dass Brian Palmer die Informationen erst langsam verdaute. «Was hat Sie denn so sicher gemacht, dass die *Ravens* nicht Delaney genommen hätten, der jetzt vergnügt auf *meinem* Platz steht und mit *meinem* Team redet?»

Teddy überging den feindlichen Kommentar, legte den Kopf schief und lächelte wissend. «Erstens haben sie Parker Lall zum neuen Trainer ernannt, der bekannt dafür ist, sein Team auf der Defense aufzubauen, zweitens haben sich ihre Scouts auf die Unis eingeschossen, an denen die vielversprechenden Defense-Leute gespielt haben, und drittens sitzt Chris Mansfield bei den *Ravens* im Spielerausschuss, der es nicht zulassen würde, dass seinem geheiligten Quarterback ein blutjunger Neuling vor die Nase gesetzt wird.»

In Palmers Hirn schienen sich die Rädchen zu drehen, denn seine Fassade bröckelte langsam. Sein zuvor wütendes Gesicht entspannte sich und nahm einen leicht mürrischen Ausdruck an. Verlegen zupfte er an seinem *Titans*-Sweatshirt herum und trat auf das andere Bein.

«Teddy stand bereits vor dem Draft mit Tom in Verhandlung, der gestern den Vertrag unterschrieben hat. Morgen geht eine Pressemitteilung heraus. Und nächste Woche steht er schon mit uns im Training.» Der Coach betrachtete Teddy zufrieden.

Sie konnte sehen, dass der Teamkapitän mit sich rang und

sie unsicher ansah. Teddy gab es nicht gern zu, aber sie genoss es regelrecht, wie dieser arrogante Mistkerl sich vor ihr wand. Tom Peacock wurde als einer der besten Spieler der letzten zwanzig Jahre gehandelt, ein gewitzter, schneller und taktischer Cornerback, der die *Titans* bereichern würde. Bislang hatte es niemand geschafft, ihn von Baltimore wegzubekommen, weil er extrem loyal war. Dass sie ihn nach New York geholt hatte, war ein riesiger Coup und tat ihrem Selbstbewusstsein richtig gut.

«Was ist mit Delaney?», fragte der merklich abgekühlte Spieler mürrisch.

«Die *Titans* sind sehr gut besetzt –»

«Genau!»

Teddy funkelte ihn an. «Wenn Sie mit Ihrem zweiten Ersatzmann gesprochen hätten, wüssten Sie vielleicht, dass er sich einen Muskelfaserriss zugezogen hat, während Sie auf Aruba Cocktails mit Schirmchen getrunken haben!»

John prustete vergnügt.

«Cancún.»

«Bitte?»

«Ich war in Cancún», erwiderte Brian und wagte sogar zu grinsen.

Teddy warf die Arme in die Höhe. «Vermutlich fällt er einige Monate aus. Wir können nicht riskieren, dass wir ohne einen zweiten Ersatzmann dastehen, Palmer!»

«Delaney will spielen –»

«Natürlich will er das», unterbrach sie ihn genervt. «Er ist ein arroganter, junger Quarterback und viel zu überzeugt von sich selbst. Kommt Ihnen sicher bekannt vor.»

Wieder gluckste John amüsiert auf. Teddy blickte ihn abfällig an. «Du kannst dir selbst an die Nase fassen, John. Vor zwölf Jahren warst du genauso!»

Ergeben hob der blonde Coach beide Hände.

«Ich lasse mich nicht vom Stammplatz verscheuchen.» Brian Palmer biss die Zähne zusammen. «Das ist mein Ernst, Miss MacLachlan. *Ich* bin der Quarterback!»

«Ja», brüllte sie beinahe, «ich weiß!» Sie schloss kurz die Augen und fuhr merklich ruhiger fort: «Delaney wird bei Ihnen viel lernen, sodass wir ihn im nächsten Jahr an die *Saints* oder *Cardinals* verkaufen können, deren Quarterbacks in den nächsten zwei Saisons in Rente geschickt werden. Wenn er sich in diesem Jahr nicht verletzt, wird er uns sogar noch Geld einbringen.» Sie schüttelte den Kopf. «Glauben Sie im Ernst, wir hätten mit Ihnen erst vor zwei Monaten einen Vertrag über vier Jahre und 112 Millionen Dollar abgeschlossen, um Sie dann auf die Ersatzbank zu setzen?»

John erhob sich mit amüsierter Miene. «Ich bin mal wieder weg.»

«Ach, Coach.» Teddy sah ihn mit einem ironischen Blick an.

«Ja, Chefin?»

«Du musst nicht zu meiner Rettung eilen, weil Ann übertreibt. Ich werde allein mit wütenden Spielern fertig.»

Brian sah auf und errötete.

«Eigentlich...» John Brennan kratzte sich am Hals. «Nun, ich wollte nur sichergehen, dass mein 112 Millionen teurer Quarterback nicht auf einer Bahre aus deinem Büro getragen wird, Kurze.»

«Haha.»

John verschwand und ließ die beiden allein.

«Äh...»

«Sie müssen sich nicht entschuldigen.» Erschöpft ließ sich Teddy auf ihren Schreibtischsessel zurückfallen und massierte gedankenverloren ihre Stirn. Sie war erst seit vier Wochen hier und hatte die meiste Zeit davon in diesem Büro verbracht, das früher einmal ihrem Dad gehört hatte. Nichts hatte sie bislang verändert, sodass sie immer an ihn erinnert wurde und wusste, warum sie mit aufbrausenden Testosteronbolzen Umgang pflegte und sich von ihnen anschreien ließ. Der Anblick ihres leblosen Vaters, den sie mehrmals in der Woche besuchte, erinnerte sie zusätzlich daran, warum sie wie ein Tier schuftete und es nicht erlauben würde, dass sein Lebenswerk zerstört wurde.

Die letzten beiden Wochen waren ganz besonders nervenaufreibend gewesen, weil der Draft stattgefunden, sie sich dreimal mit Tom Peacock in Baltimore getroffen und sich ständig genötigt gefühlt hatte, sich vor den meisten Abteilungschefs zu rechtfertigen. Von der anstrengenden Einarbeitung und der klirrenden Eiszeit daheim wollte sie gar nicht reden. Eigentlich wäre eine eigene Wohnung optimal gewesen, aber sie hatte einfach keine Zeit, darüber nachzudenken.

«Nein, ich wollte mich nicht entschuldigen.»

«Oh ...» Teddy blickte auf. Sie hatte den hochgeschossenen Quarterback beinahe vergessen, der vor ihrem Schreibtisch stand und ihr ein leicht überhebliches Lächeln schenkte, bei dem sich ihre Nackenhaare aufstellten.

«Wegen dieser Wette, Miss MacLachlan ... Sie müssen sich keine Sorgen machen. Die Jungs und ich haben sie nicht ernst genommen.»

Sie hatte Tom Peacock unter Vertrag genommen. *Tom Peacock!* Doch kein Wort der Begeisterung oder des Lobs kam über die Lippen dieses arroganten Mistkerls, der ihr stattdessen ein charmantes Lächeln schenkte und sie wie ein naives Dummchen behandelte. Langsam reichte es ihr, also öffnete sie die unterste Schublade ihres Schreibtisches und warf ihm eine Tüte zu, die er mit einer Hand fing.

Irritiert griff er hinein und holte schließlich ein T-Shirt heraus, auf das eine fette *rosa* Schleife gedruckt war.

«Deal bleibt Deal, Palmer. Sagen Sie dem Team, dass die restlichen T-Shirts übermorgen verteilt werden.»

5. Kapitel

Wenig begeistert über die anstehende Yoga-Stunde schlichen die Spieler durch den Gang im Trainingskomplex der *Titans* zum großen Raum am rechten Ende der Etage, in dem sie Physiotherapie und bei schlechtem Wetter eben auch Yoga machten. Seit einem Jahr stand diese Trainingseinheit auf ihrem Plan, auch wenn sie sich mit Händen und Füßen dagegen gewehrt hatten. Erstens war Yoga in ihren Augen Frauensache, und zweitens hatte es der Footballgott nicht gut mit ihnen gemeint, als er ihnen einen schwulen Yogalehrer namens Abby zuwies.

Abby trug ständig hautenge und ultrakurze Sportkleidung, unter der sich einfach *alles* abmalte. Selbst den hartgesottensten, heterosexuellsten Mann hätte es irritiert, wenn ein ehemaliger Musicaldarsteller aus *Cats* in pinken Hot Pants und bauchfreiem Top seine verschiedenen Körperpositionen korrigierte. Bei solchen Gelegenheiten brach Brian meistens der Schweiß aus. Er verstand nicht, wer in der Verwaltung oder im Trainerstab sich diesen makabren Scherz hatte ausdenken können, denn neben Yoga trainierte Abby auch Aerobic mit ihnen, was bedeutete, dass das Team wie dressierte Gorillas Choreographien zu Popversionen von Barbra-Streisand-Songs tanzen musste. Von dem schnellen Remix zu *Woman in Love* hatte er tagelang einen Ohrwurm gehabt.

Blake, der vor ihm herlief, blieb plötzlich stehen und schnüffelte irritiert in die Luft. «Riecht ihr das auch?»

«Was denn?» Dupree steckte ebenfalls seine Nase hoch und schnupperte. «Was ist das?»

Ein dezent süßlicher Geruch schwebte durch den Flur, er schien geradewegs aus ihrem Trainingsraum zu kommen.

«Das ist doch Gras!» Blake trat näher an die geschlossene Tür. «Meint ihr, Abby sitzt dadrin und kifft?»

«Echt?» Eddie stieß mit seiner Nase beinahe an den Rahmen.

«Das ist kein Gras.» Julian schüttelte den Kopf.

«Woher willst du das wissen?» Blake hatte sich auf alle viere niedergelassen, reckte den Hintern empor und roch an der Türritze. Brian zuckte innerlich zusammen. Diese Peinlichkeit da auf dem Boden war nicht nur sein Teamkollege, sondern auch sein Kumpel.

«Ich war auf dem College» – Julian verdrehte die Augen –, «da ist mehr Gras konsumiert worden, als dass Bücher gelesen wurden.»

«Haha.» Blake drehte den Kopf in seine Richtung und wäre beinahe umgefallen, als plötzlich die Tür geöffnet wurde.

Teddy MacLachlan stand vor ihnen und zeigte beim Lächeln zwei Grübchen in ihren Wangen. «Wunderbar! Dann können wir ja anfangen.»

Anfangen?

Während sich Blake verschämt aufrappelte, musterte Brian sie mit schmalen Augen. Das Hippiemädchen hatte hoffentlich nicht vor, an der Yogastunde teilzunehmen! Es war schon peinlich genug, als Footballspieler Yoga machen zu müssen, sich dabei aber von seiner Teamchefin beobachten zu lassen, die heute aussah, als würde sie in einem Tantra-Shop Gewürze verkaufen, war mehr als alles Erträgliche. Er blieb kritisch stehen, während seine Teamkollegen zögernd den Raum betraten, und fixierte ihr freundliches Gesicht.

«Was haben Sie vor? Wollen Sie etwa mitmachen?» Er rümpfte die Nase. «Was ist das außerdem für ein widerlicher Geruch?»

«Räucherstäbchen.» Lächelnd legte sie den Kopf zur Seite. Ihr helles Haar, das meistens einem unordentlichen Nest glich, wurde heute von einem hellblauen Tuch verborgen, das lässig um ihren Kopf geschlungen war. Außer dem Augenbrauenring und Fußkettchen trug sie keinen Schmuck. Innerlich schüttelte Brian den Kopf über ihre Aufmachung. Konnte sie sich nicht wie eine normale Frau kleiden? Auf ihrem T-Shirt prangte ein ans Kreuz geschlagener schwarzer Jesus, ihre bunt gemusterte Trainingshose war mindestens drei Nummern zu groß, und ihre Fußnägel waren pechschwarz lackiert. Auf ihrem Gesicht entdeckte er nicht die kleinste Spur von Make-up, sie hatte eine leicht gebräunte Haut, kleine Sommersprossen auf der Nase und ungeschminkte bernsteinfarbene Augen, die ihn aufforderten, endlich den Raum zu betreten. Doch er dachte überhaupt nicht daran, irgendetwas zu tun, bevor sie ihm seine Frage beantwortet hatte.

«Das ist die Yogastunde des Teams. Da haben Sie nichts zu suchen.»

«Falsch, heute fällt Yoga aus. Abby war so freundlich, mir die Stunde zu überlassen.» Teddy sah ihn mit hochgezogener Augenbraue an. «Und bevor Sie herumlamentieren, John weiß ebenfalls Bescheid.»

Er brauste auf: «Sie haben sich nicht in unseren Trainingsplan einzumischen!»

«Das tue ich auch nicht.» Teddy umfasste die Klinke der Tür. «Seit dieser Woche ist das neue Team vollzählig. Wir machen nur ein paar Übungen, um die Teambildung voranzutreiben und die neuen Spieler zu integrieren.»

«Teambildung?», explodierte er und stemmte beide Hände in

die Hüften, «dafür sind Sie nicht zuständig! Ich bin der Kapitän und kümmere mich um die Teambildung!»

«Welche Methoden wenden Sie an? Ich dachte an vertrauensbildende Übungen wie ...»

Brian schnaubte auf. «Lassen Sie mich mit diesem Hippiehumbug in Ruhe! Wir gehen zusammen in einen Stripteaseschuppen, saufen und spielen Poker. Das nenne ich Teambildung.»

«Das hat nichts mit Teambildung oder Vertrauen zu tun», widersprach sie aufgebracht.

Er schenkte ihr ein freches Grinsen. «Schätzchen, nichts kann Männer mehr aneinander binden, als wenn sie sich gegenseitig bei ihren Frauen decken und verschweigen, dass ihre Göttergatten einen heißen Lapdance genossen haben.»

Ihr Gesicht verschloss sich. «Sehr erwachsen, Mr. Palmer.»

«Tut mir leid, Süße, aber wir sind Footballspieler und keine weichgespülten Kuscheltypen, die mit Ihnen ihr inneres Chakra suchen.» Er machte eine abfällige Handbewegung.

«Ganz ehrlich, Mr. Palmer, das würde Ihnen sicher guttun.»

Er blieb stur. «Keine Übung zur Teambildung, Miss MacLachlan.»

Auch ihr Gesicht nahm nun einen entschlossenen Ausdruck an. «Sie haben die Wahl: Entweder machen wir jetzt eine Stunde, oder ich buche für das gesamte Team einen Wochenendkurs in einem makrobiotischen Zentrum mit Meditation und Hypnosesitzungen.»

«Das können Sie nicht tun!» Brian knirschte mit den Zähnen und verbarg sein Entsetzen. *Makrobiotisch* hieß doch fleischlos, oder?

«Kann ich nicht?» Nachdenklich hielt sie ihren Zeigefinger an die Lippen und verkündete gespielt überrascht: «Ach! Ich denke schon, dass ich das kann. Und wissen Sie, warum? Weil ich der Boss bin.» Fröhlich ließ sie ihm den Vortritt.

Brian schlurfte wütend in den Raum, in dem die Männer dicht beieinanderstanden und sich unsicher ansahen. Nicht nur der Duft von Räucherstäbchen hing in der Luft, sondern auch der pure Angstschweiß seiner Spieler.

Teddy MacLachlan stellte sich vorn auf eine Matte und verkündete diesmal für alle: «Abby war so lieb, mir seine heutige Stunde zu überlassen, und ich würde gern mit euch ein paar Übungen machen, damit sich jeder im Team wohl fühlen kann.» Sie schenkte dem griesgrämig aussehenden Kapitän ein strahlendes Lächeln. «Mr. Palmer ist ebenso wie ich der Auffassung, dass Vertrauen innerhalb eines Teams besonders wichtig ist, deshalb wird er freundlicherweise die Übungen vormachen.»

Alle Gesichter drehten sich nervös zu ihm um.

Brian funkelte Teddy MacLachlan an, ging jedoch nach vorn und stellte sich neben ihre Matte. Als Kapitän musste man sich halt manchmal opfern.

«Zuerst machen wir ein paar Lockerungsübungen.» Teddy seufzte wohlig und deutete auf die Yogamatten. «Pro Matte bitte zwei Spieler. Wir setzen uns im Schneidersitz gegenüber.»

Zuerst gab es ein riesiges Chaos, als sich die massigen Footballspieler zu zweit auf die Matten niederließen, aber irgendwann saßen alle und schauten abwartend nach vorn.

Zufrieden nickte Teddy und schaltete mit der Fernbedienung die Stereoanlage an. Das Geräusch von Meeresrauschen erklang. Sie setzte sich auf die Matte und sah Brian abwartend an. Sein Blick sagte deutlich, was er von der ganzen Aktion hielt, aber wohl oder übel fügte er sich und hockte sich ihr gegenüber im Schneidersitz hin.

«Sehr gut. Zuerst tun wir nichts anderes, als uns locker und entspannt gegenüberzusitzen und zu atmen.» Ihre Stimme war nervtötend sanft und ruhig. «Wir atmen ein, hören auf die Geräusche und atmen aus.» Sie seufzte leise. «Dann schließen wir die Augen und atmen wieder tief ein.»

Um ihr verzücktes Gesicht nicht sehen zu müssen, schloss Brian ebenfalls die Augen. Was für ein Unsinn! Da war ja sogar Yoga sinnvoller, dachte er genervt.

«Wir holen Luft und lassen sie tief in unsere Lungen eindringen.» Teddy klang völlig entspannt und atmete tief ein und aus. «Unsere Atmung geht ruhig und gleichmäßig. Wir konzentrieren uns auf das Atmen und hören dem Meer zu.»

Bis auf das gelegentliche Luftholen und Schnaufen der einzelnen Spieler sowie das Meeresrauschen aus der Stereoanlage war es totenstill im Raum. Brian vermutete, dass sein Team vor Schreck erstarrt war.

«Sehr gut. Wir stellen uns vor, dass wir am Meer sitzen … wir sind entspannt … wir bewegen uns mit dem Wind … sehr schön.»

Plötzlich griff sie nach seinen Händen und hielt sie locker umfasst. «Jetzt nehmen wir die Hände unseres Partners und halten sie fest … ganz locker und sanft … als würden wir ein kleines Tier halten.»

Brian spannte sich automatisch an. Was sollte dieses Händchenhalten? Wollte sie das Team etwa schwul machen?

Teddy betrachtete die gerunzelte Stirn des Quarterbacks und musste den Drang niederkämpfen, ihm eins auf die schiefe Nase zu geben. Dieser arrogante Idiot war eine echte Plage. Er warf ihr vor, sich in seine Angelegenheiten einzumischen, dabei untergrub er ständig ihren Respekt und stellte vor dem versammelten Team ihre Autorität in Frage. Ob es der Spendenlauf, ihre Einkaufspolitik oder völlig harmlose Übungen waren, er sabotierte von Anfang an ihre Vorstellungen und machte ihr so das Leben schwer.

«Jetzt ziehen wir uns locker von einer Seite auf die andere – federleicht und ohne viel Kraft.»

Natürlich kugelten sich die Footballspieler gegenseitig beinahe die Schultern aus, aber nach mehrmaliger geduldiger Erklärung klappte es langsam. Keiner der Spieler sah sehr begeistert aus, aber sie machten – wenn auch widerstrebend – mit und ließen sich gegenseitig nach vorn ziehen, bevor sie sich langsam wieder zurücklehnten.

Nach weiteren Übungen, in denen sie Rücken an Rücken saßen und zusammen atmen mussten, probierte Teddy das Fallenlassen-Spiel aus. Sie ordnete vier Kreise aus Spielern an, und abwechselnd musste sich jeder Spieler einmal in die Mitte stellen und sich sanft fallen lassen. Die anderen im Kreis hatten die Aufgabe, ihn aufzufangen. Beim ersten Kreis funktionierte es einwandfrei, und die gigantischen Tackles kicherten wie verrückt. Zufrieden ging Teddy zum nächsten Kreis. Dort wirkte der Center Al Rory ein wenig gehemmt und wagte nicht, sich fallen zu lassen.

«Soll ich es Ihnen vormachen, Mr. Rory?» Sie drängte sich in den Kreis hinein und erntete einen missbilligenden Blick vom Quarterback, den sie jedoch geflissentlich ignorierte.

«Als Erstes muss der Kreis ein wenig dichter zusammenrücken. Und dann stellen Sie sich einfach vor, betrunken zu sein und zu schwanken. Keine Sorge, Ihre Teamkollegen fangen Sie auf.» Sie ließ sich vorsichtig nach vorn fallen, worauf Blake O'Neill abrupt nach ihrer Schulter fasste und sie hektisch zurückschubste. Jetzt schwankte sie tatsächlich und wurde rücklings von einer harten Wand gestoppt, die sich als die Brust von Eddie Goldberg herausstellte. Er hatte das Spiel wohl nicht verstanden und schubste sie zurück zu seinem Kumpel Blake, der sie wiederrum panisch in Richtung Eddie stieß. Wie eine Glocke schwankte sie zwischen beiden hin und her und stieß einen erschrockenen Laut aus.

«Lass das, Eddie!» Blake schüttelte entsetzt den Kopf, als sie wieder auf ihn zufiel. Teddy konnte nicht einmal einen Ausfallschritt machen und sich eigenständig hinstellen, weil sie so eng beieinanderstanden.

«Du hast angefangen», warf ihm sein Teamkollege vor und stieß sie wieder in seine Richtung.

«Helft mir doch! Ich will ihr nicht an die Brust packen!» Blake sah sich nervös um, während Teddy automatisch die Hände vor ihre Brüste hielt.

Al quiekte kichernd auf, er hörte sich an wie ein Meerschweinchen.

«Dann hättest du sie nicht in meine Richtung schubsen dürfen», beschwerte sich Eddie wütend.

«Idiot!», brüllte Blake zurück. «Du hast nichts kapiert.»

«Meine Herren...» Teddy versuchte, auf sich aufmerksam zu machen, und stieß dann einen entsetzten Schrei aus, als sie grob zur Seite gerissen wurde. Eddie Goldberg stürzte sich auf den geringfügig kleineren Blake O'Neill. Prügelnd gingen sie zu Boden.

Sie versuchte, sich durch die grölenden Muskelberge zu kämpfen, die sich nun um das Paar am Boden versammelten und es lachend anspornten.

Plötzlich tauchte ein Paar hellblauer Augen vor ihr auf. Brian Palmer schüttelte ernst den Kopf. «Bei allem Respekt, aber in einem Stripteaseschuppen wäre das nicht passiert.»

«Tun Sie doch was!» Sie deutete hektisch auf die prügelnden Männer.

«Ach, das regelt sich schon von allein.» Er beachtete die beiden nicht, sondern grinste plötzlich breit. «Ich hoffe, das war

Ihnen eine Lehre. Stellen Sie sich bloß vor, was passiert wäre, wenn Sie dem Team makrobiotische Kost vorgesetzt hätten.» Er lachte schallend und wischte sich eine imaginäre Träne aus dem Augenwinkel.

6. Kapitel

Ihre Mutter war eine Frühaufsteherin. Das war sie schon gewesen, als Teddy noch ein kleines Kind war. An den Wochenenden hatte sie nie wie ihre Schulkollegen ausschlafen können, sondern war pünktlich geweckt worden. Die Auswirkungen spürte sie noch heute, weil sie spätestens um halb sieben wach wurde und aufstand. Bisher hatte sie ihre Mutter jedoch niemals am Frühstückstisch angetroffen und sah sie überhaupt nur selten. Das lag daran, dass Teddy früh am Morgen zur Arbeit fuhr und abends erst spät nach Hause kam, weil sie nach der Arbeit im Verein oft in die Klinik fuhr, um nach ihrem Dad zu sehen. Sich aus dem Weg zu gehen gelang unter diesen Voraussetzungen natürlich exzellent.

Heute Morgen saß Majory MacLachlan jedoch am großen Küchentisch, las in der Zeitung und nippte an ihrem Kaffee. Für ihr Alter hielt sie sich erstaunlich gerade, war schlank, äußerst gepflegt und wirkte wesentlich jünger, was vermutlich an ihrer glatten Gesichtshaut lag, die keine tiefen Falten aufwies. Nur die schwarze Kleidung, die obligatorische Perlenkette und das graue Haar zeugten von ihrem tatsächlichen Alter.

Sehnsüchtig dachte Teddy an ihre Kindheit. Sie war mit dem Wissen aufgewachsen, als Säugling adoptiert worden zu sein, aber das hatte sie niemals gestört oder beeinträchtigt. Ihre Eltern hätten sie nicht liebevoller und besser behandeln können, wäre sie ihr leibliches Kind gewesen. Mit Mitte fünfzig waren George und Majory MacLachlan sehr alte Eltern gewesen, die sich rührend um Teddy kümmerten und ihr viel zugestanden. Sie musste nicht ins Sommerlager fahren, wenn sie nicht wollte, sondern durfte mit ihrem Dad das Trainingslager seines Footballteams besuchen, schwänzte auch schon einmal die Schule, um zusammen mit den *Titans* zu einem Auswärtsspiel zu fahren, und brauchte nicht in den Ballettunterricht zu gehen, wenn sie stattdessen ihre Schulfreunde mit in den Verein nehmen und ihnen die Spieler vorstellen konnte. Teddy hatte es ihren Eltern damit vergolten, dass sie sie aus tiefstem Herzen liebte, ein fröhliches Kind und eine strebsame Schülerin war und sich immer tadellos benahm. Innerlich schnitt sie eine Grimasse.

Nach allem aber, was dann passiert war, konnte sie ihrer Mutter nicht einmal verübeln, dass sie sich von ihr abgewandt hatte, doch sie wünschte sich nichts mehr, als dass ihre Mom einen Schritt auf sie zugehen würde.

Zögernd betrat Teddy die Küche und schenkte ihrer Mutter ein zaghaftes Lächeln. «Guten Morgen.»

Majory nickte nur und vertiefte sich wieder in die Zeitung, während ihre Tochter mit einem unbehaglichen Gefühl eine Tasse nahm und sich Kaffee einschenkte. Für ein großes Frühstück reichte die Zeit nicht, weil sie heute länger im Bad gebraucht hatte als sonst und gleich zum Verein fahren musste. Es stand heute sehr viel auf der Tagesordnung, und die für Mittag angesetzte Pressekonferenz lag ihr schwer im Magen. Noch immer grübelte sie darüber nach, ob sie sie nicht einfach schwänzen sollte.

«Du bist sehr spät nach Hause gekommen.»

Überrascht blickte Teddy zum Tisch. Hatte ihre Mom tatsächlich mit ihr gesprochen?

«Äh ... ja, erst gegen halb zwei.»

Majory nickte und kniff die Lippen zusammen, bevor sie die

Zeitung faltete. «Ich hoffe, du hast dir nichts zuschulden kommen lassen.»

«Mom...» Resigniert ließ sie die Hände sinken. «Das ist zehn Jahre her. Ich bin nicht mehr so.»

Ihre Mutter warf ihr einen kühlen Blick zu. «Das hoffe ich für dich.» Sie stand auf und verließ die Küche.

Teddy lief ihr hinterher und rief halb ärgerlich, halb verzweifelt: «Ich habe bis ein Uhr in Dads Büro gesessen und gearbeitet – wie ich es in den letzten vier Wochen jeden Tag gemacht habe! Du kannst ja den Nachtwärter anrufen und mir hinterherspionieren, wenn du mir nicht glaubst!»

Ihre Mutter erwiderte jedoch nichts, sondern betrat den Salon, bevor sie die Tür schloss und Teddy damit zeigte, dass sie nicht erwünscht war.

Brian verließ den Fahrstuhl und schlenderte durch den Flur in der obersten Etage des Verwaltungsgebäude der *Titans*. Es war Freitag, und deshalb hatte er eine vorzügliche Laune. Heute Abend würde er auf die Piste gehen und sehen, was New Yorks Clubs zu bieten hatten, bevor er morgen Abend bei sich einen Pokerabend mit seinen Teamkollegen veranstaltete. Nur der Gedanke an den Sonntag ließ ihn die Stirn runzeln. Dieser dämliche Benefizlauf! Selbst die Tatsache, dass mittlerweile alle Teammitglieder dazu verdonnert worden waren, daran teilzunehmen, und er sich nicht allein zum Affen machen musste, tröstete ihn nicht darüber hinweg, dass sein Sonntag im Arsch war. Anstatt auszuschlafen, musste er gut gelaunt winke, winke machen und im Kreis joggen, um Spendengelder einzufahren. Es wäre so viel einfacher gewesen, einen Scheck auszustellen!

An der ganzen Misere war nur Teddy MacLachlan mit ihren verrückten Ideen schuld.

«John, das ist keine gute Idee.»

Wenn man vom Teufel spricht, dachte Brian und lugte um die Ecke, von wo er den kläglichen Tonfall seiner neuen Chefin hörte. Er sah jedoch nur seinen Coach, der mit dem Rücken zu ihm stand und ihm die Sicht auf Teddy MacLachlan versperrte.

«Unsinn. Wie würde das aussehen, wenn du nicht an der Pressekonferenz teilnimmst, Teddy?»

Ach ja, die Pressekonferenz. Brian sah auf seine Rolex und verdrehte die Augen. In einer Stunde würde er dazu gezwungen sein, mit Tom und Delaney, dem kleinen Hurensohn, in harmonischer Eintracht vor einer Pressemeute zu erscheinen, die die neuen Teammitglieder begutachten wollte. Er hasste Pressekonferenzen, es gab kaum etwas Unehrlicheres. Er musste sich hocherfreut darüber zeigen, einen welpenhaften und seiner Meinung nach völlig überschätzten Quarterback im Team zu haben, während Delaney davon schwärmen würde, welche Ehre es für ihn sei, von Brian lernen zu dürfen. Dabei war doch jedem klar, dass Brian Delaney nicht wollte und Delaney nur eins von Brian wollte – seinen Stammplatz im Team.

«Das ist es ja», erklärte Teddy weiter, «wenn ich dabei bin, schadet es sicherlich dem Team...»

«Das bildest du dir nur ein, Kurze» – die Stimme seines Coachs wurde weich –, «mach dir darüber keine Sorgen.»

«Wir haben Tom bekommen. Das ist eine großartige Sache, John, und die sollte gewürdigt werden. Wie unfair wäre es dem Team gegenüber, wenn diese Meldung untergeht, weil sich die Presse auf mich stürzt?»

Brian verdrehte die Augen. Okay, sie war eine Frau, verdammt jung, suchte ihr inneres Chakra und hatte eine verhängnisvolle Vorliebe für Hippiekleidung, aber das war lange nicht so sensationell wie Tom Peacock oder Brians 112-Millionen-Dollar-Vertrag, der sicherlich ebenfalls bei der Konferenz Thema sein würde. Mit diesem gigantischen Gehalt war er momentan die Nummer 3 der am bestverdienenden Quarterbacks der Liga und somit schon eine fette Schlagzeile wert.

«Es ist keine offene Pressekonferenz, also mach dir keine Sorgen. Die Themen wurden im Vorfeld mit den Pressevertretern abgeklärt, die wir ausgesucht und eingeladen haben. Keiner wird wagen, etwas anderes als Tom, Delaney oder Brians Vertrag anzusprechen. Falls doch, werfe ich sie persönlich raus.»

«Aber ...»

«Tut mir leid, Teddy, aber das gehört dazu.»

Sie seufzte auf. «Schon gut. Aber sag mir später nicht, ich hätte dich nicht gewarnt.»

John lachte. «Eins hätte ich fast vergessen, Kurze. Nette Klamotten!»

«Hau ab!»

Das Lachen des Coachs entfernte sich. Brian trat um die Ecke, weil er sowieso in diese Richtung musste, um der Rechnungsabteilung seine Belege zu bringen. Kurz vor Teddy MacLachlan blieb er stehen, sah sie mit hochgezogenen Augenbrauen an und grinste amüsiert.

In den letzten Tagen hatte er sie mit alten Jeans, schlabberigen Baumwollhosen, bunten Tuniken, karierten Hemden, verwaschenen T-Shirts oder ausgefransten Sweatshirts gesehen und sich dabei gefragt, wie eine Frau dermaßen wenig Wert auf ihr Äußeres legen konnte. Sie war nie geschminkt oder zurechtgemacht. Nicht nur einmal, sondern ganze dreimal hatte er sie erwischt, wie sie barfuß über den Flur gelaufen war. Ihr Haar war ebenfalls immer katastrophal gewesen, weil aus ihren Pferdeschwänzen meistens wilde Strähnen herausragten und ihr das Bild eines zerrupften Huhns gaben.

Jetzt betrachtete Brian sie so lange, dass ihr heiße Röte ins Gesicht schoss.

«Was wollen Sie, Palmer?»

«Wo ist denn ihr Piercing?» Er deutete auf ihre Augenbraue, woraufhin sich ihr Gesicht verfinsterte. Sie sah so unglaublich jung aus. Selbst in dem hochgeschlossenen Anzug, den sie heute trug und der sie seriös wirken ließ, wirkte sie nicht älter als zwanzig. Vermutlich lag es an ihrem herzförmigen Gesicht, dass sie wie ein Teenager wirkte, denn es war zart und strahlte geradezu jugendlich. Die kleine, gerade Nase, die runden und dicht bewimperten Augen, der großzügige Mund und die vorwitzigen Grübchen erinnerten an ein Puppengesicht. Doch anders als ein entzückendes Püppchen fauchte sie ihn an und reckte das winzige Näschen in die Luft.

«Das geht Sie nichts an», erwiderte sie schnippisch, drehte sich um und knallte ihre Bürotür vor ihm zu.

«Nette Frisur!», rief er durch die geschlossene Tür und lief den Flur zur Rechnungsabteilung hinunter. So sah seine Chefin also aus, wenn sie ihren Hippiestyle ablegte und wie eine Geschäftsfrau wirken wollte. Interessant.

Kurz darauf saßen sie nebeneinander am langen Tisch im Presseraum und blickten der versammelten Pressemeute entgegen, die ihre Kameras, Aufnahmegeräte und Fotoapparate mit riesigen Objektiven auf das Podium richtete, auf dem sie saßen. Er merkte, dass Teddy nervös war, weil sie hin und her rutschte, ihre Hände im Schoß faltete, wieder auf den Tisch legte und zurück auf ihre Oberschenkel platzierte. Bevor er etwas sagen konnte, legte sein Coach, der rechts von ihr saß, beruhigend eine Hand auf ihre. Links außen saß Delaney und zwischen dem kleinen Mistkerl und Brian der legendäre Tom Peacock, der äußerst gut gelaunt war.

Bevor die Mikrophone angestellt wurden, lehnte sich Brian zurück, verschränkte die Arme vor der Brust und drehte sich zu seiner Chefin. «Sie haben meine Frage noch nicht beantwortet.»

Als sei er ein lästiges Insekt, warf sie ihm einen ungeduldigen Blick zu. «Was?»

«Wo ist Ihr Piercing?»

Automatisch griff sie sich an die Augenbraue und wuschelte damit durch den akkurat geschnittenen Pony ihres honigfarbenen Haares. Fluchend glättete sie ihn wieder und betastete den ordentlichen Dutt, der ihr Haar gezähmt hatte. Wie es aussah, hatte sie das wilde Durcheinander auf ihrem Kopf schneiden lassen.

«Und?»

Sie wedelte mit der Hand in der Luft herum, wobei Brian sah, dass der giftgrüne Nagellack, der ihm gestern noch aufgefallen war, verschwunden war. «Das habe ich herausgenommen.»

«Wegen der Pressekonferenz?» Ungläubig blickte er in ihr nervöses Gesicht. Teddy MacLachlan war ein taffes, patentes Mädchen, das sich von einer Horde Footballspieler nicht ins Bockshorn jagen ließ, das aber wegen einer kleinen, harmlosen Pressekonferenz offenbar ausflippte und sich dafür optisch einer Generalüberholung unterzogen hatte, was sie jetzt wie eine Buchhalterin aussehen ließ.

«Natürlich wegen der Pressekonferenz», zischte sie ihm zu.

Brian grinste. «Deshalb auch der neue Haarschnitt, richtig?»

Sie knirschte mit den Zähnen. «Ich musste sowieso zum Friseur.»

Da hatte sie allerdings recht.

Gleich die erste Frage wurde ihr gestellt, aber Brian stellte fest, dass sie ruhig und gelassen antwortete, als man sie fragte, wie sie mit ihren neuen Aufgaben umging. Von ihrer Nervosität war plötzlich nichts mehr zu spüren. Eigentlich wirkte Teddy MacLachlan, als gäbe sie jeden Tag Pressekonferenzen. Sie war die Professionalität in Person.

Fragen zur Verfügung ihres Vaters, dass sie seine Nachfolge

antreten sollte, zu Gerüchten um den Verkauf einiger Prozente der *Titans* an potenzielle Anteilseigner und zu weiteren Gerüchten um finanzielle Engpässe wurden gestellt – und beantwortet. Brian staunte über seine junge Chefin, die völlig in ihrem Metier war und kompetente Aussagen zur Finanzsituation des Vereins machte. John Brennan übernahm die Fragen zu dem Coup, mit dem sie Tom Peacock für die *Titans* hatten gewinnen können, und gab die Einzelheiten des Vertrags preis, die der Öffentlichkeit zugänglich gemacht werden konnten.

Als Tom Peacock über das Zustandekommen des Wechsels nach New York befragt wurde und über seine Verhandlungen mit Teddy MacLachlan sprach, wurde sie wiederum danach befragt, warum sie dem Cornerback ein Angebot gemacht und keinen jüngeren Spieler im Draft verpflichtet hatte.

«Mr. Peacock ist ein großer Gewinn für die *Titans,* und wir werden von seinem überragenden Können und seiner großen Erfahrung nur profitieren.»

Brian senkte den Kopf, um sein Grinsen zu verbergen. Doch ein Journalist, ein schleimiges Großmaul vom hiesigen Sportsender – der sich als Erster auf das bekannte YouTube-Video des brasilianischen Unterwäschemodels gestürzt hatte, in dem Brians Penis als *minúsculo mas bonitinho* bezeichnet wurde, also «winzig, aber niedlich», und der dieses Gerücht tagelang kolportiert hatte –, stellte ihm eine Frage.

«Brian, wie kommen Sie damit klar, dass Miss MacLachlan einen bedeutend jüngeren Quarterback nach New York geholt hat?»

Er kam damit überhaupt nicht klar, dachte Brian grimmig, doch er erwiderte dem Geier freundlich: «Wie Miss MacLachlan gerade schon gesagt hat, ist jedes talentierte Mitglied des Teams ein großer Gewinn für den gesamten Verein.»

Was nicht hieß, dass Delaney ein Gewinn für die *Titans* war, denn der Hitzkopf war nicht talentiert – jedenfalls nicht in seinen Augen.

«Werden denn keine Rivalitäten zwischen Ihnen beiden entstehen?»

«Ich...»

Teddy MacLachlan hob die Hand und beugte sich näher an das Mikrophon. «Falls ich den Kapitän kurz unterbrechen darf, meine Herren – es steht außer Frage, wer unser Quarterback ist *und* bleibt, nämlich Brian Palmer. So ist es Mr. Delaney kommuniziert worden, der sich sehr wohl der Tatsache bewusst ist, dass er die Möglichkeit hat, unter einem der besten Quarterbacks der NFL Erfahrungen zu sammeln. Die *Titans* haben den Vierjahresvertrag mit Mr. Palmer bewusst abgeschlossen und sind erleichtert, ihn weitere vier Jahre im Team zu haben.»

Plötzlich kam sich Brian wie ein Waschlappen vor, der von einem Mädchen verteidigt wurde, weil er selbst zu wenig Mumm in den Knochen hatte, um es mit diesem schleimigen Reporter aufzunehmen. Am liebsten hätte er sie gewürgt.

«Wie sagt man so schön: Konkurrenz belebt das Geschäft.» Er zeigte ein lässiges Grinsen, auch wenn er vor Wut kaum klar denken konnte. Dieses Weib trieb ihn in den Wahnsinn. «Einen talentierten und ehrgeizigen Ersatzmann im Nacken zu haben spornt mich zu Höchstleistungen an.»

«Sehen Sie es genauso, Mark?» Der Reporter wandte sich an den jungen Spieler, der links außen saß und dümmliche Antworten gab, über die Brian nur den Kopf schütteln konnte. Mark Delaney war eine echte Hohlbirne.

«Mich erinnert die Situation an die 49ers, als ein älterer und ein jüngerer Quarterback zu Rivalen wurden. Wie sehen Sie das, Miss MacLachlan?»

Wenn der Schreiberling glaubte, die junge Teambesitzerin dadurch zu verunsichern, hatte er sich geschnitten, denn sie erwiderte gutmütig: «Joe Montana war bedeutend älter als Brian Palmer, als die 49ers Steve Young verpflichteten, der ja auch schon Erfahrung in der NFL hatte, was bei Mark nicht der Fall ist. Die Situationen sind nicht miteinander zu vergleichen.»

Brian hörte das fröhliche Glucksen seines Coachs und das amüsierte Kichern von Tom Peacock neben sich, als Teddy MacLachlan mit ihrer schlagfertigen Antwort punktete. Er nahm ihr jedoch weiterhin krumm, dass sie sich genötigt gefühlt hatte, ihn zu verteidigen.

Der nächste Reporter stellte Fragen zu Brians neuem Vertrag, die sowohl er als auch der Coach beantworteten. Zwischenzeitlich trank seine Nachbarin ein paar Schlucke Wasser und stellte ihr Glas wieder zurück, wobei ihre Hand ein wenig zitterte, wie Brian bemerkte.

«Wir sollten langsam zum Ende kommen...» John Brennan deutete auf einen älteren Reporter, der den amtierenden Quarterback ansah.

«Brian, als Kapitän der *Titans*, wie würden Sie die allgemeine Stimmung im Team bezüglich Miss MacLachlans Ernennung zur Teambesitzerin wiedergeben?»

Aus den Augenwinkeln bemerkte er den interessierten Blick der jungen Frau neben sich. «Wir sind über George MacLachlans Gesundheitszustand noch immer sehr betroffen und versuchen, aus dieser schwierigen Zeit das Beste zu machen.»

«Das beantwortet meine Frage nicht.» Der Reporter schmunzelte amüsiert. «Kann ich davon ausgehen, dass sich das Team nur schwer damit abfindet, eine weibliche Besitzerin zu haben?»

«Das haben Sie gesagt.» Brian bemühte sich darum, freundlich zu bleiben. «Miss MacLachlan und das Team müssen sich erst besser kennenlernen, bevor die Spieler sich ein Urteil bilden können» – *o Mann, was für ein Unsinn* –, «das wäre jedoch bei jedem anderen auch so gewesen. Die Spieler haben kein Problem damit, dass Miss MacLachlan eine junge Frau ist, solange sie ihre Arbeit gut macht.» Für seine Lügen müsste er eigentlich in der Hölle schmoren. Seit die neue Besitzerin die T-Shirts mit den rosa Schleifchen hatte verteilen lassen, war in der Umkleidekabine die Hölle los. Sollte die Öffentlichkeit Wind von den sexistischen Bemerkungen bekommen, die die Jungs von sich gaben, würden alle Frauenrechtlerinnen des Landes den Verein besetzen und die sofortigen Exekutionen aller Spieler verlangen. Er war nur froh, dass niemand von der Wette wusste. Das wäre ein gefundenes Fressen für die Presse gewesen.

«Und wie stehen Sie persönlich zur neuen *Titans*-Besitzerin?»

Er wusste nur, dass sie eine abgedrehte Hippiebraut war, die zufällig das Buch *Football für Dummys* auswendig gelernt haben musste, und eine viel zu große Klappe hatte. «Natürlich bin ich begeistert darüber, dass Miss MacLachlan Tom ins Boot geholt hat.» Er schlug dem Cornerback links neben ihm freundschaftlich auf die Schulter. «Und bin schon gespannt auf die weitere Zusammenarbeit.» An ihm war wirklich ein Diplomat verloren gegangen, dachte er, während er das leise Schnauben wahrnahm, das von rechts kam.

Brian wechselte nach dieser nervenden Pressekonferenz noch ein paar Worte mit Tom, um ihn für den morgigen Pokerabend einzuladen, und machte sich dann sofort auf den Weg nach Hause. Kaum war er in seiner Wohnung angekommen und hatte seine Motorradjacke auf einen Stuhl geworfen, klingelte sein Telefon. Ohne nachzudenken, ging er ran und verfluchte sich im gleichen Moment, weil die jammernde Stimme seiner Mom durch den Hörer klang.

«Wo warst du, Brian? Ich habe dich seit fünf Tagen nicht erreichen können!»

«Ich musste arbeiten, Mom.» Er verdrehte die Augen und betrat die Küche, um den Kühlschrank zu öffnen und eine Flasche Gatorade herauszunehmen.

«Aber es ist doch keine Saison!»

Er öffnete die Flasche und trank einen großen Schluck. Er spielte seit fast acht Jahren in der NFL, und seine Mutter wusste immer noch nicht Bescheid, was er das ganze Jahr über trieb. «Wir haben Training, Besprechungen und Werbeaktionen. Da ich der Kapitän bin, kümmere ich mich um die Eingliederung von neuen Spielern.»

«Hmm.» Sie schien ihm nicht einmal zuzuhören. «Liebling...»

Wenn sie ihn Liebling nannte, kam meistens ein dickes Ende. «Ja, was ist, Mom? Ich muss gleich wieder los.»

«Immer bist du beschäftigt», beschwerte sie sich, «du hast keine Zeit für mich, obwohl es mir so schlechtgeht.»

Brian antwortete nichts darauf. Die Beziehung zu seiner Mom war verkorkst, und er gab ihr die Schuld daran. Während seiner Kindheit und Jugend war sie immer auf der Suche nach einem Ehemann gewesen, der sich um sie kümmerte, weil sie einfach nicht allein sein wollte. Das Ergebnis war, dass ihr Klammern alle Männer abschreckte und sie bald den Ruf hatte, sie sei leicht zu haben. In einem Städtchen im ländlichen Georgia war dies für einen heranwachsenden Jungen nicht leicht.

Mit Football hatte er sich abgelenkt und die fehlende Aufmerksamkeit seiner Mom kompensiert. Als er fünfzehn war, hatte sie Carl kennengelernt und ihn wenige Wochen später geheiratet. Brian hatte diesen Kontrollfreak von Anfang an nicht leiden können, denn der Automechaniker hatte seine Mom wie ein dressiertes Hündchen behandelt, ihr Leben organisiert und alle Entscheidungen getroffen. Linda hatte es jedoch gern mit sich machen lassen, weil sie glücklich war, endlich verheiratet zu sein. Brian war damals längst in einem Alter gewesen, in dem er sich nichts von einem Mann sagen lassen wollte, der einfach in sein Leben hereinspazierte und sich als autoritärer Vater gebärdete. Das Selbstbewusstsein, das er als Nachwuchsfootballspieler und beliebter Schüler bekommen hatte, verstärkte die Abneigung gegen seinen Stiefvater nicht unerheblich. Als Carl Higgins seiner Frau auch noch verbot, ihren Sohn zu Bewerbungsgesprächen zu den Colleges zu begleiten, die sich an ihm interessiert zeigten, und Brian seinen Trainer bitten musste, ihm bei den Gesprächen behilflich zu sein, brach er endgültig mit seiner Mom.

Es war deshalb kein Wunder, dass er kein schlechtes Gewissen bekam, wenn sie ihm erzählte, wie schlecht es ihr doch ginge. «Mom, ich warte.»

Natürlich drückte sie auf die Tränendrüse. «Mein Scheidungstermin ist nächste Woche. Ich weiß nicht, wie ich das allein durchstehen soll!»

«Ich kann nicht nach Georgia kommen, Mom. Ich muss arbeiten.»

«Aber...»

«Es geht wirklich nicht», erwiderte er wenig rücksichtsvoll und ging dabei die Post durch, die vor ihm lag.

Sie schniefte in den Hörer. «Kann ich vielleicht nach New York kommen, um dich zu sehen?»

«Das ist keine gute Idee», wehrte er ab, «ich hab furchtbar viel zu tun. Warum machst du nicht mit einer Freundin Urlaub? Den bezahle ich dir auch.»

Natürlich nahm sie sein Geld gern an – und Brian hörte gern, dass sie nicht nach New York kommen würde.

7. Kapitel

Als es leise klopfte, blickte Teddy von den Zahlenkolonnen auf dem Bildschirm hoch und entdeckte John, der in der Tür zu ihrem Büro stand und sie fragend ansah.

«Was tust du denn noch hier?»

Teddy schaute auf ihre abgetragene Uhr und seufzte. Es war halb zwölf in der Nacht. Kein Wunder, dass sie sich kaum noch auf die Datei konzentrieren konnte. Der Tag war anstrengend und nervenaufreibend gewesen. Innerlich zitterte sie immer noch vor Anspannung wegen der Pressekonferenz.

«Ich arbeite.»

Er kam ins Büro und setzte sich auf den Sessel vor ihrem Schreibtisch. «Das sehe ich, aber solltest du nicht langsam nach Hause gehen?»

«Es ist viel zu erledigen.» Sie unterdrückte ein Gähnen und lehnte sich zurück.

«Du solltest es nicht übertreiben, Teddy. Niemand verlangt von dir, dass du wie eine Wahnsinnige schuftest.»

Das Schnauben konnte sie nicht unterdrücken. «Erzähl das jemandem, der dir glaubt, John. Ich weiß genau, was hinter meinem Rücken getuschelt wird.»

«Na ja, bei der Konferenz...»

«Bei der Konferenz wird nur das erzählt, was die Fans hören wollen. Endloses Blabla, das bedeutungslos und oft falsch ist. Ich habe Palmer keine Sekunde abgenommen, dass das Team angeblich kein Problem damit hat, dass ich eine Frau bin.»

John konnte ihr nicht widersprechen, also hielt er den Mund.

«Was tust *du* eigentlich noch hier?»

«Ich bin schon wieder hier» – er lächelte frustriert –, «um sechs war ich zu Hause und bin um halb zehn wieder hergefahren, weil ich noch ein paar Dinge zu erledigen hatte.»

Teddy nickte verständnisvoll. Ihr Dad hatte auch immer viel zu tun gehabt, genauso wie die Cheftrainer, die kaum Freizeit hatten. Die Preseason stand an, was bedeutete, dass das Team fit gemacht werden musste, weil bald die ersten Freundschafts- und Testspiele stattfinden würden. Natürlich feilte John unentwegt an verschiedenen Taktiken.

«Es ist Freitagabend, meine Liebe. Warum gehst du nicht mal aus und hast ein wenig Spaß?»

Sie warf ihm einen ironischen Blick zu. «Du weißt ganz genau, warum ich nicht auf die Piste gehe, John.»

«Ach, Teddy...» Er konnte das Mitleid in seinen Augen kaum verbergen. Sie hatte es genau gesehen. «Langsam sollte es dir nichts mehr ausmachen.»

Sie erhob sich und ging zum Kühlschrank, der an der linken Wand stand, um zwei Flaschen Wasser herauszunehmen. Eine warf sie dem Cheftrainer zu.

«Mal ehrlich, du bist jung und solltest dich amüsieren, wenn du in der Woche so hart arbeitest. Vielleicht hättest du ja wirklich ein wenig Spaß.» Er lächelte. «Ich kann dir die Clubs nennen, in denen die Jungs abhängen.»

«Haha.»

John zuckte mit der Schulter. «Die Jungs sind okay, Teddy. Sie müssen dich nur besser kennenlernen.»

«Und du meinst, eine Partynacht im Club würde unser Verhältnis verbessern?», fragte sie sarkastisch. «Die wilde Teddy MacLachlan...»

«Das denkt niemand im Team.»

«Verarsch mich nicht, John.» Sie schluckte hart. Er wusste ja nicht, welche Überwindung es sie gekostet hatte, sich vor die versammelte Mannschaft zu stellen oder heute bei der Konferenz gesessen zu haben, während sie nur daran denken konnte, dass alle Bescheid wussten.

«Ich verarsche dich nicht. Die Jungs sind wütend darüber, am Sonntag an diesem Benefizlauf teilnehmen zu müssen, und einige sehen es wirklich nicht gern, dass eine Frau, die jünger ist als einige von ihnen, das Team managt, aber deine Vergangenheit war nie Gesprächsthema.»

«Wenigstens etwas.»

Sie sah, dass er sich den Nacken rieb. «Wenn es dir immer noch an die Nieren geht...»

«Mir macht die ganze Sache nichts mehr aus», log sie selbstsicher, «aber andere Menschen sehen das nicht so.»

«Sprichst du von deiner Mutter?»

Teddy trank einen Schluck und schraubte anschließend die Flasche wieder zu.

«Wie sieht es denn bei euch zu Hause aus?» John betrachtete sie besorgt.

Sie zuckte mit den Schultern. «Falls du fragst, ob meine Mom und ich ein Herz und eine Seele sind, muss ich dich enttäuschen. Zu Hause herrscht Eiszeit. Sie spricht nicht mit mir und sieht mich an, als hätte ich das antike Familiensilber unter meinem Pulli versteckt.»

Wie weh es tat, das preiszugeben! John verstand sie. Er kannte sie und wusste, wie leid ihr tat, was damals passiert war. Dennoch schmerzte es, vor jemandem zuzugeben, wie wenig ihre Mutter von ihr hielt.

«Das gibt sich bestimmt mit der Zeit.»

«Ich glaube es nicht.» Sie schüttelte den Kopf. «Zehn Jahre sind eine lange Zeit. Wenn sie bis jetzt nicht darüber hinweggekommen ist, welche Schande ich der Familie bereitet habe, wird sie nie darüber hinwegkommen.»

«Sie beruhigt sich schon wieder, Teddy. Irgendwann wird sie sehen, dass du großartige Arbeit im Verein leistest, und muss das anerkennen.» Wie um das das Thema zu wechseln, lächelte er beherzt. «Du hast deine Sache bei der Konferenz sehr gut gemacht.»

«Danke.»

Grinsend deutete er auf die graue Anzugjacke, die über einem Stuhl hing. «Was du allerdings mit den Klamotten bezwecken wolltest, ist mir schleierhaft.»

«Wenn ich mich langweilig kleide, bin ich auch hoffentlich zu langweilig, um wieder in die Schlagzeilen zu geraten.»

«O Mann.» John seufzte. «Du bist vielleicht eingebildet, Teddy! Denkst du wirklich, es gäbe keine spannenderen Themen als deine Jugendsünden?»

Wegen seines gespielt snobistischen Tons musste sie grinsen. «Glücklicherweise haben wir ja Palmer, der durch intime Sexgeschichten mit seinen Verflossenen die Aufmerksamkeit auf sich zieht.»

«Du solltest ihn nicht darauf ansprechen.» John versuchte krampfhaft, sein Grinsen zu verbergen. «Der Junge findet das überhaupt nicht komisch.»

Komisch war allerdings, dass John seinen Quarterback als *Jungen* bezeichnete, der mit seiner Größe von 1,93 m ganze zwei Zentimeter größer war als er selbst und mit neunundzwanzig Jahren nur acht Jahre weniger als der Coach auf dem Buckel hatte.

«Ich wäre wirklich die Letzte, die solche Geschichten ausschlachtet», erwiderte sie, «sein Privatleben soll auch privat bleiben.»

Als John seine Beine von sich streckte, bemerkte Teddy, wie verkrampft sie vor lauter Müdigkeit war. Sie musste wirklich nach Hause fahren und es für heute gut sein lassen. Es nutzte nichts, wenn sie schon wieder vor dem Computer einschlief.

«Ich mache mich gleich auf den Weg. Und du solltest auch zu deiner Frau und Tochter nach Hause fahren.»

«Keine Sorge» – er lächelte weich –, «die beiden vernachlässige ich nicht.» Dann sah er Teddy fragend an. «Hast du nicht Lust, nächste Woche zum Abendessen zu kommen? Du kennst die beiden noch gar nicht. Hanna liegt mir seit Wochen in den Ohren, dass ich dich ihr vorstellen soll.»

Ein Abend bei John klang verlockend, weil sie dann nicht allein in der Küche hocken musste, während ihre Mom im geschlossenen Salon saß und sie wie eine Ausgestoßene behandelte. «Das würde ich sehr gern machen. Wie geht es deinen beiden denn?»

Wieder erschien das liebevolle Lächeln auf Johns Gesicht. «Jillian macht sich großartig. Nächsten Monat wird sie ein Jahr alt.»

«Vermutlich wickelt sie dich jetzt schon um ihren kleinen Finger.» Teddy musste lachen.

«Und ob!» Dem stolzen Vater schien es überhaupt nichts auszumachen, das zuzugeben. «Das hat sie von ihrer Mutter geerbt. Hanna braucht mich nur anzusehen, und ich stimme allem zu, was sie sagt.» Ein wenig verlegen zuckte er mit der Schulter.

Für Teddy war John einige Zeit wie ein großer Bruder gewesen, der den Kontakt auch dann nicht abgebrochen hatte, als er zu den *Cowboys* wechselte und Teddy zu einem unausstehlichen Teenager wurde. Das vergaß sie ihm nie und war deshalb zufrieden, dass er so glücklich war.

«Kommen die beiden nicht am Sonntag mit zum Lauf?»

«Danke, dass du mich daran erinnerst.» Er warf ihr einen mürrischen Blick zu, über den sie grinsen musste.

«Ach, komm schon, John! Wenn die Jungs laufen müssen...»

«Ja, ja – ich weiß.» Seufzend erhob er sich.

«Was soll ich sagen ... Das gehört dazu.» Sie wiederholte nur, was er ihr am Vormittag geantwortet hatte, als sie sich vor der Pressekonferenz hatte drücken wollen. «Wie würde es aussehen, wenn alle Spieler am Lauf teilnähmen, nur nicht der stattliche und sportliche Coach?»

Sein Blick sagte eindeutig, dass sie übertrieb.

«Also? Kommen deine Frau und die Kleine auch?»

John erhob sich und streckte sich wieder. «Vermutlich nur kurz. Hanna hat bald eine halbe Stelle an der Universität und muss dafür noch viel vorbereiten, außerdem hat sie etwas gegen die Pressemeute und versucht solche Events zu vermeiden.»

«Ach?» Normalerweise waren die Frauen und Freundinnen von Footballspielern publikumssüchtig und geradezu versessen darauf, in der Zeitung zu erscheinen.

John schien ihre Gedanken sofort erraten zu haben, und verdrehte die Augen. «Denkst du wirklich, ich hätte ein hohles Footballgroupie oder ein narzisstisches Püppchen geheiratet?»

«Natürlich nicht», erwiderte sie automatisch.

«Das ist auch besser so.» Er fuhr sich durch das blonde Haar und seufzte. «Hanna ist Europäerin und hatte keine Ahnung von Football. Die Presse hat ihr am Anfang unserer Beziehung sehr hart zugesetzt und das Leben schwergemacht.»

«So etwas in der Art habe ich gehört.» Teddy wusste, wie es war, wenn sich die Presse auf einen stürzte, und empfand sofort Mitleid.

«Wegen einer verrückten Stalkerin wurde Hanna verletzt und kam ins Krankenhaus. Danach habe ich gekündigt, weil es nicht auszuhalten war, wie Hanna auch von einigen *Titans*-Fans behandelt wurde. Kurz vor Jillians Geburt überzeugte sie mich, wieder den Trainerposten anzunehmen, doch mit der Presse werden wir nicht mehr richtig warm.»

«Was ich dir nicht verübeln kann.» Auch Teddy erhob sich und schaltete den Computer aus.

Sie griff nach ihrer Tasche und der furchtbaren grauen Jacke. Ann hatte ihr den Anzug für die Konferenz besorgt und stolz erklärt, er sei von Hermès, doch Teddy fand ihn furchtbar langweilig und fühlte sich auch in dem seidenen Langarmshirt, das sie drunter getragen hatte, nicht wohl. Alles hatte unglaublich viel gekostet. Allein die Schuhe, die sie gleich nach der Konferenz ausgezogen hatte, weil sie drückten und zu hoch waren, kosteten mehr, als Teddy normalerweise für ein komplettes Outfit ausgab. Als sie wieder in diese Teufelsschuhe schlüpfte, sehnte sie sich nach ihren ausgetretenen Chucks.

«Kann ich dich nach Hause fahren, oder bist du mit einem Auto hier?»

«Wenn es dir nichts ausmacht» – sie sah ihn dankbar an –, «dann muss ich mir kein Taxi rufen.»

«Klar, Kurze.» John hielt ihr die Tür auf. «Hast du noch kein eigenes Auto?»

Sie schüttelte den Kopf. «Ich würde mir lieber ein Motorrad kaufen, habe aber keine Zeit, mich nach einem umzusehen.»

«Ich habe eine Maschine in der Tiefgarage stehen.» Zusammen liefen sie den Flur hinunter. Bei jedem Schritt spürte Teddy die engen Schuhe und fluchte innerlich. «Die würde ich gern an dich loswerden, weil sie sowieso nicht mehr gefahren wird.»

Zweifelnd sah sie an ihm hoch. «Ich würde dein Angebot ja gern annehmen, John, aber wir beide haben völlig unterschiedliche körperliche Voraussetzungen. Vermutlich komme ich nicht mal mit den Füßen an den Boden, oder?»

«Die Maschine hatte ich für Hanna gekauft, aber dann kam Jillian ... und so weiter. Jetzt stehen zwei Motorräder bei uns in der Tiefgarage herum. Meine Maschine nimmt mein Bruder mit, wenn er das nächste Mal nach New York kommt, aber dann wäre da immer noch Hannas Motorrad.»

Die Aufzugstüren öffneten sich. «Wenn ich nächste Woche zum Abendessen komme, kannst du sie mir ja zeigen.»

«Abgemacht.»

8. Kapitel

Gott schien es mit den Organisatoren des Benefizlaufes gutgemeint zu haben. Kein Wölkchen war am strahlend blauen Himmel zu sehen, die Sonne schien, ein leichter Wind trug die Gerüche der köstlichen Snackstände zu den Zuschauern und Teilnehmern, während die Vögel im Central Park fröhlich in den Morgen pfiffen.

Brian hatte das Gefühl, sich jeden Moment übergeben zu müssen. Sein Kopf dröhnte und schien gleich zu platzen.

«Brian, ich will ein Kind von dir!»

«Ich auch!»

«*Ich* auch!» Der bislang schrillste Schrei erklang und ließ ihn zusammenzucken. Schnell schob er sich seine Sonnenbrille auf die Nase. Wenn sich eine Migräne *so* anfühlte, musste er sich wirklich bei Claire entschuldigen, weil er sie nie ernst genommen hatte. Beißendes Sodbrennen stieg in ihm auf, während ein unsichtbarer Teufel mit seinem Kopf Pingpong zu spielen schien.

Da die Schreie immer noch nicht verklangen, lächelte er höflich, ignorierte die zuckenden Blitze in seinem Kopf, hob eine Hand und winkte den ekstatisch kreischenden Mädels zu, die sich hinter der Absperrung zusammengerottet hatten und ihn mit ihrem Gebrüll quälten. Dupree hatte ihn gestern beim Pokerabend noch davon abhalten wollen, die Wodkaflasche allein zu leeren, aber nach der Abfuhr, die er am Freitagabend kassiert hatte, hatte er einen Drink gebraucht und keinen Gedanken an den Benefizlauf verschwendet.

Wäre Eddie am Freitag nicht gewesen, dessen kolossale 139 Kilogramm die bedeutend schmaleren Baseballspieler eingeschüchtert und in die Flucht getrieben hatten, hätte es gut sein können, dass Brian mitten in einem angesagten Club in eine handfeste Prügelei geraten wäre und jetzt eine saftige Anzeige am Hals hätte. Er hasste Baseballspieler, aber *diesem* einen Baseballspieler wünschte er eine hübsche Geschlechtskrankheit an den Hals!

Brian hatte sich im Laufe des Abends von Eddie und Blake entfernt und zu einer hübschen Brünetten an die Bar gesetzt. Er hatte sie gerade so weit, dass sie zustimmte, den Abend bei ihm ausklingen zu lassen, als Taylor McDough, Werfer der Mets und Exfreund eines kroatischen Models, das im letzten Jahr in Brians Bett gelandet war, ebenfalls an die Bar trat und sich über Brians angeblich miserable Leistung im Bett und seinen angeblich winzigen Schwanz lustig machte. Die hübsche Brünette machte sofort einen Abgang. Daraufhin schlug Brian dem grinsenden Taylor die Faust ins Gesicht und sah sich plötzlich mit drei weiteren Baseballspielern konfrontiert, die sich auf ihn gestürzt hätten, wäre nicht der gutmütige Eddie aufgetaucht und hätte sich wie ein schnaubender Gorilla zwischen seinen Kapitän und die Baseballspieler gestellt. McDough und seine Kameraden zogen ab, während Brian keine Lust mehr hatte, noch länger in der Bar zu bleiben, und ebenfalls nach Hause fuhr. Seine Frustration hatte sich am nächsten Abend noch auf sein Pokerspiel ausgewirkt. Jedes Spiel hatte er verloren und seinen Kummer mit Hilfe einer Wodkaflasche ertränkt.

Der heutige ausgewachsene Kater war nicht von schlechten Eltern.

«Gott, du stinkst!»

Hinter den dunklen Brillengläsern sah er mit blutunterlaufenen Augen Liv an, die in pinken Shorts und einer weißen

Bluse wie das blühende Leben wirkte. «Scheiße, geht's mir elend.»

«Das sieht man.» Sie rümpfte die Nase.

«Hast du Aspirin dabei?»

Sie machte ein beleidigtes Gesicht und strich sich über den kleinen Bauch. «Aspirin? Ich bin schwanger...»

«Nicht so laut!» Brian stöhnte und kämpfte gegen den Brechreiz an, der seinen Magen umstülpen wollte.

«Warte, ich besorge dir was.» Liv schüttelte den Kopf über seinen Zustand und verschwand wieder. Ihm ging es so elend, dass er ihr nicht einmal wie sonst hinterherstarren konnte.

Da das Gekreische der Mädchen kaum nachgelassen hatte, wankte Brian in Richtung Startlinie und ließ sich einige Meter davor gegen einen schattenspendenden Baum sinken. Es war eine verdammt schlechte Idee gewesen, sich ausgerechnet gestern abzuschießen.

Als Julian auftauchte und ihm ein Röhrchen Aspirin sowie eine Flasche Gatorade brachte, hätte er ihn am liebsten geküsst, wenn nicht gerade Magensäure in seine Kehle gestiegen wäre. Wenig charmant drehte er sich weg und erbrach sich hinter den Baum.

«Kotzt er?» Blakes Stimme war wegen des Kicherns kaum zu verstehen.

«Scheint so.» Julian seufzte.

«Kein hübscher Anblick», urteilte Blake.

«Dupree hat gesagt, der Trottel hätte sich gestern mit Wodka abgeschossen.»

Sie sprachen über ihn, als wäre er gar nicht da. Brian stöhnte auf und erhob sich wackelig. Hoffentlich waren morgen keine Fotos von seiner Kotzerei in den Zeitungen zu sehen. Wortlos griff er nach den Tabletten und der Flasche, schluckte vier auf einmal und trank die ganze Flasche leer.

«Dir ist schon klar, dass die gestrige Aktion wenig klug war?»
Brian sah seinen Kumpel flehend an. «Erschieß mich einfach.»
«So leicht kommst du nicht davon.»

Da er gerade seinen kompletten Mageninhalt von sich gegeben hatte, fühlte er sich zwar nicht besser, aber diese schreckliche Übelkeit ließ langsam nach. Wenn sein Kopf nicht dermaßen gedröhnt hätte, wäre alles in Ordnung gewesen. Er war ein Mann und keine Memme. Die 21 Kilometer würde er locker abreißen und sich nicht von den Schmerzen ablenken lassen. Niemand sollte Brian Palmer nachsagen können, er sei ein Weichei. Im College hatte er mit einer Rückenzerrung und sogar mit einer ausgekugelten Schulter gespielt.

Unbehaglich strich er sich über den noch ein wenig revoltierenden Magen, der sich schmerzhaft zusammengezogen hatte. Vielleicht wurde er einfach zu alt für Alkoholausfälle?

Blake drückte ihm eine weitere Flasche in die Hand, die er ebenfalls in sich reinschüttete.

«Du hättest wenigstens duschen können», beschwerte sich der Runningback, «du stinkst wie ein alkoholkranker Penner.»

«Danke.» Er hätte ja geduscht, wenn noch etwas Zeit gewesen und er nicht auf dem Weg ins Bad ins Taumeln geraten wäre. Es grenzte an ein Wunder, dass er pünktlich in den Central Park gekommen war – und dass ihn überhaupt ein Taxi mitgenommen hatte.

«Bist du eigentlich in der Lage, einen Halbmarathon zu laufen?»

Er schnaubte und rülpste dabei. «Scott, ich bin Profi.»

«Du bist ein besoffener Profi.»

«Mir geht's fabelhaft.»

«Aber klar.» Sein Freund deutete ironisch hinter den Baum. «Pass lieber auf, sonst zieht dich unsere Chefin ab, und du wirst einen heißen Strip vor ihr hinlegen müssen.»

Zwar schmerzte sein Kopf unglaublich, aber das Lachen konnte er dann doch nicht unterdrücken. Blake und Eddie, der ebenfalls herangetreten war, fielen in das Gelächter mit ein. Er war zwar verkatert, aber er war immerhin Profisportler und ließ sich bestimmt nicht von einem Hippiemädchen in Buchhalterkostümierung ausstechen.

Als Dupree kurz darauf zu ihnen stieß, brachen alle in haltloses Gelächter aus, weil der gigantische Tackle mit dem Irokesenschnitt, dem funkelnden Glitzergebiss und den riesigen Muskelbergen tatsächlich das T-Shirt mit dem rosafarbenen Schleifchen trug. Irritiert blickte er umher.

«Wieso habt ihr eure T-Shirts nicht angezogen?»

«O Mann.» Blake schüttelte angewidert den Kopf. «Du Spacko! Hast du in den letzten Tagen nicht zugehört? Die Shirts waren Verarsche von unserer Hippiebesitzerin! Und du ziehst dieses schwule Shirt auch noch an.»

«Hey! Woher sollte ich das denn wissen?», klagte Dupree beleidigt und zupfte verlegen an dem viel zu engen Shirt herum.

«Vielleicht bringt es sogar PR.» Julian grinste und strich sich über sein Linkin-Park-Shirt, um das ihn Brian beneidete. Im Halbschlaf hatte er sich ein verknittertes, rotes Shirt mit der Aufschrift *Too old to die young* angezogen, das er zum letzten Geburtstag von den Jungs geschenkt bekommen hatte, und dazu orangefarbene, weite Sporthosen gewählt, bevor er überhaupt die Augen richtig aufgeschlagen hatte. Das Ergebnis war, dass er wie die Leuchtreklame einer Imbissstube aussehen musste. Beinahe hätte er Dupree einen Shirttausch vorgeschlagen, wenn in diesem Moment nicht ihre neue Besitzerin aufgetaucht wäre, die offenbar richtig gute Laune hatte und fröhlich umhersprang.

«Hey, Jungs! Toller Tag, nicht wahr?»

Brian kniff die Augen zusammen und sah sie verwirrt an. Dass irgendetwas nicht stimmte, schlich sich nur langsam in seinen alkoholvernebelten Verstand. Das bildest du dir ein, Brian.

«Tolles Shirt.» Sie lächelte dem verlegenen Dupree zu, bevor sie an alle gewandt fortfuhr: «Die Öffentlichkeitsabteilung hat einige Sponsoren gewonnen, die uns einen gewissen Betrag pro Spieler auszahlen. Ich hoffe, es kommt eine schöne Summe zusammen.» Sie strahlte und war so gut gelaunt, dass Brian am liebsten ein zweites Mal gekotzt hätte. Glücklicherweise konnte er sich hinter seiner Sonnenbrille verstecken.

Dass niemand ihr antwortete, schien ihr nichts auszumachen, denn sie blickte weiter freundlich in die Runde, bis sie die Nase rümpfte. «O Gott, was stinkt denn hier so erbärmlich?»

Eddie kicherte los und deutete auf Brian, was in ihm den Wunsch auslöste, seinem Kumpel mächtig in den Hintern zu treten. «Brian hat es gestern ein wenig übertrieben und kuriert noch seinen Kater aus, Miss MacLachlan.»

«Er hat gerade gekotzt», ergänzte Dupree überflüssigerweise.

Prompt richtete sie ihre hellen Augen auf ihn und musterte sein Aussehen. Dass ihre Augen besorgt dreinblickten, machte ihn rasend vor Wut. «Möchten Sie lieber wieder nach Hause fahren, Mr. Palmer?»

«Nein, möchte ich nicht», erwiderte er und biss die Zähne zusammen.

«Wenn Sie krank sind ...»

Julian schmunzelte. «Er ist nicht krank, sondern verkatert.»

«Das ist egal. Wenn es ihm nicht gutgeht ...»

«Ich stehe direkt vor Ihnen», fauchte er, während es in seinem Kopf schmerzhaft widerhallte, «kein Grund, über mich zu reden, als sei ich nicht da!» Er schenkte ihr ein griesgrämiges Lächeln. «Schätzchen, Deal bleibt Deal, nicht wahr?»

Sie schüttelte ernst den Kopf. «Wenn Sie angeschlagen sind, ist ein Wettkampf unfair, Mr. Palmer.»

«Das hätten Sie wohl gern, Miss MacLachlan! Hören Sie zu, ich wäre selbst auf einem Bein schneller als Sie, also überlegen Sie schon mal, welche heißen Dessous Sie für den Strip, den Sie mir versprochen haben, anziehen werden!»

Ihr Gesicht verschloss sich. Im selben Moment wurde durch die Lautsprecher gemeldet, dass der Startschuss in fünf Minuten fallen würde.

«Ruhig Blut, Brian.» Julian lächelte Teddy entschuldigend an. «Er ist gereizt, wenn er getrunken hat, Miss MacLachlan.»

«Nicht nur wenn er getrunken hat», erwiderte sie und zog sich ihr graues Sweatshirt über den Kopf, «er sollte wirklich an den üblichen Umgangsformen arbeiten.»

Dass sie ihn gerade schon wieder runtergeputzt hatte, entging Brian völlig. Fassungslos starrte er sie an und kniff die Augen zusammen. Sein Blick war noch immer verschwommen, also fixierte er sie mühsam.

Das war es, was ihn zuvor schon irritiert hatte – ihre Beine, die in hautengen schwarzen Lauftights steckten. Lange, schlanke und *trainierte* Beine, die nur zu einer Läuferin gehören konnten und die ihm noch nie aufgefallen waren, da sie stets Jeans oder Baumwollhosen getragen hatte. Ohne ihr voluminöses Sweatshirt erkannte er auch den athletischen Oberkörper, die definierten Bauchmuskeln einer Sportlerin sowie die schlanken Arme. Sie trug ein schwarzes Bustier mit einer pinken Schleife, wie man es von Leichtathletinnen bei Wettkämpfen kannte. Der schwarze Stoff bedeckte lediglich ihre Brust, während der gesamte Bauchbereich bis zur tiefsitzenden, eng anliegenden Hose frei war. Sie konnte es sich leisten, diese figurbetonte und knappe Sportkleidung zu tragen, denn sie hatte kein Gramm Fett zu viel auf den Rippen. Jetzt sah er auch das Bauchnabelpiercing zum ersten Mal richtig, einen schlichten, kleinen und glänzenden Blumenstecker knapp über ihrem Nabel.

Ein Blick auf seine fassungslosen Kumpel verriet ihm, dass auch sie nicht mit einem solchen Auftritt gerechnet hatten.

Mit einem Haargummi band sich Teddy die Haare hoch und streckte dabei unwillkürlich ihren schlanken Körper.

«Wir sehen uns, Jungs.» Sie ließ die sprachlosen Footballspieler stehen, drehte sich um und präsentierte ihnen einen kleinen, perfekten Hintern. Brian starrte ihn mit offenem Mund an und hätte darüber beinahe das schmale Tattoo übersehen, das von ihrem Nacken bis zu den Grübchen oberhalb der tiefsitzenden Sporthose verlief.

Ob der trockene Mund von seinem Kater, diesem Hintern oder der Erkenntnis stammte, dass er reingelegt worden war, interessierte ihn nicht. Saure Übelkeit stieg wieder in ihm hoch.

«Das Tattoo ist geil.»

Brian fixierte Dupree. «Das Tattoo? Scheiß auf das Tattoo!»

«Irre ich mich, Rabbit, oder sieht unsere Teamchefin wirklich ziemlich sportlich aus?»

Er funkelte Julian an, der sein breites Grinsen nicht einmal ansatzweise versteckte.

«Ach was! Das muss nichts zu bedeuten haben.» Er fasste sich an die Nasenwurzel, um den Schmerz dort wegzumassieren.

«Meinst du?» Auch Blake sah zweifelnd in die Richtung, in der Teddy MacLachlan verschwunden war.

«Nur weil sie schlank ist und sich Sportkleidung angezogen hat, muss sie noch lange nicht sportlich sein. Wahrscheinlich macht sie Yoga.» Verdammt, er glaubte selbst nicht, was er gerade sagte.

Dupree blinzelte eulenartig in die Runde und erklärte dümmlich: «Von Yoga weiß ich nichts. Ich dachte, sie sei Triathletin.»

«Was?» Er fuhr so heftig zum Offense Tackle herum, dass sich sein Kopf anfühlte, als sei er zwischen zwei Kirchenglocken geraten.

Der junge Footballspieler sah ihn ratlos an. «Ich wusste gar nicht, dass sie auch Yoga macht, Palmer. Im Internet stand nur, dass sie an Triathlon-Wettkämpfen teilgenommen hat.»

Julian, Eddie und Blake schüttelten den Kopf und brachen in entsetztes Lachen aus.

«Du wusstest, dass sie Leichtathletin ist?», schrie Brian seinen Teamkollegen unbeherrscht an, der unwillkürlich zwei Schritte nach hinten trat.

«Natürlich.»

«Und du hast es nicht für nötig gehalten, mir *das* zu sagen?»

Nachdenklich spitzte Dupree seinen Mund. «Wieso hätte ich es denn sagen sollen, Palmer?»

Brian stützte sich mit beiden Händen am Baum ab und bückte sich ein wenig. Er hatte das Gefühl, sich gleich wieder übergeben zu müssen. Wann fingen diese Aspirin endlich zu wirken an?

«Ich lach mich tot!» Blake wischte sich Lachtränen fort, was Brian lediglich aus den Augenwinkeln sehen konnte, weil er immer noch vornübergebeugt am Baum stand.

«Wenn ich daran denke, dass ich den Lauf schwänzen wollte! Da wäre mir was entgangen», gluckste Julian und tätschelte ihm großzügig den Kopf.

«Halt die Schnauze.»

Sein Kumpel ließ sich davon nicht beeindrucken, sondern lachte weiter vor sich hin.

«Was macht ihr eigentlich noch hier?» John Brennan deutete auf die Startlinie, an der sich Dutzende Teilnehmer, in der überwältigenden Überzahl weiblich, drängelten und fröhlich auf den Startschuss warteten.

«Rabbit, was ist denn mit dir los?»

Gequält blickte Brian hoch und sah seinen Coach direkt vor sich stehen. Er gab ein Stöhnen von sich.

«Du siehst aus, als wärst du von einem Zirkus entführt und als Versuchskaninchen für selbstgebrannte Schnäpse missbraucht worden.»

«So fühle ich mich auch, Coach.» Mühsam richtete er sich wieder auf und fuhr sich über sein bleiches Gesicht. «Wussten Sie, dass unsere Chefin Triathletin ist?»

John Brennan verkniff sich eine Antwort und erklärte nur: «Was predige ich euch immer? Erst nachdenken und *dann* handeln. Vielleicht reißt du beim nächsten Mal dein Maul nicht so weit auf.» Er drängte ihn in Richtung Startlinie. «Mach dem Team keine Schande.»

Weil Brian beim Laufen seine Sonnenbrille nur verloren hätte, nahm er das helle Sonnenlicht in Kauf und gab seine teure Oakley an Liv weiter, die sich zusammen mit Hanna Brennan ein Plätzchen an der Laufstrecke suchen wollte, um von dort das Team anzufeuern. Hanna schob den Kinderwagen, in dem ihre kleine Tochter friedlich schlief, und sah ihn mitleidig an, als sie seine geröteten Augen und die bleiche Gesichtsfarbe bemerkte.

Das Footballteam fiel auf wie ein bunter Hund, als es sich unter die anderen Läufer mischte. Pink dominierte überall, denn die anderen trugen alle irgendetwas Pinkes an sich. Selbst die Absperrungen im gesamten Central Park waren pink, ebenso die Verpflegungsstationen wie auch die Kontrollpunkte. Brian schauderte. Er stand inmitten von kichernden Frauen, die ihn mit einer Mischung aus Bewunderung, Mitleid und Abscheu betrachteten. Obwohl er noch nicht einen Meter gelaufen war, schwitzte er schon wie ein Schwein und stank aus jeder Pore seines Körpers nach russischem Wodka.

«Mr. Palmer, mein Mann ist ein großer Fan von Ihnen.»

«Meiner auch.»

Bevor er sich's versah, hatte er einen Stift in der Hand und signierte T-Shirts, Kappen und andere Kleidungsstücke, während die Stiche hinter seiner Stirn immer schlimmer wurden. Die Frauen waren sogar so höflich und gaben vor, seine widerlichen Körperausdünstungen nicht zu bemerken. Als der Countdown der letzten zehn Sekunden ertönte, war endlich Schluss mit der improvisierten Signierstunde. Stöhnend schloss er die Augen und unterdrückte einen lauten Rülps.

Palmer, du bist Sportler. Du bist ein Profi. Nimm dich zusammen, verdammt noch mal! Du schaffst das! Denk an das letzte Down im Spiel gegen die Bengals, als du einen Pass angetäuscht und ganze 25 Yards allein gelaufen bist, um einen Touchdown zu machen. Du bist ein harter Kerl! Ein bisschen Kopfweh und Übelkeit halten dich nicht davon ab, der kleinen Hippiebraut einen Einlauf zu verpassen. Du bist Brian Palmer, Herrgott noch mal!

Auf diese Weise angespornt, lief er los, als der Schuss ertönte, auch wenn er wegen des lauten Knalls zusammenzuckte. Bei jedem Schritt in der Frühlingssonne rumorte sein Magen, pochte sein Schädel und schmerzte sein verkaterter Körper. Die aufmunternden Rufe von den jubelnden Zuschauern verursachten ihm ein Ohrenpfeifen. Er kam nicht richtig in Fahrt, seine Beinmuskeln protestierten. Als er an einem Posten vorbeilief, an dem sich eine Band aufgestellt hatte und Rockmelodien spielte, hätte er beinahe das Handtuch geworfen, doch ein Blick auf den strammen Hintern, der einige Meter vor ihm fröhlich auf und ab hüpfte, überzeugte ihn weiterzumachen.

«Geist über Materie.» Julian lief gut gelaunt neben ihm her und winkte in die Menge, von wo einige Kinder ihm zujubelten. «Du packst das.»

«Irgendwann glaubst du es vielleicht selbst», keuchte Brian und wischte sich den Schweiß von der Stirn. Julian lief lachend an ihm vorbei. Normalerweise war er topfit und in bester Verfassung, aber der heutige Tag war der absolute Tiefpunkt seiner Karriere. Korpulente Damen, die dreißig Jahre mehr auf dem Buckel hatten, überholten ihn und plapperten dabei noch miteinander, während seine Lungen brannten und Krämpfe seine Waden erreichten. Irgendwann konnte er den kleinen Knackarsch nicht mehr sehen und stöhnte innerlich. Langsam, aber sicher musste er einen Zahn zulegen.

Seine miserable Verfassung sowie sein verkatertes Äußeres blieben nicht unbemerkt, und er musste sich von dicklichen Herren, die mit Bier und Hot Dog an der Strecke standen, dumme Kommentare darüber anhören, dass Profisportler überbezahlt und überbewertet waren. Brian biss die Zähne zusammen und legte an Tempo zu, auch wenn es ihm unglaublich schwerfiel, es zu halten.

«Lauf, Brian!» Er blickte schwerfällig nach rechts und sah Liv, die aufmunternd klatschte. Julian stand vor ihr, trank einen Schluck und gab ihr die Wasserflasche mit einem Kuss zurück, bevor er seinen Kumpel diabolisch anfeuerte. Sicher, Julian konnte sich Zeit lassen, schließlich hatte er ja keine Wette abgeschlossen, der Glückliche.

Ein Stück weiter befand sich eine Gruppe von weiblichen *Titans*-Fans, die sich neben einem Streckenposten auf einem Hügel positioniert hatte und Dupree frenetisch feierte, der errötend eine Flasche Gatorade entgegennahm. Während Brian den Hügel hochtaumelte, der ihm wie der Mount Everest vorkam, starteten die Damen eine La-Ola-Welle und schrien abwechselnd seinen und Duprees Namen. Als Brian den Hügel erklommen hatte, sah er nur, wie eine junge Frau Dupree anlächelte, als sei er der Messias, und sein T-Shirt bewundernd kommentierte.

Neben dem Streckenposten blieb Brian keuchend stehen, stützte die Hände auf den Knien ab und schnappte vornübergebeugt nach Luft. Sein Kopf brachte ihn noch um – von seinem

Magen ganz zu schweigen. Übelkeit schwappte in Wellen über ihn herein.

«Brian, wir lieben dich!»

Eine andere Frau kreischte aufgeregt: «Du bist der heißeste Spieler der Liga!»

Als die Damen im Chor «Zieh dich aus, kleine Maus, mach dich nackig» sangen, konnte Brian es nicht mehr zurückhalten und übergab sich ein zweites Mal vor den entsetzten Augen der Zuschauer – direkt zwischen seine Füße.

Die holde Damenwelt kreischte angewidert auf, manche würgten übertrieben und andere suchten fluchtartig das Weite. Einzig der Streckenposten blieb gelassen, nahm einen Eimer Wasser und schüttete den Inhalt seelenruhig über Brians nach Alkohol riechendes Erbrochenes. Brian verließ den Ort seiner Schande schnell, nachdem er sich eine Flasche Wasser genommen hatte. Merkwürdigerweise fühlte er sich schlagartig besser und fand langsam seinen Rhythmus, auch wenn er immer noch gegen die Reste seines Katers ankämpfen musste. Verschwitzt überholte er einige Amateurläuferinnen, zog an seinen Teamkollegen vorbei, die einen leichten Dauerlauf machten, und hielt Ausschau nach seiner Nemesis, doch er konnte weder ihren blonden Haarschopf noch das Rückentattoo oder den kleinen Hintern entdecken.

Zwanzig Minuten später hatte er endlich zum ersten Mal die Ziellinie erreicht, an der sich viele Läuferinnen in den Armen lagen, weil sie ihre zehn Kilometer hinter sich gebracht hatten. Er hatte die gleiche Strecke noch einmal vor sich und schnappte sich einen der Müsliriegel, die auf dem Tisch der Verpflegungsstation lagen. Ein Blick auf die riesige Digitaluhr an der Ziellinie ließ ihn zusammenzucken. Er hatte unglaublich lange für die ersten zehn Kilometer gebraucht. Das war mehr als peinlich.

Doch Schritt für Schritt ging es ihm besser, und er wurde

etwas schneller. Noch immer konnte er seine Chefin nicht entdecken, versuchte sich jedoch auf seinen Lauf zu konzentrieren. Seine Teamkollegen, die die zehn Kilometer bereits hinter sich hatten, stellten sich amüsiert an den Rand der Strecke und riefen ihm Aufmunterungsfloskeln zu. Nervös geworden, legte er einen weiteren Zahn zu und flog regelrecht durch den Central Park. Hoffnungsvoll fragte er sich, ob Teddy MacLachlan hatte abbrechen müssen, raste leicht asthmatisch weiter und zählte jeden einzelnen Kilometer. Auf den letzten tausend Metern sprintete er trotz seiner schmerzenden Waden und zitternden Oberschenkelmuskeln los und schlitterte am Ende beinahe durch das Ziel. Er war so außer Atem, dass er sich entgegen aller sportlichen Vernunft auf den Rücken fallen ließ und einen Arm über seine Augen legte, während sein Brustkorb wie verrückt pumpte.

Er ignorierte die vereinzelten Fotografen, die einen Schnappschuss von ihm machen wollten, oder die gutmütigen Bemerkungen einiger Kollegen, die etwas entfernt Witze über ihn rissen, sondern lag ausgepowert, erschöpft und zitternd auf dem Gras.

Ein amüsiertes Räuspern ließ ihn schließlich die Augen öffnen und gegen das Licht anblinzeln, das seine zufriedene Chefin umgab und ihn blendete. Er hob ein wenig den Kopf.

«Für ein verkatertes Wrack waren Sie gar nicht so schlecht.»

Unbehaglich wich er ihrem funkelnden Blick aus. "O Mann." Brian legte den Kopf zurück ins Gras und seufzte. Sie hatte sich noch nicht wieder das Sweatshirt angezogen und stand in ihrer vollen Pracht vor ihm, sah überhaupt nicht mitgenommen oder verschwitzt aus, sondern wirkte ganz entspannt. Er schwor sich, sobald es möglich war, aufzustehen, ein Taxi zu rufen und nach Hause fahren, um zu duschen, zu essen und eine Woche lang zu schlafen.

«Darf ich hoffen, dass Sie vor der Ziellinie das Handtuch geworfen haben?»

Sie schenkte ihm ein bescheidenes Lächeln. «Nein.»

«Shit.»

«Machen Sie sich nichts draus, Palmer. An meiner alten Universität halte ich immer noch den Rekord für alle Langstrecken.» Sie räusperte sich und schlug gutmütig vor: «Sollen wir die Wette wiederholen, wenn Sie wieder fit sind?»

Finster musterte er sie. «Denken Sie wirklich, ich würde dieses Angebot annehmen?»

«Nein.» Sie schüttelte den Kopf und hielt ihm eine Hand hin, die er nach kurzem Zögern nahm.

«Glückwunsch», murrte er.

«Danke. Kurieren Sie Ihren Kater aus. Wir sehen uns morgen.»

Als sie sich umdrehte und gehen wollte, sagte er verwirrt: «Moment...»

Fragend drehte sie sich wieder in seine Richtung. «Ja?»

«Wegen unserer Wette...» Verlegen bemerkte er, dass ihm heftige Röte ins Gesicht schoss, die nichts mit dem Rennen zu tun hatte.

«Machen Sie sich keine Sorgen, Mr. Palmer.» Grübchen erschienen in ihren Wangen, weil sie grinsen musste. «Ich will gar nicht, dass das Team dabei ist, wenn Sie Ihre Wettschulden einlösen – was ganz sicher der Fall gewesen wäre, wenn *Sie* gewonnen hätten.»

«Äh...»

«Ach, und wegen heißer Dessous müssen Sie sich auch keine Gedanken machen, *Schätzchen*», fügte sie lässig hinzu, «halten Sie es wie ich und lassen Sie die Unterwäsche weg.»

Brian wusste nicht, ob es an seinem Kater, seiner Niederlage oder an den Worten seiner Chefin lag, dass er nur sprachlos beobachten konnte, wie sie ihm den Rücken zukehrte, ihm ihr

Tattoo unter die Nase hielt und dann vor sich hin pfeifend verschwand.

Aus Teddys Sicht war der Benefizlauf ein voller Erfolg gewesen. Der Verein hatte enorm viel Geld gesammelt, die *Titans* hatten kräftig Werbung für die nächste Saison gemacht und wurden für ihre Teilnahme am Spendenlauf hoch gelobt. Noch viel befriedigender war jedoch, dass Teddy ohne große Mühe den arroganten Quarterback geschlagen hatte.

Er war so sicher gewesen zu gewinnen, dass er ziemlich dämlich aus der Wäsche geschaut hatte, als er am Ende doch verloren hatte. Eigentlich hatte sie sich darauf eingestellt, sich beim Lauf richtig anstrengen zu müssen, denn Brian Palmer war nun einmal Profisportler, auch wenn sie selbst Langstreckenläuferin war. Doch er hatte ihr durch seinen Kater in die Hände gespielt. Sein Zustand war geradezu deprimierend gewesen, aber sie konnte wenig Mitleid für einen Mann empfinden, der seine Klappe aufriss und sogar dann noch frech wurde, wenn sie ihm vorschlug, lieber nach Hause zu fahren. Er hatte es nicht anders gewollt und musste nun die bittere Pille schlucken.

Teddy hoffte, dass das Team nach ihrem heutigen Erfolg endlich begann, sie zu akzeptieren, denn beim Lauf hatten die Spieler noch schlichtweg durch ihre Chefin hindurchgesehen. Sie hatte sich mit den Organisatoren unterhalten, mit John gescherzt und seine Familie kennengelernt, doch ihr Team hatte es nicht für nötig gehalten, auch nur ein Wort an sie zu richten, nicht einmal als alle auf das Startzeichen warteten. Vor dem Lauf war sie zu den einzelnen Spielern gegangen, um sich zu erkundigen, wie es ihnen ginge, hatte jedoch nur einsilbige Antworten bekommen. Mark Delaney, der eingebildete Rookie, ging ihr am meisten auf den Keks. Er benahm sich bereits wie ein Superstar, schleimte sich bei ihr ein, nur um hinter ihrem Rücken sexistische Kommentare abzulassen, wenn er dachte, sie würde davon nichts bemerken. Lediglich Tom Peacock und Julian Scott benahmen sich zivilisiert und erwiderten ihren Gruß freundlich. Brian Palmer dagegen schien immer auf Kriegsfuß mit ihr zu stehen. Selbst verkatert hatte er sie wütend angeblafft, während sein gut aussehendes Gesicht schweißnass und bleich gewesen war.

Beim Lauf hatte sie ihn nicht gesehen und war in der schnellsten Gruppe vorneweg gelaufen. Erst als er nach Atem schnappend hinter der Ziellinie lag, hatte sie ihn entdeckt. Zu dem Zeitpunkt hatte sie den Lauf schon lange hinter sich und mit den anderen Teilnehmern einen Plausch gehalten sowie ihre Sponsoren informiert. Wenigstens hatte sich Palmer, der im Gegensatz zu seinem sonstigen Auftreten merkwürdig gekleidet gewesen war, als fairer Verlierer herausgestellt und ihr gratuliert. Ob sie die Wette einlösen würde, stand in den Sternen.

«Hast du dich *so* draußen sehen lassen?»

Erschrocken drehte sich Teddy zu ihrer Mutter um, die missbilligend in der Tür zum Zimmer ihrer Tochter stand.

Teddy sah an sich hinab. Sie war gerade erst vom Benefizlauf zurückgekommen, hatte sich eine Banane genommen und war in ihr Zimmer gegangen.

«Das ist Wettkampfkleidung», verteidigte sie sich.

«Du hast dich geschmacklos exponiert», schimpfte ihre Mutter, was nichts anderes heißen sollte, als dass sie in ihren Augen wie eine Schlampe herumlief.

Während sich ein Kloß in Teddys Hals bildete, runzelte sie ärgerlich die Stirn. «Das ganze Team hat am Benefizlauf teilgenommen – genau wie ich. Ich bin Sportlerin, Mom, Läuferin, soll ich etwa in Jeans und Pulli einen Halbmarathon laufen?»

«Du bist entblößt.»

«Ich bin nicht entblößter als bei Wettkämpfen, und da trage ich sogar noch weniger, nämlich eine kurze Hose.»

«Man sieht deine Tätowierung...»

«Ja, und mein Piercing!»

Ihre Mutter versteifte sich. «Du musst nicht schreien, Teddy. Deine Aufmachung ziemt sich nicht für die Besitzerin eines Footballteams.»

«Aber ich bin doch...»

«Wenn die Leute dich so sehen, was werden sie dann wohl denken?»

«Sie werden denken, dass ich eine Läuferin bin», gab Teddy unwirsch zurück, obwohl sie wusste, worauf ihre Mutter hinauswollte.

«Du musst Rücksicht auf deine Position im Verein nehmen.»

«Weißt du was, Mom?» Sie schlüpfte in ein Sweatshirt und starrte ihre Mutter unglücklich an. «Ich mache meine Sache gut, wirklich gut. Im Verein läuft es großartig, der Draft war für uns erfolgreich, und Tom Peacock ist zu uns gewechselt...»

«Die Abteilungsleiter machen ihre Sache gut.»

«Nein! *Ich* mache meine Sache gut», warf sie laut ein und kam einen Schritt näher. «*Ich* habe Tom kontaktiert, *ich* habe mit ihm verhandelt, und *ich* habe ihn davon überzeugt zu wechseln. Die Verhandlungen mit einem neuen Sponsor laufen ebenfalls wunderbar. Und heute habe ich einen riesigen Batzen Geld für die Brustkrebshilfe zusammenbekommen, weil ich vorher tolle Sponsoren für unseren Lauf aufgetrieben habe. Dad wäre stolz auf mich – aber du wirfst mir vor, dass ich angeblich unschickliche Kleidung trage, die ich aber immer bei Wettkämpfen trage. Kannst du nicht einsehen, dass ich meine Sache gut mache?» Verzweifelt und dennoch hoffnungsvoll sah sie ihre Mutter an. Ihre Mutter, die früher immer neben der Laufstrecke gestanden und sie angefeuert hatte.

Und die jetzt ihr Gesicht verschloss und sie emotionslos anblickte.

«Du bist erst seit wenigen Wochen die Besitzerin. Es bleibt abzuwarten, wie du dich entwickelst.»

Teddy schluckte schwer. «Du denkst, dass ich es vermasseln werde.»

Als ihre Mutter nichts antwortete, fragte sie dumpf: «Warum hast du überhaupt zugelassen, dass Dad mir seinen Verein überträgt?»

«Dein Vater hatte sich dazu schon vor einigen Jahren entschieden und ließ sich nicht mehr davon abbringen.»

Teddy nickte, während heiße Tränen in ihre Augen stiegen. «Dad ist nicht hier ... warum hast du dann zugelassen, dass ich hier wohne, hier in der Wohnung?»

Majory drehte sich um und erwiderte ruhig: «Weil dir einfach nicht zu trauen ist. Hier habe ich wenigstens ein Auge auf dich.»

9. Kapitel

Teddy hielt vor dem dreistöckigen Verwaltungskomplex der *Titans* an und stellte den Motor ihres erst gestern erworbenen Motorrades ab. Hanna Brennan hatte die Maschine nie gefahren, wie sie beim Abendessen zugegeben hatte, sodass die Yamaha wirklich brandneu war. John hatte einen Spottpreis vorgeschlagen, was Teddy schon peinlich gewesen war, doch der junge Vater war einfach nur froh, dass beide Maschinen endlich weg waren. So änderten sich die Zeiten, dachte Teddy amüsiert, denn John war als junger Quarterback mit Anfang zwanzig ein Geschwindigkeitsfanatiker gewesen, der gern schnelle Autos und Motorräder fuhr, während er jetzt einen sicheren Geländewagen besaß, vollgestopft mit Kinder-CDs und anderem Spielzeug. Dass der Cheftrainer vernarrt in sein Töchterchen war, hatte Teddy nicht erst gestern erkannt, als er bei jedem Weinen der Kleinen aufsprang, um ins Kinderzimmer zu eilen und nach seiner Prinzessin zu sehen, während sich Teddy mit Hanna unterhielt und schnell herausfand, warum der Coach diese Frau geheiratet hatte. Die beiden waren wie geschaffen füreinander und schienen sich wunderbar zu ergänzen. Einen dermaßen netten Abend hatte Teddy seit langer Zeit nicht verlebt und kam deshalb heute froh gelaunt zur Arbeit.

Neben ihr heulte ein Motor auf. Sie blickte durch den getönten Sichtschutz ihres Helmes nach rechts. Brian Palmer stellte seine Maschine neben ihrer ab, blieb darauf sitzen und klappte seinen Sichtschutz hoch. «Nette Maschine.»

«Danke.» Sie zog den Helm vom Kopf und fuhr sich durch ihr Haar. «Ihre Kawasaki ist der Hammer.»

Sobald Brian sie erkannt hatte, drückte sein Gesicht pure Überraschung aus. In den letzten drei Tagen waren sie sich nur wenige Male über den Weg gelaufen, und Teddy hatte stets den Eindruck gehabt, dass es ihm überaus peinlich gewesen war, sie zu treffen. Beinahe tat er ihr leid, weil am Montagmorgen wenig schmeichelhafte Fotos von ihm in den Tageszeitungen erschienen waren. Zwar hatte es verdammt gutgetan, diesem Angeber eins auszuwischen und mit einem gewaltigen Vorsprung ins Ziel zu laufen, aber die erniedrigenden Fotos waren wirklich gemein gewesen.

Dupree Williams dagegen war der gefeierte Held des Tages geworden, weil er in dem albernen T-Shirt, das sie allein zum Spaß im Team hatte verteilen lassen, am Lauf teilgenommen hatte. Interviewanfragen und zahllose Autogrammwünsche gingen seit drei Tagen im Verein ein. Sogar die Gleichstellungsbeauftragte der Stadt New York sprach in der Verwaltung vor, weil Dupree in der nächsten Woche ein Frauenhaus eröffnen und eine Rede in der Brustkrebstherapieeinrichtung eines Krankenhauses halten sollte. Der arme Tackle wusste überhaupt nicht, wie ihm geschah.

Teddy lehnte sich über ihr Motorrad und schob den Ständer zur Seite, denn sie war noch zu unvertraut mit dem Gewicht der Maschine, um sie zwischen ihren Beinen zu balancieren, wie es der Quarterback mit seiner machte.

«Ist das die R6?»

Sie nickte und fuhr mit ihrer Hand über den blauen Tank.

«Hab gehört, sie soll ziemlich bockig zu fahren sein und kracht im ersten Gang.»

Sie bemerkte, wie er seinen Helm ebenfalls absetzte und sie dann mit zerzaustem Haar musterte.

«Das kann ich nicht sagen, aber der erste Gang zieht bei jeder Yamaha immer ziemlich stark ab. Vor allem wenn das Standgas hoch eingestellt ist.»

«Wie viele PS hat sie?» Er musterte die schnittige blaue Maschine neugierig.

«120.»

«Wie viele Umdrehungen?»

«13 000.»

Er pfiff und nickte anerkennend. «Wie schnell fährt die Maschine denn?»

«Hab ich noch nicht ausprobiert» – Teddy hob entschuldigend die Hand –, «ich hab sie erst gestern abgeholt.» Dann deutete sie auf seine Maschine. «Die ZZR 1400 haben Sie aber auch noch nicht lange, oder?»

Er schüttelte den Kopf. «Sie ist erst seit kurzem auf dem Markt. Vorher hatte ich eine Hayabusa, aber mit der neuen Ninja hat Kawasaki das momentan schnellste Rad auf der Welt entwickelt. Deshalb habe ich meine alte Maschine weggegeben und mir die hier geholt.» Er klopfte auf den Lenker.

«Mit Ram Air soll sie 210 PS haben.» Auch Teddy musterte die andere Maschine neugierig.

«Ja, bei 10 000 Umdrehungen in der Minute.»

«Sehr geil.»

Er zog den Schüssel und warf ihn ihr hinüber. «Tauschen wir mal.»

Teddy ließ sich das nicht zweimal sagen und stieg von ihrer Maschine, während er sich ebenfalls erhob und den Lenker festhielt. Sie ließ sich auf dem Sitz nieder, steckte den Schlüssel hinein und startete den Motor, der laut aufheulte. Zwar war Teddy um einiges kleiner als der hochgewachsene Quarterback, doch sie kam bequem mit ihren Füßen an den Boden. Sie hatte schon immer mal eine Ninja fahren wollen, aber nie die Gelegenheit dazu gehabt. Nicht nur diese giftgrüne Farbe war scharf, sondern das komplette Äußere und die heftigen 210 PS, die sie unter sich fühlen konnte.

Voll freudiger Erwartung setzte sie ihren Helm auf und schob das Motorrad rückwärts aus der Parklücke, um einige Runden auf dem riesigen Parkplatz der *Titans* zu drehen. Natürlich konnte sie hier nicht wirklich Gas geben, aber es ging ihr in erster Linie um den Fahrspaß. Aus den Augenwinkeln sah sie, wie der Quarterback auf ihrer Maschine hin und her fuhr, bevor sie beinahe gleichzeitig einige Minuten später die Maschinen wieder nebeneinander abstellten.

«Sie haben recht. Die Yamaha ist überhaupt nicht bockig.» Grinsend nahm er den Helm ab. «Und beim Anfahren schießt sie geradezu nach vorn.»

Teddy klopfte das Herz vor lauter Aufregung, als sie von der Kawasaki stieg und ihm den Schlüssel zurückgab. Zu gern hätte sie mal richtig Gas gegeben. Sie musste sich in den nächsten Tagen wirklich die Zeit nehmen, in einem Motorradshop eine Ledergarnitur sowie vernünftige Motorradstiefel zu kaufen, weil sie nicht in Jeans und alten Chucks über die Autobahn rasen konnte. Brian Palmer dagegen besaß die auf seine Kawasaki abgestimmte Motorradkleidung und war damit weit sicherer unterwegs als sie. Außerdem sah eine richtige Ledergarnitur verdammt heiß aus, wie sie an dem Quarterback feststellen musste.

Er machte ihr Platz, als sie an ihre Maschine trat, um den Rucksack aus dem Innenfach zu nehmen.

«Sie sollten den Schlüssel Ihrer Maschine gut verstecken», sagte sie seufzend.

Sein Grinsen war weder gehässig noch provozierend, als er auf sie herabblickte. «Sie werden doch wohl nicht meine Ninja stehlen wollen?»

«Wer weiß …?», Teddy tätschelte den giftgrünen Tank. «Tschüs, Süße.»

Lachend lief er neben ihr über den Parkplatz.

«Wie macht sich Delaney?»

«Er ist ein Aufschneider», erwiderte er nur.

Teddy nickte verständnisvoll. «John wird ihn sicher zurechtrücken. Aber mit Peacock ist im Team alles okay?»

«Tom macht sich großartig, Miss MacLachlan. Das Team ist froh, ihn dabeizuhaben.»

«Das freut mich. Behalten Sie Delaney im Auge. Er ist ganz frisch in der NFL und weiß noch nicht, wie es läuft.»

Brian seufzte auf. «Meinen Sie das ernst? Ich soll für meinen Konkurrenten den Babysitter spielen?»

«Delaney ist der zweite Ersatzquarterback und war niemals als Ihre Konkurrenz gedacht.»

«Hmm.»

«Sie wissen hoffentlich, dass ich Ihnen nicht ans Bein pinkeln wollte, als ich ihn verpflichtet habe.» Teddy sah Brian von der Seite an, betrachtete sein Profil mit den gutgeschnittenen Gesichtszügen und den vollen Haaren, die unordentlich abstanden.

«Schon gut.» Sein Mund verzog sich gequält. «Tut mir leid, dass ich Sie damals im Büro so angefahren habe.»

«Kein Problem. Jeder rastet mal aus.»

«Das scheint bei mir zur Gewohnheit geworden zu sein», gestand er leicht verlegen.

Amüsiert schulterte sie ihren Rucksack, aus dem sie eine Sonnenbrille herausgezogen hatte. «Sicherlich war es für Sie und das Team ein Schock, als ein ‹Hippiemädchen› mit Flipflops zur neuen Chefin erklärt wurde.»

An der Röte auf seinem Gesicht erkannte sie, dass sie der Wahrheit sehr nahegekommen war. «Woher wissen Sie das mit dem Hippiemädchen?»

Ihr ironischer Blick wurde durch die runde Sonnenbrille gemildert, über deren Gläser sie ihn ansah. «Es wäre nicht das erste Mal, dass man mich Hippiemädchen nennt.»

«Na ja ... hey» – er deutete mit erstaunten Augen auf ihre linke Augenbraue –, «am Sonntag waren sie noch gepierct! Steht heute wieder eine Pressekonferenz an, oder warum tragen Sie den Ring an Ihrer Augenbraue nicht mehr?»

«Wenn ich wieder Motorrad fahre, besteht die Gefahr, mit dem Ring am Helm hängenzubleiben.»

«Autsch!» Er zog eine schmerzverzerrte Grimasse. «Ist Ihnen das schon mal passiert?»

«Bin dem nur knapp entronnen.»

Teddy musste es sich gefallen lassen, dass er wie ein Gentleman die Eingangstür öffnete und ihr den Vortritt ließ.

«Nur so am Rande, Miss MacLachlan ...», begann er gespielt beiläufig, während sie auf die Fahrstühle zuliefen.

«Müssen Sie nicht eigentlich zum Training?» Sie deutete zu dem langen Flur, der zum Trainingsgelände führte.

«Ich begleite Sie zum Aufzug, weil ich noch etwas mit Ihnen besprechen muss.»

«Ich habe gehört, dass Sie heute Morgen Yoga haben.»

Ungeduldig nickte er. «Hören Sie, die Jungs haben mich gebeten, mit Ihnen über eine kleine Sache zu reden.»

«Aua ... wird es weh tun?» Sie sah ihn scherzend an und drückte auf den Knopf vor den Fahrstuhlkabinen.

«Nein, es ist keine große Sache.»

«Dann raus mit der Sprache.»

«Da wir über Hippies gesprochen haben ...» Unbehaglich biss er auf der Unterlippe herum.

«Haben wir das?»

«Hmm, die Jungs und ich fragen uns ... ob Hippies auch Fleisch essen oder eher auf Tofu stehen. Weil doch das Teampicknick ansteht.» Er lächelte schief und entblößte zwei Reihen schneeweißer Zähne.

Überrascht drehte sie sich zu ihm um und ließ den Blick von seinen Schuhen über die eng anliegende Lederkluft bis zu seinen intensiv leuchtenden blauen Augen wandern. «Sie halten mich tatsächlich für einen Hippie?»

Ungelenk zuckte er mit den breiten Schultern und wich ihrem Blick aus. Teddy wusste nicht, ob sie verärgert, beleidigt oder amüsiert sein sollte. Als es klingelte und sich die Fahrstuhltüren öffneten, betrat sie kopfschüttelnd die Kabine und drückte auf den Knopf für die dritte Etage.

Brians Hand hielt die Türen zurück. «Miss MacLachlan?»

Was sollte sie dazu sagen? Glücklicherweise gewann ihr Humor die Oberhand. «Beruhigen Sie das Team. Ich bin keine Vegetarierin, Veganerin oder irgendetwas in dieser Art. Bei dem Picknick wird es selbstverständlich Fleisch geben.»

«Oh.» Sein Gesicht erhellte sich.

«Von mir aus schlachte ich persönlich eine Kuh, wenn Sie mir einen Gefallen täten.»

«Und der wäre?»

«Sagen Sie doch bitte den Jungs, dass das Hippiemädchen es nett fände, wenn man es endlich Teddy nennen würde.»

Sein Gesichtsausdruck war beinahe Gold wert. Teddy lachte vor sich hin, als sie mit dem Fahrstuhl in die dritte Etage fuhr. Oben herrschte bereits das reine Chaos.

Brian stand vor seinem Spind, an dem seit drei Tagen jeden Morgen ein Foto von den Chippendales hing, und zog sich die Motorradjacke aus. Seine Teammitglieder hatten einen penetranten Sinn für Humor.

Blake trat zu ihm und wirkte besorgt. «Rabbit, das hört sich gar nicht gut an.»

Fragend sah er auf. Sein Kumpel deutete auf den Nebenraum, in dem sich immer mehr Spieler versammelten. Der dort installierte Fernseher lief.

«Geht die Welt unter, oder was?»

«Komm mit – das willst du sicher nicht verpassen wollen.»

Leicht genervt folgte er dem Runningback nach nebenan, wo sich einige Spieler auf Stühle gehockt hatten, während andere am Rand standen und auf den Fernseher starrten.

«Was ist ...»

«Klappe!» Der gutmütige Eddie boxte ihn in die Seite.

Brian strich sich eine Haarsträhne aus der Stirn und stellte ungläubig fest, dass sein Team eine Weibersendung anschaute. Zwei stark geschminkte Moderatorinnen saßen sich bei Zimtschnecken und Cappuccino gegenüber und kicherten miteinander.

«Mach mal lauter!»

Blake drehte die Lautstärke höher.

Die Blondine in einem kurzen roten Kleid blickte mit einem süßen Lächeln in die Kamera. «Liebe New Yorkerinnen und New Yorker! Es ist wieder so weit – Mel und Honey decken Skandale auf. Heute geht es um die *Titans*, die nach dem Benefizlauf vom vergangenen Sonntag in aller Munde sind. Besonders die neue Besitzerin Theodora MacLachlan, die eine schillernde Vergangenheit mit negativen Höhepunkten hat, fiel uns am Sonntag auf, da sie sich seit ihrer Übernahme des Unternehmens kaum hat blickenlassen.»

Schillernde Vergangenheit? Stirnrunzelnd sah Brian auf ein eingeblendetes Foto von Teddy MacLachlan, das sie an der Ziellinie des Laufes zeigte, wo sie lachend mit irgendjemandem sprach. Seiner Meinung nach war das Foto wenig skandalträchtig, außer dass ihr Nabelpiercing zu sehen war.

«Vielleicht erinnern Sie sich noch an die vielen Skandale, die

Theodora MacLachlan, auch Teddy genannt, während ihrer wilden Jugend verursachte.»

Die andere Moderatorin, eine gertenschlanke Brünette mit tiefem Dekolleté, fuhr fort und lächelte genauso süßlich in die Kamera wie ihre Vorrednerin. «In unserem Archiv haben wir Bilder gefunden, die wir Ihnen nicht vorenthalten wollen. Auf dem ersten Foto sehen wir die jetzige Besitzerin der *Titans* mit dreizehn Jahren» – ein Foto von einer putzigen Dreizehnjährigen mit blondem Zopf und braver Schuluniform erschien –, «und hier ist das Foto, mit dem sie traurige Berühmtheit erlangte.» Ein etwas unscharfes Bild wurde gezeigt, das Teddy MacLachlan, nicht viel älter als auf dem ersten Foto, beim Koksen zeigte. Die Pose sowie die weiße Substanz auf einem Handspiegel waren eindeutig.

Brian war kein prüder oder konservativer Mensch, doch beim Anblick eines jungen Mädchens von ungefähr 14 Jahren, das sich auf einem Handspiegel eine Line in die Nase zog, verging ihm wirklich alles. Es war ganz eindeutig Teddy MacLachlan, die mit anderen jungen Menschen in rauchgeschwängerter Luft auf einem Sofa saß.

«Aufgrund einer Unterlassungsklage, die der Vater von Teddy MacLachlan und ehemalige *Titans*-Besitzer, George MacLachlan, vor über zehn Jahren gerichtlich durchsetzen ließ, dürfen wir das Bildmaterial, das die jetzige *Titans*-Besitzerin beim Geschlechtsverkehr mit einem älteren Mann zeigt, nicht verwenden. Dafür zeigen wir Ihnen Ausschnitte eines Films von der damals Sechzehnjährigen bei einer illegalen Party, auf der sie wegen Drogenmissbrauch verhaftet wurde.»

Wackelige Aufnahmen wurden eingeblendet, sie zeigten eine offenbar durchgeknallte und mit Drogen vollgepumpte Teddy MacLachlan, die in einem edlen und dennoch nuttigen Kleid wie paralysiert tanzte und unsinniges Zeug in die Kamera brabbelte.

Brian sah sich das Video ungläubig an. Der Unterschied zwischen dem aufgetakelten Teenager, der seinen Verstand ganz eindeutig verloren hatte, und seiner professionellen sowie kompetenten Teamchefin hätte nicht größer sein können. Gerade eben hatte er doch noch mit ihr gesprochen und sich wegen ihres Humors ein Lächeln verkneifen müssen!

Als sich das wirre Mädchen auf dem Video selbst an die Brust fasste, blendete der Fernsehsender wieder die beiden Moderatorinnen ein, die gespielt ernst in die Kamera sahen. Brian konnte die Medien eh meistens nicht leiden, aber was diese Sendung da fabrizierte, war Rufmord.

«Dass George MacLachlan seiner Tochter sein Team überlassen hat, ist den meisten sportbegeisterten New Yorkerinnen und New Yorkern immer noch unverständlich. Natürlich haben wir gehofft, dass sich Teddy MacLachlan während ihrer Studienzeit in England geändert hat, doch nach neuesten Informationen ist dies nicht der Fall. Uns wurden Fotos zugespielt, die die Frage aufkommen lassen, was sich zwischen der neuen Besitzerin und dem Chefcoach John Brennan abspielt.» Ein Foto, auf dem Teddy den Coach freundschaftlich auf die Wange küsste, wurde eingeblendet. Um der ganzen Angelegenheit einen seriösen Anstrich zu verleihen, erklärte die Blondine besorgt: «Die Titans haben in der vergangenen Saison überragend gespielt, weshalb eine Affäre zwischen der Besitzerin und dem verheirateten Cheftrainer ein Super-Gau wäre. Leider war das Management der Titans noch zu keiner Stellungnahme bereit.»

Brian machte sich los und schaltete den Fernseher ab, ehe die beiden Moderatorinnen weitere Spekulationen von sich geben konnten.

Einige seiner Teamkollegen buhten, aber Brian stellte sich mit verschränkten Armen vor seine Mannschaft. «Seid ihr alte Tratschmäuler? Wir müssen zum Yoga!»

«Palmer, das ist eine ernste Sache. Das Team hat ein Recht zu erfahren, was da oben los ist.»

«Genau!»

Er fixierte beide Defensive Tackle streng. «Ich habe gesagt, dass wir zum Yoga müssen.»

Manche murrten, aber sie erhoben sich von ihren Stühlen oder stießen sich von der Wand ab.

Julian trat neben ihn. «Scheiße.»

«Du sagst es.» Brian konnte immer noch nicht fassen, was er gesehen hatte. Die coole Teddy MacLachlan, die bis spät in die Nacht hinein in ihrem Büro saß, professionell Pressekonferenzen abhielt und es geschafft hatte, Tom Peacock nach New York zu holen, unterschied sich wie der Tag von der Nacht von dem drogenabhängigen High-Society-Teenager, den er gerade im Fernsehen erblickt hatte.

«Meinst du, dass es gut war, die Fragen der Jungs einfach abzuwürgen?»

Brian zuckte kurz mit der Schulter. «Natürlich werden sie sich jetzt das Maul darüber zerreißen, aber was hätten wir ihnen sagen sollen? Wir müssen abwarten, bis wir mehr erfahren. Mutmaßungen heizen das Ganze nur unnötig an.»

«Das stimmt.» Julian schlug ihm aufmunternd auf die Schulter und ging in die Umkleidekabine.

Kaum hatten sie es sich auf ihren Matten gemütlich gemacht und sich mit dem Unvermeidbaren abgefunden, als die Tür zum Trainingsraum aufgestoßen wurde und ein junger Praktikant auf Brian zutrat.

«Mr. Palmer, die Geschäftsleitung muss Sie dringend sprechen.»

Das Team konnte sich denken, worum es ging, und begann wenig zurückhaltend zu tuscheln, während sich Brian erhob und an Abby vorbeilief, der ihm zuzwinkerte. In Trainingsklamotten begab er sich in die oberste Etage, wo absolute Hektik herrschte. Als er um die Ecke bog und das Besprechungszimmer der Geschäftsleitung betrat, wäre er beinahe über den Haufen gerannt worden.

Alle Abteilungschefs waren anwesend, standen in Gruppen zusammen und redeten heftig aufeinander ein, während sein Coach mit Teddy MacLachlan ein wenig abseitsstand. Sie war erschreckend bleich und stocksteif. Es war noch keine Stunde her, dass sie gut gelaunt neben ihm hergelaufen war und von seiner Kawasaki geschwärmt hatte. Jetzt erschien sie ihm wie ein völlig anderer Mensch. Ihr lässiges Outfit, das aus hautengen schwarzen Jeans, roten Chucks und einem weißen T-Shirt bestand, ließ sie wie ein verängstigtes Kind wirken.

Brian hatte keine Lust, sich von Archibald Callums, dem PR-Chef, anquatschen zu lassen und schlenderte daher zu seinem Coach, der momentan sicher Rückendeckung gebrauchen konnte.

Sobald Teddy ihn entdeckt hatte, flammten ihre Wangen auf, bevor sie den Blick senkte und verlegen an ihrem kurzen Pferdeschwanz zupfte.

«Coach.»

«Palmer ...» John Brennan sah ihn unsicher an. «Ist bei den Jungs alles okay?»

«Natürlich», log er und erntete von seiner Chefin prompt einen ironischen Blick.

«Siehst du, Teddy», sagte der Coach beruhigend, «niemand –»

«Verarsch mich nicht», zischte sie ihm zu, «nichts ist okay. Gott, hoffentlich taucht nicht auch noch das andere Video auf», murmelte sie verzweifelt und sah aus, als müsse sie sich jeden Moment übergeben. Brian konnte es ihr gut nachfühlen. Er wusste, wie es war, wenn das Privatleben an die Öffentlichkeit gezerrt und kommentiert wurde. Man musste hilflos und tatenlos zusehen, wie andere die eigene Person mit Dreck bewarfen. Bei ihm waren es lediglich Gerüchte über sein mieses Können im Bett gewesen, und das hatte ihm mehr zugesetzt, als er jemals zugeben würde. Von Teddy gab es Fotos, die sie beim Drogenkonsum zeigten, und anscheinend auch ein Sexvideo. Das musste verdammt hart sein.

«John, es tut mir so leid, dass du in meinen Schlamassel hineingezogen wirst.» Sie schien jeden Moment in Tränen auszubrechen. Brian zuckte zusammen. Mit weinenden Frauen konnte er nicht umgehen.

«Du kannst überhaupt nichts dafür.»

Sie schluckte schwer. «Was wirst du Hanna sagen?»

«Mach dir um uns keine Sorgen. Hanna weiß ganz genau, was sie von solchen Gerüchten zu halten hat. Laut Presse hatte ich erst im letzten Monat eine Affäre mit Jillians nicht existenter Babysitterin, und im Monat davor habe ich angeblich einem Kongressabgeordneten die Frau ausgespannt und die Scheidung eingereicht.»

Auf seinen Scherz ging sie nicht ein, sondern schlang die Arme um sich. «Das ist eine Katastrophe für den Verein.»

Brian sah sich gezwungen, auch etwas zu sagen. «Wir befinden uns in New York. Morgen wird irgendetwas anderes passieren, was noch spektakulärer, katastrophaler oder interessanter ist. Machen Sie sich keine Sorgen.»

Sie lächelte schwach, tätschelte Johns Arm und verschwand kurz nach nebenan.

«Jetzt mal im Ernst. Hat das Team etwas mitbekommen?»

Brian nickte. «Wir haben den Bericht im Fernsehen gesehen.»

«Das Internet ist auch schon voll damit.» John Brennan biss die Zähne zusammen. «Scheiße.»

«Was soll ich dem Team erzählen?»

«Wir geben gleich eine kurze Pressemitteilung heraus.» Der Coach wirkte unsicher und zögerlich. «Diese angebliche Affäre ist keine große Sache und wird bald wieder vergessen sein. Die Presse brauchte einfach einen guten Aufhänger, um die alten Geschichten wieder aufzurollen. Das hatte ich von Anfang an befürchtet.»

«Coach» – Brians Gesicht wurde ein wenig finster –, «warum geben die *Titans* überhaupt eine Pressemeldung heraus? Dadurch bekommen die Gerüchte nur noch mehr Nahrung.»

«Wenn es nur um dieses blöde Gerücht ginge, würde ich dir von Herzen zustimmen, aber sobald Drogen und Minderjährige im Spiel sind, müssen wir offiziell Bedauern formulieren und uns gegen jeglichen neuen Vorwurf wehren.» Er sah seinen Quarterback seufzend an. «Kann ich mich drauf verlassen, dass du die Jungs in Schach hältst?»

Brian schob die Hände in die Taschen seiner Sporthose. Er hatte keine Ahnung, was genau in der Jugend seiner Teamchefin vorgefallen war und warum es ausgerechnet jetzt zum Thema der Boulevardblätter wurde, aber er nickte. «Mach ich.»

«Tut mir den Gefallen und kommt nicht auf das Thema zu sprechen, wenn sie dabei ist. In den nächsten Wochen hat sie bestimmt einen fiesen Spießrutenlauf vor sich.» Der Coach kniff die Augen zusammen und schnitt eine Grimasse.

«Ich werde es den Jungs verklickern.»

John Brennan nickte.

Als sich alle Versammelten kurz darauf an dem runden Konferenztisch niederließen, saß Brian seiner Chefin gegenüber, deren Gesicht zu einer starren Maske geworden war. Archie von der PR-Abteilung las eine kurze Pressemitteilung vor, in der davon die Rede war, dass Teddy MacLachlan bedaure, was in der Vergangenheit vorgefallen war, und sie sich durchaus der Verantwortung bewusst sei, die sie nun trage. Es hieß weiter, dass sie durch den damaligen Umgang mit illegalen Rauschmitteln Verständnis für die Vorbehalte gegenüber ihrer Person habe, sich das Vertrauen der Fans erarbeiten wolle und aus ihren früheren Fehlern gelernt habe.

Für Brians Geschmack war das viel zu viel Kriecherei. Er war selbst wenig begeistert darüber, eine so blutjunge Chefin zu haben, aber das lag einfach an der Tatsache, dass die NFL eine Männerdomäne war. Vielleicht klang das sexistisch, chauvinistisch und diskriminierend, aber genau so lief es im Football ab. Zwar hatte sie ihre Kompetenz und ihr Können bisher sehr gut unter Beweis gestellt, aber er blieb skeptisch – schließlich waren Frauen bekanntlich weichherzig und konnten schlecht mit aggressiven Verhaltensweisen umgehen. Irgendwelche Jugendsünden anzuführen und mit dem Finger auf Teddy MacLachlan zu zeigen, fand Brian dennoch sehr würdelos.

Die angebliche Affäre zwischen der Teamchefin und dem Trainer wurde in der Pressemitteilung nicht weiter erwähnt.

«Sie haben recht, Coach, dass ein Dementi die Gerüchteküche nur noch mehr anstacheln würde, aber ein paar Fotos von Ihnen und Ihrer Frau, rein zufällig beim Spaziergang geschossen, würden den Gerüchten den Wind aus den Segeln nehmen.» Archie Callums sah John auffordernd an.

Seinem Coach schien das nicht zu gefallen, was Brian verstehen konnte. John hielt seine Familie so gut wie möglich aus der Presse und der Öffentlichkeit heraus – sie nun regelrecht vorzuführen und für gute PR auszunutzen wäre da kontraproduktiv.

«Die Medien sind nicht doof und werden darauf nicht hereinfallen. Nein, solche Fotos lasse ich nicht machen.»

Der Abteilungsleiter für das Sponsoring räusperte sich besorgt. «Die Berichterstattung ist miserabel, daher befürchte ich, dass Sponsoren abspringen könnten. Vor allem der Vorstand von Gold Cross Beer ist nervös, wenn es um Drogendelikte geht, schließlich wollen sie Alkohol verkaufen.»

Brian sah, dass Teddy MacLachlan noch blasser wurde.

«Vielleicht sollten wir eine Anti-Drogen-Kampagne starten.» Der PR-Chef schien von seiner Idee regelrecht begeistert zu sein. «Wir drehen einen Werbespot mit Miss MacLachlan und dem ganzen Team, in dem sie sich alle gegen Drogen aussprechen.»

«Meiner Meinung nach wäre eine offizielle Entschuldigung von Miss MacLachlan am wirkungsvollsten», warf der Sponsoring-Beauftragte ein, «vielleicht ein Video, in dem sie sich an die Fans richtet und sie um Verzeihung bittet?»

Archie runzelte die Augenbrauen. «Schön und gut, aber ein aktives Engagement wie die Teilnahme an einer Kampagne darf nicht fehlen.»

Ausgerechnet die Vorstandstussi des Mitgliederrates, die sich um die Fanbetreuung kümmerte, meldete sich zu Wort, obwohl Brian nicht verstand, was sie hier überhaupt zu suchen hatte. «Die Regierung hat eine Kampagne gegen Drogenmissbrauch bei Kindern und Jugendlichen in die Wege geleitet, der wir uns anschließen könnten.»

«Sehr gut, dann liefe der Spot auch nicht nur lokal, sondern könnte landesweit ausgestrahlt werden.»

Bisher hatten sie sich nicht die Mühe gemacht, die Teamchefin zu fragen oder sie in das Gespräch mit einzubeziehen. Teddy saß immer noch wie erfroren auf ihrem Stuhl und war entgegen ihrer Art mucksmäuschenstill.

Als ihre Mitarbeiter weiter darüber sprachen, wie sie am besten zu Kreuze krieche sollte, und auch das Gesicht des Coachs immer finsterer wurde, reichte es Brian.

Er schnaubte und lenkte damit die Aufmerksamkeit auf sich. «Das ist doch alles Bullshit. Miss MacLachlan wird nichts dergleichen tun. Nur weil ein paar Pressefuzzis ihre Verkaufszahlen ankurbeln wollen, wird die *Titans*-Besitzerin nicht wie eine demütige Sklavin um Vergebung flehen.»

«Das sehe ich genauso» – sein Coach nickte –, «die Pressemitteilung muss reichen.»

Archie Callums sah Brian aufgebracht an. «Mr. Palmer, wir sprechen hier von Öffentlichkeitsarbeit...»

«Wir sprechen von der NFL, in der sich Männer in den Boden rammen, während das Publikum jubelt. Denken Sie wirklich, dass kriecherische Schwäche, wie Sie sie planen, bei den Fans auf Gegenliebe stoßen wird?» Er verschränkte die Arme vor der Brust und nahm die typische Pose ein, die er benutzte, wenn er andere einschüchtern wollte. Bei Archie funktionierte es, weil er den Mund hielt, doch Dick Harper, der Sponsoring-Beauftragte, sprang auf und feuerte gegen ihn.

«Die Sponsoren werden verlangen, dass –»

«Die Sponsoren haben in die *Titans* investiert, weil sie erfolgreich sind», unterbrach ihn der Coach. «Teddy hat ihre Sache bisher wunderbar gemacht. Daran gibt es nichts auszusetzen. Und daran werden auch die Sponsoren nichts auszusetzen haben, wenn das Team weiterhin erfolgreich ist.»

«Als Kapitän kann ich Ihnen sagen, dass die Jungs ihre Zeit nicht mit unsinnigen Kampagnen verschwenden wollen. Also schminken Sie sich wieder ab, dass das Team irgendwelche Videos drehen wird.»

«Aber eine öffentliche Entschuldigung von Miss MacLachlan wird nötig sein, um die Gemüter zu beruhigen.»

Miss MacLachlan war eine nervtötende und ziemlich ausgeflippte Frau, der er auf den Leim gegangen war, aber sie war immerhin die Chefin seines Footballteams, und Brian sah es gar nicht gern, wenn man ihm oder seinem Team etwas vorschrieb – was Teddy MacLachlan einschloss.

«Ich wüsste nicht, warum sie sich heute noch öffentlich dafür entschuldigen muss, dass sie als Teenager mal Mist gebaut hat. Das hat niemanden zu interessieren, wenn sie ihren Job jetzt gut macht. Meiner Meinung nach ist die Pressemitteilung schon zu viel.»

10. Kapitel

Teddy kuschelte sich in ihr Sweatshirt und lehnte sich im Sessel zurück. Eigentlich hatte sie das Internet nicht nach Schlagzeilen über sich durchsuchen wollen, weil sie sicherlich Dinge lesen würde, die ihr nicht gefielen. Doch dann war die Neugier größer gewesen als ihre Vernunft, weshalb sie nun Zeitungsartikel anklickte und las, die in der gleichen Form schon vor zehn Jahren erschienen waren.

Seither hatte sich das Internet enorm entwickelt. Sie konnte davon ausgehen, dass ihre Vergangenheit Gesprächsthema in allen möglichen Blogs, sozialen Netzwerken und bei Twitter war. Das Internet vergaß nichts. Das galt auch für dieses scheußliche Sexvideo, dessen Verbreitung ihr Dad damals gerichtlich hatte verbieten lassen. Zwar hatte der Betreiber der damaligen Internetplattform das Video entfernen müssen, um sich nicht der Kinderpornographie strafbar zu machen, und auch der Urheber hatte eine saftige Geldstrafe sowie eine Gefängnisstrafe auf Bewährung erhalten, aber da das Video unzählige Male heruntergeladen worden war, konnte man es immer noch über ausländische Server finden. Teddy verspürte einen Brechreiz, wenn sie daran dachte, wie ihre Probleme an die Öffentlichkeit gezerrt und vor aller Augen ausgebreitet worden waren. Dass wildfremde Menschen sie dabei hatten beobachten können, wie sie im Drogenrausch Sex hatte, war mit Abstand die demütigendste Erfahrung ihres Lebens gewesen.

Viel schlimmer war jedoch, dass ihre Eltern davon erfahren

hatten. Ihr Vater hatte seine Anwälte informiert und war gegen das Video gerichtlich vorgegangen – er hatte jedes Detail, das im Prozess besprochen wurde, mitbekommen. Vor lauter Scham senkte Teddy unwillkürlich das Gesicht.

Damals hatte es kein anderes Thema in New York gegeben, als dass Teddy MacLachlan ein Junkie und eine Schlampe war, die bereits mit vierzehn Jahren auf die schiefe Bahn geriet. Für ihre Eltern, die sie als Baby adoptiert und mit Liebe überschüttet hatten und die sich nie etwas zuschulden hatten kommen lassen, waren Teddys Entgleisungen eine riesige Schande gewesen. Es war heute noch der Grund dafür, dass ihre Mutter kaum ein Wort mit ihr sprach und sie immer noch für eine drogenabhängige Versagerin hielt.

Bei dem Gedanken, dass ihre Mutter von der neuen Pressehatz auf sie erfahren würde, ballte sich Teddys Magen zusammen. Deshalb war sie auch noch nicht nach Hause gefahren, obwohl es schon nach 22 Uhr war. Sie wollte den stummen Vorwurf und das Misstrauen in den Augen ihrer Mom nicht sehen. Am liebsten hätte sie sich irgendwo verkrochen.

Ihr Vater hatte sich damals großartig verhalten. Er hatte sich schützend vor sie gestellt und sie niemals aufgegeben. Noch während das Verfahren lief, hatte er sie zur Entgiftung nach Indien und anschließend auf eine private Highschool nach Arkansas geschickt, um sie von der Clique zu trennen, die ihr alles eingebrockt hatte.

Es war nicht Teddys Art, anderen Menschen die Schuld für ihre eigenen Fehler zu geben, aber die ganze Misere hatte begonnen, als sie mit vierzehn in eine neue Klasse gekommen war. Die elitäre Privatschule, auf die Kinder reicher, berühmter und einflussreicher Eltern geschickt wurden, war ein Sammelbecken für verkorkste Existenzen, auch wenn das niemand wahrhaben wollte. Die Kinder hatten Geld, hatten überall einflussreiche Beziehungen, sturmfreie Luxuswohnungen und desinteressierte Eltern, die durch die Weltgeschichte flogen und sich um ihre jeweils aktuellen Scheidungen kümmerten. Die Langeweile war natürlich vorprogrammiert, wenn man alles besaß, was man haben wollte, und es nichts gab, was man sich nicht leisten konnte.

Mit dreizehn Jahren hatte Teddy nette und bodenständige Freunde gehabt, doch dann wechselte sie auf diese Privatschule und kam aufgrund ihrer außerordentlich guten Noten sogar in die höhere Klasse, in der sich reiche, verwöhnte Snobs tummelten.

Von ihrer Adoption hatte sie immer gewusst, und es hatte ihr nie etwas ausgemacht. Doch dann begannen ihre Klassenkameraden sie zu hänseln, weil sie adoptiert war. Und plötzlich entstand bei Teddy der Druck, dass sie ihre Eltern nicht enttäuschen durfte, weil sie ja lediglich ein Adoptivkind war, das man nur lieben konnte, wenn es perfekt geriet. Sie wollte in der Schule gut sein, sie wollte Freunde haben, sie wollte Erfolg im Sport haben und wollte ihre Eltern stolz machen. Die Klassenkameraden, die alle ein Jahr älter waren, nahmen Teddys Anbiederungen irgendwann ernst und hießen sie in ihrer Clique willkommen, denn schließlich waren ihre Eltern – adoptiert hin oder her – einflussreiche und wohlhabende New Yorker. Sie gehörte dazu.

Es dauerte nicht lange, da saß Teddy mit den anderen auf Partys herum, ging mit ihnen aus und fand es normal, dass in der Runde Drogen herumgereicht wurden. Nach außen waren sie alle korrekte, brave und fleißige Schüler, die ihren Eltern keine Schande machten, während die Dealer auf den Partys ein und aus gingen.

Die ersten Joints waren noch harmlos gewesen, doch dann fing das Koksen an. Teddy war vierzehn, als sie im Koksrausch auf einer Party ihre Jungfräulichkeit an einen Klassenkameraden verlor.

Die Entdeckung von betäubenden Substanzen und Sex war für Teddy das Ventil gewesen, mit dem selbsterschaffenen Druck umzugehen. Anfangs hatten ihre Eltern sich keine allzu großen Sorgen gemacht, die Veränderungen der Pubertät zugeschrieben und vermutlich gedacht, dass ihre Tochter langsam flügge wurde. Doch spätestens mit Ende fünfzehn ließen sich die Abhängigkeitsmuster nicht mehr verbergen. Teddy hatte sich in eine verwöhnte Zicke verwandelt, die in teuren Klamotten Partys besuchte, noch reichere Freunde hatte, die allesamt älter waren, und die Schule lediglich als Möglichkeit ansah, ihre Clique zu treffen.

Als der Drogenmissbrauch nicht mehr zu übersehen war, sie verhaftet wurde, Koksbilder in der Presse auftauchten und das Sexvideo veröffentlicht wurde, schritt ihr Vater ein und holte sie aus ihrer Umgebung heraus. Er steckte sie in ein Camp in Indien, das von buddhistischen Mönchen geführt wurde und wo man Teenagern mit Drogenproblemen half. Anfangs hatte sich Teddy natürlich dagegen gewehrt, dorthin abgeschoben zu werden, aber nach der ersten Entgiftung hatte sie seit langer Zeit mal wieder einen klaren Kopf gehabt und war entsetzt darüber gewesen, was sie alles angerichtet hatte. Sie blieb über ein halbes Jahr in Indien, arbeitete im Camp mit, lernte viel über sich selbst und genoss die Zeit sehr. Zurück in den Staaten, schrieb sie sich in einer Highschool in Arkansas ein und machte dort ihren Abschluss, bevor sie zum Studium nach England ging. Bereits vor einigen Jahren hatte sie ihren ersten Universitätsabschluss gemacht, sich dann jedoch noch für zwei weitere Studiengänge entschieden, um sich weiterzubilden und noch nicht zurück nach New York ziehen zu müssen.

In all den Jahren war sie nur selten in New York gewesen und hatte keinen Kontakt mehr zu ihren alten Freunden. Sie war in Indien glücklich – fernab von jedem Komfort und jeglichem Luxus –, und auch die Zeit in Arkansas und England hatte ihr gutgetan. Sie war vielleicht kein «Hippiemädchen», aber es machte ihr auch nichts aus, auf besonderen Luxus zu verzichten, während sie es mit fünfzehn schon als Zumutung empfunden hatte, ein Taxi anstatt der Limousine zu nehmen.

Als es an ihre Tür klopfte, sah sie erschrocken auf und schloss schnell den Bildschirm, auf dem sie koksend zu sehen war.

«Warum sind Sie noch hier?» Brian Palmer stand in der Tür. «Ihr Motorrad steht noch auf dem Parkplatz, und ich habe hier oben Licht gesehen.» Er kam in ihr Büro und ließ sich wie selbstverständlich in den Besuchersessel fallen, bevor er sie durchdringend ansah und seine langen Beine von sich streckte.

Teddy war ihm dankbar, weil er bei der Besprechung auf ihrer Seite gewesen war, auch wenn sie nicht verstand, warum. Von Anfang an hatten sie sich nicht verstanden, obwohl sie versucht hatte, es sich nicht anmerken zu lassen – aber dominante und herrschsüchtige Männer konnte sie einfach nicht leiden. Brian Palmer fiel ihrer Meinung nach genau in diese Kategorie. Quarterbacks waren generell leicht überhebliche Primadonnen, die sich für ein Geschenk an die gesamte Footballwelt hielten und keinen Widerspruch zuließen. Wenn sie dann auch noch gut aussehend und charmant waren, konnte man davon ausgehen, dass sie sich selbst als Superman betrachteten. Leider *war* Brian Palmer ein gut aussehender und charmanter Quarterback, der genau wusste, wie er auf die Damenwelt wirkte. Selbst als alkoholisiertes Wrack hatte er am vergangenen Sonntag Heiratsanträge und anzügliche Angebote erhalten.

«Was tun Sie hier? Das Team hat schon seit Stunden Schluss.»

Er errötete leicht. «Ich hatte noch etwas in New Jersey zu tun und bin auf dem Rückweg hergekommen, um in unserem Fitnessraum zu trainieren.» Lässig fuhr er sich durch sein frisch geduschtes Haar und lehnte sich zurück.

«Oh.» Teddy biss sich auf die Unterlippe.

«Also? Warum sind *Sie* noch hier?»

Sie zuckte flüchtig mit den Schultern. «Das können Sie sich sicher denken.»

«Soll das heißen, dass Sie nicht besonders scharf darauf sind, sich der Presse draußen zu stellen?»

Erschrocken blickte sie auf. «Stehen Fotografen vor der Tür?»

«Vor der Geländeeinfahrt» – er nickte seufzend –, «als ich vor über zwei Stunden herkam, stürzten sie sich auf mein Auto. Wie viele jetzt noch draußen warten, kann ich Ihnen nicht sagen.»

«Na super», murmelte sie betrübt. Um sich abzulenken, sah sie ihn fragend an. «Was hatten Sie in New Jersey zu tun? Ein Date?»

Er lachte. «Aber sicher. Deshalb bin ich anschließend in den Verein gefahren, um Krafttraining zu machen. Nein ...» Brian legte mit einem verlegenen Gesichtsausdruck den Kopf schief. «Einmal in der Woche besuche ich in New Jersey ein Therapiezentrum für Kinder.»

Das hatte Teddy wirklich nicht erwartet.

«Das hätten Sie nicht gedacht, oder?» Er lächelte schief, was durch seine leicht ungerade Nase niedlich wirkte.

Teddy schüttelte den Kopf. «In Ihrer Mappe stand nichts von karitativer Arbeit, deshalb wundere ich mich.»

«In meiner Mappe?» Belustigt sah er sie an.

Sie verdrehte die Augen. «Noch bevor ich in New York ankam, hatte mir Archie Mappen zu allen Spielern geschickt.»

«Archie? Ich dachte, nur wir Spieler würden ihn so nennen.» Brian prustete vergnügt.

«Mein Dad nannte ihn früher schon Archie, obwohl er ihn persönlich so niemals angesprochen hat. Jedenfalls waren alle

Freizeitaktivitäten der Sportler aufgelistet. Bei Ihnen stand nichts von einem Ehrenamt.»

Seine Mundwinkel wanderten nach unten. «Das war Absicht. Wenn Archie davon Wind bekommen hätte, wäre eine Medienkampagne gestartet worden, bei der man die Kinder vor die Kamera gezerrt hätte. Zwar engagiere ich mich, aber nicht wegen der Publicity, sondern um den Kindern etwas Gutes zu tun. Deshalb muss das auch niemand wissen.»

«Sehr lobenswert», murmelte Teddy.

«Da Sie schon die Mappen erwähnen» – er vergrub die Hände in den Taschen seines blauen *Titans*-Sweatshirts –, «war das der Grund, weshalb Sie so gut über uns Bescheid wussten?»

«Ah, die Statistiken!» Sie grinste und rümpfte gespielt die Nase. «Das hat Sie fertiggemacht, nicht wahr?»

Brian brummte ein wenig. «Sie waren klar im Vorteil, weil Sie alles über uns wussten, während wir Sie für die Praktikantin hielten.»

Teddy musste lachen – laut und volltönend – und legte den Kopf in den Nacken. Nach dem heutigen Tag wunderte sie dieser Lachanfall. «Die Praktikantin?»

«Ja, obwohl ich es ziemlich krass fand, dass die Praktikantin mit Flipflops durch die Gegend rannte.»

Sie gluckste und warf ihm ein Grinsen zu, das er erwiderte. «Für Sie und die Jungs muss es ein herber Rückschlag gewesen sein.»

«Es war merkwürdig, dass Sie meinen Körperfettanteil wussten. Hatten Sie den auswendig gelernt?»

Kopfschüttelnd lehnte sie sich wieder zurück. «Ich kann mir Zahlen ganz gut merken. Das ist alles.»

Brian musterte sie und schnalzte mit der Zunge, während Teddy spürte, wie die Röte in ihre Wangen stieg. Sie war ein Zahlenfreak, auch wenn man es ihrem Äußeren nicht ansah.

«Ich tippe eher auf ein fotografisches Gedächtnis», antwortete er lässig, «Sie haben das Team an der Nase herumgeführt. Vor allem mich.»

«Wie meinen Sie das?» Argwöhnisch blickte sie ihn über die Tischplatte hinweg an und befürchtete bereits einen makabren Spruch über ihre schmutzige Vergangenheit.

Doch Brian verzog ironisch den Mund und musterte sie. «Sie haben Tom nach New York geholt, während wir alle noch davon ausgingen, dass Sie keine Ahnung von Football haben. Es hat lange gedauert, bis mir klargeworden ist, dass Sie nicht einfach nur ein Footballhandbuch auswendig gelernt hatten.»

Nun war es an ihr, ihm einen ironischen Blick zu schenken. «Was haben Sie denn gedacht? Mein Dad war schließlich sein halbes Leben lang Besitzer der *Titans*. Anstatt abends Märchen zu erzählen, schilderte er, wie die Steelers 1978 gegen die Cowboys mit 35 zu 31 den Super Bowl gewannen und Terry Bradshaw vier Touchdowns machte. Jerry Jones und Troy Aikman sangen mir ein Geburtstagsständchen, Johnny Unitas brachte mir das Fahrradfahren bei, und Onkel Joe schenkte mir meine erste Barbie-Puppe.»

«Onkel Joe?»

«Joe Namath, mein Patenonkel.»

«O Mann.» Brian schüttelte den Kopf. «Das hätte mir jemand mal sagen können.»

«Pech.» Sie grinste. «Sie hätten auch einfach fragen können. Ich wusste die Regeln des Drafts, bevor ich lesen lernte.»

«Toll, reiben Sie ruhig noch Salz in die Wunde.» Er verschränkte die Hände hinter seinem Kopf. «Sie haben mich mit dem Benefizlauf ebenfalls aufs Glatteis geführt.»

«Es war kein Geheimnis, dass ich Langstreckenläuferin bin. Außerdem war es nicht sehr clever, sich am Abend vorher volllaufen zu lassen.»

«Touché.» Wenig reumütig grinste er. «Ich hätte Sie nicht unterschätzen dürfen.»

Immer noch amüsiert, zog sie den rechten Ärmel ihres Sweatshirts hoch. «Immerhin hatten Sie die Wette vorgeschlagen.»

«Aus lauter Übermut. Ich hätte am Abend vorher wirklich nicht so viel Wodka trinken dürfen.» Er seufzte auf. «Und wieder sind wir beim Übermut. Alkohol und Streckenläufe passen nicht zusammen, nicht wahr?»

«Vermutlich nicht.»

«Vermutlich?», echote er belustigt.

Teddy zuckte mit der Schulter. «Ich trinke keinen Alkohol.»

Überrascht wanderten seine Augenbrauen in die Höhe. «Ach?»

Teddy räusperte sie sich. «Wenn man so früh mit Drogen angefangen hat wie ich und rechtzeitig den Absprung geschafft hat, wird man sehr vorsichtig.»

Als sie sah, dass sich Brians attraktives Gesicht bedauernd verzog, verengte sich ihre Kehle.

«Hören Sie, Miss MacLachlan ... ich meine, Teddy, was ich heute bei der Besprechung gesagt habe, habe ich auch so gemeint. Nur weil Sie mal Mist gebaut haben, gibt das niemandem das Recht, mit dem Finger auf Sie zu zeigen.»

«Aha.»

Sie sah, dass er sich verlegen den Nacken rieb. «Sie leisten gute Arbeit. Nur das zählt.»

«Ach!» Ihre Augen blitzten ihn an.

«Na ja ...» Er kratzte sich am Ansatz seines schwarzen Haares. «Sie wissen, was ich meine.» Seine blauen Augen sahen sie intensiv an. «Ich ... also, das ganze Team schätzt Ihre Arbeit.»

Vor sich hin murmelnd, verschränkte sie die Finger und senkte den Blick.

«Wie bitte?»

Seufzend hob sie wieder den Kopf. «Mr. Palmer, wenn...»

«Wenn ich Sie Teddy nenne, bin ich Brian für Sie.» Sein breiter Mund kräuselte sich leicht.

Sie nickte. «Okay, Brian. Wenn das, was Sie sagen, stimmt, warum haben mich dann drei Ihrer Defense-Spieler in der Cafeteria geschnitten und hinter meinem Rücken Sprüche abgelassen?»

«Welche Spieler?»

Ihr Gesicht verschloss sich.

«Wenn einige der Spieler Probleme machen, muss ich das wissen, um mich darum kümmern zu können.» Seine dunklen Augenbrauen zogen sich herrisch zusammen.

«Sie sind vielleicht der Kapitän, aber ich bin die Besitzerin und bekäme keinen Fuß mehr auf den Boden, wenn Sie stets zu meiner Rettung herbeieilen.» Ein wenig stur schüttelte sie den Kopf. «Das ist meine Angelegenheit, und ich muss mich selbst darum kümmern.»

«Das mag stimmen, aber auch innerhalb des Teams gibt es eine Rangordnung. Wenn die Spieler meine Anweisung nicht befolgen, ist meine Position ebenfalls gefährdet», brauste er auf.

«Ihre *Anweisung*?» Fassungslos lehnte sie sich vor. «Von welcher Anweisung sprechen Sie hier?»

Sein charismatisches Gesicht verschloss sich finster. «Die Jungs sollten die Presseberichte ignorieren und Ihnen gegenüber kein Wort darüber verlieren.»

«Das ist nicht Ihr Ernst! Wissen Sie eigentlich, wie schwach mich das wirken lässt?» Sie sprang auf und ballte die Hände zu Fäusten. Sie brauchte ein Ventil – der Quarterback schien sich vorzüglich dafür zu eignen.

«Der Coach –»

«O ja! Ich kann mir gut vorstellen, dass John dahintersteckt.» Sie blieb vor Zorn bebend neben seinem Sessel stehen und starrte finster auf ihn hinab. Vielleicht irrte sie sich, aber er fand das auch noch amüsant.

«Hören Sie, Brian, ich lasse mich von Ihnen nicht wie ein Kind behandeln! Niemand muss mich beschützen – mit den Spielern komme ich selbst klar.»

«Das glaube ich Ihnen aufs Wort», feixte er.

«Es ist mein Ernst!»

«Das weiß ich.» Er erhob sich fröhlich und überragte sie um zwei Köpfe, auch wenn Teddy selbst nicht gerade klein war. «Ich freue mich schon darauf, wenn Sie den Jungs den Kopf waschen.» Er deutete auf ihren Lederrucksack. «Na los, wir gehen.»

«Was?»

«Ich nehme Sie mit in die Stadt, Teddy. Auf dem Motorrad hätten Sie keine Chance gegen die Pressemeute.»

Vielleicht hätte sie widersprechen sollen, aber er hatte recht. Also schnappte sie sich ihre Jacke und den Rucksack und folgte ihm in den Flur. Eigentlich hätte sie sich am liebsten im Vereinsgebäude verkrochen, aber das ging nicht. Um sich abzulenken, richtete sie ihre Aufmerksamkeit wieder auf den Spieler neben sich.

«Warum nennen die Jungs Sie eigentlich Rabbit?»

Er stöhnte auf.

«Kommen Sie, Brian. Viel schlimmer als die Enthüllungen über mich kann es wirklich nicht sein.»

Zusammen standen sie vor dem Fahrstuhl. Teddy sah ihn von der Seite an und bemerkte die Röte auf seinen Wangen.

«Bitte», bohrte sie weiter.

«O Mann, mir bleibt auch nichts erspart.»

«Tut mir leid, aber ich bin einfach neugierig.»

Nervös zog er an seiner Kapuze herum. «Den Spitznamen habe ich vom College.»

«Von der Ole Miss?»

Er nickte. «Wollen Sie das wirklich hören?» Seine Frage klang hoffnungsvoll und verzweifelt zugleich.

«Unbedingt.»

Frustriert fuhr er sich durchs Haar. «Also schön! Ich hatte mit einer Cheerleaderin Sex in der Turnhalle, mein Coach erwischte uns und jagte mich nackt nach draußen, während er mich einen hirnlosen Rammler nannte. Schließlich war sie seine Tochter. Zufrieden?»

Teddy riss die Augen auf, starrte in sein verlegenes Gesicht und brach in Gelächter aus.

«Kommen Sie schon», murmelte er.

«Es tut mir leid» – sie konnte nicht aufhören zu lachen –, «aber das ist das Komischste, was ich seit langem gehört habe!»

Dass er in der Lage war, jetzt auch über sich selbst zu schmunzeln, rechnete sie ihm hoch an.

11. Kapitel

«Ich finde es unmöglich, wie die Jungs sich benehmen.» Mit einem finsteren Blick schaute Liv zu einigen Spielern, die mit Tellern in den Händen an einem Grill standen und ihre Chefin demonstrativ ignorierten, obwohl sie sich zu ihnen gesellt hatte, um mit ihnen zu plaudern.

Julian, der an einem Rippchen nagte, zuckte nur mit den Schultern, woraufhin seine Frau schnaubte und ihm unter dem Tisch gegen das Schienbein trat.

«Au!»

«Könntet ihr eure Teamkollegen bitte mal in den Hintern treten? Was ist das für ein Benehmen?»

«Was meinst du?»

Liv sah Brian an, als hätte er den Verstand verloren. «Das Team kann mit eurer Chefin nicht so umgehen, Brian. Es ist unglaublich respektlos ihr gegenüber. Schau doch hin! Sie wird ständig ignoriert!»

Sein Blick folgte ihrem zu Teddy MacLachlan, die in skandalös kurzen Jeansshorts, einem weißen, ärmellosen Shirt und pinken Sneakers hinter einigen Spielern der Defense am Grill stand und von den Gesprächen ausgeschlossen wurde.

Mann, die Beine waren wirklich der Knaller! Interessiert musterte Brian sie und ignorierte dabei völlig, dass Liv auf eine Reaktion wartete.

«Und?!» Sie wurde ungeduldig.

«Ach, die ist hart im Nehmen.»

Ihre Augen rundeten sich fassungslos. «Kümmert es dich nicht, wenn dein Team Mist baut?»

«Liv, du verstehst das nicht.» Ihr Mann schob seinen mit Barbecuesauce überzogenen Teller von sich. Die drei saßen an einem der vielen runden Gartentische auf der Terrasse eines Countryclubs etwas außerhalb von Manhattan, in dem die *Titans* traditionell jeden Sommer ihre Vereinsfeier abhielten, bevor wenige Wochen später die Saison begann. Wie jedes Jahr handelte es sich um eine zwanglose Feier mit gutem Essen, viel Bier und ein wenig Rahmenprogramm. Im letzten Jahr hatte George MacLachlan einen Komiker engagiert, im Jahr davor war ein mechanischer Bulle aufgestellt gewesen, der jedoch nach einer halben Stunde abgestellt wurde, weil sich ein Tackle wegen eines üblen Sturzes beinahe die Schulter ausgerenkt hätte, und vor drei Jahren war es wohl eine Karaokebox gewesen, wie Brian gehört hatte, denn damals hatte er noch nicht für die *Titans* gespielt. Heute stand ein Softballspiel an.

«Was verstehe ich bitte nicht?» Liv war mittlerweile im fünften Monat schwanger und gebärdete sich wie eine Glucke, die die Schwächeren beschützen wollte. In ihrem kurzen Sommerkleid sah man den Babybauch schon recht gut.

«Die Jungs sind stur und werden das auch noch einige Zeit bleiben, bis sie eine Frau als Teambesitzerin akzeptieren.»

«Julian, das ist total unhöflich und sexistisch.»

«Wer hat denn gesagt, dass Football höflich und integrativ ist?» Brian sah sie träge an.

«Nach den unschönen Berichten in der Presse könntet ihr euch wirklich besser benehmen. Es war für sie bestimmt nicht einfach, dass solche peinlichen Bilder veröffentlicht wurden.»

«*Wir* benehmen uns außerordentlich höflich.» Julian runzelte die Stirn und sah seine Frau kopfschüttelnd an. «Und die anderen werden das irgendwann auch tun.»

Nach den Enthüllungen wenige Wochen zuvor war es in der letzten Zeit merklich ruhiger geworden. Wie er vorausgesagt hatte, war die Spendengeldaffäre des Stadtrates inzwischen viel interessanter als Teddy MacLachlans ausschweifende Jugend.

Liv gab sich nicht geschlagen und fixierte beide Männer abwechselnd. «Dann unterstützt sie ein bisschen. Das ist doch nicht zu viel verlangt!»

Brian sah sich genötigt, ihr eine Antwort zu geben. «Teddy muss ihre Schlachten allein schlagen. Wenn wir uns einmischen, wird sie niemals respektiert werden.»

Liv zog eine Augenbraue hoch. *«Teddy?»*

«Brian und die Chefin verstehen sich mittlerweile blendend.» Julian grinste diabolisch, während Brian sich bemühte, seine Verlegenheit zu überspielen.

In den letzten Wochen waren sie sich öfter über den Weg gelaufen und hatten miteinander gequatscht. Das blieb auch gar nicht aus, schließlich war er der Kapitän und musste sie allein aus organisatorischen Gründen häufiger sprechen. Es hatte ihm auch nichts ausgemacht, dass sie ab und zu auf nebeneinanderstehenden Laufbändern trainierten und sich dabei unterhielten oder dass sie sich der Yogastunde des Teams anschloss und alle – einschließlich ihn – mit ihrer Gelenkigkeit erstaunte.

«Red keinen Scheiß», wies er seinen besten Freund zurecht, «sie will nun einmal so genannt werden.»

«Aha.» Liv grinste. Sie betrachtete die junge Teambesitzerin forsch. «Eigentlich ist sie gar nicht dein Typ, mein Lieber.»

«Liv», murmelte er warnend.

«Sie hat recht», gluckste Julian, «Teddy MacLachlan hat mehr Grips als zehn deiner Model-Betthäschen zusammen und sieht nicht so aus, als wäre sie kopfüber in einen Schminkkasten gefallen.»

«Außerdem fehlen ihr die aufgepumpten Silikonbrüste, auf die der gute Brian doch steht.»

«Hey!» Er warf dem Paar vernichtende Blicke zu. «Unser Verhältnis ist rein geschäftlich.»

«Dabei dachte ich, dass du sie nicht leiden kannst und für unfähig hältst.»

Er spürte nun doch, wie er errötete. «Sie ist nicht so inkompetent, wie ich gedacht hatte.»

«Wow, was für ein Kompliment», ächzte Liv und erhob sich.

«Soll ich dir etwas holen, Liebling?» Sofort richtete Julian seine Aufmerksamkeit auf seine schwangere Frau und sah sie zuvorkommend an.

«Nein, ich setze mich etwas zu Hanna. Hier liegt zu viel Testosteron in der Luft.» Sie wedelte mit der Hand vor ihrem Gesicht herum und schlenderte anschließend einige Tische weiter zur Frau des Trainers, die ihre kleine Tochter fütterte.

«Deine Frau hat eine echt große Klappe», beschwerte sich Brian bei seinem Kumpel, der nur amüsiert grinste.

«Das hat sie.»

Teddy gab es auf, mit dem Team ins Gespräch zu kommen, und ging an die Bar, um sich einen kühlen Eistee zu holen. Es war frustrierend, dass die meisten Spieler sie immer noch ignorierten und wie Luft behandelten.

Sie nippte am Glas und ließ den Blick über die Terrasse des Countryclubs schweifen. An unzähligen Tischen saßen die Teammitglieder mit ihren Frauen oder Freundinnen, unterhielten sich und schlugen sich die Bäuche voll. Teddy kam sich wie eine Außenseiterin vor und wäre am liebsten geflohen. Wären diese furchtbaren Presseberichte nicht gewesen, würde ihr jetzt nicht ständig Misstrauen entgegenschlagen. Glücklicherweise hatte sich die Presse mittlerweile auf ein anderes Thema gestürzt, aber sie wusste genau, dass viele Spieler sie auch wegen der Berichte nicht respektierten und nicht für fähig hielten, den Job ihres Vaters vernünftig auszuführen.

Die letzten Wochen waren ein regelrechter Spießrutenlauf gewesen. Neben dem Commissioner, der um ein persönliches Gespräch gebeten hatte, um über die Gerüchte einer angeblichen Affäre mit dem Cheftrainer und ihren dubiosen Ruf zu reden, hatte sie sich mit einem Kongressabgeordneten auseinandersetzen müssen, der von ihrem Vater unterstützt worden war und nun um seinen Ruf fürchtete. Die Gespräche waren unangenehm, zeitraubend und hatten sie verärgert. Vor allem der Kongressabgeordnete war ihr tierisch auf den Keks gegangen, weil er sie indirekt als Schlampe bezeichnet und sich Sorgen um seinen Ruf gemacht hatte, gleichzeitig aber von seinem teuren Wahlkampf sprach, der im nächsten Jahr anstand. Er erwartete tatsächlich, dass sie ihn mitfinanzierte, weil ihr Vater dies in den letzten Jahren auch getan hatte. Sein entsetztes Gesicht war herrlich gewesen, als sie ihn höflich abwies und ihm erklärte, sie sei in ihrem Herzen Anarchistin und würde nur jemanden unterstützen, der sich für die Legalisierung von Drogen einsetzte.

Dass der Kongressabgeordnete ihrer Mutter von dieser Antwort berichtet hatte, war dagegen eine kolossale Pleite gewesen. Die Fronten waren jetzt noch verhärteter als vorher – wenn das überhaupt möglich war. Das Gerücht um eine Affäre mit John hatte ihre Mutter zwar nicht geglaubt, ihr aber in deutlichen Worten klargemacht, dass sie selbst Schuld daran sei, wenn man ihre Vergangenheit wieder in den Fokus rückte.

Teddy strengte sich doppelt an, um ihrer Mutter, dem Team und allen anderen zu beweisen, dass sie gute Arbeit leistete. Doch niemand würdigte es. Abgesehen von Brian Palmer, dem letzten Menschen auf Erden, von dem sie gedacht hätte, dass er sie jemals akzeptieren würde.

«Teddy!» Hanna Brennan winkte ihr zu. Sie saß nicht allein am Tisch, weshalb Teddy erst zögerte, sich zu ihr zu gesellen, doch dann gespielt lässig hinüberschlenderte.

«Setz dich zu uns.» Hanna ignorierte die wenig begeisterten Gesichter des Centers Al Rory und des Tackles Dupree Williams und deutete auf den Stuhl neben sich. Teddy ließ sich darauf nieder und begegnete dem amüsierten Blick einer umwerfenden Brünetten mit riesigen grünen Augen.

«Kennst du schon Liv Scott?»

Teddy schüttelte den Kopf. «Nein, bisher nicht.»

«Schön, Sie endlich kennenzulernen.» Liv Scott grinste breit. «Wie ich von Julian gehört habe, sind Sie ein wandelndes Footballlexikon und haben Brian gleich bei der ersten Begegnung gezeigt, wo es langgeht. Gratulation.»

Lachend wiegelte Teddy ab. «Na ja ... ganz so war es nicht.»

Liv sah zu den beiden massigen Footballspielern. «Ich habe doch recht, Jungs?»

Die beiden sahen einander unsicher an, bevor sie gleichzeitig mit den Schultern zuckten.

Die Brünette mit dem bunten Sommerkleid verdrehte die Augen. «Ihr seid echt bescheuert.» Sie wandte sich an Teddy und sprühte geradezu vor Begeisterung. «Sie können sich gar nicht vorstellen, wie begeistert ich war, als Sie die Wette gewonnen haben! Hat Brian die mittlerweile überhaupt eingelöst?»

«Welche Wette?», fragte Hanna interessiert, während die beiden Footballspieler verlegen hüstelten.

«Weißt du das gar nicht?» Liv Scott lehnte sich zu Hanna hinüber und grinste diabolisch. «Brian war bei dem Benefizlauf langsamer als Miss MacLachlan ...»

«Bitte, nennen Sie mich Teddy», warf sie ein.

Liv nickte gut gelaunt. «Und weil Teddy gewonnen hat, schuldete Brian ihr einen heißen Strip.»

Die Frau des Coachs lachte auf. «Davon hat John nichts erzählt. Das ist ja der Wahnsinn.»

Beide Frauen sahen sie nun fragend an. «Und? Hat er die Wette eingelöst?»

Zwar versuchte Teddy ernst zu bleiben, aber das war kaum möglich, also schüttelte sie lächelnd den Kopf. «Bisher nicht.»

«Nimm ihn beim Wort! Vor einer Wette darf er sich nicht drücken.»

Auch Liv nickte heftig. «Wettschulden sind Ehrenschulden.»

«Liv», beschwerte sich Dupree, «lass den Kapitän in Ruhe.»

Sie schnaubte auf. «Ihr macht euch ständig über ihn lustig, also lasst mir auch mal den Spaß.»

Teddy ließ sich die Chance, zwei ihrer Footballspieler etwas näher kennenzulernen, nicht nehmen und drehte sich zum Tackle Dupree Williams um, der verdrossen auf seinen mit Knochen bedeckten Teller starrte. Einschmeicheln würde vielleicht helfen.

«Ich habe Sie gestern beim Training gesehen. Auf rechts machen Sie sich sehr gut.»

«Hm.» Wortkarg senkte er den Blick.

Teddy zerbrach sich den Kopf, was sie noch sagen könnte, doch die beiden Spieler machten nicht einmal Anstalten, ihr zuzuhören. Auch der Center Al Rory hatte den Kopf widerwillig gesenkt, als müsste er vor einer Portion Lebertran ein Tischgebet sprechen, weil ihn seine Mama sonst mit dem Kochlöffel versohlen würde.

«Wie ich höre, sind Sie seit dem Benefizlauf ein begehrter Werbepartner, Dupree. Haben Sie schon einen Vertrag abgeschlossen?»

«Duschgel», lautete die einsilbige Antwort.

Liv lachte. «Außerdem ist er das Aushängeschild der Brustkrebshilfe.»

«Hihihi!» Der monströse Center kicherte auf, sobald er das Wort Brust hörte, und wurde rot.

«Reiß dich zusammen», knurrte ihm sein Teamkollege zu, woraufhin Al die Klappe hielt.

Teddy konnte es sich nicht verkneifen und schwärmte: «Die zarte Putenbrust war unglaublich lecker. Noch besser als die saftigen Hühnerschenkel.»

Tatsächlich warf ihr Dupree einen finsteren Blick zu, unter dem andere vermutlich zusammengezuckt wären, während Al wieder loskicherte.

«Liv!» Der gewaltige Strong Safety Eddie Goldberg kam in dem Moment über die Terrasse geeilt, mit einem geradezu verzückten Gesichtsausdruck. Verwundert sah Teddy, dass er wie ein braver Grundschüler vor Liv Scott stehen blieb und ihr mit einem schüchternen Lächeln ein kleines Päckchen überreichte.

«Eddie, du hast mir etwas mitgebracht?» Sie hielt ein Geschenk von der Größe eines Taschenbuches in den Händen. «Das ist lieb von dir. Aber wie komme ich denn zu der Ehre?»

Leicht verlegen erklärte er: «Mach es auf, dann verstehst du es.»

Lächelnd öffnete sie das Geschenk und stieß einen amüsierten Laut aus, als sie einen kleinen Strampler hervorholte, auf dem Mini-Rambo stand. «Gott, ist der süß!» Sie erhob sich und küsste den beglückten Strong Safety auf die Wange. «Vielen Dank! Das ist ein schönes Geschenk.»

«Gern geschehen.» Er lächelte, entdeckte dann Teddy und räusperte sich, während sein Lächeln erlosch. «Ich ... äh ... das Softballspiel beginnt gleich ...»

«Warte, wir kommen mit!» Dupree und Al sprangen geradezu erleichtert auf, um sich ihrem Teamkollegen anzuschließen. Die drei Frauen sahen zu, wie die Spieler zur angrenzenden Wiese eilten, wo das Softballspiel stattfinden sollte.

«Verdammt», murmelte Teddy.

Liv sah sie mitleidig an und setzte sich wieder. «Das Team ist ganz schön stur, oder?»

«Du machst es ihnen zu einfach», Hanna hob ihre Tochter aus dem Kinderwagen und beobachtete währenddessen die anderen Spieler, die ebenfalls in Richtung Wiese eilten.

Verlegen blickte Teddy zu beiden Frauen. Sie kannte Hanna nicht sehr gut, und Liv Scott hatte sie gerade erst flüchtig kennengelernt. Die Situation war ihr peinlich. Eigentlich müsste sie als Teamchefin Autorität besitzen und nicht um die Aufmerksamkeit ihrer Spieler betteln.

«Zeig ihnen, wer der Boss ist.»

«Die Jungs brauchen Zeit ...»

Verwirrt blickte sie von einer zur anderen und schüttelte den Kopf. «Ich habe noch nie Schwierigkeiten mit Footballspielern gehabt, trotzdem kriege ich hier kein Bein auf den Boden.» Verzagt senkte sie den Blick. «Alles nur wegen der Presseberichte ...»

Liv schnaubte. «Glauben Sie mir, darüber machen sich die Jungs keine Gedanken. Die meisten haben selbst genug auf dem Kerbholz.»

Kichernd fügte Hanna hinzu: «Es sind halt Machos, die es nicht verkraften können, von einer Frau abhängig zu sein.»

Teddy warf stirnrunzelnd ein: «Aber ich will ihnen ja gar nichts befehlen oder vorschreiben. Das ist die Sache des Coachs ...»

«Tu es doch einfach.» Hanna zuckte pragmatisch mit der Schulter und setzte ihre Tochter ins Gras, damit Jillian dort krabbeln konnte. «Verschaff dir Respekt, indem du ihnen zeigst, wer jetzt in der Chefetage sitzt. Du bist die Chefin – deshalb müssten sie sich ein Bein ausreißen, um dich zufriedenzustellen.»

Nachdenklich starrte Teddy auf ihre Finger. Wenn es wirklich nicht an den Presseberichten lag, musste es daran liegen, dass die Spieler Vorurteile wegen ihres Geschlechts und ihres Alters hatten.

Um sich abzulenken, deutete sie auf den Strampler. «Der ist wirklich niedlich.»

«Danke.» Die Frau ihres Wide Receivers lächelte glücklich. «Julian und ich freuen uns schon sehr auf unser Kind.»

«Wird es ein Mädchen oder ein Junge?»

Die braunhaarige Frau hörte nicht auf zu strahlen. «Wir lassen uns überraschen. In vier Monaten ist es so weit.»

«Warum hat er Ihnen denn einen Strampler geschenkt?»

«Eddie ist ein Schatz» – Liv grinste breit –, «und er liebt Rambo, genauso wie ich. Julian dagegen schwärmt für Rocky.»

Teddy gab es nicht zu, aber sie hatte beide Filme kein einziges Mal gesehen.

«Hi!» Der Quarterback erschien an ihrem Tisch, er hielt einen Softballschläger in den Händen.

«Geh uns aus der Sonne», befahl Liv fröhlich. «Oder bring uns ein Glas kalte Limonade.»

«O ja! Mit Eis und Schirmchen.» Hanna kicherte auf.

Brian ignorierte sie und starrte stattdessen Teddy an. «Ich habe Sie in mein Team gewählt.»

Teddy runzelte die Stirn. «Ich habe mich nicht einmal aufgestellt.»

«Pech.» Er deutete hinter sich. «Wir fangen mit dem Schlagen an ...»

«Palmer, ich spiele nicht mit», zischte sie. Sie hatte zwar selbst das Spiel vorgeschlagen, weil es sehr gut für die Teambildung geeignet war, doch die Spieler waren halt schon ein Team und hatten ihr deutlich gezeigt, dass sie sie nicht dabeihaben wollten.

Brian ließ den Schläger über seine Schulter baumeln. «Warum nicht?»

«Weil ich nicht will», keifte sie zurück.

Er gluckste amüsiert. «Können Sie nicht schlagen?»

«Ich kann ausgezeichnet schlagen!» Teddys Augen zogen sich zu Schlitzen zusammen und schienen ihn regelrecht zu erdolchen.

Die beiden anderen Frauen verfolgten gespannt den hitzigen Dialog.

«Dann beweisen Sie es.»

«Ich muss gar nichts beweisen.»

«Feigling.» Er grinste über beide Wangen.

«Geben Sie schon her!» Sie riss ihm den Schläger aus der Hand und schenkte ihm einen mörderischen Blick. «Ich fange an.»

«Das hätte ich auch nicht anders erwartet.» Als sie wutschnaubend zu der Wiese lief, blickte Brian ihr seufzend hinterher.

«Brian ...» Liv sah ihn kopfschüttelnd an. «Lass sie in Ruhe. Eure Abneigung geht ihr an die Nieren. Das Team benimmt sich scheiße.»

Er verdrehte die Augen. «Was denkst du, weshalb ich sie zum Spielen geholt habe?»

«Psychologische Kriegsführung?»

«Sehr komisch.» Brian ließ die kichernden Frauen stehen und folgte seiner Chefin. Eines musste man ihr lassen, dachte er zufrieden. Mutig war sie ja.

Er gesellte sich zu seinem Softballteam, das missmutig die einzige Frau in der ganzen Runde betrachtete. «Jungs», sagte er, «die Chefin schlägt zuerst, dann Blake, Tom, Eddie, Martin, Rodriguez, bevor Dan, Dupree und ich dran sind. Bestimmt lassen die anderen den Coach oder Al werfen ...»

«Was ist mit Scott?» Blake wies zu dem blonden Wide Receiver des gegnerischen Teams.

«Der wird sicher erst später werfen, wenn der Coach müde

ist.» Brian fixierte Teddy, die den Schläger in den Händen hielt. «Kommen Sie damit klar?»

«Um mich müssen Sie sich keine Sorgen machen.» Selbstsicher trat sie zur Markierung, die die Schlagplatte darstellen sollte.

Die Fänger verteilten sich auf dem Platz und schienen ebenso wenig begeistert zu sein, dass Teddy mitspielte, doch sie ließ sich davon nicht beeindrucken. Sollte irgendjemand einen dummen Spruch ablassen, konnte es gut sein, dass sie ihm mit dem Schläger einen verpasste.

Wie es der Quarterback vorausgesagt hatte, trat John an die Stelle des Werfers. Die Fänger verkleinerten sofort das Feld, weil sie natürlich davon ausgingen, dass Teddy nicht weit genug schlagen konnte. Sie brauste innerlich auf.

«Los, John! Mach endlich!»

Lächelnd schmetterte er einen Ball über die Platte, den sie nicht mehr bekam. Doch sie ignorierte das Stöhnen hinter sich und traf den nächsten Ball meisterlich, der haarscharf an Johns Ohr entlang zurückflog. Teddy rannte wie der Wind und schaffte es auf die zweite Base. Zufrieden und gleichzeitig provozierend blickte sie in die Runde.

Der Runningback Blake dagegen verfehlte jeden Ball und besiegelte damit ihr erstes Aus. Teddy stand wie bestellt und nicht abgeholt an der zweiten Base und brüllte dem dritten Schlagmann, ihrem Neuzugang Tom Peacock, Aufmunterungen zu. Beim dritten Versuch schlug er den Ball hoch in die Luft, was ihn auf die erste Base und Teddy auf die dritte brachte. Rambo-Fan Eddie verfehlte ebenfalls alle drei Bälle und bescherte ihnen damit das zweite Aus. Martin schickte beim zweiten Versuch einen ziemlich schlechten Ball ins Feld, doch Teddy schaffte es auf die Homebase und gesellte sich zu ihren Teammitgliedern, die zerknirscht dreinschauten, weil sie so schlecht spielten.

«Rodriguez», begann sie und stellte sich neben den nächsten Schlagmann, einen kräftigen Tightend, «Tom steht erst auf der zweiten und Martin auf der ersten. Der Coach wird seinen Ball sicher wieder anschneiden. Lassen Sie ihn abtropfen...»

«Hey», beschwerte er sich, «ich weiß besser als Sie –»

«Lass sie ausreden!» Brian runzelte finster die Stirn. «Schau doch, wie weit das Feld auseinandergegangen ist. Wenn du den Ball abtropfen lässt, haben Tom und Martin vielleicht genug Zeit, um zur Homebase zu kommen.»

«Jedenfalls müsste Peacock es schaffen», stellte Teddy fest und stützte die Hände in die Taille.

«Seid ihr mit eurem Weibergequatsche bald fertig?», brüllte ihnen der Coach entgegen.

«War ja klar, dass du an Weibergequatsche denkst, schließlich wirfst du wie ein Mädchen!», brüllte Teddy zurück und gesellte sich zu ihren schockierten Teamkollegen.

«Äh... guter Schlag, Miss MacLachlan.»

«Danke, Blake.» Sie brüllte Rodriguez weitere Aufmunterungen zu, der die ersten beiden Versuche vermasselte, aber beim dritten den Ball traf. Leider ließ er ihn nicht abtropfen, sondern schlug ihn weit ins Feld, wo er ziemlich schnell gefangen wurde. Tom schaffte es auf die dritte, Martin auf die zweite und Rodriguez auf die erste Base.

Brian stand neben ihr und beobachtete ebenfalls das Geschehen auf dem Feld. «Ihr Schlag war wirklich gut. Highschool?»

Sie schüttelte den Kopf und blickte zu dem hünenhaften Kicker Dan Patrolsky, der ans Schlagmal trat. «Ferienlager.»

Dan vermasselte alle drei Schläge, woraufhin die beiden Teams die Plätze wechselten. Lediglich Teddy hatte im ersten Inning Punkte gemacht, weshalb sie nicht sehr gut dastanden.

Brian wurde zum Werfer auserkoren und grinste über beide Ohren, als Julian an die Schlagplatte trat.

«Was grinst du so, Rabbit?» Der Wide Receiver positionierte sich und tippte mit dem Schläger auf den Boden.

«Mir war nicht klar, dass euer Team auch zuerst ein Mädchen schlagen lässt.»

«Haha.»

Gleich den ersten Ball traf sein Kumpel und schlug ihn außerhalb des Feldes, was für sein Team einen Home-Run bedeutete.

Verärgert beobachtete Brian, wie Julian locker und lässig alle Bases ablief und seinem grölenden Team Kusshände zuwarf. Er drehte sich um und rief seinen Teammitgliedern zu: «Das macht nichts! Wir geben weiter Gas.»

Der nächste Schläger schaffte es auf die erste Base.

Als Al an die Schlagplatte trat, die ersten beiden Bälle verfehlte und zum letzten Versuch ansetzte, brüllte Teddy: «Brust raus, Al!» Er zuckte zusammen und musste kichern. Natürlich verfehlte er den Ball, den Brian in seine Richtung geworfen hatte, was ein erstes Aus für die anderen bedeutete.

Das gegnerische Team buhte und bezichtigte sie der Schiebung, doch Brian drehte sich grinsend zu seiner Teamkollegin um und hob einen Daumen, während die anderen Jungs ebenfalls lachen mussten.

«Gut gemacht, Teddy!»

Teddy konzentrierte sich wieder auf den nächsten Schlagmann, während sie versuchte, den gut aussehenden Quarterback vor sich zu ignorieren, der in Bermudashorts und Poloshirt eine verdammt gute Figur machte.

John schlug seinen Ball in ihre Richtung. Teddy rannte los, erwischte den harten Ball noch im Flug und warf ihn rasch zurück zu ihrem Catcher, der an der Homebase stand. Dank ihrer schnellen Aktion war Julian Scott im Aus. Vielleicht irrte sie sich, aber Eddie Goldberg schien ihr zuzuzwinkern.

Johns Team spielte ebenfalls wenig überragend, denn die

nächsten beiden Schläger schafften das zweite und dritte Aus, weshalb nun die andere Mannschaft wieder schlug.

Teddy stellte sich erneut als Erste ans Schlagmal und sah sich mit Al Rory konfrontiert, der nun werfen würde und ihr einen bösen Blick schenkte, weil sie ihn zuvor abgelenkt hatte. John hockte sich als Catcher an die Schlagplatte.

Natürlich ging der erste Schlag wieder daneben. Al warf den Ball wie einen Bumerang.

«Auf die Flugbahn achten!», brüllte Blake hinter ihr.

Gerade als sie sich auf den zweiten Ball konzentrieren wollte, rief John, um sie zu verunsichern: «Den kriegst du nicht!»

Sie antwortete nicht, sondern fixierte den Ball. Gerade als sie schlagen wollte, ergänzte John beiläufig: «Man sieht dein Höschen, Kurze.»

Erschrocken zuckte sie zusammen und verpasste den Ball.

«Hey, Coach! Lassen Sie die Chefin in Ruhe!» Rodriguez war empört, genauso wie Dupree.

«Das war unfair.»

Seltsam gerührt hob Teddy wieder den Schläger und nickte Al zu, der ihr grinsend einen schnellen Ball zuwarf, den sie voll erwischte. Er flog weit hinter das Feld, was einen Home-Run bedeutete. Ihr Team jubelte. Grinsend ließ sie den Schläger fallen und tätschelte Johns Kopf. «Ich trag gar kein Höschen, aber dein Versuch war nicht schlecht.»

Genauso wie Julian Scott zuvor lief sie lässig alle Bases ab und warf ihrem grölenden Team dabei Kusshände zu. Zurück an der Homebase, klatschte sie der Reihe nach alle ab und stellte sich dann hochzufrieden in den Schatten.

Es ging sehr gut weiter. Als sie wieder an der Reihe war, schlug sie den Ball weit ins Feld und ermöglichte Brian damit einen Vorsprung auf die dritte Base, während sie es auf die zweite schaffte. Als Dupree seinen Ball weit schlug, lief der

Quarterback lässig über die Homebase. Teddy startete ebenfalls und entschloss sich, die Homebase anzupeilen, weil der Ball so weit geflogen war. Die letzten Meter rannte sie blitzschnell, weil der Ball zu John geworfen wurde. Um nicht im Aus zu landen, warf sie sich zu Boden und schlitterte über den Rasen. Gerade rechtzeitig berührte sie die Homebase und ignorierte die aufgescheuerte Seite ihres Oberschenkels. Brian und Martin halfen ihr hoch, klatschten ihr auf den Rücken und strahlten über diese sportliche Meisterleistung. Auch die anderen im Team jubelten.

Verstohlen rieb sie sich über das malträtierte Bein.

«Tut's weh?»

«Und wie!» Sie lachte und stöhnte gleichzeitig, während der Quarterback loslief, um ihr ein Kühlkissen zu holen.

Im letzten Inning stellte sie sich als Catcher bereit, weil sie ihr Bein schonen wollte, und fing an der Homebase die Bälle ihrer Werfer. Kurz vor Schluss wurde es noch einmal brisant, weil Julian Scott einen weiten Ball geschlagen hatte und damit seinen Teamkollegen ermöglichte, die Homebase zu erreichen. Mark Delaney war der Letzte, blieb jedoch nicht an der dritten Base stehen, sondern versuchte sein Glück und raste auf die Homebase zu, die Teddy blockierte, weil sie den Ball, den Dupree ihr vom Feld aus zuwarf, fangen wollte. Gerade als der Ball in ihrem Handschuh landete, riss Delaney sie brutal um, obwohl die anderen Spieler ihm zugebrüllt hatten, stehen zu bleiben.

Teddy prallte rücklings auf den Boden, sah Sterne und schnappte nach Luft. Im Fernsehen sah es ja schon brutal aus, aber von einem Footballspieler umgerissen zu werden musste dem Gefühl nahekommen, von einer Dampflok erwischt zu werden.

Tapfer umklammerte sie den Ball und sah nach oben in den strahlend blauen Himmel, während es in ihren Ohren pfiff. Wütende Stimmen ließen sie den Kopf heben.

«Delaney, du Arschloch!»

«Hast du eine Macke?»

«Du Hurensohn, sie ist eine Frau!»

Langsam setzte sie sich auf und befühlte ihren Hinterkopf.

«Teddy? Alles okay?» John beugte sich besorgt über sie.

Sie nickte und schluckte den ersten Schreck hinunter. «Alles okay.»

«Hey, sie hat die Base blockiert», verteidigte sich der Rookie erschrocken, als sein Kapitän ihn unsanft gegen die Brust boxte.

«Wir spielen Softball, Arschloch!» Brian starrte ihn dermaßen wütend an, dass der junge Quarterback nervös einen Schritt zurückging. «Kein Grund, eine Frau zu tackeln!»

John half Teddy hoch.

Sie wischte Grashalme von ihren Shorts, während Delaney immer noch zurechtgestutzt wurde.

«Mir geht es gut.» Sie stellte sich zwischen beide Quarterbacks und gab Brian den Ball. «Unser Ball. Wir haben gewonnen.»

Ungläubig sahen die Spieler sie an.

Blake O'Neill grinste als Erster. «Nächstes Mal ist sie wieder in unserem Team.»

«Das könnte dir so passen», schnaubte Julian Scott, «nächstes Mal nehmt ihr Al, und wir nehmen die Chefin.»

12. Kapitel

John, Teddy und Brian standen zusammen auf einer Bühne und nahmen die Ehrung der Pro Football Hall of Fame im Namen von George MacLachlan entgegen. Der frühere Besitzer war in die Hall of Fame aufgenommen worden, weshalb die drei nach Ohio geflogen waren. Man hatte Teddy als seiner Tochter und als jetziger Besitzerin die Ehrung überreicht, bevor John ans Mikrophon trat und im Namen des gesamten Vereins seine Dankbarkeit für diese Auszeichnung aussprach. Brian als Repräsentant des Teams blieb neben seiner Chefin stehen, die gerührt die Auszeichnung im Arm hielt und ihre Tränen unterdrücken musste.

Sobald der Coach seine Rede beendet hatte, führte Brian Teddy von der Bühne und half ihr vorsichtig die drei Stufen hinunter.

«Alles okay?»

Sie nickte und schenkte ihm ein schwaches Lächeln, wodurch kurz ihre Grübchen sichtbar wurden.

Er musste sich an ihren Anblick erst einmal gewöhnen. Anders als sonst trug sie nämlich keine wilde Frisur, ausgefranste Jeans oder ein gemustertes Shirt, sondern einen langen schwarzen Kimono mit riesigen Ärmeln, der um ihre schmale Taille zusammengebunden war, sowie schwarze Highheels. Beim Gehen waren sowohl die Schuhe als auch ihre schlanken Waden immer wieder hervorgeblitzt. Ihr Haar war zu einem Knoten hochgebunden, wodurch der schlanke Hals besonders betont wurde. Die dezent geschminkten Augen funkelten unter ihrem geraden Pony, als ein älterer Mann an den Tisch trat, an den sie sich gerade gesetzt hatten.

«Onkel Joe!» Teddy lächelte den berühmten Joe Namath an, der sich zu ihr hinabbeugte und ihre Hände in seine nahm. «Wie schön, dass du hier bist.»

«Herzchen, du siehst großartig aus.»

«Danke, Onkel Joe.»

Brian saß ehrfurchtsvoll daneben und starrte einen der größten Quarterbacks der Geschichte des Footballs an, der soeben die Hand seines Patenkindes streichelte und sie liebevoll tätschelte. Es erschien ihm, als würde die ganze Veranstaltung innehalten, während Joe Nettigkeiten mit Teddy austauschte.

«Wenn die Saison anfängt, komme ich nach New York und schaue mir ein Spiel an.»

«Darüber würde ich mich sehr freuen.» Sie lächelte ihn verschmitzt von unten an. «Und ich besorge uns Gray's Papayas.»

«Du weißt immer noch, dass ich die am liebsten esse?»

«Natürlich.»

Joe Namath küsste ihre Hand. «Du machst dich großartig, Teddy. George wäre sehr stolz.»

«Danke», flüsterte sie gerührt, worauf Brian erschrocken zusammenzuckte, weil er fürchtete, sie würde jeden Moment in Tränen ausbrechen. Doch mit fester Stimme bat sie anschließend: «Bitte richte Jessi und Olivia ganz liebe Grüße aus.»

«Das mache ich, Herzchen.» Noch einmal tätschelte Joe ihre Hand, bevor er wieder zu seinem Tisch verschwand.

So ging es eigentlich den ganzen Abend weiter. Teddy schien kaum Zeit zu haben, die Gabel in die Hand zu nehmen, weil ständig jemand an den Tisch trat, um sie zu begrüßen, ihr sein Mitleid auszusprechen oder sie zu der Ehrung zu beglückwünschen.

Als sie endlich einmal allein waren, würgte die gestresste Teambesitzerin ihren Fisch hinunter und trank durstig ein Glas Wasser. Über ihren Kopf sahen sich John und Brian belustigt an.

Sobald Teddy ihren Teller geleert hatte, lehnte sie sich auf ihrem Stuhl zurück und seufzte. «Wann können wir endlich gehen?»

«Bist du müde?», fragte John.

Sie schüttelte den Kopf und vergrub die Finger in den Falten ihrer unglaublichen Abendgarderobe. Brian gab es nicht gern zu, aber dieser exotische Kimono stand ihr fabelhaft. Tatsächlich fand er sie schon zu attraktiv und verführerisch.

«Ich ertrage das nicht mehr, John.» Mit bebendem Kinn blickte sie nach links, wo der Coach saß, und präsentierte Brian ihren langen Hals. «Nimm es mir nicht übel, aber wenn noch mehr Menschen über Dad reden wollen, breche ich in Tränen aus.»

«Okay.» Der Coach nickte verständnisvoll und sah zu Brian. «Ich muss noch bleiben und dem Komitee meine Aufwartung machen. Kannst du sie...?»

«Ich bringe sie ins Hotel.» Er nickte und spürte plötzlich ihre Hand auf seinem Arm.

«Danke. Aber wenn Sie noch bleiben wollen...»

«Schon gut.» Er schüttelte den Kopf und half ihr hoch.

Das Dinner war bereits beendet, weshalb ihr Verschwinden nicht weiter auffiel. Sobald sie vor dem Gebäude standen und auf ihren Wagen warteten, seufzte Teddy erleichtert auf und schloss die Augen.

«Geht es Ihnen nicht gut?», fragte Brian besorgt.

«Jetzt geht es mir besser.» Mit einem ehrlichen Ton fügte sie hinzu: «Der Tag war anstrengend, und ich vermisse meinen Dad.»

Da er nicht wusste, was er darauf sagen sollte, starrte er sie nur an. Irgendwann öffnete sie die Augen wieder und richtete ihren Blick auf ihn. «Es gibt keinen besseren Menschen auf dieser Welt als ihn. Ich ... ich bedaure so sehr, nicht mehr Zeit mit ihm verbracht zu haben. Dass heute Abend so viele Menschen über ihn sprechen, hat mich wirklich mitgenommen.»

«Das kann ich verstehen», murmelte Brian und zog seine Smokingjacke aus, um sie über ihre Schultern zu hängen, weil er die Gänsehaut auf ihren Armen bemerkte.

«Danke», murmelte sie und vergrub die Wange in der Jacke.

Brian schob seine Hände in die Hosentaschen. «Verpetzen Sie mich bei der Klinikleitung, wenn ich Ihnen sage, dass ich Ihren Vater besucht habe?»

Für einen Moment sah sie ihn verwirrt an, bevor sie wortlos den Kopf schüttelte.

«Gut.» Er seufzte tief. «Vermutlich haben Sie sein Zimmer mit den vielen *Titans*-Artikeln geschmückt, oder?»

«Ja», erwiderte die Frau an seiner Seite mit gebrochener Stimme. «Auch wenn er es ... es nicht mitbekommt, soll er sich dort wohl fühlen. Klingt das idiotisch?»

«Überhaupt nicht.»

«Danke, dass Sie an ihn denken und ihn besuchen. Er ... er hätte das gemocht.»

Brian hatte Angst, dass sie gleich zu weinen anfangen würde, weshalb er unverfänglich erklärte: «Ich mag Ihren Vater sehr.»

«Kein Wunder – bei Ihrem Vertrag.» Glücklicherweise erschienen ihre Grübchen, während sie ihn anlächelte.

Kopfschüttelnd starrte Brian in den nächtlichen Himmel. «Vor vier Jahren gewann ich mit Pittsburgh den Super Bowl, aber im Jahr darauf war ich verletzt und wurde abgeschrieben. Niemand wollte mich haben, doch Ihr Vater nahm mich trotz meiner Verletzung unter Vertrag und gab mir eine Chance.»

«Weil Sie talentiert sind, Brian.»

Er schnaubte fröhlich. «Vielleicht. Ich hatte eher den Eindruck, dass er Mitleid mit mir hatte.»

«Wer sollte denn mit *Ihnen* Mitleid haben?»

Seufzend verzog er den Mund. «Beinahe wäre meine Karriere beendet gewesen, bevor sie überhaupt ernsthaft begonnen hatte. Tatsächlich muss ich auf Ihren Vater einen ziemlich bedauernswerten Eindruck gemacht haben. Ich war mitten in der Reha und wusste nicht, ob mein Knie wieder gänzlich heilen würde, doch plötzlich bot er mir einen Vertrag an. Ich war ihm unendlich dankbar.»

Teddy legte den Kopf schief. «Ganz sicher war er Ihnen ebenfalls dankbar, schließlich haben Sie die NFC-Meisterschaft geholt.»

Mit einem bescheidenen Lächeln verbeugte er sich kurz. «Sie verstehen, dass ich mich bei ihm für die Chance, die er mir gab, revanchieren wollte.»

«Sie haben bewiesen, was in Ihnen steckt.»

Kopfschüttelnd sah er wieder in den schwarzen Himmel. «Ich will den Super Bowl holen – mit den *Titans*. Um zu beweisen, dass er recht hatte.»

«Okay.» Sie hielt ihm ernst die Hand hin. «Abgemacht.»

Lachend schlug er ein.

Zurück im Hotel, ließ er Teddy kurz in der Lobby zurück, um an der Rezeption nach einem Fax zu fragen, das er von seinem Manager erwartete. Als er zurückkam, stand ein anderer Mann neben ihr und redete auf sie ein. Teddy machte ein betretenes Gesicht und wandte den Blick von dem leicht untersetzten Anzugträger ab, bevor sie sich über die nackten Arme fuhr. Die Smokingjacke hatte sie Brian bereits zurückgegeben. Bevor er dazutreten konnte, hatte Teddy den anderen Mann schon stehengelassen und eilte zu den Fahrstühlen.

Brian runzelte die Stirn und erkannte nun auch, um wen es

sich bei dem Kerl handelte. Er hatte Robert Hancock noch nie leiden können, denn er war eine schleimige Ratte. Trotzdem schlenderte er zu ihm.

«Palmer!» Der Mann mit den ständig geröteten Augen und dem nervösen Blick schenkte ihm ein müdes Lächeln. «Sind Sie wegen der Pro-Football-Ehrung hier?»

Brian nickte und vergrub die Hände in seinen Hosentaschen. «Und Sie?»

«Unsere Firma spekuliert auf eine Vermittlung für die Cardinals. Morgen habe ich ein Gespräch mit ihnen.»

«Hm.»

«Sagen Sie mal» – scheinbar unbeteiligt griff der kleinere Mann nach seinem Handy und fuhr wie nebenbei fort –, «kommt das Team gut mit Miss MacLachlan klar?»

Sofort schrillten Brians Alarmglocken. Robert Hancock arbeitete für ein großes Unternehmen, das Sportler an Vereine vermittelte, und hatte angeblich keine Skrupel, über Leichen zu gehen. Er fragte sich ganz ernsthaft, wie seine Chefin zu Hancock stand.

«Wieso?»

«Ach, nur so», wiegelte der andere rasch ab, bevor er dreckig grinste. «Hat sicher seine Vorteile, so ein heißes Gerät zur Chefin zu haben, oder, Palmer? Verteilt sie den Bonus in Naturalien?»

Als er sah, wie sich Brians Gesicht verfinsterte, lachte er schnell auf. «Nichts für ungut. Ein kleiner Scherz.»

«Hm.»

«Schlimme Sache ... diese Schmutzkampagne.»

«Das stimmt.»

«Nun ja.» Unruhig trat Hancock von einem Fuß auf den anderen. «War nett, mit Ihnen zu plaudern, aber ich muss los.»

Teddy setzte sich in ihrem Bademantel auf den Rand des Bettes und zappte durch die Kanäle des Hotelfernsehers, während sie sich die Haare trocknete. Sie war todmüde, und die heiße Dusche hatte ihr den Rest gegeben, jedoch glaubte sie nicht, dass sie Schlaf finden konnte. Als es an ihrer Zimmertür klopfte, sah sie irritiert auf die Uhr. Es war schon nach Mitternacht.

Barfuß lief sie über den flauschigen Teppich und den kühlen Holzfußboden und öffnete die Tür.

«Hoffentlich habe ich Sie nicht geweckt.» Brian Palmer stand im hell erleuchteten Flur und trug noch immer seinen Smoking.

«Nein.» Sie schüttelte den Kopf und öffnete die Tür ein wenig weiter. «Was kann ich für Sie tun?»

Er schabte scheinbar verlegen mit seinen Lederschuhen über den Boden. «Ich wollte nur sehen, wie es Ihnen geht.»

Sie schluckte. Der Abend war eine emotionale Achterbahn gewesen. Sie wusste selbst nicht, wie es ihr ging.

«Kommen Sie rein.» Sie ließ die Tür offen und lief zurück zum Fernseher, um ihn auszuschalten. Dann nahm sie das Handtuch vom Bett und rubbelte sich damit wieder über die Haare. Ihr Besucher betrat unsicher das Zimmer und schloss die Tür.

«Möchten Sie etwas trinken?» Sie bückte sich, um die Minibar zu öffnen, und achtete darauf, dass ihr Bademantel geschlossen blieb.

«Was nehmen Sie denn?»

«Ginger Ale.»

Auffordernd hob er die Hand. Teddy warf ihm eine Dose zu, nahm sich selbst eine und schloss den Kühlschrank, bevor sie sich im Schneidersitz auf die Couch setzte und züchtig den Bademantel über ihre Oberschenkel zog. Schweigend öffneten beide die Dosen und tranken einen Schluck. Brian hatte es sich in einem Sessel gemütlich gemacht.

«Waren Sie noch gar nicht in Ihrem Zimmer?»

Er schüttelte den Kopf. «Ich mag Hotelzimmer nicht und vermeide es so lange wie möglich, mich darin aufzuhalten.»

«Woher kommt das?», fragte sie interessiert und blickte ihm in die Augen.

«Das bleibt wohl nicht aus, wenn man jahrelang von einer Stadt in die nächste getingelt ist.»

«Kann ich verstehen.»

Brian nahm einen weiteren Schluck. «Was wollte Robert Hancock von Ihnen?»

Das Erschrecken in ihrem Blick konnte sie kaum verbergen. «Wie bitte?»

«Ich habe Sie mit Robert Hancock reden gesehen. Sie schienen nicht sehr erfreut darüber gewesen zu sein.»

Teddy verbarg ihre zitternden Finger im Schoß, nachdem sie die Dose beiseitegestellt hatte, und biss sich auf die Unterlippe. Anstatt zu antworten, stellte sie ihm eine Gegenfrage: «Woher kennen Sie Robert?»

Der Quarterback schnaubte wenig schmeichelhaft. «Jeder in New York kennt Robert Hancock, diesen Mistkerl.» Auf ihren erstaunten Blick hin schnitt er eine Grimasse. «Er ist nur erfolgreich, weil er sich durch seine Familie einen Posten in dem Unternehmen erkaufen konnte und von ihr vor Anschuldigungen und Anklagen wegen Veruntreuung öffentlicher Gelder geschützt wird.»

«Woher wissen Sie das?» Mit großen Augen sah sie ihn an. Sie hatte seit Jahren keinen Gedanken an Robert verschwendet und wollte im Grunde auch gar nicht wissen, was er trieb, solange er sie zufrieden ließ.

«Weil ich eins und eins zusammenzählen kann. Das letzte Unternehmen, für das er gearbeitet hat, ging pleite, nachdem herausgekommen war, dass die Regierungsgelder für angebliche Innovationstechniken zu Unrecht gezahlt wurden. Allen Mitarbeitern wurde gekündigt, während er die nächste hochdotierte Stellung bekam, die ihm sein Vater verschaffte. Die Anklage der Staatsanwaltschaft wurde merkwürdigerweise zurückgezogen, nachdem man seinen Dad und den Bürgermeister zusammen beim Golfen gesehen hatte. Der Bürgermeister wurde bei der nächsten Wahl abgesägt, aber Robert Hancock sitzt immer noch im Vorstand, jedoch bei einer anderen Firma.»

«Sie scheinen wirklich bestens informiert zu sein», murmelte sie.

«Die Zeitungen waren vor zwei Jahren voll davon. Mittlerweile arbeitet er für eine Sportlervermittlung. Glücklicherweise haben die *Titans* nichts mit ihm zu tun.» Er nickte ihr zu. «Und woher kennen Sie ihn?»

«Wir besuchten die gleiche Schule und gingen in eine Klasse.» Innerlich zuckte sie zusammen und hoffte, dass ihm diese Antwort reichte. Robert Hancock war kein angenehmes Gesprächsthema.

«Oh.» Er glaubte wohl, ins Fettnäpfchen getreten zu sein, weil er leicht errötete.

Teddy nickte zustimmend. «Er ist ein Mistkerl, Sie hatten recht.»

Brian runzelte fragend die Stirn. «Sie sind doch viel jünger als er.»

Mit einem leicht abwesenden Blick erklärte sie: «Er war einige Male sitzengeblieben. Ich hatte eine Klasse übersprungen.»

«Was wollte er vorhin von Ihnen?»

«Smalltalk.» Sie strich sich abwesend über die Hände.

«Und wegen Smalltalk sind Sie einfach davongelaufen?»

Teddy sah ihn aus schmalen Augen an. «Ich bin nicht davongelaufen.»

«Ah!» Er nickte übertrieben. «Sie sind davongerauscht.»

«Was wollen Sie wissen, Palmer?» Sie schnaubte. «Ganz ehrlich.»

«Hancock ist eine gerissene Ratte, Miss MacLachlan...»

«Ich dachte, wir wären mittlerweile bei Teddy», unterbrach sie ihn seufzend.

«Es ist mir sehr ernst, *Teddy*, mit Hancock ist nicht zu spaßen. Wenn er sich in den Verein einmischen will, müssen Sie es sagen.»

«Keine Sorge. Es ging nicht um den Verein.»

Teddy sah ihm an, dass er ihr nicht glaubte, also fügte sie mit ironischem Unterton hinzu: «Das letzte Mal habe ich ihn mit sechzehn gesehen, als er mir sein Koks in die Tasche steckte, weil die Polizei eine Party stürmte. Er wollte sich gerade nur versichern, dass ich auch weiterhin seinen Namen nicht erwähnen werde, wenn die alten Geschichten noch einmal in der Presse breitgetreten werden.»

«*Was* hat er getan?» Brians Gesicht verzog sich ungläubig.

«Robert war der größte Kokser, den ich kannte.» Wieder musste sie schlucken. «Ständig auf Drogen und trotzdem so geistesgegenwärtig, mir seinen Stoff unterzujubeln, damit er nicht verhaftet wurde.»

«Was für ein Arschloch!»

Teddy nickte. Robert hatte ihr den ersten Drink, den ersten Joint und das erste Koks gegeben. Nachdem er mit ihr geschlafen hatte, war sie schrecklich verliebt gewesen – und high. Sie war sogar so fertig von dem Scheißzeug, das er ihr gab, dass sie sein Geschwätz über freie Liebe und Partnerwechsel guthieß und mit wildfremden Kerlen schlief, weil er ihnen dabei zusehen wollte. Heute fragte sie sich, wie sie dermaßen dumm und naiv hatte sein können.

«Jetzt, da Sie es erwähnen – immer wenn ich ihn sehe, scheint er ziemlich nervös zu sein.»

Teddy zuckte mit der Schulter. «Es würde mich nicht wundern, wenn er sich gerade Koks in die Nase zieht.»

Ihr Gegenüber räusperte sich. «Er war Ihr Klassenkamerad?»

Sie schnitt eine Grimasse. «Er war mein Freund –»

«Ein toller Freund», fiel Brian ihr abfällig ins Wort und schüttelte angeekelt den Kopf.

Traurig nickte sie. «Ich war verliebt, und er nutzte das schamlos aus.»

«Hat er Ihnen wirklich seinen Stoff untergejubelt?»

Teddy seufzte. «Er blieb unbehelligt, und ich wurde wegen Drogenbesitz verhaftet.»

«Haben Sie das denn nie aufgeklärt?»

«Wer hätte mir geglaubt? Vielleicht sollte ich ihm sogar danken», scherzte sie trocken, «nach meiner Verhaftung bekamen meine Eltern nämlich endlich eine Ahnung davon, was mit mir los war, und schickten mich in eine Therapie.»

«Wussten Ihre Eltern denn vorher nicht, dass Sie ... dass Sie ...»

«Dass ich Drogen nahm?» Sie lächelte schwach. «Ich war ein furchtbarer Teenager – zickig, verwöhnt und arrogant. Vermutlich schrieben sie meine Veränderungen der Pubertät zu und konnten sich gar nicht vorstellen, dass ich überhaupt mit Drogen in Berührung gekommen war.»

«Wieso?» Er beugte sich vor und legte den Kopf schief.

Sie machte eine unwirsche Handbewegung. «Vor meinem vierzehnten Lebensjahr war ich ganz anders – freundlich, fleißig, bescheiden und vernarrt in meine Eltern. Dann kam ich in diese Privatschule.» Sie blickte Brian an. «Elitäre Schulen haben einen guten Ruf, aber in Wahrheit werden sie von Schülern besucht, die bereits mit zwölf Jahren vom Leben gelangweilt sind. Meine Klassenkameraden waren alle Stammkunden bei Dealern und ständig berauscht. Ich dagegen war völlig weltfremd und durfte nicht einmal Kaffee trinken. Kaum lernte ich meine neuen *Freunde* kennen» – sie gab ein Ächzen von sich –, «ging es auch schon bergab.»

«O Mann.»

Teddy nickte. «Es war eine total kranke Zeit. Ich bin froh, dass sie schon lange vorbei ist.» Sie schlang die Arme um sich.

Verlegene Stille senkte sich über beide, bis sich Brian erhob.

«Wenn bei Ihnen alles in Ordnung ist, werde ich mal wieder gehen, damit Sie schlafen können.»

Teddy erhob sich ebenfalls. «Danke, dass Sie nach mir gesehen haben, Brian.» Sie lächelte weich. «Das war sehr nett von Ihnen.»

«Ich habe mir Sorgen gemacht, weil der Abend Sie so mitgenommen hat.»

Ungebetene Tränen stiegen ihr in die Augen, die sie rasch fortwischte. Er schien sie jedoch gesehen zu haben, denn plötzlich lag seine warme Hand tröstlich auf ihrer Wange, bevor er sich zu ihr beugte und ihr einen Kuss auf die Lippen drückte.

Brian schien darüber genauso erschrocken zu sein wie sie, denn er löste sich abrupt und starrte sie verwirrt an.

«Ich weiß nicht, warum ich das getan habe.»

Sprachlos schaute sie in sein attraktives Gesicht und versuchte, die wohlige Gänsehaut zu unterdrücken.

«O Mist, ich ...» Er fuhr sich durch sein schwarzes Haar und schüttelte den Kopf.

Teddy wusste nicht, woran es lag – an den Emotionen bei der Ehrung, an der schrecklichen Begegnung mit Robert oder an dem unwiderstehlichen Äußeren ihres Gegenübers, dessen leichter Kuss sie völlig um den Verstand zu bringen schien –, aber sie unterbrach seine Ausrede, indem sie seinen Kopf zu sich herunterzog und ihn leidenschaftlich küsste.

Es dauerte nur einen Herzschlag, bis er sich nach dieser Überrumpelungsaktion gefangen hatte, sie an sich zog und den Kuss ebenso stürmisch erwiderte. Teddy schmiegte sich an seinen muskulösen Körper, schlang beide Hände um seinen Nacken und küsste ihn wie entfesselt, während sie seinen herben Geruch und köstlichen Geschmack in sich aufnahm. Als er ihre Zunge in seinem Mund empfing, stöhnte sie unwillkürlich auf und krallte sich fest in seine Schultern. Seine Hände glitten fordernd über ihren Rücken, rieben über den Frotteestoff des Bademantels. Hitze breitete sich in ihrem Bauch aus, ihre Brustwarzen richteten sich auf, ihr Herz schlug rasend schnell, und die Knie drohten einzuknicken. Da löste er seinen Mund von ihrem und biss sie sanft in die Kehle.

«Zieh dich aus», hauchte sie und schob ihm die Smokingjacke von den Schultern, löste die Fliege und hätte ihm beinahe das Hemd aufgerissen, wenn er nicht grinsend ihre Hände beiseitegeschoben hätte, um selbst eilig die Knöpfe zu öffnen. Währenddessen machte sie sich an seinem Kummerbund zu schaffen, doch dann zog er sie wieder an sich, umfasste ihren Hintern und küsste sie sinnlich.

Ein Schauer nach dem anderen rollte über ihren Körper, als er mit heißem Atem in ihr Ohr flüsterte: «Von deinem Hintern träume ich seit dem Benefizlauf.»

Hastig machten sich ihre Finger an seiner Hose zu schaffen.

Er öffnete den Knoten ihres Bademantels, während sie ihm die Hose hinunterzog. Bevor er ihr den Bademantel abstreifen konnte, ließ sie ihn einfach fallen und stand völlig nackt vor ihm.

Seine großen Hände strichen langsam und genüsslich über ihre frisch geduschte Haut. Teddy schmiegte sich vor Erregung zitternd an seinen starken Körper, küsste seine Kehle und leckte die Mulde zwischen Hals und Schulter. An ihrem Bauch konnte sie seine harte Erregung spüren und folgte mit der Hand der Spur dunkler Haare auf seiner Brust über die hervortretenden

Muskeln bis zum Bund seiner Boxershorts. Sie fand erneut seine Lippen und gab ihm einen heißen, feuchten Kuss, während ihre Hand in seine Boxershorts glitt und ihn wenig schüchtern umschloss.

Er stöhnte in ihren Mund, stellte die Füße automatisch auseinander, um nicht das Gleichgewicht zu verlieren, und umfasste ihre Brüste mit sanften Händen. Als er die prickelnden Brustwarzen rieb und sein Mund dabei die wundervollsten Dinge mit ihrer Zunge anstellte, wurde Teddy noch feuchter und umschloss ihn unwillkürlich fester.

Sie lösten ihre Münder voneinander und keuchten beide auf.

«Lass uns ...»

«Warte, ich ...»

Mit verhangenen Blicken sahen sie sich in die Augen. Teddy rieb ihn weiterhin und schloss stöhnend die Augen, während er ihre Brüste massierte und anschließend den Kopf senkte, um sie abwechselnd in seinen heißen Mund zu saugen. Ihre Gedanken stoben in alle Richtungen. Als sie es nicht mehr aushielt, zog sie ihm die Boxershorts hinunter, die er zusammen mit seiner eleganten Anzughose, den Schuhen und Strümpfen einfach wegtrat.

Bekleidet war er schon ein richtiger Adonis, aber unbekleidet raubte sein Anblick ihr den Atem. Breite Schultern, gelocktes Haar auf der muskulösen Brust, ein stark ausgeprägtes Sixpack, schmale Hüften, lange Beine und ... Nun, die Gerüchte um die Größe seiner *Ausstattung*, die sie überall gehört hatte, waren tatsächlich nur Gerüchte. Wieder griff sie nach seinem Penis und massierte ihn zärtlich. Brian packte sie, senkte den Mund auf ihren und küsste sie leidenschaftlich.

Teddy verspürte nicht die geringste Widerstandskraft, vielmehr stürzte sie sich förmlich auf ihn, so dass beide auf den weichen Teppich fielen. Sie setzte sich halb auf ihn, rieb ihre Brüste an seiner haarigen Brust und küsste ihn tief. Er schob ihr mit einer Hand die Haare aus der Stirn und streichelte sie mit der anderen Hand zwischen den Beinen. Sie stöhnte auf und biss ihm beinahe in die Lippe.

«Bitte, sag mir, dass du ein Kondom dabeihast», flüsterte sie zwischen zwei Küssen.

«Brieftasche ... Jacke», ächzte er nur und umschloss ihren Hintern mit beiden Pranken.

Teddy rutschte ein Stück zur Seite und wühlte in dem Kleiderberg links von ihr, um seine Jacke herauszufischen. Kurz darauf öffnete sie seine Brieftasche.

«*Giant?*» Sie hielt das Kondompäckchen hoch und sah ihn fragend an. Wenn sie nicht so erregt gewesen wäre, hätte sie über den Kondomnamen gelacht.

Er wollte es ihr aus der Hand nehmen, aber sie war schneller, rutschte ein Stück zurück, öffnete das Päckchen und zog ihm das Kondom über. Sie ließ ihm keine Zeit, sich aufzurichten, sondern erhob sich, führte ihn in sich ein und stöhnte auf.

«Alles okay?» Seine Stimme klang rau und belegt. Mit seinen warmen Händen umschloss er ihre Taille.

Teddy atmete keuchend ein und aus, nickte schwach und ließ sich tiefer auf ihn sinken. «Oh.»

«Himmel ...» Auch er stöhnte und keuchte gleichzeitig.

«Brian?»

«Hmm ...» Er hatte die Augen geschlossen und pulsierte in ihr, während seine Finger ihren schlanken Bauch streichelten und Kreise um ihr Piercing zogen.

«Beweg dich nicht, Teddy, sonst komme ich sofort.»

Sie sah mit bebender Brust auf ihn hinab, musterte sein zerzaustes Haar und die Röte auf seinen Wangen. Er war wirklich groß ... Automatisch spannte sie den Beckenboden an. Er stöhnte und blickte ihr warnend in die Augen.

«Teddy...»

Sie ignorierte seinen Einwand, hob und senkte sich, spannte Muskeln an und stützte sich mit ihren Händen auf seiner Brust ab. Immer wieder rieb er in ihrem Inneren über den empfindlichsten Punkt, während seine Hände abwechselnd ihre Brüste und ihre Klitoris stimulierten, bevor er ihren Hintern umfasste und so den Rhythmus bestimmte.

«Schneller», jammerte sie leise und spürte ihn unglaublich tief in sich.

«Noch nicht», stieß er hervor und schnaubte vor Anstrengung, weil sie immer wieder den Beckenboden anspannte, um ihn anzuspornen.

Heftig atmend ließ Teddy den Kopf in den Nacken sinken und stöhnte bei jedem Stoß.

«Gut so?»

«Härter», wimmerte sie.

«Wirklich?»

Sie nickte mit einem Stöhnen, und gleich darauf packte er sie und drehte sich so mit ihr, dass sie auf dem Rücken lag. Mit glasigen Augen schaute sie zu ihm auf, während er auf Knien ihr rechtes Bein nahm und über seine Schulter legte. Sofort durchfuhr es sie wie ein elektrischer Schlag.

«Sag mir, wenn du nicht mehr kannst», flüsterte er ihr lächelnd ins Ohr, bevor er sie schnell und hart nahm. Teddy verlor beinahe die Besinnung, stieß einen heiseren Schrei aus und krallte sich zitternd in seine Arme. Ihre Schultern schabten über den Holzfußboden, während ihr Hintern über den flauschigen Teppich rieb, ihr Kopf stieß rhythmisch gegen ein Tischbein, und in ihrer Wade kündigte sich ein Krampf an, doch das alles war wie ausgeblendet. Brian umfasste ihre Hüften und zog sie noch enger an sich. Teddy bäumte sich auf und schrie seinen Namen.

Seine dunkle Stimme krächzte: «Gut so? Willst du mehr?»

«Mehr», wimmerte sie und warf den Kopf umher.

«Sieh mich an», befahl er atemlos.

Mit trockener Kehle, rasendem Herzen und keuchendem Atem stöhnte sie auf, musterte sein angestrengtes Gesicht und spürte den Orgasmus kommen.

«Ich komme», stöhnte sie und zog ihn zu sich herunter.

«Jetzt?», fragte er keuchend, doch sie hörte schon nichts mehr, sondern löste sich mit einem heiseren Schrei und einer Explosion in ihrem Inneren auf. Gleich darauf kam auch er, ließ sich schwer atmend auf sie sinken und bewegte ein paar Male seine Hüften, bevor er erschöpft auf ihr liegen blieb.

«Ich fasse es nicht, dass ich mit meiner Chefin geschlafen habe.»

Nackt lagen sie nebeneinander auf dem flauschigen Teppich und starrten an die Decke.

«Und ich fasse es nicht, dass ich mit meinem Quarterback geschlafen habe», erwiderte sie amüsiert und zeigte dabei die Grübchen in ihren Wangen.

«Wenigstens bist du nicht mein Coach.» Er wandte den Kopf in ihre Richtung und konnte sich ein Grinsen nicht verkneifen. Mit einer Hand strich er ihr den verschwitzten Pony aus der Stirn. «Sonst hätte ich Angst, dass du mich nicht mehr aufstellen würdest.»

Teddy drehte sich auf die Seite und schmiegte den Kopf auf ihren Oberarm. «Wieso sollte ich? Der Sex war klasse.»

Brian machte ein unwilliges Geräusch und musterte sie ausgiebig, wofür er vorher kaum Zeit gehabt hatte. «Das war ja wohl eine schrecklich schnelle, heftige Nummer. Ohne Raffinesse oder große Verführung.»

Sie legte sich zurück auf den Rücken und seufzte. «Schnell und heftig klingt gut. Stressabbau und so weiter.»

Nun war es an ihm, sich auf die Seite zu legen und sie anzustarren. «Stressabbau?»

Sie nickte und verschränkte die Hände hinter ihrem Kopf. Er fand ihre ungezwungene Art, selbst wenn sie nackt war, absolut erfrischend. Normalerweise zierten sich Frauen und zogen die Bettdecke über ihren Körper, sobald sie konnten, aber Teddy MacLachlan lag mit einer lässigen Nonchalance neben ihm und präsentierte ihren makellosen Körper. Sie war schlank, sportlich und absolut bezaubernd – diese langen Beine machten ihn verrückt, genau wie ihre aufragenden Brüste, die weder groß noch winzig waren, sondern einfach perfekt.

«Ich habe mich auf dich gestürzt – wie ein Wilder...»

«Ha!» Provozierend runzelte sie die Stirn. «Entschuldige, aber *ich* habe mich auf *dich* gestürzt!»

Zufrieden seufzte er und reckte sich. «Kann schon sein.»

Mit einem rauen Lachen beugte sie sich über ihn, legte eine Hand auf seine Brust und drückte ihm einen sanften Kuss auf die Lippen. Er erwiderte den Kuss und schloss die Augen. Genau wie zuvor durchfuhr es ihn heiß und kalt zugleich. Was hatte diese Frau an sich, dass ein einfacher Kuss ihn derart erregte?

«Entschuldige. Es war nicht einfach nur Stressabbau», murmelte sie an seinen Lippen.

«Was war es denn?»

Ihr Mund fuhr über seine Wange zu seinem Ohr, während ihre Finger durch sein lockiges Brusthaar fuhren. «Guter Sex.»

«Wiederholung gefällig?»

«Gern!» Sie strahlte ihn an, senkte erneut den Kopf und küsste ihn stürmisch.

Seine Hände griffen ihren kleinen runden Po und drückten zu. Lachend befreite sie sich.

«Bin gleich wieder da.» Teddy sprang auf und verschwand nackt im Bad.

Zufrieden blickte Brian ihr nach und verzog den Mund zu einem breiten Lächeln. Wer hätte gedacht, dass Teddy MacLachlan eine Frau war, mit der man so viel Spaß haben konnte? Wie es schien, passten sie nicht nur auf geschäftlicher Ebene ganz wunderbar zueinander. In den vergangenen Wochen hatte er bereits bemerkt, dass sie eine kompetente und durchaus geschäftstüchtige Chefin war. Jetzt kam auch noch hinzu, dass sie nackt einfach blendend aussah. Während ihm diese Gedanken durch den Kopf spukten, stieg plötzlich ein ganz anderes Gefühl in ihm hoch – ein ungutes Gefühl, das ihn daran zweifeln ließ, dass es eine gute Idee gewesen war, ausgerechnet mit seiner Chefin ins Bett zu steigen. Zwar war er in der Lage, Geschäft und bedeutungslosen Sex voneinander zu trennen, aber Frauen konnten dies meistens nicht. Sie reagierten zuweilen hochemotional und ließen einen ihre Verärgerung nur allzu deutlich spüren.

Nachdenklich starrte er an die Decke des Hotelzimmers und hörte Wasserplätschern aus dem Badezimmer, in dem Teddy gerade verschwunden war. Er dachte stirnrunzelnd an den Ärger, den es vermutlich geben würde, wenn er noch einmal mit ihr schlafen und anschließend erklären würde, dass er nicht der Typ für langfristige Beziehungen war. Das Letzte, was er gebrauchen konnte, war eine Chefin, die davon ausging, dass aus ihrem One-Night-Stand etwas Ernsthaftes würde. Zwar schien Teddy nicht der klammernde Typ Frau zu sein, aber vermutlich war es besser, gleich ein Signal zu setzen.

Das tat er auch, indem er hastig in seine Sachen schlüpfte, zögernd die Badezimmertür betrachtete und dann anklopfte.

«Teddy, es ist schon spät. Ich gehe lieber in mein Zimmer und haue mich aufs Ohr», erklärte er betont cool durch die Tür.

Gleich darauf wurde das Wasser abgedreht, und ihre verwirrte Stimme erklang. «Was?»

«Ich bin müde», sagte er.

«Aber –»

«Wir sehen uns morgen am Flughafen», unterbrach er sie und ließ ihr keine Gelegenheit mehr, etwas zu erwidern, indem er beinahe fluchtartig den Raum verließ.

13. Kapitel

Als sie mit ihrem Motorrad auf den Parkplatz des Vereinsgeländes fuhr, stand Brian schon an seine Maschine gelehnt dort und schien auf sie zu warten.

Kurz überlegte Teddy, ob sie nicht einfach weiterfahren sollte, aber sie war nicht feige, also parkte sie neben ihm und stieg ab. Seit der Nacht in Ohio waren einige Tage vergangen, in denen sie ihm aus dem Weg gegangen war und ihn nicht hatte sehen wollen. Ihr Seelenheil war zerstört, ihr Selbstwertgefühl völlig im Keller, und dazu kam eine große Portion Scham, dass sie derart über den Quarterback hergefallen war. Sie war keine romantische Frau, die Rosen und Gedichte erwartete, aber dass er einfach abhaute, sobald sie kurz ins Bad ging, hatte ihr das Gefühl gegeben, nur eine erstklassige Schlampe zu sein. Sie hatte sich in den letzten Jahren doch nicht so verändert, um jetzt wieder in die Schublade gesteckt zu werden, mit jedem ins Bett zu gehen!

Ohne ihn zu beachten, setzte sie den Helm ab und zog sich ihre Motorradjacke aus, denn es war ein heißer Julitag.

«Teddy...» Er seufzte. «Können wir reden?»

«Gern, Palmer, was kann ich für Sie tun?»

«Hör mit dem Scheiß auf!» Wütend kam er auf sie zu und nahm ihr den Lederrucksack ab, bevor sie entwischen konnte. «Es war verdammt mies von mir, einfach zu verschwinden, aber ich hatte nicht nachgedacht.»

Sie stopfte die Jacke in ihren Helm, ehe sie erwiderte: «Ach ja?»

«Ja», erklärte er ruhig, «und du gehst mir seitdem aus dem Weg. Dabei will ich nur in Ruhe darüber reden und mich entschuldigen.»

«Entschuldigung angenommen.» Unbeteiligt band sie ihr Haar zusammen und wich weiterhin seinem Blick aus.

«Komm schon.» Er legte den Kopf schief. «Können wir uns nicht wie Erwachsene benehmen und...»

Entnervt schloss sie das Innenfach und drehte sich zu ihm um. «Woran hast du gedacht?»

«Du kommst heute Abend zu mir, und ich koche uns etwas.»

«Was?» Sie sah ihn an, als hätte er den Verstand verloren, und begegnete erstmals seinen blauen Augen. Erinnerungen an die Nacht im Hotel blitzten unvermittelt auf. Beim Gedanken an den Sex, seinen verschwitzten Körper und ihr Stöhnen wurde ihr heiß.

«Hier können wir nicht reden» – er verdrehte die Augen –, «zusammen in einem Lokal zu sitzen wird uns auch keine Ruhe bringen, und du wohnst bei deiner Mom, wo wir ebenfalls nicht in Ruhe sprechen können.»

«Moment... woher weißt du, wo ich wohne?»

Er grinste lässig und kräuselte seine Mundwinkel. «Ich habe meine Hausaufgaben gemacht und mich ein bisschen über dich informiert.»

Verlegen hob sie eine Hand. «Können wir es nicht einfach dabei belassen, dass wir... dass wir in dem Moment scharf aufeinander waren? Und dass es uns nicht bei unserer Arbeit beeinflussen wird?»

«Ach ... ich weiß nicht» – gespielt nachdenklich kratzte er sich am Hals –, «dass meine Chefin mich nackt gesehen hat, irritiert mich ziemlich.»

Rasch blickte sie sich um, ob womöglich jemand mitbekommen hatte, was er da von sich gab, aber sie beide waren mutterseelenallein auf dem Parkplatz.

«Außerdem belastet es mich, dass die Jungs Knutschflecken an meinem Hals und Abdrücke deiner Nägel an meinem Rücken entdeckt haben. Sie denken, dass ich bei einer Domina war.»

Entsetzt starrte sie ihn an und schnappte nach Luft. «Was?»

«Tom machte mich unter der Dusche darauf aufmerksam, dass ich Kratzspuren habe.» Er hob die Augenbrauen. «Ich musste eine Notlüge erfinden.»

«Notlüge?» Sie verschränkte die Arme, um ihre zitternden Hände zu verbergen.

«Hm, ich habe erzählt, dass ich eine Stewardess vernascht hätte. Leider haben sie es nicht geglaubt und denken, dass ich in einem SM-Studio war.»

«O Gott.» Beschämt senkte Teddy den Kopf.

Lachend trat er einen Schritt näher. «Du bist so süß.»

«Ach ja?» Sie verengte die Augen. «Wenn ich so süß bin, verstehe ich nicht, warum du dich so ruppig von mir verabschiedet hast.»

«Purer Selbsterhaltungstrieb.» Er seufzte übertrieben. «Ich bin einfach in Panik verfallen, weil mir klarwurde, dass ich mit meiner Chefin geschlafen habe.»

«Und jetzt hast du keine Panik mehr?» Sie legte den Kopf zurück und starrte ihn nachdenklich an.

Er zuckte lässig mit der Schulter. «Ich habe nachgedacht und bin zu dem Schluss gekommen, dass ich übertrieben reagiert habe. Besuchst du mich heute?»

«Ausgeschlossen.» Sie trat abwehrend einen Schritt zurück.

«Ich koche auch.»

«Schön für dich, aber ich werde trotzdem nicht zu dir kommen.»

«Wir sollten darüber reden, Teddy», drängte er.

Kopfschüttelnd wollte sie nach ihrem Rucksack greifen, als sein attraktives Gesicht plötzlich fest entschlossen wirkte. «Entweder kommst du heute Abend zu mir, Teddy, oder ich muss dich jetzt küssen.»

«Das wagst du nicht», flüsterte sie und warf einen flüchtigen Blick auf das Verwaltungsgebäude vor ihnen.

«Willst du wetten?» Lässig verschränkte auch er die Arme vor der Brust.

«Schon gut», zischte sie aufgebracht.

«Um acht bei mir, ja?»

«Da arbeite ich noch», wies sie ihn empört zurecht.

Fröhlich warf er ihr den Rucksack zu. «Du bist die Chefin. Mach früher Schluss!» Damit drehte er sich um und ging in Richtung Trainingsgelände.

Sie konnte einfach nicht begreifen, dass sie es wirklich tat. Teddy stand unbehaglich in einem riesigen Lastenaufzug und fuhr in die vierte Etage, in der Brians Wohnung lag. Er wohnte in Brooklyn in einer alten Fabrikhalle, die zu modernen Lofts umgebaut worden war. Wenigstens ging es in diesem Stadtteil, in der Nähe zur Brooklyn Bridge, ziemlich entspannt zu, und niemand interessierte sich für den Star-Quarterback – oder dafür, dass Teddy ihn wider besseres Wissen besuchen ging.

Als der Lastenaufzug anhielt, entdeckte sie eine Stahltür und klopfte zögernd an. Es war keine gute Idee, heute herzukommen. Sie hätte nicht auf ihn hören dürfen.

«Hey, komm rein.» Er öffnete lächelnd die Tür und ließ sie eintreten. Sein entspannter Gesichtsausdruck und seine lässige Körperhaltung ließen darauf schließen, dass er nicht daran gezweifelt hatte, ob sie kam.

Teddy sah sich in seinem Loft um, damit sie ihn nicht anschauen musste. Gott, warum hatte sie schon wieder das Bedürfnis, ihn wie ein notgeiler Teenager anzuspringen?

«Du kommst gerade rechtzeitig, um mir bei dem Gemüse zu helfen.» Er nahm ihr den Helm ab, den sie wie einen Schutzschild in der Hand hielt, und zog sie durch den riesigen Raum. Das Loft war eher eine überdimensionale Halle mit Backsteinwänden und Stahlträgern, bemerkte Teddy fasziniert, während sie ihm folgte. Der Raum war in verschiedene Bereiche aufgeteilt. Die Küche nahm einen großen Teil auf der linken Seite ein, dahinter stand ein riesiger, wuchtiger Holztisch mit unzähligen Stühlen und hinter diesem noch ein Billardtisch. Auf der anderen Seite befanden sich ein Schreibtisch, unzählige Bücherregale sowie zwei Sofas und drei Sessel. An der Wand hingen ein Breitbildfernseher und eine ultramoderne Stereoanlage. Unbemerkt erspähte Teddy in der hintersten Ecke den Schlafbereich, der mit Raumteilern vom übrigen Bereich separiert war. Das Badezimmer war separat. Brians Wohnung mit dem Industrie-Charme, den alten Butzenfenstern und dem urigen Holzboden gefiel ihr außerordentlich gut.

Seine Küche hatte in der Mitte eine Kochinsel und bestand hauptsächlich aus Stahl und Holz. Brian trat an den Herd und regulierte das kochende Wasser.

«Was gibt es denn?» Teddy legte ihre Motorradjacke auf einen Barhocker und betrachtete das organisierte Chaos. Im Hintergrund hörte sie Jazz. Eigentlich erschien Brian ihr nicht wie jemand, der Jazz hörte.

«Stehst du auf thailändisch?»

Teddy nickte. «Du kochst thailändisch?»

«Manchmal.» Er zuckte mit den Schultern und stellte sich an die Arbeitsfläche. «Ich experimentiere gern herum und esse eigentlich alles.»

Während er Zitronengras klein schnitt, beobachtete sie ihn

interessiert. «Ich hätte nicht gedacht, dass du kochen kannst.» Wie er das Messer in der Hand hielt und feine, gleichmäßige Scheiben schnitt, ließ jedenfalls darauf schließen, dass er das nicht zum ersten Mal machte.

Grinsend schob er ihr eine Karaffe Eistee hin und deutete auf einen Schrank. «Gläser sind dahinten.»

Teddy holte zwei Gläser heraus und goss beiden etwas ein, während sie seinen breiten Rücken betrachtete, der in einem alten grauen T-Shirt steckte, während sein Hintern in der Trainingshose besonders gut zur Geltung kam.

«Also?» Sie stellte sein Glas auf die Arbeitsfläche und lehnte sich gegen die Kochinsel.

«Hm?»

«Ich wollte wissen, warum du kochen kannst», half sie ihm auf die Sprünge.

«Weil ich gern esse.» Er nahm eine Garnele in die Finger und bedeutete ihr, den Mund aufzumachen.

Nach kurzem Zögern gehorchte sie, und er schob ihr die marinierte Garnele zwischen die Lippen.

«Schmeckt's?» Mit geradezu kindlicher Begeisterung sah er ihr ins Gesicht.

Teddy kaute auf der saftigen Garnele herum und hob den Daumen. «Scharf, aber lecker.» Schnell trank sie einen Schluck.

«Scharf ist gut», urteilte er mit einem schmutzigen Lächeln und reichte ihr einen Korb mit Brot. «Nimm das Brot anstatt des Tees. Das hilft besser gegen die Schärfe.»

«Danke.» Sie pickte sich eine Scheibe heraus und kaute darauf herum.

Brian nahm eine Mango aus einem Korb und schälte sie. Seine eleganten Hände, die mit größter Perfektion einen Football werfen konnten, stellten sich in der Küche ebenfalls sehr geschickt an.

«Was kann ich tun? Soll ich weiterschneiden?»

«Kann ich dir denn mein Messer in die Hand geben?» Gespielt streng blickte er Teddy an.

Ohne nachzudenken, erwiderte sie rau: «Du hast mir schon etwas ganz anderes in die Hand gegeben und machst dir Sorgen um dein Messer?» Gleich darauf hätte sie sich am liebsten auf die Zunge gebissen. Verdammt!

Doch er lachte nur und reichte ihr das riesige Messer. «Schneidest du den Spitzkohl und den Ingwer? Pass auf, das Messer ist verdammt scharf.» Grinsend warf er die Garnelen in den heißen Wok und gluckste über das Zischen hinweg: «Womit wir mal wieder beim Thema sind.»

Mit einem frustrierten Seufzen schnitt sie den Spitzkohl in feine Streifen. «Lass das, Brian.»

«Du hast damit angefangen.»

«Weil ich meine Klappe nicht halten kann.» Konzentriert arbeitete sie weiter und würfelte anschließend den Ingwer ganz klein. «Hier.»

«Danke.» Er nahm ihr das Schneidebrett ab und gab das feine Gemüse ebenfalls in den Wok, bevor er ein bisschen Brühe und Sojasauce dazutat und Bambussprossen hinzufügte. Teddy beobachtete, wie er lange, dünne Nudeln aus dem kochenden Wasser holte und sie ebenfalls in den Wok tat.

«Das riecht wunderbar.»

«Ich hoffe, es schmeckt auch so.» Brian hantierte mit exotischen Gewürzen herum, vermengte alles noch einmal und stellte anschließend den Herd ab.

«Eigentlich wollte ich noch eine Suppe machen, aber dafür war es zu spät.»

Die riesige Portion im Wok schien Teddy mehr als genug zu sein.

Sie setzten sich an die Küchentheke, Brian verteilte das Gericht auf beide Teller, und Teddy stellte ihre Gläser dazu. In hungriger Eintracht aßen sie die thailändischen Nudeln mit Gemüse und Garnelen und schwiegen friedlich.

«Ist es gut?», fragte Brian schließlich.

«Sehr gut.» Teddy griff nach ihrem Glas und spülte die angenehme Schärfe hinunter. «So gut habe ich schon lange nicht gegessen.»

«Du musst nicht übertreiben.»

Sie warf ihm einen ironischen Blick zu und machte es sich auf dem Barhocker bequem. «Dein Essen schmeckt phantastisch. Akzeptiere das doch einfach!»

«Okay, okay.» Lachend widmete er sich einer saftigen Garnele.

«Nein, wirklich. Das ist eine tolle Abwechslung zu meinem sonstigen Abendessen.»

Fragend blickte er auf.

«Darf ich?» Teddy hatte ein Stück Gemüse an seinem Mundwinkel entdeckt und entfernte es mit dem Daumen.

«Danke, also ... was isst du denn sonst abends?», wollte er interessiert wissen.

Schulterzuckend erklärte sie: «Ein Sandwich oder einen Apfel. Ganz bestimmt keine thailändischen Nudeln mit Garnelen.» Sie saugte eine Nudel in den Mund und bemerkte, wie angenehm es war, das Abendessen zusammen mit Brian einzunehmen. Diese gemütliche Stimmung wollte sie jetzt nicht dadurch zerstören, indem sie auf die Nacht in Ohio zu sprechen kam, die ihr noch immer im Magen lag.

Brian schluckte seinen Bissen hinunter. «Isst du abends nicht zu Hause?»

«Doch.» Unbehaglich verteilte Teddy mit der Gabel das Gericht auf ihrem Teller.

«Deine Mom isst abends nur ein Sandwich?»

Sein ungläubiger Ton reizte sie zu einem trockenen Lachen. «Du hast keine Vorstellung von meiner Mom und mir, oder?»

«Wie meinst du das?» Er lehnte seinen Oberkörper ein wenig nach vorn. «Esst ihr nicht zusammen?»

«O Mann.» Seufzend hob sie den Kopf. «Ich sehe meine Mom kaum, was ihr sehr recht ist. Du musst wissen, dass wir eine komplizierte Beziehung haben.»

«Ach?»

Sie nickte. «Diese Geschichte mit dem Koksen, dem Video und meiner Verhaftung hat sie mir nie verziehen. Wir reden immer noch kaum miteinander.»

«Teddy ...» Seine Stimme klang kritisch. «Damals warst du ein Teenager.»

«Ich weiß.» Sie überspielte den Schmerz mit einem kleinen Lächeln und steckte sich eine weitere Gabel in den Mund. Brian schwieg. Er hatte selbst eine verkorkste Beziehung zu seiner Mutter und konnte verstehen, wenn man nicht darüber sprechen wollte.

«Nachtisch?»

«Was gibt es denn?»

«Smoothies.»

Teddy half ihm bei der Zubereitung der fruchtigen Smoothies und räumte das schmutzige Geschirr in die Spülmaschine, während der Mixer lief. Das eiskalte Getränk füllte Brian in zwei überdimensionale Becher und trug sie zur Couch auf der gegenüberliegenden Seite des Raumes. Teddy folgte ihm und setzte sich neben ihn auf die Couch. Um das Gespräch nicht einschlafen zu lassen und womöglich darüber reden zu müssen, was in Ohio passiert war, kam sie lieber auf ein unverfängliches Thema zu sprechen.

«Wie war das Training heute? Hattet ihr eine Taktikbesprechung?»

Er nickte und trank einen Schluck. «Übernächste Woche steht unser erstes Probespiel an. Da muss alles sitzen.»

«Gegen die *Pats*, die sind momentan sehr gut.»

«Kommst du mit nach Massachusetts?»

Nach einem Schluck von dem leckeren Getränk stellte sie den Becher auf den Tisch und schüttelte den Kopf. «Ich fliege nach St. Louis. Seit den Presseberichten gibt es Schwierigkeiten mit Gold Cross Beer. Ich habe einen Termin und versuche, es wieder geradezubiegen.» Sie lehnte sich gegen die Rückenlehne und starrte vor sich hin.

«Lass dich nicht runterziehen.»

«Das ist leichter gesagt als getan», erwiderte sie mürrisch, doch er lachte und legte seinen Arm lässig über die Lehne hinter ihr.

«Brian!» Warnend zog sie ihre Augenbrauen zusammen und starrte in sein Gesicht.

«Ja?» Mit einem unschuldigen Lächeln, das nicht zu den funkelnden Augen passen wollte, sah er sie fragend an.

«Keine Tricks.»

«Was für Tricks?»

Teddy schnaubte wenig damenhaft auf und richtete die Augen auf seinen Oberschenkel, der sich scheinbar unbewusst gegen ihren presste. «Das weißt du genau!» Sie rückte ein wenig von ihm ab. «Du wolltest reden, also rede.»

«Wir reden doch...»

«Aber nicht über die Nacht in Ohio!», warf sie aufgeregt ein und fuchtelte mit beiden Händen in der Luft herum. «Du wolltest dich entschuldigen.»

Stöhnend setzte er sich aufrechter hin. «Du weißt, dass es mir leidtut.»

«Und was, bitte schön?» Auch sie hatte den Rücken gestrafft und die Arme vor der Brust verschränkt.

«Es tut mir leid, dass ich einfach verschwunden bin. Das ist normalerweise nicht meine Art...»

Wieder schnaubte sie auf und warf ihm einen ironischen Blick zu, woraufhin er wütend fragte: «Was ist?»

«Hör doch auf! Du hast Panik bekommen und bist abgehauen.»

«Es tut mir leid», wiederholte er mit zusammengebissenen Zähnen.

«Schon vergessen.»

«Von wegen!»

Teddy schüttelte den Kopf. «Es ist sowieso egal, Brian, was wir getan haben, darf sich nicht wiederholen...»

«Hast du einen Freund?»

Überrascht schüttelte sie den Kopf. «Nein.»

«Dann tut es niemandem weh», antwortete er pragmatisch.

Sie biss die Lippen aufeinander und zählte innerlich bis zehn, um dann zu erklären: «Meine Einsetzung als Teambesitzerin war bereits ein Skandal. Vielleicht verlieren wir Gold Cross Beer als Sponsor. Was denkst du, was passieren würde, wenn herauskäme, dass wir miteinander schlafen?»

«Man würde berichten, dass du einen guten Geschmack hast und dass ich mutig bin, mit meiner Chefin Sex zu haben», scherzte er.

«Das ist nicht komisch!» Zornig versetzte sie ihm einen Schlag gegen den Oberarm, worauf er den Smoothie über seine Hose verschüttete.

«Scheiße!» Er sprang auf und hüpfte herum. «Das ist arschkalt!»

Lachend presste Teddy beide Hände vor ihren Mund. Genau im Schritt seiner dunklen Trainingshose hatte sich ein riesiger Smoothie-Fleck gebildet. Da das Getränk zur Hälfte aus Eiswürfeln bestand, konnte sie seine Reaktion verstehen.

Immer noch lachend, stand sie ebenfalls auf. «Es tut mir leid.»

«Ich kriege gleich Gefrierbrand.» Er deutete auf seine Hose und hielt seine linke Hand unter das tropfende Glas. «Zieh sie aus!»

«Ich?»

«Ja!» Er zappelte herum. «Sonst gibt es irreparable Schäden!»

«Gib mir einfach das Glas.»

«Teddy!»

Prustend zog sie ihm die Hose herunter und stockte. «Du hast ja gar keine Unterwäsche an!»

«Hast du mir nicht mal dazu geraten?», erkundigte er sich scherzhaft und hampelte immer noch herum.

«Ich hole ein Handtuch.» Sie eilte ins Bad und kehrte kurz darauf mit einem Tuch zurück. Bevor er protestieren konnte, nahm sie ihm das klebrige Glas ab und trug es in den Küchenbereich. Nachdem sie sich die Hände gewaschen hatte, drehte sie sich um – und erstarrte. Splitternackt stand er vor der Couch und wischte sich die letzten Spuren des roten Smoothies von den trainierten Oberschenkeln, während seine bekleckerte Kleidung auf einem Haufen auf dem Boden lag.

Plötzlich war ihre Kehle staubtrocken, und ihr Puls raste.

Herzukommen war eine verdammt miese Idee gewesen.

Teddys Augen glitten über seinen schwarzen Schopf, das jungenhafte Gesicht, den kräftigen Hals, über seine breiten Schultern und die muskulöse Brust, folgten der Spur dunkler Haare bis zu seiner beeindruckenden Erektion und fixierten schließlich seine träge lächelnden Augen, die sich über die Entfernung in ihre senkten.

Sie sollte wirklich gehen, bevor sie irgendeine Dummheit machte.

Er ließ das Handtuch auf seine Kleidung fallen.

Gehen oder bleiben, gehen oder bleiben. In ihrem Kopf ratterte es, während sie gleichzeitig die Beine zusammenpresste.

«Kein irreparabler Schaden», stellte er mit rauer Stimme fest.

Teddy schluckte und lehnte sich gegen die Spüle hinter ihr. Ihre Brustwarzen drückten sich gegen das Shirt, sie hatte Mühe, Luft zu holen, während es in ihrem Unterleib pulsierte. «Offensichtlich.»

Sie biss sich auf die Lippen und schlüpfte aus ihren Schuhen. Als er fragend ihre nackten Füße betrachtete und dann bemerkte, dass sie ihr Shirt über den Kopf zog, stellte Teddy kategorisch fest: «Ich will nur testen, ob dieser kleine Unfall tatsächlich keinen Schaden verursacht hat. Schließlich bist du mein Quarterback.»

Gespielt ernst nickte er. «Selbstverständlich.»

Sie öffnete den BH und ließ ihn zu Boden fallen. «Wir dürfen es nicht als Sex betrachten, sondern als ...»

«Konditionstest?», schlug er vor und betrachtete mit glühenden Augen ihren nackten Oberkörper.

«Genau. Es ist ein Konditionstest.» Nachdenklich schob sie die Jeans über ihre Hüften und fuhr dabei fort: «Wir müssen wissen, ob du fit bist. Schließlich beginnt die Saison bald.»

«Ich bin ganz deiner Meinung.» Zufrieden sah er zu, wie ihre Jeans sich zu der restlichen Kleidung gesellte. «Du trägst ja doch Unterwäsche!»

«Ab und zu.» Ohne Scheu schob sie das pinke Höschen hinunter. «Natürlich muss dieser private Konditionstest unter uns bleiben.»

Jetzt war es an Brian, sie mit trockenem Mund anzustarren. Langsam trat er auf sie zu, blieb dicht vor ihr stehen und umschloss mit beiden Händen zärtlich ihre Brüste. Er hörte, wie sie leise nach Luft schnappte, spürte die Anspannung in ihrem Körper und sah, wie sich ihre Pupillen weiteten.

«Kein Sterbenswörtchen werde ich von unserem Konditionstest verraten», versprach er heiser und senkte den Kopf zu ihrer Kehle. «Dich will ich ganz für mich.» Er saugte an ihrem schlanken Hals und rieb seinen Bauch langsam an ihrem. Wimmernd presste sie sich an ihn und berührte mit ihren Händen seine Hüften.

Brian rieb mit seinen Fingern über ihre Brustwarzen, leckte über ihren Hals, hinterließ kleine Bisse und schmiegte seine Erektion an die weiche Haut ihres Bauches. Dass es sie erregte, merkte er an den leisen Stöhnlauten, ihrem zitternden Körper und den kleinen Schauern. Er vergrub den Mund an der Stelle hinter ihrem rechten Ohr, ließ eine Hand über ihren Bauch nach unten wandern und fand sie weich und feucht vor.

Ihr Stöhnen ermunterte ihn. Sein Daumen rieb langsam über die geschwollene Klitoris, sein Zeigefinger drang vorsichtig in sie ein. Als sie sich mit beiden Händen an der Spüle hinter ihr festkrallte, lachte er heiser auf und ließ sich auf die Knie nieder. Ihr erschrockenes Japsen nach Luft hörte er kaum, als er sie in den Mund nahm und leckte. Er saugte an ihrer Klitoris und legte eine Hand auf ihren Po, um sie noch näher an seinen Mund zu ziehen. Immer wieder stöhnte sie seinen Namen und griff mit einer Hand in sein Haar. Ungestüm zerrte sie ihn nach oben. Brian stand noch nicht einmal fest mit beiden Füßen auf dem Boden, als sie sich auf seinen Mund stürzte, ihn leidenschaftlich küsste.

Sie keuchte schwer. «Jetzt...hier...sofort.» Ihre rechte Hand umfasste seinen Penis, verrieb einen Tropfen über seiner Eichel und pumpte über seine gesamte Länge.

«Warte», befahl er atemlos und fiel fast über seine eigenen Beine, als er ins Bad rannte und sich dort eine Handvoll Kondome griff. In Windeseile war er zurück, presste sich an Teddy und küsste sie wieder. Als sie ihre Hände über seinen Rücken wandern ließ, seinen Hintern umfasste und ihm ins Ohr flüsterte: «Ich will es hier tun – im Stehen», war es um seine Selbstbeherrschung geschehen. Mit zitternden Fingern riss er das Kondompäckchen auf, schaffte es kaum, es überzuziehen, und packte Teddy dann ungestüm. Kraftvoll hob er sie hoch, während sie die Beine um ihn schlang, und drang mit einem heftigen Stoß in sie ein. Mit einem tiefen Stöhnen ließ er den Kopf in den Nacken fallen und schob sie gegen den Küchenschrank.

«Ohhh ...» Zitternd schmiegte sie den Kopf an seine Schulter und umschlang ihn, gleichzeitig umklammerte sie ihn fester mit beiden Beinen. «Du fühlst dich so gut an ...»

Langsam stieß er in sie, presste sie mit jedem Stoß gegen den Schrank, in dem die Gläser klirrten. Ihre harten Brustwarzen, die bei jedem Stoß über seine Brust rieben, ihre festen Schenkel, die seine Hüften umklammerten, die kleinen Seufzer aus ihrem feuchten Mund und ihre enge Vagina, die um ihn pulsierte, ließen Brian jede Selbstbeherrschung vergessen. Er vergrub seine Hände in ihrem Po, zog sie noch höher und begann, fest und schnell in sie zu stoßen.

«Ja ...» Sie klammerte sich an ihn, drückte mit den Fersen gegen seinen Hintern und stammelte in sein Ohr: «Bitte ... ja ... oh ...»

Brian konnte kaum an sich halten und stieß wie besessen in sie. Ihre Schreie spornten ihn an. Verschwitzt und keuchend nahm er nicht wahr, wie Gläser im Schrank umfielen und zerbrachen, sondern umfasste Teddy so fest, dass sie sicherlich blaue Flecken davontragen würde. Ihr schien es nichts auszumachen, denn sie keuchte ebenso laut, grub die Finger in die Muskeln seines Rückens und kam mit einem lauten Schrei zum Orgasmus. Ruckartig presste Brian sie an sich, stöhnte ebenfalls auf und sackte dann gegen Teddys Körper.

«Das ... das war ...» Atemlos hing sie eingeklemmt zwischen ihm und dem Schrank.

Er antwortete nicht, sondern schnappte nach Luft.

Langsam spielten ihre Finger mit dem schweißnassen Haar in seinem Nacken.

«Habe ich den Konditionstest bestanden?», fragte er nach einer Weile angestrengt und hob den Kopf, um sie anzusehen.

Teddy fuhr sich über die trockenen Lippen und betrachtete sein gerötetes Gesicht mit einem wohligen Schauer. «Mit einer eins plus.»

«Dupree fand dein Tattoo geil.»

«Was?» Fragend blickte sie über die Schulter zu Brian, dessen Haare hoffnungslos zerzaust waren. Er schmiegte seinen Unterleib an ihren Hintern, während seine Finger ihre Tätowierung nachzeichneten.

«Deine Tätowierung.» Er senkte den Kopf und küsste sie in den Nacken. «Bei dem Benefizlauf war er von deinem Tattoo ganz begeistert.»

«Wirklich?»

«Ja, und wie. Was ist das überhaupt?»

«Sanskrit und eine Zeichnung aus einem Tempel in Ajanta.»

Brian senkte seinen Mund auf ihre Schulter und küsste sie sanft. Sie lagen auf seinem Futon und erholten sich vom stundenlangen Sex. Seine Küsse und die Art, wie er sie streichelte und sich an sie presste, ließen jedoch darauf schließen, dass er nicht vorhatte, endlich einzuschlafen.

Er schob ihre Haare beiseite und küsste ihren Hals. «Und was bedeuten die Buchstaben?»

Seufzend legte sie den Kopf zurück auf das Kissen. «Ganz gleich, wie beschwerlich das Gestern war, stets kannst du im Heute von neuem beginnen.»

«Das klingt schön», murmelte er und zog sie an seine Brust.

Teddy lächelte. «Die Weisheit kommt nicht von mir. Das sind Buddhas Worte.»

«Schlauer Buddha.» Ein Bein drängte sich zwischen ihre. «Warum ausgerechnet eine Tätowierung mit Buddhas Worten?»

«Die Nationalhymne war zu lang.»

«Haha.» Er zwickte sie zur Strafe in den Po, woraufhin sie lachen musste. Mit einem zufriedenen Seufzer schmiegte sie ihren Rücken an seine breite Brust und nahm seine Hand in ihre, um sie vor sich zu ziehen. Sie war erschöpft. Das Kissen, in das sie ihre Nase vergrub, roch nach seinem würzigen Aftershave und nach ihm. Eine unwiderstehliche Mischung. Es war mitten in der Nacht, aber sie wollte nicht aufstehen und nach Hause fahren, sondern hier liegen bleiben. Brian Palmer mochte ein arroganter Aufschneider und griesgrämiger Quarterback sein, aber er war auch ein echt netter, süßer und liebenswerter Kerl, der phantastisch kochen, küssen und kuscheln konnte. Von seinen Qualitäten als Liebhaber ganz zu schweigen. Nach der Orgie dieser Nacht fühlte sie sich, als bestünde sie lediglich aus Wackelpudding.

«Also? Warum Buddha?»

«Hm, warum willst du das unbedingt wissen?»

Die Hand, die sie zu sich gezogen hatte, streichelte ihr Brustbein. «Weil du mich interessierst.» Er schwieg für einen Moment, ehe er, offenbar mit einem Grinsen in der Stimme, fortfuhr: «Außerdem hatte ich noch nie Sex mit einem Hippiemädchen.»

Sie schnalzte mit der Zunge. «Dann hast du bisher echt was verpasst.»

«Das denke ich auch.» Er kuschelte sich noch enger an sie und zog die Decke höher. «Wie lange hast du diese Tätowierung schon?»

«Ich habe sie mir mit achtzehn stechen lassen.»

«Ach, schon ein ganzes Jahr!», fragte er gespielt verblüfft.

«Brian», empörte sie sich, «ich bin sechsundzwanzig!»

«Ich weiß, aber du siehst wesentlich jünger aus.»

«Und das macht dich wohl an, du Perverser?»

«Und wie» – er küsste sie rasch auf den Hals –, «aber du hast mir immer noch nicht die Frage beantwortet, weshalb du dir diesen Satz hast tätowieren lassen.»

Teddy seufzte. «Du weißt doch, dass ich in Indien war, um von den Drogen wegzukommen.»

«Ja, du warst bei buddhistischen Mönchen.»

«Genau.» Sie nickte. «Dort habe ich viel über mich gelernt. Ich weiß ganz sicher, dass ich niemals wieder Drogen nehmen werde und dass ich niemals wieder so sein werde wie als verwöhnter Teenager, aber...»

«Aber was?»

Unbehaglich wand sie den Kopf auf dem Kissen. «Ich hatte Angst, in die Staaten zurückzukommen. Nicht weil ich rückfällig werden könnte, sondern weil man mich hier als drogensüchtige... Schlampe kannte.»

«Teddy...»

Sie schüttelte den Kopf und erklärte zögernd: «Ich war nicht gut zu mir, Brian.»

«Meinst du die Drogen?»

Sie verneinte. «Es geht weniger um das Koks oder die Joints, sondern darum, was ich mir antat, als ich zugedröhnt war. In Indien entschloss ich mich dazu, all das hinter mir zu lassen. Deshalb das Tattoo.»

«Wie du schon sagtest, du warst von Drogen high», erwiderte er pragmatisch. «Außerdem warst du noch ein Kind.»

«Hmm.» Unbewusst streichelte sie seinen Unterarm, der sich um sie geschlungen hatte, bevor sie sich mühsam zu ihm drehte und fühlte, wie Brian sie eng an seine Brust zog. Mit strahlend blauen Augen sah er sie an, was ihr ein heftigeres Bauchkribbeln verursachte als ihre verschwitzten Körper, die sich aneinander rieben.

«Kind hin oder her. Ich war Mitglied einer reichen Clique und nahm Drogen, um mich zu amüsieren.» Sie sah zu ihm auf und wollte unsicher wissen: «Hast du von dem Sexvideo gehört?»

Brian nickte ernst.

Ihr Gesicht versteckte sich an seiner Schulter, als sie gestand: «Gott, ich war so erbärmlich. Robert hielt es für eine gute Idee und wollte dabei zusehen ... wie ich mit anderen Männern schlief. Einer machte ein Video davon. Bis heute verfolgt mich dieser ganze Mist.»

Sie rieb ihren Kopf sanft an seiner Schulter. «Im Drogenrausch hielt auch ich das für eine tolle Idee. Aber heute schäme ich mich so dafür.» Zögernd blickte Teddy ihn an. «Jetzt hältst du mich auch für eine Schlampe, nicht wahr?»

Er wartete so lange mit ernstem Gesicht, ehe er ihr eine Antwort gab, dass ihr das Herz in die Hose sackte. «Weißt du, wie ich an meine schiefe Nase geraten bin?»

Verwirrt über den Themenwechsel, fragte sie leise: «Footballverletzung?»

Brian schüttelte den Kopf und zog sie wieder enger an sich. «Es war meine Mom.»

«Deine Mom?»

«Ich habe keinen Vater» – leise räusperte er sich, während Teddy ihn gebannt ansah und seine Nase studierte –, «das heißt ... natürlich habe ich einen Vater, aber ich kenne ihn nicht. Meine Mom hatte kein glückliches Händchen bei der Wahl ihrer Freunde.»

Da ihm dies nahezugehen schien, schmiegte sich Teddy an seine Brust und fuhr ihm tröstend über den Oberarm.

«Nun ja ... Sie lernte Carl kennen, als ich fünfzehn war, und heiratete ihn knapp einen Monat später. Es war die reinste Hölle.» Brian schüttelte versunken den Kopf. «Er kontrollierte alles, war erschreckend eifersüchtig und cholerisch. Ständig brüllte er Befehle und benahm sich wie ein Schwein. Aber meine Mutter war glücklich. Kurz vor meinem Auszug kam ich eines Abends von meinem Nebenjob heim und sah mit an, wie er ihr eine Ohrfeige gab.»

«O nein.»

Brian lehnte sich zurück und runzelte finster die Stirn. «Bislang hatte ich nie gesehen, dass er sie schlug, sonst hätte ich ihn windelweich geprügelt. Und an diesem Abend ...» Er spielte gedankenverloren mit einer Strähne von Teddys Haar. «An diesem Abend verprügelte ich ihn wirklich. Nach dem ersten Kinnhaken lag er ohnmächtig auf dem Boden. Meine Mom war außer sich, schlug mir eine Vase ins Gesicht und warf mich aus dem Haus. Daher habe ich meine schiefe Nase.»

«Das tut mir leid», erwiderte sie betroffen. «Es muss schrecklich für dich gewesen sein. Hast du denn heute wieder Kontakt zu ihr?»

Zwar zuckte er mit den Schultern, aber sie konnte ihm ansehen, dass ihn die Geschichte mehr berührte, als er zugab. «Manchmal. Carl hat sich erst vor kurzem von ihr scheiden lassen. Seitdem höre ich wieder mehr von ihr», schloss er zynisch.

«Warum hast du mir das erzählt?», wollte Teddy zaghaft wissen.

Nachdenklich blickte er zu einem Punkt über ihrem Kopf. «Vielleicht weil ich mich dafür schäme, dass meine Mom mich aus dem Haus warf und mir die Nase brach, weil ich sie verteidigt hatte. Weißt du, dass ich bislang jedem erzählt habe, ich hätte mir die Nase beim Football gebrochen?»

Teddy schaute ihn mit klopfendem Herzen an.

«Du musst dich nicht wegen deiner Jugendsünden schämen,

sondern solltest stolz auf dich sein. Ganz sicher halte ich dich nicht für eine Schlampe.»

Trocken lachte sie auf. «Nein? Ich liege nackt in deinem Bett. Was solltest du sonst von mir denken?»

«Ich mag dich», offenbarte er einfach.

«Ehrlich?» Verwundert sah sie ihn an und spürte die leichte Röte in ihren Wangen.

Seine Finger streichelten ihren Rücken. «Du bist verdammt heiß, und du unterschreibst meine Gehaltsschecks. Das macht mich so geil ...»

Prustend wehrte sie ihn ab. «Brian!»

«Nein, ehrlich» – er hielt ihre Hand fest –, «ich mag dich und möchte dich besser kennenlernen.»

«Auf einmal?», scherzte sie, obwohl ihr nicht zum Lachen zumute war. «In Ohio hast du anscheinend noch anders gedacht.»

«In Ohio hatte ich Panik», gab er zu. «Hör mal, Teddy, der One-Night-Stand war super, aber ...» Er brach ab und schien zu zögern.

«Aber?»

«Ich würde dich wirklich gern besser kennenlernen.»

«Das ist keine gute Idee», gab sie leise zu bedenken.

«Ich weiß.»

Unsicher biss sie sich auf die Unterlippe. «Ich meine es ernst ... wir können nicht ... nicht ...»

«Nicht miteinander schlafen?», schlug er vor. «Nicht miteinander ausgehen? Dates haben?»

Sie nickte und schüttelte anschließend den Kopf. «Wenn das herauskäme ... das wäre eine Katastrophe!»

«Was schlägst du vor?» Er legte sich vorsichtig auf sie und fuhr mit einem Finger federleicht ihre Wangen nach.

«Abstinenz?»

Lachend schüttelte er den Kopf und küsste sie innig. Wie von selbst schlang Teddy ihre Arme um seinen Hals. Dann löste er sich langsam von ihr und hob den Kopf. «Abstinenz kannst du vergessen.»

«Was schlägst *du* denn vor?» Sie strich über die feinen Stoppeln auf seinen Wangen.

«Heimliche Treffen.» Beim Grinsen zeigte er seine weißen Zähne.

Teddy blickte ihn argwöhnisch an.

Zuversichtlich nickte er. «Wie bei einer Geheimoperation.»

14. Kapitel

Teddy brauchte eine Pause – sie brauchte sie sogar ziemlich dringend. Doch das war gar nicht so einfach, weil gleich ein Reporter vom Time Magazine kommen würde, um sie zur Ernennung ihres Vaters als Mitglied der Hall of Fame zu interviewen. Am Morgen hatte sie stundenlang mit Mitarbeitern der Sponsoring-Abteilung zusammengesessen, weil sie am nächsten Tag nach St. Louis fliegen würde, um mit einem ihrer größten Werbepartner zu verhandeln, und später wollte sie noch einmal das Team sehen, um ihnen Glück für das Spiel gegen die *Pats* zu wünschen.

Die letzten zweieinhalb Wochen hatten sie ziemlich geschlaucht. Da die Saison bald anfangen würde, vorsaisonale Spiele anstanden und es Schwierigkeiten mit dem Werbepartner Gold Cross Beer gab, konnte Teddy das Vereinsgebäude kaum verlassen. Außerdem gab es da noch einen gewissen Quarterback und die Geheimoperation «Kennenlernen leichtgemacht». Innerlich seufzte sie, denn leicht war es wirklich nicht, mit Brian auszugehen.

Wenn man vom Teufel sprach! Ihr Handy klingelte kurz, sie hatte eine Nachricht bekommen.

Sofort griff sie danach und las den Text.

Ich bin immer noch sauer! Warum hast du mich heute Morgen nicht geweckt?

Teddy verdrehte die Augen und antwortete:

Guten Morgen erst einmal! Nicht jeder von uns kann ausschlafen, du Morgenmuffel. Ich hatte um halb acht eine Besprechung. Von Brooklyn dauert es halt länger bis zur Arbeit.

Sie musste nicht lange auf eine Antwort warten.

Du hättest mich wecken können. Wollten wir heute nicht zusammen laufen gehen?

Lächelnd tippte sie die Antwort ein, dass sie es auf das Wochenende verschieben müssten, und wollte gerade das Handy beiseitelegen, als es wieder piepte.

Danke für den schönen Abend.

Errötend und gerührt steckte sie das Gerät in ihre Schublade. Sie war am Abend zuvor zu ihm gefahren, hatte Sandwiches und einen ausgeliehenen Film mitgebracht. Sie hatten in seinem Bett gegessen, den Film gesehen und anschließend miteinander geschlafen. Seit vorletzter Woche verbrachten sie die meisten Nächte zusammen, auch wenn Teddy nicht immer bis zum Morgen bei ihm blieb, sondern wieder nach Manhattan fuhr. Abends allerdings führte ihr Weg sie nicht in die Wohnung ihrer Mutter, sondern nach Brooklyn.

Am Wochenende waren sie zusammen mit seinem Motorrad nach Fire Island gefahren. Auf der Fähre hatten sie sich ein abgeschiedenes Fleckchen gesucht und sich hinter dicken Sonnenbrillen und unter Baseballkappen versteckt, damit kein Passagier sie erkennen konnte. Da Fire Island für seine Abgeschiedenheit berühmt war, hatten sie einen ruhigen Tag an einsamen

Stränden und in hohen Dünen verbracht. Es war Anfang August und das Atlantikwasser somit ganz passabel zum Baden. Zum Trocknen hatten sie sich in den Sand gelegt und von der strahlenden Sonne wärmen lassen. Teddy war sogar zeitweise eingenickt und hatte Brians Oberschenkel als Kissen missbraucht. Den leichten Sonnenbrand auf ihrer Brust hatte er daheim in seiner Wohnung zärtlich behandelt. Er ...

«Teddy? Mr. Dougherty vom Time Magazine ist da.»

Aus ihrem Tagtraum gerissen, sah Teddy erschrocken auf und begegnete dem verwunderten Blick ihrer Sekretärin.

«Oh.» Errötend nickte sie. «Danke, Ann.»

Um nicht in die Gefahr zu geraten, sich vor dem angesehenen Sportreporter eine Blöße zu geben, verdrängte sie die Gedanken an Brian und konzentrierte sich voll und ganz auf das Interview, das glücklicherweise nicht sehr lange dauerte. Anschließend sah sie die vorläufigen Quartalsberichte durch und aß dabei einen Salat. Es juckte sie in den Fingern, Brian erneut zu simsen, aber sie wollte nicht aufdringlich erscheinen und ließ es daher bleiben. Bevor sie sich wieder an die Arbeit machte, rief sie zu Hause an und bat Elise, die Haushälterin, ein paar Kleidungsstücke für sie herauszusuchen, die sie in St. Louis benötigen würde. Anschließend führte sie ein längeres Gespräch mit dem Firmenanwalt, der ebenfalls mitfliegen würde, und sah dann erschrocken, dass es bereits später Nachmittag war. Es war höchste Zeit, dem Team Glück zu wünschen.

«Er starrt schon wieder auf sein Handy.»

Rasch legte Brian sein Telefon zurück in den Spind und schloss die Tür.

«Erwartest du einen wichtigen Anruf, Rabbit?» Blake trocknete sich seine nassen Haare mit einem Handtuch und grinste verwegen. «Ich tippe auf die Domina.»

«Ich auch.» Eddie nickte und schmierte sich eine riesige Portion Deo unter die Achseln, während er splitternackt vor seinem Spind stand und gut gelaunt die Melodie aus Rocky summte.

«Seit wann summst du das Titellied von Rocky?» Brian sah ihn ungläubig an, denn Eddie war exzessiver Rambo-Fan.

Der dunkle Riese zuckte mit der Schulter und verteilte Haargel in seinen schwarzen Locken. «Vorgestern haben wir bei Julian und Liv ferngesehen. Rocky lief, und der Film war gar nicht so schlecht.»

Glucksend drehte sich Brian zu seinem Kumpel Julian um, der gerade nackt um die Ecke bog und seine Schulter befühlte. «Gebt ihr wieder einsamen Footballspielern Asyl, Scott?»

Der Wide Receiver verdrehte nur die Augen und ließ sich auf die Bank sinken. Die Jungs liebten Liv und fanden ständig Ausreden, um beim frisch verheirateten Ehepaar vorbeizuschauen. Da Liv die Teamkollegen ihres Mannes ebenfalls gern hatte, servierte sie ihnen Leckereien, umsorgte sie wie eine Glucke und kümmerte sich um deren Seelenheil. Stellte einer der Jungs Unsinn an, nörgelte sie wie eine ältere Schwester an ihm herum. Vor allem Dupree betrachtete die ältere Liv mit kindlicher Verehrung, denn er war der Jüngste und vermisste seine in Alabama lebende Familie. Bei alldem machte es nicht einmal etwas aus, dass Liv nicht kochen konnte.

Blake schnaubte und trocknete weiter sein langes Haar ab. «Liv hatte uns eingeladen. Wo warst du eigentlich?»

Vorgestern Abend hatte er heißen Sex mit seiner Chefin unter der Dusche gehabt und sich anschließend eine phantastische Rückenmassage geben lassen, bevor sie es auf seinem Sessel getrieben hatten. O Mann, anschließend hatte er wie ein zufriedenes Baby geschlafen.

«Womit wir mal wieder bei der Domina wären.» Blake grunzte.

«Unsinn!»

«Von wegen.» Auch Julian gab seltsame Geräusche von sich und lehnte sich zurück. «Seit Tagen kriege ich dich kaum zu sehen. Dahinter steckt bestimmt eine Frau.»

«Die Domina.»

«O'Neill, halt die Schnauze», fuhr Brian Blake wütend an, «vermutlich stehst *du* auf SM-Praktiken und bist deshalb so verdammt fixiert darauf!»

«Welche Laus ist dir denn über die Leber gelaufen, Rabbit?» Dupree gesellte sich zu ihnen – als Einziger mit Shorts bekleidet – und sah ihn konsterniert an.

«Er macht auf geheimnisvoll», kommentierte Eddie und zupfte an seinen Löckchen herum, «wir vermuten eine neue Weibergeschichte.»

«Hoffentlich nicht schon wieder ein Model», stöhnte Julian.

Dupree nickte ernst. «Wenn du noch mehr Models abschleppst, die dann darüber spotten, dass du keinen hochkriegst, bietet dir Viagra sicher einen Werbevertrag an.»

Die anderen fanden das komisch, aber Brian war kurz davor zu explodieren. Er war eh schon nicht besonders gut drauf, weil Teddy morgens verschwunden war, ohne ihn zu wecken, und er sie noch nicht gesprochen hatte, obwohl es bereits früher Abend war. Er würde mit dem Team am nächsten Morgen nach Massachusetts fahren, und sie flog nach St. Louis. Keine Ahnung, wann sie sich das nächste Mal sahen. Und noch immer hatte er keine Reaktion auf seine Nachricht erhalten, dass es gestern ein schöner Abend gewesen war. Außerdem hatte er ein Geschenk, das er ihr geben wollte, bevor sie flog.

«Meint ihr, Viagra wird ihm mehr bezahlen als Gillette?»

Bevor er antworten konnte, ertönte die Stimme des Coachs: «Damenbesuch in der Umkleide!»

Das nervöse Kichern von Al und die plötzliche Stille waren

Zeichen dafür, dass eine Frau die heiligen Hallen der *Titans* betreten hatte. Dem Team machte es nichts aus, Reportern und auch Reporterinnen, die sich immer öfter hierher verirrten, im unbekleideten Zustand Rede und Antwort zu stehen, aber natürlich wurden die Frauen beim Anblick von nackten Footballspielern nervös.

Teddy dagegen spazierte gelassen in die Umkleide und hielt auch nicht die Augen starr nach oben gerichtet, sondern grinste Al im Vorbeigehen frech an. «Netter Hintern.»

«Teddy», entrüstete sich der Coach und wurde rot, was urkomisch war.

Über das entsetzte Kichern des Centers hinweg schnaubte sie: «Er wird mich sicher nicht wegen sexueller Belästigung anzeigen, John.»

Brian bemerkte aus den Augenwinkeln, dass seine Teamkollegen ihre Blöße gespielt beiläufig mit Handtüchern bedeckten, um so der Verlegenheit zu entgehen, sich der Chefin nackt zu präsentieren. Er betrachtete seine heiße Chefin, die mit über dem Bauch verknotetem Jeanshemd und tiefsitzenden hellgelben Hosen mitten in der Umkleide stand und vergnügt lächelte.

«Keine Sorge, Jungs. Ich halte euch nicht lange auf. Morgen kann ich nicht mit zum Spiel nach Massachusetts kommen, weil ich in St. Louis eine Besprechung habe, aber ich werde euch die Daumen drücken und wollte euch nur kurz viel Glück wünschen.»

Brav erwiderten alle: «Danke!», bevor Blake als echter Scherzkeks bedauernd rief: «Aber, Teddy, wir brauchen Sie doch als Ersatzmann!»

Ihr heiseres Lachen machte Brian an, weil es ihn daran erinnerte, dass er es erst gestern Abend in seinem Bett gehört hatte.

«Ihr schafft das auch ohne mich. Rammt die *Pats* in den Boden und erzählt mir von dem Gemetzel.» Sie lächelte noch einmal in die Runde, sah Brian kurz in die Augen, winkte den Jungs zu und verschwand.

Kaum war ihre Chefin verschwunden, drehte sich Blake wieder zu ihm um und fragte neugierig: «Was ist denn jetzt mit dieser Domina-Lady?»

Die Domina-Lady stand mit dem Yogalehrer Abby an der Kaffeebar in der dritten Etage und hielt ein Schwätzchen, als der frisch geduschte Quarterback erschien. Automatisch zupfte er unter der Jacke an seinem T-Shirt herum und bemühte sich um einen betont lässigen Gang.

«Hi, Ladys.» Er nickte beiden zu und nahm sich eine Tasse.

«Cappuccino, Süßer?» Abby schüttelte den perfekt arrangierten blonden Schopf. «Das ist gar nicht gut für Ihren Cholesterinspiegel. Wie wäre es mit einem grünen Tee?»

Brian runzelte die Stirn und schüttelte den Kopf. Im Laufe seiner Karriere hatte er einige homosexuelle Footballspieler kennengelernt und war gut mit ihnen klargekommen, doch Abby machte ihn nervös. Der Yogalehrer hatte ein offensichtliches Faible für körperbetonte Kleidung, übermäßige Körperpflege, näselnde Aussprache und heiße Footballspieler. Die grauen Augen, die ihn, Brian, gerade auszogen, und die verführerisch gespitzten Lippen des Mannes in Stretchjeans und lila Cowboyhemd trieben ihm den Angstschweiß auf die Stirn.

Obwohl er Abby überragte und mit Sicherheit um einiges stärker war als er, trat er vorsichtshalber einen Schritt zurück und nippte an seinem Cappuccino.

«Abby hat auch schon bei mir sein Glück versucht.» Teddy blickte ihn mit lachenden Augen an und stellte ihre leere Tasse ab. «Aber grüner Tee ist nichts für mich.»

«Dito.» Brian leckte sich den köstlichen Milchschaum von

der Oberlippe und versuchte, sie nicht allzu offensichtlich anzustarren.

«Grüner Tee stärkt das Immunsystem, fördert das Herz-Kreislauf-System, kann Diabetes sowie Alzheimer verhindern und...» – Abby lächelte Brian an – «hilft bei Prostataproblemen.»

Er verschluckte sich an dem heißen Cappuccino und warf Abby über die Tasse hinweg einen mörderischen Blick zu. Doch der schmächtige Yogalehrer lachte nur.

«Das war ein kleiner Scherz.» An Teddy gewandt, fügte Abby belustigt hinzu: «Der Kapitän ist ein ganz Süßer. Im letzten Sommer habe ich ihm die Namen der besten Yogastudios verraten, weil er dort heiße Yoga-Mäuschen abschleppen wollte.»

«Ach?» Teddy zog irritiert die Augenbrauen hoch. «Und das soll süß sein?»

«Das ist völlig aus dem Kontext gerissen», beklagte sich Brian und starrte Abby abermals böse an. «Außerdem ist es falsch. Ich habe keine Yoga-Mäuschen abgeschleppt!»

Lächelnd spazierte Abby von dannen und ließ sie allein zurück.

«Kann ich dich kurz sprechen?» Brian beugte sich vertraulich zu ihr.

Teddy sah sich verstohlen um und bemerkte eine Sekretärin, die sich ebenfalls einen Kaffee holen wollte. «Sicher, Mr. Palmer. Die Papiere sind in meinem Büro.»

Als Brian kurz darauf die Bürotür hinter beiden schloss, fragte er seufzend: «War das nicht ein wenig übertrieben?»

Sie lehnte sich gegen den Schreibtisch und schüttelte den Kopf. «Bloß kein Risiko eingehen.»

Als er sie an sich zog und küsste, ließ sie es kurz zu, schob ihn dann aber eilig von sich. «Nicht. Es könnte jemand klopfen.»

Seufzend fuhr er sich durchs Haar. «Kommst du heute Abend vorbei?»

«Ich denke nicht. Mein Flug geht morgen schon um sieben Uhr. Ich muss noch packen und warte auf das Vertragsexposé.» Unsicher sah sie ihn an. «Wenn Gold Cross Beer abspringt, dann...»

«Sie werden nicht abspringen», versicherte er ihr ruhig und konnte nicht widerstehen, ihr kurz über die Wange zu streicheln. «Sie wollen sich aufspielen und vielleicht mit dir pokern. Lass dich darauf nicht ein und bleibe hart.»

«Das kann ich mir nicht leisten», widersprach sie und stöhnte auf, als sie um den Schreibtisch herumging und ihren Computer wieder hochfuhr.

Die Kuschelzeit war anscheinend vorbei, also setzte er sich in den Sessel vor ihrem Schreibtisch und zuckte mit den Schultern. «Du brauchst eine vernünftige Taktik.»

«Meine Taktik heißt betteln.»

«Scheiß auf betteln», fuhr er auf, «es ist ganz einfach. Hart arbeitende Männer sitzen am Wochenende vor dem Fernseher, essen Chips und trinken Bier, während im Fernsehen Football läuft. Das tun sie jedes Wochenende und werden es auch dann noch tun, wenn uralte Bilder von dir auf einer Party erscheinen. Männer interessieren sich nicht für Schlagzeilen oder Lästergeschichten, sie wollen Football gucken, nichts weiter. Ihre Frauen hassen die Wochenenden, weil ihre Männer vor dem Fernseher hängen, anstatt in die Kirche zu gehen und den Rasen zu mähen. Sie werden sich jedoch freiwillig zu ihren Männern setzen, wenn der Hauch einer Chance besteht, dich live zu sehen, weil sie in ihren Klatschmagazinen von deinem angeblichen Jugendskandal gelesen haben. Also starren sie den Fernseher an, sehen im Hintergrund ständig das Logo von Gold Cross Beer und kaufen ganz automatisch ein neues Sixpack dieser Marke, wenn sie beim nächsten Mal im Supermarkt sind.»

«Was?» Ungläubig lachte Teddy auf. «Du spinnst doch!»

Brian schüttelte den Kopf. «Selbst schlechte PR ist PR. Du musst das pragmatisch sehen.»

«Also soll ich Kapital daraus schlagen, dass Fotos veröffentlicht wurden, auf denen ich beim Koksen zu sehen bin?» Sie blickte ihn kopfschüttelnd an.

«Teddy ...» – er lehnte sich entspannt zurück –, «die *Titans* stehen fabelhaft da. Wir hätten beinahe den Super Bowl gewonnen, gelten als Vorreiter in der Brustkrebshilfe, haben Tom Peacock im Team und eine charismatische Besitzerin, die drei Universitätsabschlüsse und vor vier Jahren an der Leichtathletikmeisterschaft teilgenommen hat...»

«Du hast spioniert», warf sie ihm vor.

«Klar!» Er grinste. «Schlachte das aus. Erwähne die guten Beziehungen, die du bei der Ehrung in Bezug auf die Hall of Fame unter Beweis gestellt hast. Bleib ganz cool. Fotos von dir mit der Auszeichnung im Arm wurden in allen Zeitungen des Landes veröffentlicht. Du hast großartig ausgesehen.» Seine Stimme wurde ruhiger. «Ich meine das ganz ernst. In Ohio warst du phantastisch. Niemand könnte dich mit einem Junkie verwechseln. Dein Auftritt hat Eindruck gemacht.»

Unsicher nagte Teddy an ihrer Unterlippe. Tatsächlich hatte sie seit Ohio ständig Interviewanfragen.

«Meinst du?»

Brian nickte. «Wenn erst einmal bekannt werden würde, dass wir einen neuen Sponsor suchen, rennen dir andere Firmen die Bude ein. Die Fans und Zuschauer sind neugierig auf die nächste Saison und auf dich. Für einen Sponsor ist das eine Goldgrube.»

«Ich versuche, mich morgen daran zu erinnern.» Ein wenig gelöster setzte sie sich ebenfalls in ihren Sessel. «Lenk mich ab. Ist mit dem Team alles in Ordnung? Seid ihr für das Spiel bereit?»

«Da musst du dir keine Sorgen machen. Der Coach hat uns auf die Taktik der *Pats* eingeschworen, und wir sind topfit.»

«John sagt mir nach dem Spiel bestimmt sofort, wie es gelaufen ist, aber würdest du mir bitte auch eine kurze Nachricht schreiben, damit ich weiß, dass alles in Ordnung ist?»

Verwundert blickte er auf. «Natürlich melde ich mich! Was hast du denn gedacht?»

Errötend wich sie seinem Blick aus. «Du wirst sicherlich viel um die Ohren haben.»

Er kommentierte dies nicht weiter, sondern fragte: «Wann sehen wir uns das nächste Mal?»

«Übermorgen? Ach nein, da habe ich einen Termin mit dem Bürgermeister.»

«Am Wochenende hast du aber frei, oder?»

«Zum Glück. Endlos viel Papierkram wartet auf mich.»

«Ich fürchte, der muss noch etwas länger warten.» Brian griff in seine Jackentasche und schob ihr ein Kuvert über den Tisch.

Teddy blickte ihn irritiert an und nahm zögernd den Briefumschlag in die Hand. Zwei Konzertkarten steckten darin. «Was ist das?»

«Konzertkarten.»

«Das sehe ich. Woher hast du die?» Ihre Augen waren weit aufgerissen. «Die Karten für das Konzert sind seit Monaten ausverkauft!»

«Das bleibt mein Geheimnis.» Zufrieden über ihre strahlenden Augen lehnte er sich zurück und verschränkte die Hände hinter seinem Kopf. Sie freute sich über die Konzertkarten für U2, und er freute sich darüber, dass er ins Schwarze getroffen hatte.

«Woher weißt du, dass ich auf U2 stehe?» Begeistert erhob sie sich und kam um den Schreibtisch herum.

«Vorgestern hast du unter der Dusche ein Lied von U2 gesummt, und vor zwei Monaten hattest du ein T-Shirt von Bono an.»

«Ich weiß nicht, was ich sagen soll.» Rasch beugte sie sich hinab und küsste ihn auf den Mund. «Danke.»

«Bitte», murmelte er, «ich handle ganz eigennützig. Das Konzert ist in Washington, was heißt, dass wir dort übernachten müssen und vielleicht ein bisschen Privatsphäre haben werden.»

«Du bist süß.» Noch einmal küsste sie ihn kurz. «Und völlig verrückt!»

«Wieso verrückt?»

Grinsend schob sie die Ärmel ihres Jeanshemdes hoch. «Weil du mich doch schon ins Bett bekommen hast.»

Brian ließ die Hände sinken und setzte sich aufrecht hin. Er wusste nicht, ob ihm gefiel, in welche Richtung ihre Gedanken schweiften. Ruhig fragte er: «Denkst du, ich würde mit dir nach Washington fahren, um dich bumsen zu können?»

Erschrocken öffnete sie den Mund. «Natürlich nicht! Ich meinte nur...»

«Ich weiß genau, was du meintest.» Seine dunklen Augenbrauen zogen sich zusammen, während er sich erhob und beide Hände in die Taschen seiner Jacke steckte.

«Sei doch nicht sauer.» Teddy seufzte. «Es sollte witzig klingen. Entschuldige. Du hast dir viel Mühe gegeben und mir eine große Freude gemacht.»

Er nickte, war jedoch immer noch nicht besänftigt, weshalb Teddy flüsterte: «Soll ich später doch für ein Stündchen vorbeikommen?»

«Warum?», brummte er und starrte auf sie hinab.

In keiner Weise eingeschüchtert durch seinen abweisenden Ton, lächelte sie und trat einen winzigen Schritt vor. «Moralische Unterstützung vor dem Spiel.»

«Hm.»

Ihre Grübchen erschienen und ließen ihn schwach werden. «Sicher gibt es eine Methode, um dich wieder zum Lächeln zu bringen.»

«Ach ja?»

Ihre bernsteinfarbenen Augen funkelten vor Belustigung. «Ich verspreche dir, dass du nichts machen musst. Einfach nur nackt und still auf dem Bett liegen bleiben.»

«Das wäre ein guter Anfang.»

15. Kapitel

Der Wetterbericht sprach davon, dass es das schwülste Wochenende des Jahres war und Rekordtemperaturen erwartet wurden. Bislang hatten Brian und Teddy nicht viel von der Hitze mitbekommen, weil sie um vier Uhr morgens in New York losgefahren waren, um kurz nach acht in ihrem Hotel in Washington einzuchecken und sich anschließend im klimatisierten Hotelzimmer ein wenig hinzulegen. Nun war es vier Uhr nachmittags, und sie gammelten auf den Steintreppen vor der National Gallery herum, nachdem sie vor den Besuchermassen im Inneren geflohen waren.

Ihre Mützen sowie die dunklen Sonnenbrillen schützten sie nicht nur vor neugierigen Blicken, sondern auch vor der hellen Sonne. Tatsächlich wirkten sie wie ganz normale Touristen. Beide trugen Shorts und nichtssagende T-Shirts. Auch Teddys alter Rucksack ließ nicht darauf schließen, dass die Besitzerin eines NFL-Teams und einer der erfolgreichsten Quarterbacks der Liga unterwegs waren.

Glücklicherweise kühlte sich die Mittagshitze langsam ab. Auf den Stufen hatten sie ein schattiges Plätzchen gefunden. Brian lehnte sich gemütlich zurück, während sich Teddy hingelegt hatte, den Kopf auf seinem Bauch. Sie las ihm aus dem Buch vor, das sie am Flughafen in St. Louis erstanden hatte, und hielt ihm zwischendurch immer wieder die Erdbeeren hin, die sie sich an einem Obststand gekauft hatten. Entspannt streichelte sie seine Brust und schlug die nächste Seite auf.

Die ersten beiden Bewährungsproben waren glatt über die Bühne gegangen und der Vertrag mit Gold Cross Beer anstandslos verlängert worden. Tatsächlich hatten sie im neuen Vertrag die *Titans* sogar mit einer besseren Tantiemen-Klausel ausgestattet, sollte das Team es bis in die Playoffs schaffen. Im Falle eines Sieges erhielten alle Spieler einen fetten Bonus, über den sie sich sicher freuen würden. Zwar hatte Teddy innerlich gezittert, aber Brians Taktik war aufgegangen. Sie hatte sich nicht ins Bockshorn jagen lassen und war stur geblieben.

Auch das Testspiel war sehr positiv ausgefallen. Die *Titans* hatten die *Pats* mit 38 zu 28 geschlagen und wussten nun, was sie noch verbessern konnten und wo sie bereits gut aufgestellt waren. In den nächsten drei Wochen standen weitere Testspiele in New York selbst an, die dem Team zusätzliche Aufschlüsse über die allgemeine Situation geben würden.

Was ihren Ausflug nach Washington anging, hatte Teddy vorgegeben, eine Freundin aus ihrer alten Sportmannschaft zu besuchen, die in Washington wohnte, während Brian seinen Kumpeln erzählt hatte, er würde alte Teamkollegen in Pittsburgh treffen. Die Lügerei war lästig und nervte, aber sie hätten wohl kaum erzählen können, dass sie zusammen ein Konzert besuchen wollten.

Als sie jetzt in ihrem Buch die Stelle vorlas, in der die Verwechslung innerhalb der Dreiecksbeziehung aufgedeckt wurde, lachte Brian herzhaft auf. Kichernd las sie das Kapitel zu Ende vor und klappte anschließend das Buch zu.

«Okay, ich gebe es zu», prustete er vergnügt, «die Geschichte ist *tatsächlich* witzig.»

«Hab ich doch gesagt.» Sie schmiegte sich an ihn und legte ihr linkes Bein über ihr angewinkeltes Knie.

«Dreiecksbeziehungen sind normalerweise vorhersehbar und lahm.»

«Denkst du jetzt an Pornos?»

Zwar konnte sie es wegen seiner Sonnenbrille nicht sehen, aber Teddy vermutete, dass er die Augen verdrehte. «Natürlich!»

«Noch Hunger?»

«Die Erdbeeren und der Brunch haben erst einmal gereicht.»

Fragend hob sie eine Beere in die Höhe, aber er schüttelte den Kopf, weshalb sie sich die süße Frucht selbst in den Mund schob. «Wann fängt das Konzert noch einmal an?»

«Um neun Uhr.»

«Hm, dann lass uns dort einen Hot Dog essen.»

Erstaunt über ihre unkomplizierte Planung, erwiderte er: «Hotdogs klingen super.»

Bereits nach dem kleinen Vormittagsschlaf war ihm aufgefallen, wie herrlich einfach es war, mit Teddy unterwegs zu sein. Sie war in ihre Kleidung geschlüpft, hatte ihre Tasche gepackt und war bereit gewesen, die Stadt zu erkunden. Sie brauchte keine Stunde, um sich zu schminken, beschlagnahmte nicht das Bad, um stundenlang ihre Haare zu föhnen, und jammerte auch nicht rum, dass sie nicht die passende Kleidung dabeihätte. Auf das Konzert freute sie sich riesig und beharrte weder auf einem teuren Restaurantbesuch noch auf irgendeinem anderen Luxus.

Eigentlich hätten Teddy und Brian ihren Ausflug also ohne Abstriche genießen können, aber seit acht Uhr klingelte unentwegt eines ihrer Handys – so auch jetzt.

«Wenn das schon wieder John ist, bringe ich ihn um», zischte sie. Genervt hielt sie sich den Hörer ans Ohr und nahm den Anruf an.

«Oh ... hallo, Elise. Ja ... das weiß ich!»

Wegen ihres aufgebrachten Tons sah Brian irritiert zu ihr hinab. Das Gesicht unterhalb der Sonnenbrille war angespannt, und ihr hübscher Mund kam ihm verkniffen vor.

«Das ist nicht ihr Problem, das kannst du ihr ruhig sagen!

Nein ... es ist Wochenende ... nein, ich gehe nicht zu dieser Veranstaltung!» Wieder schwieg sie für einen Moment und sagte dann betont ruhig: «Wenn mir meine Mutter etwas zu sagen hat, soll sie es selbst tun. Ich nehme nicht an der Spendengala teil, und damit basta!» Sie beendete den Anruf und schob ihr Handy zurück in die Hosentasche, bevor sie tief durchatmete.

«Wer war das denn?»

«Die Haushälterin meiner Mutter.»

Tröstend rieb Brian über ihren Oberarm. «Warum ruft sie dich an? Das musst du mir erklären.»

«Da gibt es nicht viel zu erklären.» Teddy zog beide Beine an den Körper und blickte durch die Sonnenbrille zu ihm hoch. «Meine Mutter weigert sich seit einigen Wochen, mit mir zu reden, und lässt mir Botschaften nur noch über Elise mitteilen. Aktuell ist sie anscheinend verärgert, dass ich heute Abend nicht an der Spendengala für den Wahlkampf ihres Kongressabgeordneten teilnehmen werde, und ließ dies durch Elise verkünden.»

«Das ist doch albern!»

«Wem sagst du das.» Teddy atmete aus und schluckte den Kloß in ihrem Hals hinunter. «Es wird immer schlimmer mit meiner Mom. Sie lässt mich zu Hause wohnen, um ein Auge auf mich zu haben, ist aufgebracht, weil ich den Kongressabgeordneten, den mein Vater jahrelang unterstützt hat, vor den Kopf gestoßen habe, und hält mich für unfähig, Dads Arbeit fortzusetzen.»

«Warum ziehst du nicht aus und suchst dir eine eigene Wohnung?»

«Darauf wird es hinauslaufen, aber ich hatte gehofft» – sie warf Brian ein schwaches Lächeln zu –, «dass wir uns wieder annähern, wenn ich mit ihr unter einem Dach wohne.»

«Das verstehe ich.»

Sein verständnisvoller Ton tröstete Teddy, und sie lächelte dankbar. «In den letzten Jahren habe ich ständig versucht, mich mit ihr zu versöhnen. Sie will meine Entschuldigungen nicht einmal anhören. Das tut weh.»

Brian rieb über ihr Knie. «Hast du jemals daran gedacht, deine leiblichen Eltern zu finden?»

«Nein», erfolgte prompt die Antwort, «ich habe Eltern. Auch wenn die Beziehung zu meiner Mutter katastrophal ist, ist sie meine Mutter. Daran ändert kein genetischer Code etwas.» Teddy drehte den Kopf in seine Richtung und betrachtete sein Profil unter der Baseballkappe. «Wolltest du deinen Vater jemals kennenlernen?»

Ein zynisches Lächeln umspielte seine Mundwinkel. «Welcher Junge will nicht einen Dad haben, der mit ihm Football spielt und ihm das Autofahren beibringt?»

«Aber?»

Er ließ ihr Knie los und legte beide Hände auf seine Oberschenkel. «Ich glaube nicht, dass meine Mutter überhaupt weiß, wer mein Vater ist. Sie war Kellnerin und lernte in ihrem Job ständig Männer kennen.»

«Hast du sie nach deinem Vater gefragt?»

Brian zuckte mit den Schultern. «Als ich klein war, fragte ich ein paarmal nach ihm, aber sie gab mir keine Antwort und redete mir ein, ihren neuesten Freund doch einfach Dad zu nennen.» Er verzog den Mund. «Sie verstand nicht, dass es die beste Methode war, einen Mann loszuwerden, wenn man den fünfjährigen Sohn mit großen Augen fragen ließ, ob der neueste Lover sein Daddy sei.» Brian schüttelte den Kopf. «Irgendwann war es mir egal, dass ich keinen Vater hatte. Ich spielte den ganzen Tag Football und ignorierte die ständig wechselnden Autos in unserer Einfahrt.»

Nun war es an Teddy, ihr Gesicht tröstlich an seine Schulter zu schmiegen. «Ich hätte dich nicht fragen dürfen. Entschuldige.»

Erstaunt blickte er sie an. «Kein Problem. Das Thema ist für mich erledigt. Ich brauche keinen Vater...»

«Und deine Mom?»

Er runzelte die Stirn. «Meine Mom führt ihr eigenes Leben, für das ich nicht verantwortlich bin.»

«Vermisst du sie nicht?»

Anscheinend hatte sie einen wunden Punkt getroffen, denn er entzog sich ihr und machte sich steif. «Nein.»

«Brian...»

Er erhob sich. «Was soll dieses sentimentale Gequatsche? Lass uns das Lincoln Memorial ansehen.» Damit drehte er sich um und ging die Treppe hinab, ohne darauf zu warten, dass sie ihm folgte. Teddy stopfte das Zeug in den Rucksack und eilte ihm hinterher. Das Thema schien demnach doch nicht erledigt zu sein.

Es dauerte eine Weile, bis er sich wieder gefangen hatte. Teddy plapperte unentwegt über die vielen Sehenswürdigkeiten in Washington, zog ihn begeistert von einem Ort zum nächsten, kaufte ihm ein T-Shirt mit der Aufschrift *Next President* und hoffte, dass sich seine Stimmung endlich besserte.

Nach einem Quickie im Hotelzimmer besuchten sie das Konzert und verbrachten einen großartigen Abend. Von Brians schlechter Laune war glücklicherweise nichts mehr zu spüren. Teddy wusste, dass U2 nicht sein Fall war, aber auch er amüsierte sich prächtig, stopfte Hot Dogs in sich hinein und bewegte sich rhythmisch zu den schnellen Liedern.

Weit nach Mitternacht setzte ein Taxi sie wieder an ihrem Hotel ab. Übermüdet, erschöpft und glücklich ließen sie sich aufs Bett fallen und schliefen trotz des Ohrenpfeifens sofort ein.

16. Kapitel

Julian warf Brian einen Blick zu, kletterte auf die Leiter und verteilte sehr akkurat die gelbe Wandfarbe in den Ecken des Kinderzimmers. «Deine Miene nervt mich.»

«Mich übrigens auch.» Liv schob ihren Sechsmonatsbauch durch die Tür und übergab Dupree eine Rolle Klebeband. «Du bist unausstehlich. Wenn ich es nicht besser wüsste, würde ich davon ausgehen, dass du deine Periode hast.»

Brian warf der Ehefrau seines besten Freundes einen mürrischen Blick zu und klebte weiter den Fensterrahmen ab.

Vor einigen Tagen hatte Julian ihn gebeten, bei der Renovierung des Kinderzimmers zu helfen, weshalb er heute Mittag nach SoHo gekommen war. Dupree war ebenfalls da. Er hatte Zeitungspapier über den kompletten Holzfußboden ausgelegt, damit das Parkett keine Farbspritzer abbekam.

Eigentlich hätte es ein schöner Tag werden können, an dem er mit seinen Kumpels zusammen war, später im Garten gegrillte Rippchen essen würde und die neuesten Ultraschallbilder des Knirpses bewundern konnte. Doch das gestrige Testspiel und der anschließende Streit mit Teddy lagen ihm schwer im Magen. Sie hatten gegen ein College-Footballteam verloren, weil der Coach ihn ausgewechselt und Delaney als Quarterback eingewechselt hatte. Noch immer sah er rot, wenn er daran dachte.

«Es war nur ein Testspiel.» Julian seufzte, kletterte von der Leiter und rührte in dem riesigen Farbeimer, bevor er den Pinsel hineinsteckte. «Niemand schert sich um ein Testspiel.»

«Der Coach wollte dich schonen und hat deshalb Delaney eingewechselt», versuchte auch Dupree ihn zu beruhigen.

«Ich brauche keine Schonung, verdammt!» Genau diese Antwort hatte er gestern auch Teddy gegeben – oder vielmehr gebrüllt, als sie sich in seiner Wohnung gestritten hatten.

«Spiel doch nicht die beleidigte Leberwurst.» Liv stand noch immer in der Tür und schüttelte den Kopf.

«Liv hat recht.» Julian warf seiner Frau einen auffordernden Blick zu. «Geh bitte nach unten, Liebling. Ich will nicht, dass du die Dämpfe der Farbe einatmest.»

«Okay.» Sie trat einen Schritt zurück. «Ich setz mich in den Garten und arbeite ein bisschen.»

«Wieso arbeitet sie denn?», wollte Dupree wissen, sobald Liv verschwunden war.

Mit dem Pinsel in der Hand kletterte Julian auf die Leiter und trug die Farbe auf der freien Fläche auf. «Vor der Geburt will sie noch ein Projekt abschließen, damit sie in Ruhe in den Mutterschutz gehen kann. Es geht um eine Brücke –»

«Ich fass es einfach nicht, dass der Coach Delaney eingewechselt hat!» Brian unterbrach seinen Freund grob und hätte am liebsten gegen die Wand geschlagen.

«Mann, Rabbit!» Dupree schüttelte den Kopf und hielt Julian den Eimer hin, damit dieser nicht schon wieder hinuntersteigen musste. «Er wollte den Rookie einfach testen. Wann hätte er es denn sonst tun sollen? Im Endspiel?»

«Dupree hat recht.» Von oben warf ihm sein Kumpel einen nachsichtigen Blick zu. «Der Coach kennt deine Qualitäten in- und auswendig. Aber wie sich Delaney bei einem richtigen Spiel anstellt – und nicht nur im Training –, wusste er bisher nicht. Deshalb hat er ihn eingewechselt, Delaney ist durchgefallen, Thema erledigt.»

«Ich bin der Quarterback», schnaufte Brian und warf das

Klebeband auf den Boden. «Dieser arrogante Scheißkerl trabte fröhlich an mir vorbei, als ich vom Platz genommen wurde, und lachte mir frech ins Gesicht!»

Julian schüttelte den Kopf. «Du hast das Wesentliche übersehen, Brian. Delaney hat unseren kompletten Vorsprung zunichtegemacht, Fehlpässe geworfen, Fumbles verursacht und musste mit ansehen, wie wir gegen *Notre Dame* verloren haben, weil er Mist gebaut hat.»

«Unter der Dusche hat er geheult.» Dupree, der in seiner ersten Saison vor den Spielen ständig gekotzt hatte, grinste mitleidslos. «Wie erbärmlich.»

«Du brauchst dich nicht aufzuregen, Brian. Der Coach weiß, was er an dir hat.» Julian grinste. «Delaney ist zweiter Ersatzmann, Rabbit. Das Lachen ist ihm spätestens nach gestern vergangen.»

«Hm.» Er brütete vor sich hin und ergriff dann eine Farbrolle.

Sein Kumpel seufzte erleichtert auf.

Während Brian das fröhliche Gelb an die Wand pinselte, dachte er darüber nach, wie er Teddy gestern angegriffen hatte. Kaum hatte sie seine Wohnung betreten, war er auf sie losgegangen und hatte sie niedergebrüllt, weil Delaney seine Position übernommen hatte. Er hatte nur daran denken können, dass sie ihm nach dem Draft versichert hatte, Delaney sei lediglich als zweiter Ersatzmann angeheuert worden, dass er jetzt aber seine Position übernommen hatte. Dabei hatte sie ja gar nicht den Wechsel vorgenommen, sondern der Coach. Das hatte sie ihm auch gesagt, aber er hatte nicht zugehört, sondern seinen Frust an ihr abgelassen und sie niedergemacht. Da war es nicht einmal ein Trost, dass sie ebenso laut zurückgebrüllt, ihn einen schizophrenen Wichser genannt hatte und abgehauen war.

O Mann, er musste sich wirklich dringend bei ihr entschuldigen.

Während sie weiterstrichen, saß er wie auf heißen Kohlen und hätte sie am liebsten sofort angerufen, aber das ging nicht, weil seine Kumpels dabei waren. Also musste er notgedrungen warten, bis sie mit dem Kinderzimmer fertig waren. Beim anschließenden Barbecue hörte er nur mit einem Ohr zu, als Liv von der Schwangerschaft berichtete und über einen Film sprach, den sie vor wenigen Tagen mit Julian im Kino gesehen hatte. Höflich nickte er ab und zu, gab einsilbige Kommentare und würgte sein Fleisch hinunter, damit er sich bei der erstbesten Gelegenheit entschuldigen konnte, um ins Haus zu gehen und Teddy anzurufen.

Wie James Bond schlich er in die obere Etage, betrat das Badezimmer und schloss die Tür.

Gleich nach dem zweiten Klingeln ging sie dran und klang wenig begeistert. «Was willst du?»

«Mich entschuldigen.»

Sie schwieg für einen Augenblick und fragte dann misstrauisch: «Tatsächlich?»

«Ja, es tut mir leid.» Brian spielte mit den Handtüchern herum und seufzte. «Ich war tatsächlich ein schizophrener Wichser, der sich für sein Benehmen entschuldigen muss.»

«Sag das nicht mir, sondern der unehrlichen, manipulierenden Lügnerin.»

Brian zuckte zusammen. Scheiße, er hatte sie gestern wirklich so bezeichnet. Kein Wunder, dass sie außer sich war. «Ich war sauer und habe es nicht so gemeint.»

«Von wegen!»

«Süße ...»

«Nenn mich nicht Süße», zischte sie durch den Hörer, «ich bin keine von deinen Süßen, die du so behandeln kannst.»

Unsicher blickte er in den Badezimmerspiegel. Teddy war ein ganz anderes Kaliber als die Frauen, mit denen er sich normalerweise einließ. «Ich will dich nicht schlecht behandeln», erwiderte er ernst, «sondern mich entschuldigen. Kann ich dich sehen?»

Sie schwieg abermals, bevor sie grummelte: «Ich weiß nicht.»

«Komm schon, Teddy», flüsterte er, «es war nicht so gemeint. Dass ich unfair dir gegenüber war, weiß ich selbst. Kann ich dich sehen?»

«Von mir aus.» Ihre Stimme wurde sanfter. «Ich will gar nicht wütend auf dich sein.»

Er lächelte erleichtert. «In einer Stunde bei mir?»

«Okay, aber ich schlafe nicht mit dir», erklärte sie kategorisch.

Amüsiert setzte er sich auf den Toilettendeckel. «Was hast du gerade an?»

«Du Perverser!»

Mit einem leisen Lachen sagte er: «Bestimmt trägst du dieses heiße Spitzenhöschen aus dem durchsichtigen Stoff, das ich so geil finde.»

«Ich trage meinen gepunkteten Pyjama», empörte sie sich. «Hör auf!» Ihr Lachen spornte ihn an.

«Das letzte Mal, als du das Spitzenhöschen anhattest, habe ich dich von oben bis unten geküsst, dich dann auf den Tisch gelegt, deine Beine über meine Schultern gezogen und dich durch das Höschen geleckt.»

Sie stöhnte in den Hörer. «Lass das.»

«Ich fange gerade erst an», säuselte er rau, «du hast mich angebettelt, dich zu nehmen, also habe ich dich in den Nacken gebissen und dir gegeben, was du unbedingt wolltest.»

Er hörte, wie sie schluckte und schnell in den Hörer atmete.

«Anschließend hast du dich in der Dusche revanchiert» – er senkte die Stimme –, «dein Mund hat mich um den Verstand gebracht. Ich konnte nicht genug kriegen und habe dich auf den Badezimmerteppich gezerrt, um dir zu beweisen, wie scharf du mich machst. Deine Schreie waren so laut, dass der Nachbarhund zu bellen anfing.»

Sie stieß ein nervöses Lachen aus. «Kann sein.»

«Und das willst du dir entgehen lassen?»

Mit einem frustrierten Seufzer erklärte sie: «Eigentlich nicht. Aber ich habe Krämpfe – du weißt schon.»

Er fuhr sich lachend durchs Haar. «Dann fummeln und knutschen wir halt nur. Sehe ich dich gleich?»

«Ich bin in einer Stunde bei dir», bejahte sie und legte auf.

Zufrieden erhob er sich, öffnete die Badezimmertür – und sah sich Julian gegenüber, der mit erhobenen Augenbrauen im Flur stand und ihn ungläubig ansah.

Brian war ein harter Kerl, aber jetzt sackte ihm das Herz in die Hose.

«Hattest du gerade in meinem Badezimmer Telefonsex?»

«Äh ...» Heftige Röte schoss ihm ins Gesicht. «Was hast du denn gehört?»

«Darüber will ich lieber nicht nachdenken, du Spitzenhöschenliebhaber!»

Entsetzt blickte Brian in das Gesicht seines besten Freundes. «Hör zu, Scott, es ist nicht so, wie du –»

«Wer ist es?» Neugierig deutete er auf Brians Handy. «Die Domina-Lady, nehme ich an?»

«Du kennst sie nicht», plapperte Brian los, ohne nachzudenken. Julian hatte also nicht mitbekommen, dass er mit Teddy telefoniert hatte. Jetzt musste er die Situation irgendwie meistern.

«Natürlich kenne ich sie nicht.» Julian runzelte die Stirn. «Ein Model? Schauspielerin? Nein, warte! Die kleine Kellnerin aus dem Pub, die dir ihre Nummer gegeben hat?»

«Nein.» Brian hob unschlüssig eine Hand. «Eine ... eine ...» Hinter Julian hing ein Bild von ihm und seiner Schwester, weshalb Brian wie blöd erklärte: «Schwester.»

«Eine Schwester?» Julian sah ihn verwirrt an.

«Ja ... äh ... Krankenschwester.» Puh, das war gerade noch einmal gutgegangen.

«Woher kennst du denn eine Krankenschwester?»

Gespielt lapidar zuckte er mit den Schultern. «Äh ... aus dem Therapiezentrum für Kinder in Jersey.» Hastig fügte er hinzu: «Es ist aber nichts Ernstes.»

Julian erwiderte lachend: «Das hätte mich auch gewundert. Wenn es mit dem Football nicht mehr klappt, kannst du ja eine Erotik-Hotline eröffnen, Rabbit.»

17. Kapitel

Teddy lief mit einem Stapel Papiere vom Verwaltungsgebäude hinüber zum Stadion, in dem das Team heute sein Abschlusstraining hatte, bevor in vier Tagen die Saison beginnen würde. Sie konnte nicht glauben, dass sie schon seit fünf Monaten den Posten ihres Vaters übernommen hatte. Die Zeit war rasend schnell vorbeigegangen. Im Grunde war sie sehr dankbar dafür, dass sie ständig im Stress war und sehr viel zu tun hatte, da sie dadurch oft von den sorgenvollen Gedanken an ihren Vater abgelenkt war. Sein unveränderter Zustand und der Anblick seines reglosen Körpers versetzten ihr jedes Mal einen Stich. Natürlich war die Trauer darüber, dass ihr Vater aus seinem Koma nie wieder erwachen würde, sehr groß, und Teddy besuchte ihn mindestens einmal in der Woche, um an seinem Bett zu sitzen und seine Hand zu halten. Aber die Ablenkung im Verein tat ihr gut, und das Gefühl, etwas Sinnvolles zu tun, anstatt nur in Kummer zu versinken, half ihr sehr.

Die *Titans* spielten im ersten Spiel der Saison gegen die *Pittsburgh Steelers*, Brians alten Verein, und empfingen sie vor heimischem Publikum. Die Medien schlachteten das Ereignis bereits aus, weil der Verein seinen damaligen Quarterback trotz des Super-Bowl-Siegs fallengelassen hatte, nachdem er sich verletzt hatte, und weil es das erste offizielle Spiel mit Teddy als neuer Besitzerin sein würde. Dass Brian mittlerweile einer der erfolgreichsten und bestbezahlten Quarterbacks der NFL war, heizte die mediale Kampagne genauso an, wie es Teddys erfolgreiche Arbeit tat. Die Kartenverkäufe waren großartig, das Marketing lief auf Hochtouren, und die Zahlen des Merchandisings hätten nicht besser sein können.

Doch für Brian und Teddy bedeutete es, bei ihren Treffen besonders vorsichtig zu sein. Die Presse war nicht auf den Kopf gefallen und hatte beide separat im Fokus. Momentan beschränkten sich ihre Dates auf Telefonate, unverfängliche Gespräche im Verein und seltene Treffen bei ihm zu Hause, wenn sie sich sicher waren, dass nicht irgendwo Paparazzi herumlungerten.

Lächelnd lief sie die wenigen Stufen zum Stadion hoch und dachte an den heutigen Abend. Sie war fest entschlossen, dass ihr nichts dazwischenkommen sollte. Heute wollte sie ihn in seiner Wohnung überraschen, wenn er nach Hause kam, etwas kochen und die neue Unterwäsche tragen, die sie extra für ihn gekauft hatte. An den nächsten Abenden fanden mehrere Ausschusssitzungen und Dinner statt, an denen sie teilnehmen musste, weshalb sie nur den heutigen Abend für ihn reservieren konnte. Er würde nach dem Training zunächst zu seiner allwöchentlichen karitativen Arbeit in das Therapiezentrum fahren und sich hoffentlich freuen, wenn er sie anschließend in seiner Wohnung entdeckte – zumal er davon ausging, dass sie heute keine Zeit für ihn hatte.

Teddy nahm den Lieferanteneingang des Stadions und lief durch die vielen unterirdischen Gänge und Flure, bis sie das Tor zum Spielfeld erreicht hatte. Bereits als Kleinkind war sie hier unterwegs gewesen und kannte sich bestens aus. Auf dem saftigen Grün des Rasens übte das Team bereits in voller Montur Johns geheime Spielzüge und stand sich in mehreren Reihen gegenüber, während weiter hinten die Tackles an speziellen Tackle-Dummys ihre Blogs übten. Auf der anderen Seite trainierten Runningbacks und Tight Ends das kurze Zuspiel, während der Co-Trainer Roy Baxter ihnen Anweisungen gab.

Zufrieden atmete Teddy den Geruch von frisch gemähtem Gras, Leder und Männerschweiß ein, drückte die Papiere an sich und schlenderte zu der kleinen Tribüne, von der ihr Liv Scott zuwinkte. Die Frau des großartigen Wide Receivers hatte seit dem letzten Mal, als Teddy sie gesehen hatte, enorm an Umfang gewonnen. In weiter Umstandsmode begrüßte die hübsche Brünette sie und hielt ihr die Hand hin.

«Hallo, Teddy! Schön, Sie wiederzusehen.»

«Ebenfalls. Wie geht es Ihnen?»

«Gut.» Die schwangere Frau ächzte ein wenig und lehnte sich vorsichtig zurück. «Werden Sie etwa als Botin missbraucht?» Sie deutete auf den Papierstapel in Teddys Arm.

Kopfschüttelnd setzte sie sich zu ihr. «Nein. Ich habe mich freiwillig zur Verfügung gestellt, weil ich eine kleine Pause vom Büro brauchte.» *Und weil ich einen Blick auf Brian werfen wollte.*

«Oh, das kenne ich.» Liv seufzte. «Manchmal ertrage ich das Büro auch nicht mehr und könnte die Wände hochgehen.»

Erstaunt musterte Teddy ihre Nachbarin. Die meisten Frauen von Footballspielern arbeiteten nicht. «Was arbeiten Sie denn?»

«Ich bin Architektin.» Zufrieden strich sie sich über ihren Bauch. «Jedenfalls noch einen Monat lang, dann mache ich erst einmal Babypause. Zum Glück!»

«Architektin? Das hört sich spannend an.» Teddy legte die Papiere beiseite und schenkte der anderen Frau ihre volle Aufmerksamkeit. Für sie hatte schon immer festgestanden, dass sie einmal bei den *Titans* arbeiten würde, und sie war von jeher ein Zahlenfreak gewesen, doch kreative Berufe faszinierten sie.

«Nun ja, manchmal kann es ziemlich öde sein.» Entschuldigend hob Liv ihre zierlichen Schultern.

«Kenne ich ein Gebäude, das Sie entworfen haben?»

«Kennen Sie das Museum für experimentelle Kunst in Queens?»

Bedauernd schnitt Teddy eine Grimasse und schüttelte den Kopf. «Leider nein.»

Liv zögerte kurz. Dann sagte sie: «Vor der Brooklyn Bridge gibt es eine große Baustelle. Dort wird ein Konzertsaal gebaut. Vielleicht haben Sie davon schon einmal gehört?»

Gehört? Sie fuhr ständig daran vorbei, wenn sie auf dem Weg zu Brian war. «Ich glaube schon.»

«An dieser Konstruktion bin ich mitverantwortlich. Mein letztes großes Projekt, bevor ich pausiere.»

«Das klingt nach viel Arbeit und großer Verantwortung», kommentierte Teddy ehrfurchtsvoll.

Die andere Frau lachte trocken und rückte ihre blaue Umstandsbluse zurecht. «Und das sagt die Frau, die mit Mitte zwanzig ein NFL-Team managt?»

Errötend wandte Teddy den Blick ab und erspähte Brian, der mitten auf dem Feld stand, einen Spielzug brüllte und den Football mit perfekter Eleganz nach vorn warf. Beinahe wäre ihr ein Seufzer entschlüpft, aber sie beherrschte sich gerade noch.

«Liv? Ich muss gleich wieder los. Anscheinend gibt es Fragen zum Baumaterial.»

Von der unbekannten Stimme aufgeschreckt, sah Teddy zur Seite. Neben Liv Scott stand eine umwerfende Frau, die gerade ihr Handy in ihre Handtasche schob.

«Kein Problem, Claire. Julian nimmt mich später mit.» Liv blickte zwischen Teddy und ihrer Freundin hin und her. «Ach, ihr kennt euch noch gar nicht! Teddy, das ist meine Freundin und Arbeitskollegin Claire – Claire, das ist die Besitzerin der *Titans*, Teddy MacLachlan.»

«Oh!» Die rothaarige Claire schob ihren attraktiven Körper an Liv vorbei und setzte sich neben Teddy, wobei eine Wolke sinnlichen Parfüms in ihre Nase stieg. «Ich wollte Sie längst unbedingt kennenlernen!

«Ach wirklich?» Amüsiert betrachtete sie die rassige Frau. Claire hätte gut und gern Unterwäschemodel sein können, denn sie war groß, schlank und mit prallen Brüsten und weiblichen Hüften gesegnet. Das schwarze Businesskostüm versteckte ihre Reize nicht, sondern schmiegte sich geradezu provozierend an den Körper.

«Natürlich! Julian hat mir erzählt, wie Sie Brian dazu gebracht haben, am Benefizlauf teilzunehmen. Mr. Griesgram fand das wohl weniger lustig.» Sie lachte auf und warf ihr volles rotes Haar zurück.

«Mr. Griesgram?»

«Sie müssen entschuldigen.» Der feuerrote Mund der rassigen Schönheit verzog sich amüsiert. «Brians Spitzname.»

«Claire und Brian waren einmal ein Paar», fügte Liv erklärend hinzu und versetzte Teddy damit einen Schock.

«Wenn er sich aufregt, wird er immer gleich furchtbar griesgrämig», erklärte Claire und strich über den schwarzen Stoff ihres Bleistiftrocks. Ihre perfekt manikürten Fingernägel glänzten rot, genauso wie ihr Mund.

Automatisch versteckte Teddy ihre kurzgeschnittenen Fingernägel in ihrer Handfläche.

«Also?» Claire sah sie aus dick getuschten Augen an. «Sie haben Brian ordentlich Kontra gegeben? Das finde ich gut. Er setzt sowieso viel zu oft seinen Kopf durch.»

Liv beugte sich zu Teddy und flüsterte kichernd: «Das sagt sie nur, weil sie gleich beim ersten Date mit ihm ins Bett gegangen ist.»

«Liv!»

«Hab dich nicht so.» Liv streckte ihre Beine von sich und seufzte. «Es ist ja kein Geheimnis, dass Brian die Frauen gleich beim ersten Date rumkriegt.»

«Vielen Dank auch», schnaubte Claire und erklärte Teddy

entschuldigend: «Brian ist ein toller Typ. Man kann ihm kaum widerstehen, aber das ist auch das Problem. Die Frauen werfen sich ihm an den Hals, wo immer er ist. Bei der Auswahl wird ihm schnell langweilig.»

Teddy schluckte und betete inständig, nicht rot zu werden. Sie hatte sich ihm vielleicht nicht sofort an den Hals geworfen, aber in jener ersten Nacht in Ohio war sie ihm definitiv um den Hals gefallen – dabei hatten sie nicht einmal ein Date gehabt.

«Das kann ich bestätigen. Wenn man mit Brian unterwegs ist, wird man von hübschen Frauen regelrecht umzingelt.» Liv seufzte. «Er sammelt Telefonnummern wie andere Leute Briefmarken.»

«Gott, das fand ich immer widerlich.» Claire stöhnte auf und schlug ihre makellosen Beine übereinander. «Wir saßen in einem Restaurant, hielten Händchen, und trotzdem machten die Kellnerinnen ihn an. Der Idiot lächelte dann auch noch charmant, obwohl ich ihm gegenübersaß.»

«Deshalb hast du dich auch von ihm getrennt.»

Teddy fand ihre Stimme wieder und fragte gespielt unbeteiligt: «Hat er Sie denn betrogen?»

Claire schüttelte erstaunt den Kopf. «Nein, das hat er nicht. Brian und ich sind immer noch befreundet. Ich mag ihn, aber er ist nicht der Typ für eine feste Beziehung. Irgendwann will ich heiraten und Kinder haben», erklärte sie ehrlich. «Jedoch ist das vermutlich das Letzte, was Brian will. Unsere Beziehung lief ins Leere, deshalb habe ich Schluss gemacht.»

Liv tätschelte Claires Hand. «Du musst dir keine Sorgen machen. Eine Woche später hat er sich mit einer Cheerleaderin der *Jets* getröstet und dann die Rechnung dafür bekommen.»

Sie musste Teddy ihre Verwirrung angesehen haben, weil sie vergnügt prustete. «Es kam für ihn knüppeldick. Die Cheerleaderin war sauer, weil sie nach einer Nacht abserviert worden war, und schrieb in einem Blog den Artikel ‹Warum der mechanische Rammler dem lebenden vorzuziehen ist›. Sie verglich Brian mit einem Vibrator und kam zu dem Schluss, lieber einen Jahresvorrat Batterien zu kaufen, als sich mit ihm abzuplagen.»

«Unter uns», tuschelte Claire errötend, «die Gerüchte sind Unsinn. Brian ist eine Granate im Bett.»

Das hätte Teddy bestätigen können.

Als Brian dann auch noch verschwitzt zu ihnen trat, wusste sie nicht, welches Gefühl stärker war – die unzähligen Schmetterlinge in ihrem Bauch oder die dumpfe Ernüchterung. Er war ein charmanter Schürzenjäger, der sich austobte und anscheinend alles mitnahm, was er kriegen konnte – seine Chefin inbegriffen. Nein, sagte sie sich. Bei uns ist es etwas anderes. Er mag mich – das hat er mir selbst gesagt. Außerdem treffen wir uns jetzt schon länger. Das ist kein One-Night-Stand. Wir haben auch nicht jedes Mal Sex, wenn wir uns sehen, sondern können zusammen sein, ohne uns sofort die Kleider vom Leib zu reißen.

Verunsichert blieb er vor ihnen stehen und kaschierte seinen alarmierten Blick mit einem lässigen Grinsen. «Euer Leben will ich haben. In der Sonne sitzen und Männer bei der Arbeit beobachten.»

«Das würdest du nicht sagen, wenn du meinen Kontostand kennen würdest», antwortete Claire und erhob sich, um ihre Tasche zu nehmen.

«Tja, du kaufst zu viel Make-up.»

Sie schnalzte mit der Zunge, küsste Liv auf die Wange und gab Teddy die Hand. «Nächstes Mal unterhalten wir uns weiter, Teddy. Hoffentlich werden wir dann nicht gestört.» Sie wies auf Brian und verdrehte die Augen

«Ja, vielleicht», erwiderte Teddy unverbindlich.

«Unterhalten? Worüber denn?» Brian blickte zwischen Teddy und Claire hin und her.

Mit einem diabolischen Lächeln küsste seine Exfreundin ihn auf die Wange. «Ich habe dich bei deiner Chefin schlecht gemacht und über dein ausuferndes Sexleben geplaudert.»

«Das war es dann wohl mit der Gehaltserhöhung.» Liv sah ihn vergnügt an.

Ihm war, als müsse er jeden Moment im Boden versinken, weil Teddy nur höflich lächelte und seinem Blick auswich. Liv und Claire waren absolute Klatschtanten, die keine Gnade kannten. Er wollte nicht wissen, was sie Teddy alles erzählt hatten. Scheiße, das hatte ihm noch gefehlt. Teddy sollte nicht denken, dass er jeden Abend eine andere Frau abschleppte oder untreu war.

Sobald Claire verschwunden war, kam auch schon der Coach auf das Trio zu. «Genug geflirtet, Rabbit! Du hast Training.»

Er nickte, warf Teddy noch einen kurzen Blick zu, den sie mit abweisender Miene erwiderte, und verzog sich wieder aufs Spielfeld. Aus den Augenwinkeln konnte er sehen, wie sie dem Coach einen Stapel Papiere übergab, sich von Liv verabschiedete und eilig das Weite suchte.

«Jungs, ich bin gleich wieder da!» Mit dem Helm unter dem Arm lief er ihr nach und erwischte sie in einem der unterirdischen Gänge des Stadions.

«Teddy!»

Fassungslos drehte sie sich zu ihm um und schüttelte missbilligend den Kopf. «Bist du wahnsinnig?»

«Hör zu» – er blieb leicht schnaufend vor ihr stehen und fasste nach ihrem Arm –, «ich weiß, was du denkst...»

«Ich denke, dass du wahnsinnig bist.» Sie zog ihn hektisch in eine Nische. «Hat dich jemand gesehen?»

«Das ist doch egal.» Er senkte den Kopf und strich sich das verschwitzte Haar aus der Stirn. «Niemand wird sich etwas dabei denken.»

«Brian...»

«Was hat Claire dir gesagt? Dass ich untreu sei?»

«Nein.» Sie schüttelte den Kopf und sah ihn verzagt an. Kleine honigblonde Härchen hatten sich aus ihrer Flechtfrisur gelöst. Am liebsten hätte er damit gespielt und Teddy dann heftig an sich gezogen. Vom Training klopfte sein Herz wie verrückt, und ihre sinnlichen Augen ließen seine Knie weich werden.

«Es ist alles okay.»

Seine Hand umschloss ihr Kinn und zog es ein wenig höher. «Ehrlich? So siehst du aber nicht aus.»

Sie holte tief Luft und deutete auf sich. «Ich bin keine Claire. Das ist alles.»

«Was?»

Ihre Augen senkten sich, und sie murmelte: «Anscheinend stehst du auf Modeltypen mit großen Brüsten und anderen weiblichen Reizen. Damit kann ich nicht aufwarten.»

Er gluckste.

«Das ist nicht komisch!» Sie funkelte ihn an. «Ich bin groß und dünn, trage kaum Make-up und hasse hohe Schuhe.»

«Und du hast einen Knall.» Er umfasste mit einer Hand ihren Hinterkopf und gab ihr einen leidenschaftlichen Zungenkuss. «Darüber reden wir heute Abend am Telefon.»

«Aber...»

«Ich muss zurück zum Training.» Grinsend tätschelte er ihren Hintern. «Geiler Arsch, Chefin.»

Teddy sah ihm unschlüssig hinterher, wie er fröhlich den Gang entlangtrabte, und rieb sich unbewusst über den Po. Natürlich ging es ihr nicht nur darum, dass sie keine rassige, weibliche Schönheit war, sondern auch darum, dass sie unsicher war, was für eine Beziehung sie überhaupt mit ihm führte. Er war Brian Palmer – heißbegehrter Quarterback, Frauenschwarm und Charmeur der ersten Kategorie. Sie dagegen trug wild gemusterte Haremshosen, Ledersandalen und T-Shirts mit einem Totenkopf.

Irgendwie passte das nicht zusammen, oder?

18. Kapitel

Als Teddy Brians Wohnung betrat, warf sie zuerst ihre Tasche auf sein Bett, schlüpfte aus ihren Alltagsklamotten und spazierte nackt ins Bad, um sich zurechtzumachen. Sie wollte kurz duschen, sich mit dem neuen, duftenden Körpergel eincremen, das so schön schimmerte, und anschließend die schwarze, durchsichtige Unterwäsche anziehen, die sie sich in einem teuren Dessousgeschäft gekauft hatte.

Er kam erst in zwei Stunden nach Hause, weshalb sie auch noch genug Zeit haben würde, einen Salat vorzubereiten und eine Flasche Wein zu öffnen. Entgegen ihrer sonstigen Einstellung, Alkohol zu meiden, hatte sie eine teure Flasche Rotwein gekauft, weil sie wusste, dass er den gern trank, und wollte einen entspannten Abend mit ihm verbringen. In ihrer Gegenwart hatte er bisher stets auf alkoholische Getränke verzichtet, was sehr rücksichtsvoll war, und sie wollte es ihm vergelten, indem sie heute ein Schlückchen mit ihm trank – auf die kommende Saison und darauf, dass sie sich schon seit zwei Monaten trafen.

Unter der Dusche wusch sie sich die Haare, schlang anschließend ein Handtuch um ihren Kopf und rieb sich mit der himmlischen Lotion ein, bis ihre Haut schimmerte. Heute würde sie ihm einen spektakulären Anblick bieten, schwor sie sich und trat gut gelaunt aus dem Badezimmer.

In genau diesem Moment sprang die Wohnungstür auf, und Teddy stand ihrem größten Albtraum gegenüber – Dupree Williams, der genauso entsetzt schaute wie sie.

«Geh weiter, Dupree!» Brians Stimme erklang hinter dem massigen Tackle. «Oder soll ich im Hausflur stehen bleiben?»

Teddy konnte sich nicht rühren, sondern stand dem gigantischen Footballspieler wie paralysiert gegenüber, dessen schwarze Augen ungläubig über ihre splitternackte Gestalt wanderten, während seine Kinnlade herunterfiel.

«Verdammt, Dupree, was ...» Brian hatte sie entdeckt und zuckte ebenfalls zusammen.

Danach kam endlich Bewegung in die Situation. Teddy stürzte wie von der Tarantel gestochen Richtung abgeteilter Schlafbereich und schnappte sich wahllos Kleidung aus Brians Schrank, während dieser die Wohnungstür zuschlug und sich zu seinem Kumpel umdrehte.

Teddy hörte Duprees aufgebrachte Stimme und Brians ruhigen Ton. Vor lauter Scham wäre sie am liebsten im Erdboden versunken. Morgen wüssten alle Spieler Bescheid! Morgen konnte sie nicht mehr hoch erhobenen Hauptes den Verein betreten! Großer Gott, sie hatte sich zur Lachnummer der NFL gemacht, indem sie mit ihrem Quarterback schlief!

«Teddy ...» Brian kam zu ihr und nahm ihr die Tasche ab, die sie eilig packen wollte. «Komm mit rüber.»

«Nein, ich gehe!»

«Halb so wild», urteilte er mit ruhiger Stimme, «Dupree wird den Mund halten.»

Sie schluckte den Kloß in ihrem Hals hinunter, richtete sich auf und sah ihn verzweifelt an. «Ich habe mich lächerlich gemacht!»

«Unsinn. Das war sogar richtig süß.» Er grinste belustigt.

«Süß!», fuhr sie ihn an und zog seine Boxershorts wieder in die Höhe, weil sie ihr über die Hüften zu rutschen drohten.

«Das ist doch kein Weltuntergang.» Er schlüpfte aus seiner Jacke und warf sie aufs Bett. «Dupree ist ein Guter, Teddy.»

«Und wenn schon! Er hat mich nackt gesehen.» Sie vergrub das Gesicht in den Händen. «Ich bin seine Chefin. Er wird nie wieder Respekt vor mir haben!»

«Das stimmt nicht.» Brian senkte den Ton und murmelte: «Wir vermuten, dass er noch Jungfrau ist. Du bist vermutlich die erste nackte Frau, die er je gesehen hat.»

«Soll mich das aufmuntern?»

Brian seufzte und vergrub die Hände in den Taschen seiner schwarzen Jeans. «Komm mit zur Küchentheke, dann reden wir mit Dupree und erklären ihm alles.»

«Ausgeschlossen!»

«Gut, dann bleib hier, und ich rede mit ihm.»

Mit einem neuen dicken Kloß im Hals sah sie ihn hinter der Ecke verschwinden und lauschte seiner Stimme, als er seinem Teamkollegen schilderte, dass niemand im Verein von ihnen wusste und es auch so bleiben sollte. Dupree klang verwirrt, versprach aber, kein Wort davon zu verraten, was er heute gesehen hatte. Sobald sie hörte, wie sich die Wohnungstür hinter ihm schloss, wagte sie sich aus der Ecke hervor und trat zu Brian.

«Was hat er gesagt?»

«Er hat gesagt, dass er nichts verraten wird.» Brian verschränkte die Arme vor seinem gestreiften Sweatshirt und musterte sie kopfschüttelnd. «Alles kein Problem.»

«Kein Problem? Wenn das herauskommt, Brian, gibt es einen riesigen Skandal!» Verzweifelt setzte sie sich in einem schlabbrigen T-Shirt und seinen Boxershorts auf einen Barhocker und ballte die Hände zu Fäusten. «Das kann ich mir nicht leisten.»

«Reg dich nicht so auf.» Seine Miene wurde immer finsterer. «Es ist doch nichts passiert.»

«Und das nächste Mal?» Sie verzog das Gesicht. «Das nächste

Mal stehe ich vermutlich der ganzen Mannschaft nackt gegenüber!»

«Ich dachte, du hättest heute einen Termin!» Er sah sie ratlos an. «Woher sollte ich wissen, dass du nackt durch meine Wohnung läufst?»

«Das sollte eine Überraschung werden, verdammt noch mal.»

«Dupree hat es auf jeden Fall überrascht», erwiderte Brian trocken.

Teddy öffnete das Handtuch über ihrem Kopf und trocknete aufgebracht ihre Haare damit ab. «Mich auch, Brian! Der Tag war voller Überraschungen für mich.» Mit blitzenden Augen zählte sie auf: «Zuerst begegne ich einer deiner zahlreichen Exfreundinnen, einer der schönsten Frauen, die mir je begegnet sind, die mir offen gesteht, dass du eine Affäre nach der anderen hast und die Frauen bereits beim ersten Date in die Kiste bekommst. Dann versichert mir die Frau deines besten Kumpels, dass du Beziehungen sowieso nicht ernst nimmst, sondern alles mitnimmst, was du kriegen kannst. Und dann stehe ich einem meiner Spieler nackt gegenüber und oute mich als eines deiner Betthäschen!»

Er explodierte förmlich. «Wirfst du mir etwa vor, dass ich als Single Sex mit anderen Frauen hatte?»

«Nein, das tue ich nicht!» Teddy sprang von ihrem Barhocker und zog die Shorts wieder über ihre Hüften. «Aber mich brauchst du nicht in die Reihe deiner Affären einzureihen.»

«Das habe ich nie getan!» Sein jungenhaftes Gesicht war erstarrt. «Habe ich dich jemals wie mein Betthäschen behandelt?»

«Da ich nicht weiß, wie du deine anderen Frauenbekanntschaften behandelst, kann ich das nicht beantworten.»

«Mir reicht's langsam, Teddy!» Er lief vor der Spüle auf und ab, raufte sich das Haar und drehte sich schließlich wutschnaubend zu ihr um. «Ich weiß überhaupt nicht, was du willst. Ja, ich habe gern Sex. Wolltest du das hören? Dann kann ich dir ein Geheimnis verraten: Alle Menschen haben gern Sex! Und ich verzichte nicht darauf, wenn ich gerade mal keine feste Beziehung habe.»

«Du hast doch nie feste Beziehungen!»

«Woher willst du das wissen?» Die Art, wie sie sich hektisch das Haar rubbelte, nervte ihn, also riss er ihr das Handtuch fort und warf es in die Spüle. «Ich habe durchaus ernsthafte Beziehungen gehabt...»

«Nenn mir eine!»

«Claire und ich –»

«Claire hat mir selbst erzählt, dass die Beziehung ins Leere führte, weil du dich nicht binden wolltest», unterbrach sie ihn und strich sich ihre nassen Haare zurück.

Brian kniff seine hellblauen Augen zusammen und presste die Lippen fest aufeinander. «Dann rück doch mal mit deinen Beziehungen raus, Teddy!»

«Das ist gar nicht Thema. *Du* hast ständig One-Night-Stands mit fremden Frauen...»

«Bist du etwa nachträglich eifersüchtig?»

Verzweifelt packte sie sich an die Stirn. «Brian, ich bin deine Chefin. Du bist ein Quarterback, dem ständig heiße Affären nachgesagt werden. Jetzt stell dir vor, es käme raus, dass wir Sex miteinander haben – finde selbst den Fehler!»

Dumpf fragte er nach: «Und wenn ich ein Quarterback wäre, der nie zuvor Affären hatte, wäre es dann okay, wenn wir Sex hätten?»

«Natürlich nicht!»

«Was ist denn dann unser Problem?»

Teddy stampfte heftig mit einem Fuß auf und stöhnte anschließend, da sie barfuß war. «Es wird allein mein Problem sein, weil mich alle das naive, notgeile Dummchen nennen werden, das sich in die Reihe deiner Gespielinnen eingereiht hat.»

«So siehst du mich also?»

Wegen seines enttäuschten Tons blickte sie auf und rieb gleichzeitig ihren malträtierten Fuß. Sie schluckte. «Ich weiß nicht.»

«Ich werde mich nicht dafür entschuldigen, vor dir andere Frauen getroffen zu haben.»

«Aber darum geht es überhaupt nicht.»

Brian hatte die Kiefer so fest aufeinandergepresst, dass Teddy das Zucken in seinen Wangen sehen konnte. «Bis heute Mittag war alles in bester Ordnung. Ein paar dumme Sprüche von Claire und Liv, und du drehst völlig durch.»

«Du hast keine Ahnung, wie gedemütigt man sich fühlt, wenn die privatesten Momente deines Lebens in der Öffentlichkeit dargelegt werden, Brian.» Ihre Stimme bebte. «Das kann ich nicht noch einmal durchstehen, kapierst du das?»

«Ich kapiere das. Und wie! Denkst du denn, ich finde es spaßig, wenn öffentlich über die Größe meines Schwanzes oder über meine Qualitäten im Bett hergezogen wird?»

«Dann musst du verstehen, dass ich nicht ...»

Brian umfasste rau ihre Schultern. «Ich verstehe, dass du Panik davor hast, man könnte dich als eine meiner flotten Nummern betrachten.» Er machte ein abwertendes Geräusch. «Obwohl ich dich niemals so behandelt habe!»

Teddy blickte mit feuchten Augen in sein wütendes Gesicht. «Alle im Team würden das aber so sehen und dir auf die Schulter klopfen.» Sie ahmte eine dunkle Stimme nach: «Rabbit hat es unserer Chefin besorgt. Die Kleine wartet sogar nackt in seiner Wohnung auf ihn ...»

«Hör auf!», brüllte er und schüttelte sie kurz.

«Schmeichelt es dir, wenn sich deine Chefin zum Clown macht?»

Er ließ sie los und blickte sie fassungslos an.

Betreten senkte Teddy den Kopf. «Unsere Affäre nimmt Einfluss auf meine Arbeit. Das kann ich nicht zulassen.»

«Affäre?» Ungläubig legte er den Kopf schief. «Denkst du echt, hier geht es nur ums Bumsen?»

Ratlos hob sie die Schultern und wischte sich eine ungebetene Träne fort.

«Teddy ...» Er kam auf sie zu und wollte sie in den Arm nehmen, als das Telefon klingelte und beim zweiten Mal schon der Anrufbeantworter ansprang.

«Hi, Brian! Hier spricht Amber. Ich habe morgen in Manhattan ein Fotoshooting und würde dich abends gern sehen.» Ein Kichern war zu hören. «Das letzte Mal hatte ich viel Spaß mit dir. Wir können uns bei mir im Hotel treffen – ich habe nämlich einen Whirlpool im Zimmer. Ruf mich an.»

«Das hat nichts zu bedeuten», wehrte Brian sofort ab, «das ist Monate her und ...»

«Weißt du, das ist im Grunde egal», murmelte Teddy und umfasste ihre Arme, «wir sollten ...»

«Teddy, ich habe mit *keiner* anderen Frau geschlafen, seit wir beide uns treffen.»

Sie blickte ihn traurig an und verstand plötzlich, was Claire gemeint hatte. Er bekam das Wort Beziehung nicht einmal über die Lippen.

«In vier Tagen fängt die Saison an», überging sie seinen letzten Kommentar und bemühte sich um professionelle Ruhe, «es ist das Beste, wenn wir uns nicht mehr sehen. Du musst dich auf die Spiele konzentrieren, und ich habe einen Haufen Arbeit vor mir.»

«Das war's dann? Einfach so? Weil Claire Mist erzählt und Dupree dich nackt gesehen hat?»

Sie schüttelte den Kopf. «Weil ich mir einen neuen Skandal nicht leisten kann.»

Bleich fragte er: «Ich wäre also ein Skandal?»

Als sie nichts erwiderte, brauste er auf: «Schön! Dann hau doch ab! Ich hoffe, deine Arbeit kann dir Orgasmen bescheren!»

19. Kapitel

Brian war noch immer so wütend, dass er seine Prellungen gar nicht spürte, die gerade vom Mannschaftsarzt untersucht wurden. Er saß unbeweglich auf der Liege im Behandlungszimmer neben den Umkleiden im Stadion, ignorierte die Siegesfeier seines Teams und starrte finster vor sich hin. Die *Steelers* hatten sich definitiv die falsche Woche für ein Spiel gegen ihn ausgesucht. Mit seiner riesigen Wut hätte er das gegnerische Team vermutlich sogar allein plattgemacht. Dass Teddy kurz vor dem Spiel jedem einzelnen Spieler Glück gewünscht und ihn angesehen hatte, als müsse sie sich anstrengen, sich überhaupt an seinen Namen zu erinnern, hatte in ihm den Wunsch ausgelöst, irgendjemanden in den Boden zu rammen. Das Ergebnis war, dass er ein grandioses Spiel gemacht und wenig auf seine Sicherheit gegeben hatte. Die *Steelers* waren über seine tollkühnen Aktionen viel zu überrascht gewesen und hatten erst spät begriffen, dass der Quarterback der *Titans* seine freistehenden Passempfänger ignorierte und allein mit dem Ball über das Feld raste.

«Ist er okay?» Sein Coach steckte den Kopf zur Tür hinein.

«Nur ein paar Prellungen», erklärte der Doc und trat zurück.

«Hab ich doch gesagt», murrte Brian und biss die Zähne zusammen. Er war verschwitzt, erschöpft, und seine Muskeln zitterten vor Anstrengung, trotzdem war er immer noch unglaublich wütend.

«Gut, dann kann ich dir ja jetzt etwas sagen.» Der Coach betrat den Raum, schloss die Tür und verschränkte die Arme vor der Brust. Vergessen war der gutgelaunte und joviale Kumpeltyp. Der kahlköpfige Mannschaftsarzt trat vorsichtshalber an einen Tisch und ordnete dort die Verbände.

«Was du dir heute erlaubt hast, Palmer, lasse ich kein weiteres Mal zu!»

«Wir haben gewonnen, oder nicht?» Brian stand auf, ächzte und blickte finster. «Wir haben 68 Punkte geholt. Neuer Vereinsrekord.»

«Scheiß auf die Punkte!» Sein Coach brüllte ihn an: «Was du getan hast, war die dümmste Nummer, die ich je gesehen habe! Wenn ich sage Passspielzug, dann meine ich auch Passspielzug!»

Die Wut, die in Brian brodelte, seit Teddy ihn abserviert hatte, brach nun endgültig aus ihm heraus, und er brüllte zurück: «Ich sah eine Chance und ergriff sie! Das ist Football!»

«Football ist ein Teamsport» – auch die Lautstärke seines Coachs nahm noch zu –, «und es gibt einen Coach – mich! Was ich sage, hast du zu tun, Palmer!»

«Einen Scheiß werde ich! Ich habe ein eigenes Gehirn und benutze es auch!»

In der Kabine neben ihnen wurde es immer ruhiger. Der ausgelassene Jubel verstummte. Das Team beobachtete durch die Glaswand, deren Vorhänge nicht geschlossen waren, wie sich Coach und Quarterback beinahe Nase an Nase gegenüberstanden und sich anbrüllten. Dass mit ihrem Quarterback etwas nicht stimmte, hatten die Jungs schnell begriffen, aber sie waren klug genug gewesen, ihn in Ruhe zu lassen.

«Dann solltest du ganz dringend deinen Kopf aus deinem Arsch ziehen und dein Gehirn anschalten! Weißt du, welches Glück du hattest, nicht verletzt worden zu sein? Du kannst dich bei Dupree bedanken, dass er dich ständig vor den Angriffen der Defense beschützt hat!»

Brian schnaubte vor Wut. «Ich denke eher, es geht darum, dass ich einen neuen Rekord aufgestellt habe! Und du deshalb wütend bist.»

Das Gesicht des ehemaligen Quarterbacks verschloss sich. «Was beweist, dass du ein Vollidiot bist. Mir geht es nur darum, dass du unverletzt bleibst, Palmer!»

«Ach ja? Und es hat nichts mit dem gebrochenen Vereinsrekord zu tun?»

John Brennan schnaubte. «Es braucht mehr als einen Rekord, um ein guter Quarterback zu sein.»

«Ich bin ein guter Quarterback!», schrie Brian.

«Heute nicht», sagte sein Coach kalt, «heute hast du dich wie ein überheblicher, eingebildeter Hurensohn benommen, der nicht an sein Team gedacht hat.»

Brian versteifte sich. Man konnte über ihn sagen, was man wollte, aber nicht, dass er kein Teamplayer war.

«Fuck!»

«Wenn du so drauf bist, solltest du die Pressekonferenz besser schwänzen», stellte John abschätzig fest.

«Einen Teufel werde ich tun!»

Der blonde Coach schüttelte den Kopf, atmete tief durch und schlug dann ruhig vor: «Mach dich locker und reagiere dich anderswo ab. Ruf eine von deinen Modelfreundinnen an und lass die Sau raus. Übermorgen sehe ich dich dann wieder in einem normalen Zustand.»

Dass jetzt auch noch sein Coach irgendwelche Modelfreundinnen erwähnte, ließ Brian komplett durchdrehen, und er ging mit geballten Fäusten auf sein großes Idol los. Er hörte nicht das entsetzte Luftschnappen des Mannschaftsarztes, sondern sah einfach rot. Bevor er jedoch zuschlagen konnte, hatte John Brennan ihn plötzlich im Schwitzkasten und schnürte ihm die Luft ab. Der Coach hielt seinen Hals umklammert, drückte

Brian kräftig nach unten und sprach mit gespielter Milde: «Leg dich nicht mit mir an, Palmer. Jungs wie dich verputze ich zum Frühstück.»

Brian würgte und strampelte, aber John ließ sich dadurch nicht aus der Ruhe bringen. «Doc, könntest du bitte die Tür öffnen?»

Hastig riss der fassungslose Mannschaftsarzt die Tür auf und sah zu, wie der Coach seelenruhig einen rot angelaufenen Footballspieler im Würgegriff durch die Mannschaftskabine zerrte.

Es war bis auf die Geräusche, die Brian von sich gab, mucksmäuschenstill in der Umkleide. Die Footballspieler beobachteten mit aufgerissenen Augen, was da vor sich ging. John zerrte Brian in die Dusche und drehte eiskaltes Wasser auf, ohne darauf zu achten, dass der Quarterback noch seine Uniformhose und die dicken Stollenschuhe trug. Erst nach einer Weile lockerte er seinen Griff.

Prustend und keuchend hing Brian in der Dusche, stützte sich nach Luft schnappend am Boden ab und wischte sich das klatschnasse Haar aus den Augen. Das Wasser prasselte auf ihn hinunter und ließ ihn erzittern.

«Du bleibst so lange hier, bis du dich abreagiert hast!» John schüttelte angewidert den Kopf. «Ich bin zu alt für so einen Kindergartenscheiß!»

Tatsächlich blieb Brian noch einen Moment lang sitzen, nachdem der Coach sich umgedreht hatte und gegangen war. Er drehte das kalte Wasser ab und kam endlich wieder zu Atem. Mit geschlossenen Augen lehnte er den Kopf gegen die Fliesen und fragte sich, wieso Teddy ihn dazu hatte bringen können, derart auszurasten.

Teddy traf John in einem der Gänge, die für die Presse gesperrt waren, und wollte ihn zum Sieg beglückwünschen, als ihr auffiel, dass er seinen rechten Unterarm rieb und dabei ein schmerzverzerrtes Gesicht machte. Sie war gerade erst aus der Besitzerloge nach unten gekommen und hatte es vermieden, in die Kabine zu gehen. Es war ihr schwer genug gefallen, Brian vor dem Spiel viel Glück zu wünschen, und gleich würde sie bei der Pressekonferenz neben ihm sitzen, da musste sie ihn nicht auch noch ein weiteres Mal sehen.

«John» – besorgt griff sie nach seinem Arm –, «alles okay?»

Er winkte kurz ab und lächelte. «Ein grandioser Sieg, nicht wahr, Kurze?»

«Phantastisch. Aber was ist mit deinem Arm?»

Wegen ihres Tons verdrehte er die Augen und zeigte ihr widerwillig die roten Flecken auf seinem Unterarm. «Keine große Sache. Ein kleiner Zwischenfall in der Umkleide.»

«Bist du gestürzt?»

«Nein!» Er schnaubte. «Palmer musste zurechtgestutzt werden. Ich weiß nicht, was heute in ihn gefahren ist, aber schon während des Spiels hat er meine Anweisungen ignoriert und einen Alleingang nach dem anderen veranstaltet. Er kann von Glück reden, dass er bei seinen Laufspielzügen von den gegnerischen Tackles nicht umgeworfen und verletzt wurde. So eine Dummheit!»

Teddy schluckte schwer. «Hat er sich etwas getan?»

Stirnrunzelnd schüttelte John den Kopf. «Ich wünsche ihm ein paar schmerzhafte Prellungen, damit er zur Besinnung kommt. Aber ihm geht's fabelhaft», fügte er trocken hinzu, «so fabelhaft, dass er sich nicht von mir zurechtstutzen ließ und mich lieber niederbrüllte. Der Hitzkopf wollte auf mich losgehen. Deshalb habe ich ihn in den Schwitzkasten genommen und unter die Dusche gezerrt.»

«Was?» Teddy riss entsetzt die Augen auf.

«Halb so wild» – John lächelte nachsichtig –, «aufbrausende

Quarterbacks sind mein Geschäft. In einer Viertelstunde fängt die Pressekonferenz an – ich sehe dich dann dort, okay? Jetzt muss ich erst einmal mit Roy reden.» Er verabschiedete sich gut gelaunt und ließ Teddy im Gang stehen.

Nachdenklich ließ sie sich gegen die Wand sinken und starrte auf die Spitzen ihrer Turnschuhe. Warum war Brian auf John losgegangen? Dass er ein Hitzkopf sein konnte, wusste sie, aber dass er seinen Coach angreifen könnte, hätte sie ihm nie zugetraut. Teddy biss sich auf die Unterlippe. War er noch wütend wegen ihres Streits? Das konnte sie sich nicht vorstellen, denn er hatte sich seither nicht mehr bei ihr gemeldet. *Warum hätte er sich auch melden sollen?*, fragte eine Stimme in ihrem Kopf. *Schließlich hattest du ihm deutlich zu verstehen gegeben, dass es zwischen euch nicht mehr funktionierte.*

Seufzend griff sie sich ins Haar und öffnete den verrutschten Pferdeschwanz. Als Dupree in Brians Wohnung plötzlich vor ihr gestanden hatte, war sie in Panik geraten. Sie hatte Brian alles Mögliche an den Kopf geworfen, obwohl sie es gar nicht so meinte. Trotzdem war es die vernünftigste Entscheidung gewesen, getrennte Wege zu gehen. Früher oder später wäre nach alldem, was sie über ihn erfahren hatte, sowieso Schluss gewesen, und es wären nur die Probleme für den Verein zurückgeblieben – vor allem wenn die Presse von ihnen Wind bekam.

Außerdem war sie sich während der ganzen Zeit mit Brian nicht sicher gewesen, was sie ihm eigentlich bedeutete. Sie war weder seine feste Freundin noch ein simpler One-Night-Stand gewesen. Die ganze Geheimniskrämerei und das Versteckspiel hatten es Teddy schwergemacht herauszufinden, ob Brian tatsächlich an ihr als Mensch interessiert war oder es einfach nur toll fand, mit seiner Chefin zu schlafen. Sein Ruf als notorischer Weiberheld deutete eher auf Letzteres hin.

Als sie später den Raum betrat, der im Stadion für die Pressekonferenzen genutzt wurde, musste sie mit einem deutlichen Ziehen im Magen feststellen, dass Brian trotz seines Ausbruchs in der Kabine an der Konferenz teilnahm. Mit feuchtem Haar, einem *Titans*-Pullover und Jeans stand er an der Wand und betrachtete grimmig die riesige Pressemeute, die sich vor dem Podium eingefunden hatte und drängelnd versuchte, einen guten Platz zu ergattern. Für einen Quarterback, der ein phantastisches Spiel geliefert hatte, sah er weniger euphorisch, sondern vielmehr gemeingefährlich aus. Sein Dreitagebart wirkte zwar ungemein sexy, verlieh ihm jedoch das Aussehen eines wütenden Antihelden.

Teddy war ziemlich erschlagen, denn mit einem so großen Presseaufkommen hatte sie nicht gerechnet. Hoffentlich wuchs ihr die ganze Situation nicht über den Kopf.

Der stets gutgelaunte John zog sie mit auf das Podium und platzierte sie genau in der Mitte des langen Konferenztisches. Mit einem flauen Gefühl betrachtete Teddy die unzähligen Gesichter der Reporter und Kameramänner vor sich, sah aus den Augenwinkeln, dass sich Brian zwei Stühle weiter rechts niederließ, John rechts von ihr Platz nahm und sich ausgerechnet Dupree links von ihr hinsetzte. Julian Scott, Tom Peacock und der Pressesprecher der *Titans* verteilten sich auf die restlichen Plätze.

Um sich zu beruhigen, goss sie sich ein Glas Wasser ein und sah Dupree fragend an. Der schüttelte den Kopf und wurde prompt rot, was wegen seiner dunklen Hautfarbe bemerkenswert war. Nervös atmete sie ein und trank hastig einen großen Schluck Wasser.

Sobald alle Kameras und Mikrophone angeschlossen waren, begann auch schon die Fragerunde, die sich als Erstes um den phänomenalen Sieg drehte, schließlich hatten die *Titans* mit der heutigen Punktzahl ihren eigenen Rekord geschlagen.

«Brian, das war eine nervenaufreibende Taktik, die Sie angewandt haben.» Ein dicklicher Reporter betrachtete den griesgrämigen Quarterback mit heldenhafter Verehrung. «Julian Scott stand als Passfänger ungedeckt in der Nähe der Endzone. Warum haben Sie sich entschieden, einen Laufspielzug anzuwenden?»

Teddy hielt den Atem an und schielte verstohlen nach rechts, wo Brian die Arme vor der Brust verschränkte und mürrisch ins Mikro brummte: «Weil ich es konnte.»

Scheiße, die Pressekonferenz würde in einem absoluten Desaster enden.

«Äh ...» – der Reporter war irritiert und suchte beim Coach Unterstützung – «Coach Brennan? Haben Sie den Quarterback angewiesen, anstelle eines Passspielzuges einen Laufspielzug zu starten?»

«Football ist ein dynamischer Sport», erwiderte John jovial, «die Spieler müssen sich auf ihren Instinkt verlassen und können sich an kein festgesetztes Schema halten. Brian entschied sich auf dem Feld für einen Laufspielzug und lag damit goldrichtig.»

Innerlich verdrehte Teddy die Augen. Das hatte sich gerade eben noch ganz anders angehört.

«Was sagen Sie dazu, dass Ihr alter Punkterekord geknackt wurde?», wollte ein anderer Journalist wissen.

«Ich coache eines der talentiertesten Teams, die ich je kennengelernt habe, und Brian ist meiner Meinung auf dem Weg, einer der größten Quarterbacks der NFL zu werden. Deshalb bin ich verdammt stolz, dass er meinen Rekord eingeholt hat.»

«Brian?» Der Reporter ließ sich die Chance nicht entgehen und sah ihn auffordernd an. «Was ist das für ein Gefühl, den Rekord des eigenen Coachs geknackt zu haben?»

Aus seinen hellblauen Augen blickte Brian stur nach vorn und erwiderte einsilbig: «Spitze.»

Die Presseleute wurden langsam nervös und scharrten mit den Füßen. John setzte sich aufrecht hin und warf seinem Spieler einen durchdringenden Blick zu, den dieser jedoch ignorierte.

Dupree neben ihr rutschte unruhig auf seinem Stuhl herum. Teddy schickte ein Stoßgebet zum Himmel.

John und Tom Peacock beantworteten die nächsten Fragen zum Ablauf des Spiels, bevor Dupree als herausragender Offensive Tackle ausgequetscht wurde. Er hatte einen verdienten Anteil am Sieg, weil er seinen Quarterback das ganze Spiel über beschützt hatte.

«Dupree, das ist Ihre zweite Saison in der NFL. Sehen Sie bereits einen Unterschied zu Ihrer ersten Spielzeit?»

Verlegen verschränkte der Spieler, der über zwei Meter groß war, die Hände im Schoß. «Na ja, ich kenne das Team besser als im ersten Jahr.»

Die Antwort war putzig, und Teddy musste lächeln.

«Sie haben nun keinen Mann mehr an der Spitze des Vereins, sondern eine Frau», begann ein anderer Reporter an Dupree gewandt. «Gab es damit Probleme im Team?»

Erneut stieg ihm heftige Röte ins Gesicht, aber er erklärte brav: «Die Jungs mögen Miss MacLachlan sehr gern, jeder will sie im Team haben.»

Verwundert stockte der Reporter und warf seinen Kollegen einen irritierten Blick zu, als ob er sie fragen wollte, ob Dupree geistig unterentwickelt sei. Teddy wurde wütend und hatte das starke Bedürfnis, Dupree zu beschützen.

«Wie meinen Sie das?»

«Na, zum Beispiel beim Softball...» Dupree nickte lächelnd und schwärmte: «Miss MacLachlan ist 'ne Wucht beim Softball. Sie kriegt jeden Ball und schlägt die meisten Home-Runs.»

Gerührt zwinkerte Teddy, als der Reporter sie fixierte. «Stimmt das, Miss MacLachlan?»

«Ich würde nie wagen, Dupree zu widersprechen. Falls es Ihnen nicht aufgefallen ist, er sitzt direkt neben mir.»

Die Reportermeute griente amüsiert. John zeigte ihr unter dem Tisch einen erhobenen Daumen, weil sie die Stimmung aufgelockert hatte.

«Können wir davon ausgehen, dass Sie sich gut in den Verein eingelebt haben, Miss MacLachlan?»

Teddy beugte sich etwas vor und legte die Hände auf den Tisch, damit sie nicht vor Nervosität zittern konnten. «Die *Titans* waren schon immer mein Zuhause, und ich bin dankbar, dass ich in den letzten Monaten von allen Mitarbeitern und dem Team so herzlich aufgenommen wurde. Die Hinterlassenschaft meines Vaters bedeutet für mich eine große Verantwortung, weshalb mir die tolle Unterstützung innerhalb des Vereins sehr geholfen hat.»

Eine Reporterin stellte gespielt freundlich die nächste Frage. «Miss MacLachlan, angesichts Ihrer Vergangenheit und der jüngsten Gerüchte um die Beziehung zwischen Ihnen und Coach Brennan – wie würden Sie die Verfügung Ihres Vaters kommentieren, Ihnen die Leitung des Vereins übertragen zu haben?»

Teddy biss die Zähne zusammen und lächelte steif. «Mein Vater wusste um meine Kompetenzen und meinen Wunsch, seine Arbeit fortzusetzen.»

Die Reporterin im Business-Look legte nachdenklich den Kopf schief und fuhr fort: «Das mag schon sein, aber schaden diese Faktoren nicht dem Ansehen des Vereins?»

Neben ihr wurde John unruhig. Aber auch die anderen Journalisten schienen gespannt auf ihre Antwort zu warten.

Teddy erklärte ruhig: «Als unreifer Teenager habe ich einige Fehler gemacht, die ich heute bedaure. Meine jetzige Arbeit wird davon jedoch nicht beeinflusst, deshalb bin ich nicht der

Meinung, dass Dinge, die vor über zehn Jahren passiert sind, dem Ansehen des Vereins schaden.»

Ein weiterer Reporter erhob die Stimme. «Und was ist mit dem Gerücht, dass Sie nicht nur ein professionelles Verhältnis zu Coach Brennan haben?»

Zuckersüß erklärte sie: «Ich habe tatsächlich nicht nur ein professionelles Verhältnis zu Coach Brennan, aber» – sie erhob die Stimme, als ein Tuscheln einsetzte – «bevor Sie weitere Vermutungen anstellen, will ich Ihnen gern erklären, dass John der Schützling meines Vaters und stets wie ein großer Bruder zu mir war. Das Foto, das unsere angebliche Affäre beweisen sollte, wurde aufgenommen, als ich mit John, seiner Frau und ihrer Tochter einen Ausflug machte. Ihre Kollegen brauchten nur einen Aufhänger, um alte Fotos von mir präsentieren zu können, und saugten sich dieses Gerücht aus den Fingern.»

Der Pressesprecher räusperte sich vernehmlich. «Weitere Fragen? Bitte zum Spiel, meine Damen und Herren, da die Zeit knapp wird.»

«Julian» – ein älterer Journalist deutete auf den Wide Receiver –, «Sie werden in wenigen Wochen Vater. Erst einmal herzlichen Glückwunsch. Wie wird sich das auf Ihr Spiel auswirken?»

Entspannt rückte der Footballspieler sein Mikro zurecht. «Danke, Harry. Nach dem heutigen Spiel mache ich mir diesbezüglich keine großen Sorgen, weil mir mein Kapitän auf dem Spielfeld ja enorm viel Arbeit abgenommen hat.» Er grinste breit. «Aber im Ernst, meine Frau und ich freuen uns auf unser Kind. Auf dem Platz werde ich mein Bestes geben. Das sind zwei völlig verschiedene Paar Schuhe.»

Als der Reporter nun Brian wieder fragte, warum er den Wide Receiver nicht angespielt habe, sondern selbst mit dem Ball gelaufen sei, brauste dieser auf: «Die Frage wurde bereits gestellt und beantwortet!»

Die Presseleute lachten verdutzt auf, und ein junger Fernsehjournalist fragte heiter: «Wieso die Eile, Brian? Haben Sie gleich ein Date?»

«Ja, mit Ihrer Frau», schnauzte der zurück, «was dagegen?»

Peinliche Stille senkte sich über den Raum, bevor der Pressesprecher die Konferenz eilig beendete. Teddy beobachtete Brian, der heftig seinen Stuhl zurückschob und wütend aus dem Raum marschierte, wobei ihm aufgeschreckte Mitarbeiter hastig den Weg frei machten. John folgte ihm schnurstracks. Das verhieß nichts Gutes. Langsam stieg sie vom Podium und zögerte noch, den gleichen Weg wie Brian und John einzuschlagen, als sich Dupree direkt hinter ihr räusperte. Fragend sah sie ihn an und war einen Moment lang von den Dutzenden Brillanten auf seinen Zähnen geblendet.

«Dupree, was Sie vorhin...»

«Miss MacLachlan» – er verzog das Gesicht wie ein schmollendes Kind und schüttelte missbilligend den Kopf –, «das war nicht sehr nett.»

Sie hatte keine Ahnung, was er meinte, und hob fragend eine Schulter. «Was meinen Sie? Meine Bemerkung eben war nur ein Scherz.»

«Ich meine doch nicht das», wehrte er ab und zog sie beiseite, «der Kapitän macht sich nur wegen Ihnen zum Narren.»

Entsetzt blickte sie um sich, aber niemand schenkte ihnen Beachtung.

«Dupree, ich bin mir sicher, dass er einfach nur schlechte Laune hat, weil nicht alles nach seinem Kopf gegangen ist. Der fängt sich wieder.»

Der Tackle runzelte finster die Stirn. Teddy dankte dem lieben Gott, dass sie ihm niemals auf dem Feld begegnen würde. «Er mag Sie, aber Sie haben ihn einfach abgewiesen. Sie können mir glauben – er ist ziemlich verletzt.»

Teddy unterdrückte ein Lachen, schob seine Hand von ihrem Ellenbogen und erwiderte etwas zu spitz: «Einzig sein Ego ist verletzt.» Bevor sie ging, sah sie ihm freundlich ins Gesicht. «Danke, dass Sie so nette Dinge über mich gesagt haben.»

20. Kapitel

Die *Titans* hatten drei von vier Spielen gewonnen und jedes Mal einen sehr guten Punktestand erreicht. Daher hatten sich einige Teamkameraden ins New Yorker Nachtleben gestürzt und ihren Kapitän überredet mitzukommen. Brian saß jedoch trübselig und schlecht gelaunt in einer Ecke des angesagtesten Clubs in der Bronx, während um ihn herum gefeiert wurde. Er nippte an seinem Glas und wünschte sich, zu Hause geblieben zu sein.

In den letzten drei Wochen war alles schiefgelaufen, was hatte schieflaufen können – vom sportlichen Erfolg einmal abgesehen. Er hatte sich mit seinem Coach angelegt, hatte eine Pressekonferenz gesprengt, woraufhin ihm vom Coach eine saftige Geldstrafe aufgebrummt wurde, anschließend hatte er sich mit seinem besten Kumpel verkracht, als dieser ihn wegen seiner Alleingänge während des ersten Spiels zur Rede gestellt hatte, er hatte Liv angeraunzt, als sie ihn anrief und fragte, ob bei ihm alles in Ordnung sei, und er hatte seine Mutter am Telefon zum Weinen gebracht.

Im Nachhinein tat es ihm sogar leid, dass seine Mutter seinen ganzen Frust abbekommen hatte. Gleich nach der vermaledeiten Konferenz hatte sie ihn angerufen und gejammert, wie schlecht es ihr doch ginge, bevor sie ihn wiederholt nach einem Besuch gefragt hatte. Wütend hatte er ihr vorgeworfen, dass sie sich jahrelang nur um sich selbst gekümmert und ihn beiseitegeschoben hatte. Sie habe sich damals nun einmal für Carl entschieden und müsse jetzt damit klarkommen, dass ihr Sohn nichts mehr von ihr wissen wolle.

Brian beobachtete im Schein der gedimmten Lampen die tanzenden Partygänger und zuckte innerlich erneut zusammen. Ganz so krass hatte er seiner Mutter nie sagen wollen, was er für sie empfand. Vielleicht sollte er sie anrufen und sich bei ihr entschuldigen.

«Rabbit!» Blake ließ sich neben ihn in einen Loungesessel fallen und fuhr sich durch sein Haar. Der Runningback schien bereits einige Gläser getrunken zu haben, weil er von einem zum anderen Ohr grinste und eine rote Nase hatte. «Was sitzt du hier herum?»

Brian zuckte mit den Schultern. «Ich bin einfach müde. Das ist alles.»

«Da vorn...» – verstohlen deutete Blake zur Bar – «hast du die Titten der Kleinen gesehen? Meinst du, die sind echt?»

«Keine Ahnung», murmelte er und nippte an seinem Glas. Er war mit dem Motorrad hier und hatte sich lediglich ein Bier bestellt, um noch fahrtüchtig zu sein. Jetzt stieß ihn der schale Geschmack des Getränks ab, weil er sich schon seit einer Stunde an demselben Glas festhielt.

«Die passt doch genau in dein Beuteschema. Außerdem wirft sie schon den ganzen Abend Blicke in deine Richtung.»

Wieder zuckte er mit den Schultern und erhob sich.

«Richtig so!» Blake nickte anerkennend. «Ran an den Speck!»

Doch Brian dachte gar nicht daran, an die Bar zu gehen, sondern stattete der Toilette einen Besuch ab. Als er das Männerklo wieder verließ und den schummrigen Gang betrat, der zu den Toiletten führte, stand eine junge Frau vor einem der Spiegel und sah ihn erwartungsvoll an. Brian wusste nicht, ob es die Kleine war, von der Blake gesprochen hatte, aber aufgrund ihrer ausladenden Oberweite konnte er es sich gut vorstellen. Ihr schwarzes Haar fiel als glänzende Mähne bis zu ihrem Hintern, ein kleiner und deutlich gerundeter Körper steckte in einem offenherzigen Paillettenkleid, das einen spektakulären Ausblick auf zwei enorme Brüste gewährte, und ihr rassiges Gesicht war beinahe bis zur Unkenntlichkeit geschminkt.

Er wollte sich an ihr vorbeischieben, als sie eine Hand mit feuerroten Krallen auf sein Hemd legte und ihn mehr oder minder gegen die Wand drängte.

«Schätzchen...» – er lächelte schwach – «darf ich mal durch?»

Ihr Schmollmund verzog sich zu einer Schnute. «Den ganzen Abend hast du mich ignoriert. Wie willst du das wiedergutmachen?»

Mit verheißungsvollen Augen blickte sie zu ihm auf und drängte ihre Brüste an ihn. Es war allzu offensichtlich, wozu sie ihn einlud.

«Hör zu...»

«Stella», hauchte sie.

«Hör zu, Stella.» Brian hielt ihre Hand fest, die bereits an seinem Bauch angekommen war, und seufzte. «Du bist bestimmt ein nettes Mädchen...»

Stella warf ihm einen verdorbenen Blick zu. «Ich bin kein Mädchen mehr. Und nett bin ich auch nicht.»

Das glaubte Brian ihr aufs Wort.

«Aber ich bin ehrlich», fügte sie heiser hinzu, «ich will mit dir in deine Wohnung fahren, will dich nackt und will es die ganze Nacht tun.»

«Danke für das Angebot.» Entschlossen schob er ihre Hand weg. «Aber ich muss ablehnen.»

Damit schien sie nicht gerechnet zu haben, denn sie blickte ihn verstört an. «Was?»

Brian schüttelte den Kopf und entzog sich ihrer Umklammerung. «Ich fahre zwar nach Hause, aber allein.» Er drehte sich um und wollte gehen, als er ihre provozierende Stimme hörte: «Also stimmen die Gerüchte, dass du im Bett nichts bringst, richtig? Oder bist du schwul?»

Unbeeindruckt erwiderte er: «Such es dir aus.»

Ohne sich von seinen Kumpels zu verabschieden, verließ er den Club und ging zu seinem Motorrad, das er eine Straße weiter geparkt hatte. Er schloss seine Jacke und holte anschließend das Handy hervor, jedoch hatte er keine neue Nachricht.

Was erwartest du?

Seufzend öffnete er den Posteingang und klickte auf die früheren Nachrichten von Teddy. Die letzte war über drei Wochen alt.

Er lehnte gegen seine Maschine und las mit einem dumpfen Gefühl in der Brust, was sie ihm zuletzt geschrieben hatte.

> *Italienisch oder chinesisch? Bin um 9 bei dir. Ich muss dir unbedingt erzählen, wie es heute mit Archie gelaufen ist. Nur so viel: Er hätte fast geheult ;-) Freu mich auf dich! Kuss!*

Brian konnte sich allzu gut an den Abend erinnern. Sie hatten Pizza bestellt, es sich auf seiner Couch gemütlich gemacht und darüber gequatscht, was Archie von der PR-Abteilung für seltsame Ideen hatte. Seine Vorstellung von Werbeplakaten, auf denen Teddy als Boot-Instructor dem Team einheizte, hatte sie abgeschmettert und sich dagegen gewehrt, ihre Footballspieler derart vorzuführen. Zusammen hatten sie sich über Archie lustig gemacht und Nachrichten geschaut, bevor sie an ihn gekuschelt eingeschlafen war. Brian hatte sie ins Bett gebracht, sich neben sie gelegt und war ebenfalls in kürzester Zeit eingeschlafen.

Das war einen Tag vor ihrem Streit gewesen.

Wie von selbst tippten seine Finger eine neue Nachricht ein.

Du fehlst mir.

Brian starrte auf die drei Worte und schluckte. Er vermisste Teddy. Momentan sah er sie nur selten und hatte das Gefühl, dass sie ihm bewusst aus dem Weg ging. Das machte ihn stets wütend und verleitete ihn dazu, ihr ebenfalls aus dem Weg zu gehen. Nichtsdestotrotz vermisste er sie. Er vermisste sogar die Räucherstäbchen, die sie abends in seiner Wohnung angezündet hatte, wenn sie meinte, es rieche zu sehr nach seinen Sportsocken.

In den letzten drei Wochen hatte er oft das Bedürfnis gehabt, sie einfach anzurufen, wenn ihm etwas auf der Seele lag. Ob es der Streit mit seiner Mutter war, der kleine Junge im Therapiezentrum, der gesund entlassen worden war, oder ob es ein besonders guter Pass beim Training gewesen war – jedes Mal hatte er ihr davon erzählen wollen und es nicht gekonnt, weil sie nicht mehr miteinander sprachen.

Ihre Angst vor einen Skandal, wenn herauskam, dass sie mit einem ihrer Footballspieler schlief, konnte er sogar nachvollziehen, aber es hatte ihn verletzt, dass sie ein solch schlechtes Bild von ihm hatte. Sie hatte so getan, als sei es schon ein Verbrechen, nur mit ihm gesehen zu werden, als würde er einen schlechten Einfluss auf sie ausüben. Er war kein Kind von Traurigkeit und hatte viele Frauen kennengelernt, das sagte aber nichts über seinen Charakter aus. Teddy hatte ihm unrecht getan, als sie ihn beschuldigte, in ihr nur ein Betthäschen zu sehen. Er hatte sie nicht getroffen, um mit seiner Chefin zu schlafen, sondern weil er sie mochte. Weil er die Teddy mochte, die ihn beim Benefizlauf hereingelegt hatte, die beim Softball schummelte und nackt durch seine Wohnung spazierte.

Anscheinend hatte er sich mehr aus ihr gemacht als sie sich aus ihm.

Brian löschte die drei Worte, die er ihr hatte senden wollen, steckte das Handy zurück und fuhr nach Hause.

Teddy war im Trainingsraum der *Titans* völlig allein, was ihr gut in den Kram passte. Sie brauchte das schweißtreibende Training, um sich ein wenig abzulenken. Während sie Musik hörte, sich am Laufband auspowerte und kaum zu Atem kam, musste sie wenigstens nicht an die letzten drei Wochen denken. Eigentlich sollte sie sich darüber freuen, dass mit dem Team alles rund lief und sie den besten Saisonstart der Vereinsgeschichte hingelegt hatten. Doch etwas stimmte nicht.

Sie vermisste Brian.

Die Arbeit machte ihr keinen Spaß mehr. Sie hatte auch keine Freude daran, dem Team zuzujubeln, wenn es Punkte holte, und mied es, den Spielern zu begegnen. Mit der Begründung, zu viel Arbeit zu haben, verschanzte sie sich meistens den ganzen Tag im Büro und verschwand auch nach den Spielen sofort wieder dorthin. Das letzte Auswärtsspiel hatte sie geschwänzt und behauptet, sich nicht wohl zu fühlen. Die Wahrheit war jedoch gewesen, dass sie es nicht ertragen hätte, mit Brian in einem Flugzeug zu sitzen und womöglich mitzubekommen, wie er in einer fremden Stadt ein Groupie aufriss.

Weil er jedoch der Quarterback war, der Kapitän ihres Teams, konnte sie nicht völlig verhindern, mit ihm zusammenzutreffen. An Besprechungen nahm er manchmal teil und saß dann lässig mit ihr an einem Tisch, während sich Teddy innerlich verkrampfte. Wie es schien, machte ihm die Situation nichts aus. Er war höflich, beachtete sie jedoch nicht weiter und hatte ein rein professionelles Verhältnis zu ihr – wenn man das überhaupt so nennen konnte.

Als ihre Beine auf dem Laufband zitterten und sie heftig nach Luft schnappte, drosselte sie das Tempo und griff nach ihrem Handtuch, um sich damit den Schweiß vom Gesicht zu wischen. Keuchend blieb sie bald darauf stehen und unterdrückte die Tränen. Sie war selbst schuld. Von Anfang an hätte sie sich nicht auf einen ihrer Footballspieler einlassen dürfen. Vor allem nicht auf Brian Palmer, der für seinen Frauenverschleiß berühmt war. Was als harmloser Sex angefangen hatte, endete für sie in einem Gefühlschaos. Er mochte lässig darüber hinwegsehen, dass es aus war, aber Teddy hatte Gefühle für ihn entwickelt, die sich nicht einfach wieder ausschalten ließen.

Deprimiert duschte sie schnell, zog sich ein altes Paar Jeans und ein Flanellhemd an, schlüpfte in dunkle Boots und trocknete ihr Haar ab, ohne es anschließend zu föhnen. Das verschwitzte Sportzeug packte sie in ihre Tasche und trat in den Aufzug, um in die dritte Etage zu fahren. Erschöpft lehnte sie sich gegen den Fahrstuhlspiegel und sah kaum auf, als der Aufzug im Erdgeschoss hielt, sich die Türen öffneten und jemand die Fahrstuhlkabine betrat.

Ihr Blick fiel auf ein Paar Sneakers, das ihr bekannt vorkam, also schaute sie erschrocken hoch. Ihr Blick begegnete einem Paar unbeteiligter hellblauer Augen, bevor Brian ihr den Rücken zukehrte. Schweigend standen sie zusammen im Aufzug. Teddy betrachtete seinen breiten Rücken und seufzte innerlich. Ihr tat seine absolute Zurückweisung weh. Er behandelte sie wie Luft und stöpselte sich zu allem Überfluss auch noch die Kopfhörer seines iPods, die vorn aus seiner dunkelblauen Softshelljacke herausbaumelten, in die Ohren. Der kurze Blick, den sie auf sein Gesicht geworfen hatte, zeigte ihr, dass er unversöhnlich war. Seine finstere Miene, die durch den dunklen Bartschatten, den er sich in letzter Zeit hatte wachsen lassen, noch unterstützt wurde, machte ihr unmissverständlich klar, dass er an einem Gespräch nicht interessiert war.

Die schwarzen Spitzen seiner Haare berührten den Kragen der Jacke, weil seine dunkle Mähne, die heute unter einer grauen Strickmütze versteckt war, richtig lang geworden war. Zusammen mit den dunklen Stoppeln in seinem Gesicht und der lässigen Skater-Kleidung erregte er sicherlich viel Aufmerksamkeit, überlegte Teddy verzagt. Anders als die moderne Generation von Männern, die zur Maniküre ging, perfekt gebügelte Hemden trug und sich als metrosexuell bezeichnete, war Brian der Urtyp eines Mannes: groß, muskulös, nachlässig mit seiner Kleidung und nicht darauf bedacht, dass sein Haar perfekt saß – und trotzdem so attraktiv, dass den Frauen die Knie weich wurden.

Sie nahm sich ein Herz und tippte ihm auf die Schulter.

«Was?» Mit einem genervten Tonfall nahm er einen Ohrstöpsel heraus und blickte sie unwillig über die Schulter an. Einen Moment lang war sie von dem rauen, dunklen Eindruck seines Gesichts überrascht. Aus dem Kopfhörer drang leise ein Song von Dave Matthews.

«Geht es dir gut?»

«Fabelhaft», erwiderte er und blickte wieder nach vorn.

Zögernd stammelte sie: «Ich dachte, wir könnten reden und –»

«Vorsicht, Miss MacLachlan», unterbrach er sie bitter, «Sie wollen bestimmt nicht, dass man uns zusammen sieht. Jeder weiß doch, dass ich alles flachlege, was bei drei nicht auf den Bäumen ist. Also gehen Sie lieber einen Schritt zurück, bevor jemand auf dumme Gedanken kommt.» Er schnaubte. «Das wäre gar nicht gut für Ihren Ruf.»

Sie zuckte zusammen und würgte. «Brian ...»

Als sich die Fahrstuhltüren öffneten, verließ er die Kabine und sah nicht zurück.

Brian hatte sich von der kurzen Begegnung mit Teddy noch nicht erholt, als ihm die nächste Überraschung bevorstand. Seine Teamkollegen zogen ihn gerade damit auf, dass er bald längere Haare als eine Frau haben würde, und zerzausten ihm gutmütig die dunkle Mähne, als ihm Delaney auffiel, der sich in die hinterste Reihe des Besprechungssaals gesetzt hatte und mit einem anderen Rookie tuschelte.

Delaney war eine hinterhältige Ratte. Das hatte nicht nur damit zu tun, dass er auf der gleichen Position wie Brian spielte, sondern dass der junge Quarterback nach vorn immer scheißfreundlich war und nach hinten lästerte, was das Zeug hielt. Es hatte im Team schon das eine und andere Mal Stress gegeben, weil Delaney die Spieler gegeneinander ausgespielt hatte. Bislang sah sich Brian das Ganze noch stumm an, aber sollte der kleine Scheißer nicht langsam mit seiner Masche aufhören, bekäme er einen Mordsärger mit ihm.

Da der Rookie dreckig kicherte und auf sein Handy deutete, kniff Brian misstrauisch die Augen zusammen und blieb in der Tür stehen, während seine Kumpel an ihm vorbei den Raum betraten und sich auf die Sitze verteilten. In den nächsten zwei Tagen hatten sie frei und sollten jetzt schon einmal auf das kommende Spiel gegen die *Cincinnati Bengals* eingeschworen werden, das am nächsten Wochenende stattfinden würde.

Doch das kommende Spiel interessierte Brian gerade weniger, weil er wissen wollte, was sein zweiter Ersatzmann so komisch fand. Langsam lief er ebenfalls in den Raum und stellte sich direkt hinter die beiden Footballspieler, um ihnen über die Schulter schauen zu können. Sowohl Delaney als auch Pete bemerkten ihren Kapitän nicht, sondern starrten wiehernd auf das Smartphone, auf dem ein Porno lief. Der Bildschirm des Geräts war zwar klein, aber Brian erkannte sofort, um welches Video es sich handelte. Die bernsteinfarbenen Augen hätte er überall wiedererkannt.

Außer sich vor Wut, schlug er dem erschrockenem Delaney das Handy aus der Hand, das scheppernd zu Boden fiel. Er achtete nicht darauf, dass das Display zerbrach, sondern stieß die Stühle beiseite, um sich den jüngeren Quarterback zu packen.

Dieser kleine Hurensohn hatte Teddys Sexvideo entdeckt und es sofort mit seinem Kumpel teilen müssen. Brian konnte kaum klar denken.

Alle anderen waren erschrocken aufgesprungen und versammelten sich nun um die beiden.

«Wir beide gehen jetzt vor die Tür», schnarrte Brian und zog den rothaarigen Rookie am Kragen seines Sweatshirts noch näher an sich.

«Was soll das?», verteidigte sich Delaney wütend und versuchte sich zu befreien. «Da ist doch nichts dabei!»

Julian trat vor und fragte seinen Freund verwirrt: «Habt ihr ein Problem? Worum geht's?»

Er schüttelte den Kopf und ließ den kleinen Mistkerl langsam los. Das Team sollte nicht erfahren, dass Delaney das Video gefunden und angesehen hatte. Teddy würde das womöglich erfahren und wäre dann sicher zu Tode beschämt. Also warf er dem jungen Quarterback nur noch einen mörderischen Blick zu und hielt den Mund. Zwar hätte er ihn liebend gern vermöbelt und zitterte vor Anspannung, aber es war besser, die Situation nicht entgleisen zu lassen.

Delaney hatte jedoch keine Skrupel, zog an seinem zerknautschten Shirt herum und erwiderte schnaubend: «Rabbit soll sich nicht so aufspielen! Ich habe Pete nur das Sexvideo von der MacLachlan gezeigt, das ich im Netz gefunden habe.»

Der zurückhaltende Dupree sprang vor und brüllte Delaney an: «Du Hurensohn!»

Pete, ebenfalls ein riesiger Tackle mit einem Stiernacken, verschränkte die Arme vor der Brust und tönte: «Keine Ahnung, warum ihr euch so anstellt!»

«Weil Miss MacLachlan unsere Chefin ist», erwiderte Julian ruhig und starrte die jüngeren Spieler missbilligend an, «so etwas gehört sich nicht.»

Zustimmendes Gemurmel erklang auch vom restlichen Team.

Mit zusammengekniffenen Augen beobachtete Brian die beiden Missetäter, die sich keiner Schuld bewusst waren.

«Hört doch auf! Ihr habt das Video sicherlich auch schon im Netz gesucht.» Delaneys Gesicht verschloss sich. «Wer sich beim Sex filmen lässt, ist selbst schuld!»

Brian knurrte und machte wieder einen Schritt nach vorn, wurde jedoch von Dupree aufgehalten, der ihn am Arm festhielt.

«Sie ist eure Chefin und bezahlt die Rechnungen» – er schüttelte seinen Irokesen-Schnitt –, «da kann sie ja wohl etwas Respekt verdienen.»

Delaney lachte fies auf und machte eine vulgäre Handbewegung. «Vor einer Frau auf allen vieren habe ich keinen Respekt.»

Brian überwand Dupree und holte gerade zum Schlag gegen seinen Ersatzmann aus, als Pete vorsprang und ihm ins Gesicht boxte. Er strauchelte und wollte sich auf den Tackle werfen, doch Dupree hatte diesen bereits zu Boden gerungen und ihm einen ordentlichen Kinnhaken verpasst. Julian griff nach Brian, um ihn zurückzuhalten, doch der schüttelte seinen Kumpel ab und versetzte Delaney einen heftigen Schlag auf den Kiefer. Dann ging alles sehr schnell. Das Team warf sich zwischen die Streithähne, der Coach kam in den Saal gestürmt und sorgte sehr effektiv für Ruhe. Pete lag bewusstlos auf dem Boden, Dupree rieb sich zufrieden die Hände, Brian legte den Kopf in den Nacken, um sein Nasenbluten zu stoppen, und Delaney fehlte ein Zahn.

Als der Coach wissen wollte, was passiert sei, schwieg Brian stur und befühlte seine taube Nase, doch Eddie erzählte betreten, weshalb sich Brian und Dupree mit den Rookies angelegt hatten.

Die Augen des Coachs verfinsterten sich, als er Delaney verkündete: «Du bist für zwei Wochen suspendiert. Das kannst du auch Pete sagen, wenn er wieder wach ist.»

«Das ist unfair!», beschwerte sich der blutende Rookie und suchte am Boden nach seinem Zahn.

John Brennan schnaubte auf. «Zwing mich nicht dazu, richtig eklig zu werden. Wenn ich jemals wieder mitkriegen sollte, dass du so etwas abziehst, würdest du dich lieber freiwillig von Dupree verprügeln lassen, als mir zu begegnen, glaube mir!»

21. Kapitel

Liv hatte Glück, dass Brian gerade in der Gegend war, als sie ihn anrief. Eigentlich hatte er geplant, an den beiden freien Tagen einen Motorradausflug zu machen, doch mit einer verstauchten Nase und einem hübschen Veilchen am linken Auge hatte er keine Lust, stundenlang einen Motorradhelm zu tragen.

«Brian?» Ihre Stimme klang merkwürdig gepresst. «Kannst du bitte herkommen?»

«Ist etwas passiert?» Er stand an einem Getränkestand und nahm gerade ein Wasser entgegen.

«Ja ... die Wehen haben eingesetzt ... bitte, kannst du kommen?»

Vor Schreck ließ er beinahe das Portemonnaie fallen. «Was?»

Sie stöhnte in den Hörer und es hörte sich an, als spräche sie unter Tränen. «Julian ist nicht erreichbar ... o Gott, es ist zu früh ... bitte ... kommst du her?»

«Na... natürlich», stotterte er panisch, drehte sich um die eigene Achse und stürmte auf ein Taxi zu, «ich komme, Liv, ich bin sofort da.» Unhöflich drängte er einen dickbäuchigen Geschäftsmann mit Aktenkoffer beiseite, der sich lauthals beschwerte, sprang in das Taxi und rief dem Fahrer die Adresse zu.

«Liv, ich sitze im Taxi ... alles okay?»

«Nein» – sie schniefte in den Hörer –, «ich habe Angst ... was ist, wenn mit dem Baby etwas nicht stimmt?»

«Ach», beruhigte er sie mit zitternder Stimme, «das Baby ist ein Scott, dem geht es fabelhaft.» Er hielt die Hand über die Sprechmuschel und schrie den Fahrer voller Panik an: «Das ist ein Notfall! Geben Sie Gas!»

«Hey», beschwerte sich der Fahrer, der zu allem Überfluss auch noch ein T-Shirt der *New York Mets* trug, «wenn ich schneller fahre, kriege ich ein Ticket, Kollege.»

Brian fixierte den kahlen Hinterkopf durch die Trennwand, und es sprudelte aus ihm heraus: «Wenn wir in fünf Minuten da sind, gebe ich Ihnen tausend Dollar!»

«Was?» Der Taxifahrer war so erschrocken, das er fast gegen einen Hydranten gefahren wäre. Unschlüssig drehte er sich zu Brian um. «Meinen Sie das ernst?»

«Todernst! Die Frau meines besten Freundes kriegt ein Baby – fahren Sie schneller!»

Der Fahrer trat aufs Gas. Brian nahm die Hand von der Sprechmuschel und fragte mit erzwungen sanfter Stimme: «Wo ist Julian?»

«Er sitzt gerade im Flieger, auf dem Weg nach Nashville», erwiderte sie zittrig.

«Mist», fluchte Brian, «der Werbespot! Das hatte ich vergessen.»

«Er ist nur geflogen, weil der Geburtstermin doch erst in drei Wochen sein soll» – sie schluchzte auf –, «ich brauche ihn jetzt, Brian! Ohne ihn schaffe ich das nicht!»

«Okay, okay.» Er presste eine Hand auf sein wild klopfendes Herz und biss die Zähne zusammen. «Wir machen das schon, Liv. Jetzt beruhige dich erst einmal. Ganz tief ein- und ausatmen. Alles wird gut.»

«Ja ... ist gut.»

«Siehst du.» Brian schluckte und bemerkte kaum, wie der Taxifahrer gleich einem Nascar-Piloten mit quietschenden Reifen um die Straßenecke sauste. «Wenn ich da bin, fahren wir sofort ins Krankenhaus. Und irgendwie erreiche ich Julian schon. Er wird das große Ereignis nicht verpassen.»

«Versprochen?», schniefte sie.

«Versprochen.»

In weniger als vier Minuten hielt das Taxi vor dem Backsteinhaus seines Kumpels und blieb mit laufendem Motor stehen. Brian sprang die Stufen hinauf und stürmte ins Haus, wo Liv bereits auf ihn wartete und immer noch das Telefon in der Hand hielt.

«Ich habe meine Ärztin angerufen» – sie biss sich besorgt auf die Unterlippe –, «sie hat im Krankenhaus schon Bescheid gegeben, dass wir kommen.»

Brian musterte ihren großen Bauch mit einer Mischung aus Verlegenheit, Panik und Sorge. Er hatte keine Ahnung von Geburten und wusste nur, dass man in solchen Situationen eine Menge heißes Wasser brauchte. Auf der Highschool hatte er mal einen Tierfilm gesehen, in dem eine Elefantenkuh ein Junges zur Welt brachte, aber er erinnerte sich nicht mehr, was dort genau passiert war, weil er damit beschäftigt gewesen war, Gina Ross Liebesbriefe zu schreiben.

Er schüttelte die Gedanken an kalbende Elefanten und Gina Ross ab, trat zu Liv, die in beigefarbener Umstandslatzhose, einem rosafarbenen Shirt und mit Pferdeschwanz jung und hilflos wirkte, und küsste sie auf die sorgenvoll gerunzelte Stirn.

«Das Taxi wartet draußen. Was müssen wir mitnehmen?»

«Nur meine Tasche.» Ihr Kinn bebte. «Wie können wir Julian erreichen?»

«Mach dir darum keine Sorgen. Ich kümmere mich um alles. Zieh dir deine Jacke an. Ich nehme die Tasche.»

Sie hatte wohl schon eine kleine Reisetasche gepackt, um für den Ernstfall gerüstet zu sein. Brian hob das ungewöhnlich schwere Gepäckstück hoch, half Liv in ihre Jacke und führte sie vorsichtig die Eingangstreppen hinab. Auf der letzten Stufe packte sie seine Hand und zerquetschte sie beinahe.

«Was ist los?»

«Eine Wehe ...» Sie verkrampfte sich, stöhnte und sah ihn mit schmerzverzerrtem Gesicht an.

Brian brach der Schweiß aus. «O Gott! Liv, was soll ich tun?»

«Keine Panik, Mister.» Der Taxifahrer hatte draußen eine Zigarette geraucht, warf sie nun in den Rinnstein und kam zur Treppe. «Das ist völlig normal.»

«Woher wollen Sie das wissen?», fauchte Brian hilflos. «Sie sind Taxifahrer und keine Hebamme!»

Der Mann lachte auf, sodass sein grauer Schnurbart bebte. «Wir sind hier in New York. Sie würden sich wundern, wie viele Geburten ich schon miterlebt habe.» Seelenruhig nahm er ihm die Tasche ab und stellte sie in den Kofferraum.

Währenddessen mühte sich Brian mit Liv ab und brauchte ewig, um sie ins Taxi zu verfrachten, weil er sie wie ein rohes Ei behandelte.

Auf der Fahrt ins Krankenhaus rief er auf Julians Handy an, stellte fest, dass dies abgeschaltet war, telefonierte mit dem Büro des Managers, der jedoch außer Haus war, und bekam erst, nachdem er die Sekretärin endlos umschmeichelt hatte, dessen Handynummer. Liv saß keuchend neben ihm und zerquetschte ihm von Zeit zu Zeit die Hand. Der Manager versprach, sofort den Werbepartner zu informieren, der Julian am Flughafen abholen wollte, woraufhin Brian auflegte. Am Krankenhaus angekommen, half der Taxifahrer, der trotz seiner Vorliebe für die *Mets* ein netter Kerl zu sein schien, Liv aus dem Auto und bekam Brians Karte zugesteckt.

«Wir sind da. Siehst du, alles wird gut.» Behutsam führte Brian die keuchende Liv ins Krankenhaus und verfluchte seinen Freund zum wiederholten Mal.

«Hier, setz dich.» Er drückte sie sanft auf einen Stuhl und schoss auf die Anmeldung zu, an der eine korpulente Krankenschwester saß und telefonierte.

Ungeduldig wippte er auf und ab, während die Schwester ihn keines Blickes würdigte.

«Entschuldigen Sie?»

Sie hob abwehrend die Hand. «Einen Augenblick.»

Brian beugte sich leicht aufgebracht vor. «Aber ich habe eine schwangere Frau dabei!»

Die Krankenschwester verdrehte die Augen, hielt den Hörer ein wenig vom Kopf weg und erklärte zickig: «Wenn ich für jedes Mal, das ich diesen Satz gehört habe, einen Penny bekommen hätte, müsste ich hier nicht mehr arbeiten.»

«Aber...»

«Ist ihre Fruchtblase geplatzt?» Mit einem genervten Blick sah sie ihm ins Gesicht. Anscheinend ließ sie sich weder von seiner Ungeduld noch von seinem gefährlich aussehenden Veilchen und der angeschwollenen Nase beeindrucken.

Ahnungslos und nervös hob er die Schultern. «Ich weiß nicht...»

«Wenn sie geplatzt wäre, wüssten Sie es.» Sie schob ihm ein Blatt Papier zu. «Ausfüllen – wiederbringen.»

Leicht fassungslos drehte er den Kopf zu Liv, die ihn mit tränenumflorten Augen ansah. Er wandte sich wieder der Krankenschwester zu, deren Ton auf einen Kasernenhof gepasst hätte und die gerade Brownie-Rezepte austauschte, und riss ihr den Hörer aus der Hand, bevor er wütend zischte: «Diese Frau da drüben hat Wehen, und zwar drei Wochen zu früh. Ihr Mann ist auf Geschäftsreise» – seine Stimme wurde leise –, «sie hat ihr erstes Kind verloren und fürchtet sich gerade zu Tode. Entweder nehmen Sie sie *sofort* auf, oder ich schwöre Ihnen...»

«Okay, okay!» Sie entriss ihm den Hörer, legte auf und wählte eine Nummer. «Hinsetzen.»

Brian ging zu Liv, streichelte beruhigend ihre Hand und flötete: «Wir sind sofort dran.»

«Brian, ich habe so große Angst, dass ... dass das Baby ...»

«Hey!» Er kniete sich neben ihren Stuhl. «Dem geht es bestimmt großartig.» Verzweifelt suchte er nach Aufmunterungsfloskeln. «Der Knirps will bestimmt raus, weil er sonst fürchtet, die ganze Saison zu verpassen. Wir haben den besten Start in der Geschichte des Vereins hingelegt – den würde auch ich nicht verpassen wollen.»

Die Stimme der Krankenschwester erschien ihm in diesem Moment wie Musik in den Ohren. «Sie da! Der Pfleger nimmt Ihre Frau mit. Sie füllen die Papiere aus.»

«Nein, Brian!» Liv klammerte sich panisch an seinen Arm. «Du musst bei mir bleiben!»

Ein Pfleger schob einen Rollstuhl heran und nahm die Papiere an sich. Sein riesiger Afro passte nicht zu der zartrosa Pflegeuniform. «Keine Sorge, Ma'am, die können Sie gleich zusammen ausfüllen. Ihr Mann kommt selbstverständlich mit.»

Das Schnauben der Krankenschwester ignorierte der baumlange Pfleger mit einem Lächeln.

Brian packte mit an, als sich Liv schwerfällig erhob. «Ich bin nicht ihr Mann.»

«Er ist der beste Freund meines Mannes.» Liv setzte sich mit einem Ächzen in den Stuhl und griff nach Brians Hand.

Bevor dieser wusste, wie ihm geschah, wurde er mit Liv in einen Raum gebracht, half ihr dabei, die Latzhose auszuziehen, und drehte ihr den Rücken zu, als sie einen Kittel anzog, unter dem sie nackt war. Ihm brach erneut der Schweiß aus. Er war nicht dafür gemacht, einer schwangeren Frau bei der Geburt beizustehen.

«Soll ich Claire anrufen, damit sie herkommt?» *Bitte, sag ja*, flehte er innerlich.

«Nein, bitte bleib einfach hier.» Livs Stimme klang bedrückt. «Wenn Julian schon nicht da ist, will ich dich dabeihaben.»

Weil ihm plötzlich schrecklich warm war, zog er seine Jacke und den Pulli aus, starrte verzweifelt auf sein Handy und half Liv anschließend auf das Bett.

Kurz darauf saß er neben ihr, hielt ihre Hand und starrte auf einen Monitor, auf dem das Baby via Ultraschall zu sehen war. Eine Maschine piepte und gab den Herzton des Kindes wieder, während eine Ärztin um die fünfzig mit dem Ultraschallkopf auf Livs riesigem Bauch herumfuhr.

«Ist mit dem Baby etwas nicht in Ordnung?»

«Dem Baby geht es gut.» Mit einem Blick auf den Monitor verkündete die Ärztin: «Es nuckelt gerade am Daumen.»

Liv schluckte hart. «Aber es ist doch zu früh für die Geburt!»

«Machen Sie sich keine Sorgen, Liv. Das hat nichts zu bedeuten. Einige Babys haben es halt eiliger, andere dagegen lassen sich mehr Zeit.» Die Ärztin legte den Ultraschallkopf beiseite und lupfte das Laken, mit dem Livs Unterkörper bedeckt war.

«Spreizen Sie bitte die Beine. Ich will schauen, was der Muttermund macht.»

Brian glaubte, gleich in Ohnmacht fallen zu müssen, starrte wie hypnotisiert an die Decke über sich und bekam bei Livs lautem Stöhnen einen weiteren Schweißausbruch. Wieder quetschte sie seine Hand unerträglich fest.

«O ja ... da tut sich schon etwas.»

Der Druck an seiner Hand ließ langsam nach. «Aber mit dem Baby stimmt alles? Sie müssen mir sagen, wenn ...»

«Dem Baby geht es sehr gut», wiederholte die Ärztin beruhigend, bevor sie kicherte. «Sie können ruhig wieder hinsehen. Die Untersuchung ist vorbei.»

Er atmete erleichtert aus und senkte langsam den Blick, um gleich darauf wieder weiche Knie zu bekommen, weil eine weitere Krankenschwester an Livs Hand einen Zugang legte.

«Um das Baby mache ich mir keine Sorgen. Es liegt genau richtig, die Herztöne sind fabelhaft, und der Muttermund hat sich bereits geöffnet. Wenn es so weitergeht, wird das Kind in wenigen Stunden da sein. Ihnen geht es ebenfalls gut, aber Sie sollten sich ein wenig beruhigen.»

Liv schluckte, sagte jedoch kein Wort, während Brian inständig hoffte, dass Julian bis zur Geburt zurück sein würde.

«Wir lassen Sie jetzt ein bisschen allein. Schwester Susan wird alle paar Minuten die Wehen überprüfen und nachschauen, wie es Ihnen geht.» Die Ärztin drückte Livs Arm, machte sich Notizen und verschwand mit der Krankenschwester aus dem Raum.

«Hast du schon eine Nachricht von Julian?»

Er holte mit zittriger Hand sein Telefon hervor und schüttelte den Kopf. «Nein, noch nichts.»

Als sich ihr Gesicht verzog, sie in Tränen ausbrach und beide Hände vor das Gesicht schlug, sprang er auf und lief alarmiert neben dem Bett hin und her.

«Liv? Soll ich jemanden rufen?»

Sie schüttelte den Kopf. «Ohne ihn schaffe ich das nicht! Ich will ihn hierhaben ... ich will, dass mein Mann kommt!»

«Er ist bestimmt rechtzeitig hier», redete Brian auf sie ein, bewegte nervös die Hände, weil er nicht wusste, was er damit anstellen sollte, wischte sich die schweißnassen Handflächen an der Jeans ab und tätschelte Liv ungelenk die Schulter. So hilflos hatte er sich noch nie gefühlt. Mit Footballverletzungen konnte er umgehen, Blut zu sehen hatte ihm auch nie etwas ausgemacht – aber diese Situation überforderte ihn ganz einfach.

Liv schluchzte verstört. «Er kommt erst in einer Stunde in Nashville an, muss dann einen Rückflug bekommen, der dann wieder zweieinhalb Stunden dauert, und braucht ... braucht dann noch einmal eine Weile, bis er hier ist!»

«Liv ...» Brian atmete tief durch und fuhr mit fester Stimme fort: «Dem Baby geht es gut – dir geht es gut. Julian wird so schnell wie möglich hier sein. Und ich bin auch noch da.»

Sie zitterte und blickte ihn weinend an. «Es ist nur ... ich habe solche Angst. Als Sammy starb, da ... da war er nicht dabei ... und ich ... ich bin so nervös.»

Vor lauter Mitleid schnürte es ihm die Kehle zu. Er setzte sich auf den Rand ihres Bettes. «Das verstehe ich.»

Tapfer schöpfte sie Atem und sah ihn mit einem verzerrten Lächeln an. «Lenk mich ab ... lenk mich bitte ab! Erzähl mir etwas.»

Brian schluckte und sprudelte los: «Ich glaube, ich bin verliebt.»

«Was?» Damit hatte er ihre volle Aufmerksamkeit, und sie sah ihn fassungslos an.

«Hör mal, es ist doch nicht so abwegig, dass ich verliebt sein könnte!»

«Natürlich nicht», erwiderte sie schnell, aber wenig überzeugend. Eine leichte Röte zog sich über ihr Gesicht. «Jetzt erzähl! Wer ist es?»

Unschlüssig sah Brian auf seine Finger. Bisher hatte er niemandem von Teddy und ihm erzählt, nicht einmal seinem besten Freund, weil der schließlich ebenfalls Teammitglied war. Nur Dupree wusste Bescheid. Aber mit dem Tackle konnte man nicht über Frauen, geschweige denn über Probleme mit Frauen reden.

Er seufzte und brummte dann: «Teddy.»

Als keine Antwort kam, sah er auf und begegnete Livs verwirrtem Blick. «Teddy? Du meinst doch nicht Teddy MacLachlan?»

Schnaubend verdrehte er die Augen. «Zum Teufel ... welche Teddy sollte ich denn sonst meinen?»

«Teddy MacLachlan?», wiederholte Liv fasziniert, «das *Hippiemädchen*?»

Er wurde rot. «Lass das. Sie ist kein Hippiemädchen.»

Liv lachte laut auf. «Waren das nicht deine Worte?»

«Ich meine es ernst, Liv!» Er presste die Lippen aufeinander.

«Okay.»

Er konnte ihr ansehen, dass sie das erst einmal verdauen musste. «Willst du mir wirklich sagen, dass du in Teddy MacLachlan verliebt bist?»

«Ich *glaube* es», korrigierte er hastig.

Liv schüttelte den Kopf. «Entweder bist du es, oder du bist es nicht, Brian.»

Dumpf starrte er vor sich hin. «Woher soll ich das wissen? Außerdem redet sie nicht mehr mit mir.» Er seufzte. «Wir haben uns heftig gestritten. Jetzt gehen wir uns aus dem Weg.»

«Das ist sogar besser als im Kino», schwärmte Liv und sah ihn aufgeregt an, «wann hat es denn gefunkt?»

«Ich öffne dir mein Herz ...» – seine Augenbrauen zogen sich zusammen – «und du machst dich darüber lustig.»

«Entschuldige», gluckste sie, «aber auf dieses Ereignis habe ich zu lange warten müssen. Dass *du* verliebt bist ... Moment, weiß Julian davon?»

«Nein, er weiß nichts. Niemand weiß davon. Mit Ausnahme von Dupree» – er wurde rot –, «der Teddy bei mir erwischt hat – nackt.»

Liv machte große Augen. «O mein Gott!»

«Ja, genau.» Vorwurfsvoll deutete Brian auf sie. «Dank Dupree und der Klatschgeschichten, die du und Claire ihr über mich erzählt habt, hat sie Schluss gemacht. Anscheinend tue ich ihrem Ruf nicht gut», ächzte er ironisch.

Liv runzelte die Stirn. «Das ist doch Unsinn!»

Brian schwieg.

«Hör zu ...» Sie stöhnte unter eine Wehe und griff automatisch nach seiner Hand.

«Alles okay?»

Liv nickte und atmete hektisch ein. Nervös blickte Brian auf den Wehenschreiber, fürchtete um seine Hand und redete ihr gut zu. Nach einer Weile entspannte sie sich wieder und strich sich eine Strähne ihres braunen Haares aus der Stirn, die sich aus dem Pferdeschwanz gelöst hatte.

«Wenn du in sie verliebt bist, solltest du mit ihr reden, Brian. Vermutlich hat sie es überhaupt nicht so gemeint.»

«Ach ja?» Angriffslustig schob er den Unterkiefer vor. «Sie meinte, wenn herauskäme, dass sie mit jemandem wie mir geschlafen hat, wäre der Skandal riesig, weil man sie als mein ‹Betthäschen› betrachten würde und nicht mehr ernst nehmen könnte.»

«Das kannst du ihr nicht verübeln.» Liv hob eine Hand abwägend in die Höhe. «Es wäre wirklich ein Skandal, wenn die Presse Wind von einer Affäre zwischen euch beiden bekäme.»

Bevor er sich aufplustern konnte, fragte sie trocken: «Was würdest du denn sagen, wenn du von einer jungen Frau hörst, von der es ein altes Sexvideo gibt, die jetzt einen der verantwortungsvollsten Jobs in der NFL hat – und gleichzeitig aber mit einem ihrer Spieler Sex? Dabei geht es gar nicht darum, dass *du* dieser Spieler bist, es könnte auch Dupree oder Blake sein.»

Brian schnaubte. «Dupree?»

«Bleib bei der Sache, Brian. Jeder würde sich das Maul zerreißen, sie als inkompetent, naiv und flatterhaft ansehen. Das kann sich Teddy nicht leisten.» Bekräftigend nickte Liv. «Schließlich muss sie sich als Teambesitzerin präsentieren und nicht als dein Betthäschen.»

«Sie war aber nicht mein Betthäschen!»

«Hast du ihr das denn gesagt?»

«Wie meinst du das?»

Wegen seiner Naivität verdrehte Liv wieder die Augen. «Hast du ihr mal gesagt, dass sie nicht bloß eine Affäre für dich ist? Es ist etwas völlig Legitimes, wenn ihr eine Beziehung führt. Vielleicht finden das einige Leute befremdlich, aber Menschen verlieben sich nun mal überall.»

Unsicher lehnte sich Brian zurück. «Natürlich weiß sie, dass sie nicht nur eine Affäre für mich ist!»

«Tatsächlich?» Liv hob eine Augenbraue – Brian fand, dass das eine sehr lästige Angewohnheit von ihr war.

Verteidigend warf er die Hände in die Luft. «Wir hatten nicht nur Sex! Wir ... wir haben zusammen Filme gesehen ...»

«Im Bett, vermute ich», warf Liv trocken ein.

«Na ja ... im Kino konnten wir uns doch nicht blicken lassen.»

Sie gluckste. «Und was noch?»

«Wir ... wir sind zusammen Motorrad gefahren ... und wir waren in Washington bei einem Konzert.»

«Wo ihr Sex hattet, nehme ich an.»

«Hör auf, Liv. Es ging mir nicht nur um Sex!»

«Ich hoffe, du hast ihr das gesagt.»

Verlegen murmelte er: «Das muss sie doch gewusst haben!»

«Frauen müssen so etwas ab und zu auch hören.» Belustigt legte sie den Kopf schief und strich sich über den Bauch. «Ich bin sicher, dass sie dich sehr mag. Aber wie soll sie denn wissen, dass du ... entschuldige, wenn ich es so plump sage ... als stadtbekannter Aufreißer sie nicht einfach als kleine, lockere Affäre betrachtest, wenn du es ihr nicht sagst?»

«Liv, ich bin kein ...» Er hielt inne.

Ihre Hand legte sich über seine. «Du bist großartig und ein toller Freund ...»

«Fang jetzt bloß nicht an zu heulen.»

Sie lächelte unter Tränen. «Ich meine das genau so, Brian. Du sitzt hier bei mir, anstatt dich draußen zu amüsieren.»

«Trotzdem nennst du mich einen stadtbekannten Aufreißer.» Er schnitte eine Grimasse und stöhnte dann auf, weil seine Nase schmerzte.

Liv kicherte fröhlich. «Jetzt kapiere ich auch langsam, was in der letzten Zeit mit dir los war! Das erste Spiel, diese merkwürdige Pressekonferenz, deine Launen und ... ach! *Deshalb* bist du auf Delaney losgegangen! Julian hat mir davon erzählt. Apropos, tolles Veilchen.»

«Danke.» Mürrisch befühlte er seine pochende Nase.

«Trotzdem bist du dir nicht sicher, ob du verliebt bist – aber natürlich!» Sarkastisch lachte sie auf.

«Hey!»

«Du hast einen ziemlich ausgeprägten Beschützerinstinkt, mein Lieber.» Liv grinste. «Ruf sie an.»

«Liv!» Die tiefe Röte, die nun in seine Wangen stieg, machte ihn verlegen.

«Feige?»

Brian schluckte. «Natürlich nicht, aber ...»

«Du musst tun, was ich sage», beharrte sie und fügte schmollend hinzu: «Ich bekomme ein Baby. Also, ruf sie endlich an!»

«Das werde ich sicher nicht machen.» Entschlossen schüttelte er den Kopf und platzte heraus: «Sie wollte mich nicht mehr sehen! Ich mache mich zum Vollidioten, wenn ich sie anrufe und sage, dass ich ... dass ich ...»

«Dass du *glaubst*, in sie verliebt zu sein?» Liv grinste diabolisch. «Hast du wirklich Angst, sie könnte dich abweisen?»

«Du bist eine Plage!»

«Ich weiß. Trotzdem magst du mich.»

Er grummelte: «Liv, für mich war die Sache mit Teddy nicht

einfach nur unverbindlicher Sex, aber was ist, wenn *sie* das so gesehen hat?»

«Dann ist sie eine Idiotin.»

«O Mann.» Genervt sah er an die Decke.

«Wenn du dich nicht mit ihr aussprichst, wirst du es nie herausbekommen.»

Als sie sich wieder an den Bauch fasste und stöhnte, nahm Brian ganz automatisch ihre Hand und hechelte mit ihr. Das hatte das Elefantenweibchen im Film zwar nicht gemacht, aber schaden konnte es doch nicht, oder?

22. Kapitel

Liv hatte ihre Angst anscheinend überwunden, dachte Brian, der ihr mit zittriger Hand den Schweiß von der Stirn wischte. Sie jammerte auch nicht mehr, dass sie ihren Mann bräuchte, sondern verfluchte ihn mit derart heftigen Worten, dass sogar ihm verlegene Röte ins Gesicht schoss.

Stundenlange Wehen waren dem jetzigen Spektakel vorausgegangen, während Brian immer wieder vorsichtig nachgefragt hatte, ob er nicht Claire anrufen solle. Doch Liv hatte darauf beharrt, *ihn* dabeizuhaben. Zwischen den Wehen hatten sie sich sogar gelangweilt, ferngesehen und mit Julian telefoniert, der noch nervöser als Liv war und sich sofort um einen Rückflug kümmern wollte. Während der Wehen hatte Brian ihren Rücken genau so massiert, wie die Schwester es ihm gezeigt hatte. Bei intimeren Untersuchungen hatte er stur weggesehen und gehofft, dass er durch den heutigen Tag nicht traumatisiert wurde.

Dann war plötzlich alles ganz schnell gegangen. Liv hatte sich auf einen Geburtstisch setzen müssen, er hatte einen Kittel angezogen bekommen, war neben Livs Kopf verbannt worden und hatte die Aufgabe, ihre Hand zu halten, ihr den Schweiß wegzuwischen und gut zuzureden. Mittlerweile fürchtete er, nie wieder Football spielen zu können, weil seine Hand vermutlich einen irreparablen Schaden davontrug. Liv schrie sich die Seele aus dem Hals und erschreckte ihn damit zu Tode.

Als die Ärztin Livs Kittel nach oben schob, deren Füße in

Steigbügel packte, an denen Spiegel befestigt waren und sich zwischen Livs Beine setzte, hatte Brian das dringende Bedürfnis wegzulaufen. Niemand hatte ihn auf einen solchen Anblick vorbereitet.

«Wo... wofür die Spiegel?», stotterte er panisch und hatte einen schrecklichen Verdacht.

Eine kichernde und blutjunge Hebamme, die ihm schmachtende Blicke zuwarf, seitdem sie den Raum betreten hatte, erklärte wie selbstverständlich: «Damit Sie und die Mutter sehen können, wie das Köpfchen aus der Mumu austritt.»

Mumu? Er gab einen gurgelnden Laut von sich und wurde bleich. «Liv...!»

«Schau einfach weg», stöhnte sie hechelnd, «mir egal.» Sie warf den Kopf hin und her. «Scheiße! Scheiße!»

«Sie machen das toll, Liv.» Die Ärztin legte eine Hand auf Livs Oberschenkel, erzählte etwas von Muttermund, Gebärmutter und der Möglichkeit eines Dammschnittes, während ihm immer mulmiger wurde. Keine Ahnung, was die Ärztin damit meinte, aber es hörte sich furchtbar an. Ein plötzliches Platschen ließ ihn erschrocken aufschauen, bevor er rasch wieder zurück in Livs erhitztes, schmerzverzerrtes und verschwitztes Gesicht blickte. Er würde den Teufel tun und in diese Spiegel schauen!

«Die Fruchtblase!» Zufrieden griff die Ärztin zwischen Livs Beine. «Bei der nächsten Wehe dürfen Sie pressen.»

Kaum hatte sie den Satz beendet, stieß Liv einen furchtbaren Schrei aus, hob den Kopf und zerkratzte mit ihren Nägeln seinen Handrücken. Derart aufgeschreckt, beging er den Fehler, doch in den kleinen Spiegel zu sehen.

Glücklicherweise hatte die Ärztin bemerkt, wie er immer bleicher wurde und in Schweiß ausbrach, denn sie schob ihm mit dem Fuß einen Hocker hin. «Setzen, Kopf zwischen die Beine stecken.»

Keuchend gehorchte er und ließ sich wenig elegant auf den Hocker fallen. Ihm war furchtbar schlecht, er hörte ein Rauschen in den Ohren und sah flimmernde Lichter vor seinen Augen. Liv kümmerte sein Zustand wenig, sie hielt weiter seine Hand, während er neben ihr in allen Seilen hing.

Sie hatte gerade eine Wehe hinter sich gebracht, als die Tür aufgerissen wurde und ein atemloser Julian hereinpolterte.

«Bin ich zu spät?»

«Kommen Sie rein und ziehen Sie sich einen Kittel an. Ihr Stellvertreter macht gerade schlapp.»

Brian hätte der Ärztin gern widersprochen, doch sie hatte recht, also hielt er den Mund und atmete nervös durch die Nase ein und aus, um nicht doch noch ohnmächtig zu werden. Er hörte nur mit halbem Ohr, wie Julian seiner Frau Liebkosungen und Aufmunterungen zuflüsterte. Eigentlich brauchte Liv Brians Unterstützung nicht mehr, aber sie klammerte sich weiter an seine Hand, und er wäre selbst bei einem herannahenden Tornado nicht in der Lage gewesen, sich von seinem Hocker zu erheben.

«Da ist schon das Köpfchen.»

«Schau nicht in den Spiegel», krächzte Brian seinem Kumpel vornübergebeugt zu und hielt die Augen panisch geschlossen. Liv stieß einen geradezu unmenschlichen Schrei aus.

«O Gott, so viele Haare!» Julians Stimme klang begeistert, aber Brian wollte nicht den Kopf heben, um sich persönlich davon zu überzeugen.

«Nicht weiterpressen», wies die Ärztin Liv an, bevor ein wütendes Babygeschrei erklang. Erleichtert zuckte Brian zusammen.

«Ein Mädchen!» Der stolze Vater schluchzte auf und schien seine Frau abzuknutschen. «Ein Mädchen, Liv. Schau, die ganzen Haare!»

Liv gab ein erschöpftes Stöhnen von sich und erwiderte mit heiserer Stimme: «Ist sie gesund?»

Das laute Babygebrüll überzeugte Brian selbst bei geschlossenen Augen, dass die Kleine kerngesund sein musste.

«Sie ist topfit», verkündete die Ärztin lächelnd.

Langsam hob nun auch Brian den Kopf, sah Livs erschöpftes und überglückliches Gesicht und seinen strahlenden Freund, der mit feuchten Augen einen Arm um seine Frau geschlungen hatte und sie auf die Stirn küsste. Neugierig blickte Brian zu der Ärztin, die Liv ein blutiges Bündel mit einem dunklen Haarschopf auf die Brust legte. Beim Anblick des Blutes zuckte er wieder zusammen, schnappte nach Luft und fühlte eine Hand an seinem Nacken, die ihn hinunterdrückte.

«Ich habe doch gesagt: Kopf zwischen die Beine.» Seufzend hielt ihn die Ärztin fest.

Brian schluckte und kämpfte schon wieder gegen eine Ohnmacht an, als er Livs amüsierte Stimme hörte: «Brian... ich liebe dich, aber könnte ich bitte meine Hand wiederhaben?»

Eine Stunde später traute sich Brian auf noch etwas wackeligen Beinen, Liv und ihren Nachwuchs auf der Mutter-Kind-Station zu besuchen. Julian hatte ihn in der Cafeteria aufgestöbert, wo er erst einmal einen starken Kaffee getrunken und sich von den Strapazen des Tages erholt hatte. Es war nach acht Uhr abends, und Brian war absolut ausgelaugt und erschöpft. Eine Geburt schlauchte nicht nur die Mutter, sondern auch den Vater – beziehungsweise den Geburtshelfer. Julian war seinem besten Freund überglücklich um den Hals gefallen und hatte sich hundertmal dafür bedankt, dass er Liv beiseite gestanden hatte. Zwar hatte Brian lächelnd abgewinkt und lapidar erklärt, es sei Ehrensache gewesen, für ihn einzuspringen, aber innerlich hatte er sich geschworen, sich lieber einen Football in die Weichteile werfen zu lassen, als das noch einmal durchzumachen. Das nächste Mal sollte ruhig Julian sich von seiner Frau die Hand malträtieren lassen.

Die frischgebackene Mutter lag mit einem strahlenden Lächeln in ihrem Bett, trug ein duftiges Nachthemd und hielt einen winzigen Zwerg im Arm, der sich schlafend an die Mutterbrust kuschelte. Auf Zehenspitzen schlich Brian an das Bett und sah ehrfurchtsvoll auf ein zerknautschtes Gesichtchen hinab. Unter der pinken Babymütze lugten feine schwarze Haare hervor.

«Die ist ja winzig», flüsterte er und lächelte wider Willen, als sich das kleine Mündchen zu einem Gähnen öffnete.

«Sie ist perfekt.» Liv seufzte glücklich und griff nach einer kleinen Hand, die sich sofort um ihren Zeigefinger schloss.

Julian schlug seinem Kumpel begeistert auf die Schulter und ging um das Bett herum, um sich dort auf die Kante zu setzen. «Sie ist putzmunter, kerngesund und hat bereits wie eine Große getrunken.»

Brians nervöser Blick glitt zu Livs Brüsten. Er hoffte inständig, dass er nicht auch noch in den Genuss kam, ihr beim Stillen zuzuschauen. Das wäre sein Ende – anschließend würde er vermutlich nie wieder ruhig schlafen können und nackte Frauen mit völlig anderen Augen ansehen.

Liv hatte seinen Blick richtig gedeutet und gluckste. «Dafür sind sie schließlich da, Rabbit.»

«Liv und ich wollten dir noch einmal danken» – mit ernsten Augen nickte Julian –, «du bist ein großartiger Freund.»

Peinlich berührt rieb er sich den Nacken. «Versprecht mir einfach, dass ich keine Windeln wechseln muss, dann sind wir quitt.»

«Keine Sorge.» Liv zog die Augenbrauen hoch. «Dafür wurden bereits Dupree und Eddie auserkoren.»

«O Gott.» Entsetzt schüttelte Brian den Kopf, dann deutete er auf das Baby. «Wie heißt sie denn? Wenn ich die Jungs anrufe, um ihnen die frohe Botschaft mitzuteilen, fragen sie bestimmt, welchen Namen die Kleine bekommen soll.»

Das Ehepaar lächelte sich an, dann räusperte sich Julian. «Eigentlich hatten wir uns auf Alison geeinigt, aber Liv hat es sich gerade noch anders überlegt.»

Belustigt lehnte sich Brian auf dem Besucherstuhl zurück und hob mokant eine Augenbraue. «Eine harmlose Geburt – und schon lässt du deiner Frau ihren Willen? Ich bin zutiefst enttäuscht, Scott.»

«Haha.» Liv griff nach der Hand ihres Mannes und streichelte sie zärtlich. «Julian ist zufällig genau meiner Meinung. Wir finden nämlich, dass wir einen großartigen Freund haben, der unserer Tochter einen perfekten Start ins Leben ermöglicht hat.»

«Auch wenn er dabei ein bisschen grün im Gesicht war», warf Julian mit einem fiesen Grinsen ein.

Liv ignorierte den Kommentar ihres Mannes. «Also haben wir beschlossen, sie Brianna zu nennen, und wir hoffen, dass du ihr Patenonkel sein möchtest.»

Brians lässiger Gesichtsausdruck fiel in sich zusammen. Mit großen Augen sah er die beiden an. «Was?»

Lächelnd deutete Liv auf das Baby. «Sie braucht einen Patenonkel. Niemand eignet sich mehr als der beste Freund ihres Vaters, der bei ihrer Geburt dabei war und sich von mir hat anschreien lassen, obwohl das eigentlich Julians Aufgabe gewesen wäre.»

Er schluckte. «Ihr wollt sie nach *mir* nennen?»

«Wenn du damit einverstanden bist?»

Fassungslos sah er von einem zum anderen und räusperte den Kloß im Hals weg. «Ich ... ich weiß gar nicht, was ich sagen soll.» Er nickte und bemühte sich krampfhaft, beiden nicht seine Rührung zu zeigen. «Es ist mir eine Ehre.»

Liv lachte entzückt und übergab ihrem Mann das schlafende Bündel. Der herzte sein Töchterchen und kam dann um das Bett herum, um dem frischgebackenen Patenonkel den kleinen Erdenbürger in den Arm zu legen.

Leicht panisch zuckte Brian zurück, als sein Kumpel ihm das Baby reichen wollte. «Ich weiß nicht ... Julian, ich ...»

«Stell dir vor, sie sei ein Football», griente Julian und legte seine Tochter vorsichtig in Brians Arm, der stocksteif auf dem Stuhl saß.

«Sie beißt nicht.» Liv beugte sich vor und unterdrückte ein Lachen, weil Brianna die Augen öffnete und ihren Patenonkel neugierig ansah.

Brian atmete nervös ein und hielt das Baby vorsichtig im Arm. «Sie hat ja blaue Augen», kommentierte er überrascht.

«Alle Babys haben blaue Augen.» Julian hatte sich zu seiner Frau gesetzt, die sich mit dem Rücken an seine Brust schmiegte und zufrieden seufzte. «Das ändert sich mit der Zeit.»

«Schau nur, wie sie dich ansieht!» Liv schien vor Stolz fast zu platzen.

Julian seufzte übertrieben. «Hoffentlich ist das kein Omen. Sie kann später alles anschleppen, aber ich werde keinen Footballspieler als Schwiegersohn akzeptieren.»

«Kommt wirklich nicht in Frage.» Entschlossen nickte Brian und kuschelte die Kleine, die den schönsten Geruch verströmte, den er je gerochen hatte, eng an sich. «Mein Patenkind wird sich mit keinem dahergelaufenen Footballspieler einlassen!»

«Aber warum das denn nicht?» Verwundert blickte Liv zwischen beiden Männern hin und her.

«Weil wir Footballspieler sind, Liebling. Wir wissen, wovon wir reden», schnaubte Julian.

Sie küsste ihn auf die unrasierte Wange. «Da bin ich ganz anderer Meinung. Und zum Glück hören Töchter meistens auf ihre Mütter.»

23. Kapitel

Teddy hatte gelernt, ihre Frustration mit Sport zu bekämpfen. Noch vor ihrem zehnten Lebensjahr hatte sie mit der Leichtathletik begonnen und bis zu ihrem Totalabsturz mit sechzehn Jahren täglich trainiert, um an Langstreckenläufen teilzunehmen. Während ihrer Entgiftung in Indien hatte sie zwar bei Meditationssitzungen mitgemacht, aber sie war ein zu aktiver Mensch, um aus langem Stillsitzen Kraft schöpfen zu können. Der Sport hingegen gab ihr das, was Meditationen nicht erreicht hatten – Klarheit und Stressabbau. Wenn sie es zeitlich schaffte, lief sie täglich und fühlte sich anschließend geradezu befreit.

Ihren heutigen Lauf hatte sie bereits absolviert, trotzdem spürte sie nichts Positives. Ihre Gedanken waren verworren – genauso wie ihre Gefühle.

Der nächste Versuch, ihren Frust zu bekämpfen, war eine Familieneispackung mit Marshmallows und schokoladeüberzogenen Nüssen gewesen, doch nach zwei Löffeln war ihr der Appetit vergangen. Also hatte sie das Eis wieder in den Gefrierschrank gepackt und sich ein Buch mit ins Bett genommen, um dadurch auf andere Gedanken zu kommen. Doch während ihre Augen über die Buchstaben glitten, wanderten ihre Gedanken wieder zurück zur gestrigen Begegnung mit Brian. Er war so abweisend gewesen, so unglaublich wütend.

Da sie sich nicht auf das Buch eines Ethnologen, der ein isoliertes Naturvolk in Brasilien erforscht hatte, konzentrieren konnte, an Schlaf aber auch nicht zu denken war, klappte Teddy das Buch wieder zu und machte sich auf den Weg ins Wohnzimmer, um dort fernzusehen. Im Wohnzimmer stand der einzige Fernseher der ganzen Wohnung. Ihre Eltern hatten immer Wert darauf gelegt, dass zu Hause viel miteinander geredet wurde, dass Teddy ihre Freizeit mit sinnvollen Aktivitäten wie dem Lesen, Sport oder dem Klavierspiel verbrachte, während der Fernseher die meiste Zeit ausgeschaltet blieb. Bis heute zog sie daher ein gutes Buch einer Fernsehsendung vor. Da ihre Mutter jedoch in Connecticut eine Freundin besuchte, hatte Teddy die Wohnung glücklicherweise für sich allein und konnte problemlos ihre Ruhelosigkeit mit Zappen bekämpfen.

Eher gelangweilt machte sie es sich auf der eleganten Couch im Wohnzimmer bequem, legte ihre nackten Füße auf den kleinen Fernsehtisch und schaltete durch die Kanäle, bis sie bei einem Sender hängenblieb, der gerade einen Film zeigte, in dem es um einen talentierten Jungen aus der Vorstadt ging. Er schaffte es trotz seines zerrütteten Elternhauses und seiner Armut in ein Profi-Footballteam. Teddy schluckte. Was für eine Ironie!

Sie schaltete schnell zum nächsten Kanal, in dem eine Show mit B-Promis lief. Anscheinend war die Gruppe auf einer Insel ausgesetzt worden und musste nun Aufgaben absolvieren, um Nahrungsmittel zu erhalten. Sprachlos sah Teddy mit an, wie sich Menschen dort zum Affen machten, indem sie freiwillig ein Bad in Gülle nahmen oder lebendige Würmer aßen. Sie würgte innerlich und schaltete auf die Nachrichten um. Bereits am Abend zuvor war ihr schrecklich langweilig gewesen, weshalb sie sich den linken Fuß mit Henna verziert hatte. Kritisch musterte sie das verschnörkelte Muster auf ihrem Spann. In dem Moment klingelte das Telefon, und sie griff reflexartig danach.

Während der Nachrichtensprecher das Ergebnis des Haushaltsausschusses zusammenfasste, fragte sich Teddy, wer mitten in der Woche nach zehn Uhr abends noch anrief. Bei dem Gedanken an ihren Dad gefror ihr das Blut in den Adern.

Hastig schaltete sie den Ton des Fernsehers ab und nahm beunruhigt den Anruf an.

«MacLachlan?»

«Teddy? Ich bin's.»

«Brian», entfuhr es ihr erleichtert, bevor sie sich angespannt vorbeugte.

«Entschuldige, dass ich dich so spät anrufe ...» Er stockte und schien zu zögern.

«Kein ... kein Problem, ich freue mich, dass du anrufst», versicherte sie hastig und umfasste den Hörer mit beiden Händen. Sie hatte keine Ahnung, warum er sich bei ihr meldete, aber sie war erleichtert, dass er sich wenigstens nicht länger zornig anhörte.

«Liv hat heute ihr Baby bekommen» – er seufzte leise –, «und ich ... ach, verdammt! Warum können wir nicht einmal mehr miteinander reden?»

«Ich weiß nicht», erwiderte sie leise und unglücklich.

Er brummte. «In meinem Kopf herrscht absolutes Chaos, Teddy. Den ganzen Tag war ich auf den Beinen und bin eigentlich todmüde, aber ich musste dich einfach anrufen. Ich will mit dir reden können, verstehst du? Nicht nur über die Arbeit, das Team oder das Wetter.»

«Wirklich?»

«Ja.» Er lachte leise. «Ich habe heute ein Patenkind bekommen. Und beinahe bin ich bei der Geburt in Ohnmacht gefallen. Julian war unterwegs nach Nashville, also bin ich mit Liv ins Krankenhaus gefahren. O Mann! Weißt du, dass an Geburtstischen Spiegel angebracht sind?»

Teddy lauschte seiner aufgeregten Stimme und bekam Herzklopfen. Mit einem Lächeln schlug sie die Beine unter. «Nein.

Wofür zum Teufel braucht man denn Spiegel bei einer Geburt?»

«Das habe ich die Hebamme auch gefragt.»

«Und was hat sie gesagt?»

Er stieß einen entsetzten Laut aus. «Soll ich es dir wortwörtlich zitieren?»

«Ich bitte darum», kicherte sie und war merkwürdigerweise unglaublich glücklich.

«Damit die werdenden Eltern sehen können, wie das Köpfchen aus der Mumu austritt.»

Vor Schreck ließ sie beinahe den Hörer fallen. *«Mumu?»*

«Ja!» Brian lachte. «Das war wohl der skurrilste Tag meines Lebens.»

«Danke, dass du mir davon erzählst.» Ihre Stimme wurde weich. «Das bedeutet mir viel.»

«Teddy...ich...»

«Du fehlst mir», brach es aus ihr heraus, «ich vermisse dich, Brian.»

Er stöhnte. «Du fehlst mir auch, Teddy. Ich würde dich so gern sehen.»

«Dann komm her.»

Er stieß einen erstickten Laut aus. «Aber deine Mutter...»

«Ich bin allein hier. Bitte, ich möchte dich auch sehen.» Sie kämpfte gegen den Kloß in ihrem Hals. «Es tut mir leid. Ich habe Sachen gesagt, die ich nicht so gemeint habe. Bitte, komm zu mir, damit wir darüber reden können.»

«Okay», erwiderte er leise, «ich komme.»

Teddy legte auf und führte eine Hand an ihren Hals, wo es heftig pochte, bevor sie den Fernseher ausschaltete. Innerlich jubelte sie, weil er angerufen hatte, und pure Erleichterung durchdrang sie. Um nicht in Tränen auszubrechen, atmete sie tief durch. Wenn er sagte, dass sie ihm fehle, musste er sich etwas aus ihr machen, entschied sie aufgeregt und nervös zugleich. Hatte Dupree womöglich recht gehabt, als er behauptete, sie habe Brian verletzt?

Während sie auf ihn wartete, versank sie dermaßen in ihren verworrenen Gedanken, dass sie die Klingel kaum hörte, als er nur wenige Minuten später vor der Tür stand. Unschlüssig sah sie an sich hinab. Vielleicht hätte sie nicht so viel Zeit darauf verschwenden sollen, über sie beide nachzudenken, und sich lieber etwas Vernünftiges anziehen sollen. Mit nackten Beinen, einer indischen Tunika und einem Baumwollhöschen, auf das ein Peace-Zeichen gedruckt war, öffnete sie ihm die Tür.

Zögernd trat er ein und schenkte ihr ein kleines Lächeln. «Hi.»

«Hi.»

Teddy nahm an, dass er unsicher war und sich vielleicht deshalb interessiert den spektakulären Wohnungsflur ansah, der geradezu barock und museal wirkte. Verlegen zog sie die Tunika nach unten und grub ihre nackten Füße in den alten Perserteppich, während sein Blick über die Ölgemälde und den Stuck an der Decke wanderte.

«Möchtest du einen Kaffee?»

Er nickte. «Gern.»

Zusammen gingen sie in die Küche, wo Teddy an die lange Theke trat und die Kaffeemaschine mit Wasser füllte. Brian stand wenige Meter neben ihr.

«Wartest du hier?» Sie lächelte unsicher. «Ich bin sofort wieder da.»

Er nickte lediglich.

Teddy eilte in ihr Zimmer und schlüpfte in eine Pyjamahose. Zwar passte die Flanellhose mit Herzmotiv nicht zur Tunika, die sie sich auf Goa gekauft hatte, aber sie konnte während eines Gesprächs mit Brian nicht derart unzulänglich gekleidet sein. Als sie wieder die Küche betrat, hatte er seine olivfarbene

Pilotenjacke ausgezogen und stand in Jeans und einem Pulli mit Zopfmustern vor einem Schrank, aus dem er zwei Tassen nahm. Da er keine Kappe trug, sah Teddy zum ersten Mal genau, wie lang seine dunklen Haare mittlerweile geworden waren.

Er drehte sich um und blickte sie verlegen an. «Ist es okay, dass ich einfach an den Schrank gehe?»

«Natürlich.» Sie lächelte weich und lehnte sich in den Türrahmen. «Du siehst müde aus.» Sein Veilchen und die geschwollene Nase erwähnte sie nicht, auch wenn sie gern gewusst hätte, wo er sich die Verletzungen zugezogen hatte.

«So fühle ich mich auch.» Er drehte sich jetzt ganz zu ihr um und lehnte seinen langen Körper gegen die Spüle. «Liv lag stundenlang in den Wehen. Kaum auszudenken, dass das sogar noch länger dauern kann.»

Langsam wagte sich Teddy näher und holte Milch aus dem Kühlschrank. «Du warst die ganze Zeit dabei?»

«Bis zum Ende.» Er schauderte übertrieben.

«Mir geht das Wort Mumu nicht mehr aus dem Sinn.»

Brian krächzte: «Mir auch nicht.»

Amüsiert sah sie ihm ins Gesicht. «Ganz schön tapfer von dir. Geht es ihr und dem Baby gut?»

«Beide schlafen jetzt friedlich. Das Baby ist ein Mädchen.»

«Wie schön.» Teddy gab einen ordentlichen Schuss Milch in seine Tasse. «Wie heißt sie?»

Er wartete, bis sie zu ihm aufblickte und grinste breit. «Brianna.»

«Wirklich?» Sie hätte ihn so gern berührt, beließ es jedoch bei einem Lächeln. «Das klingt niedlich. Bist du stolz?»

«Irgendwie schon.» Er seufzte. «Die Kleine ist absolut süß und hat eine Menge Haare.» Er griff in die Hosentasche und holte sein Handy heraus. «Warte. Ich habe Fotos von ihr.»

Belustigt über seine Vernarrtheit, trat Teddy zu ihm und

spähte auf den Bildschirm. Er zeigte ihr ein Foto von einem Baby mit zerknautschtem Gesicht und einem pinkfarbenen Mützchen auf dem Kopf.

«Die Haare kann man wegen der Mütze schlecht erkennen», erklärte er und hielt ihr das Handy fast unter die Nase. «Hier habe ich sie im Arm.»

«Du siehst aus, als hieltest du einen Football.»

Er verteidigte sich leicht verlegen: «Das hat Julian mir geraten.»

«Sie ist wirklich süß», urteilte Teddy und musste über das Foto beinahe lachen. Ein riesiger Footballspieler mit dunklem Veilchen, einer angeschwollenen Nase und schwarzen Bartstoppeln hielt grinsend einen winzigen Säugling im Arm.

Er räusperte sich und steckte sein Handy wieder weg.

Teddy trat unwillkürlich einen Schritt zurück und war froh, dass der Kaffee durchgelaufen war. So konnte sie ihnen beiden eingießen und Brian anschließend die Tasse reichen.

Die peinliche Stille wurde nur durch das Geräusch unterbrochen, als ein Tropfen Kaffee zischend auf der Warmhalteplatte der Maschine verdampfte. Teddy und Brian tranken mit gesenkten Köpfen einen Schluck.

Sie fragte sich verzweifelt, wie sie am besten ein Gespräch zustande bringen konnte. Schließlich sagte sie gespielt heiter: «Danke, dass du mir von Brianna erzählt hast. Dann kann ich im Namen des Vereins ein schönes Geschenk kaufen. Worüber würden sie sich wohl freuen?»

«Ich habe keinen Schimmer.» Brian hob eine Hand und ließ sie sofort wieder sinken. «Von solchen Sachen habe ich echt keine Ahnung.»

«Hm.» Nachdenklich strich Teddy einen imaginären Krümel von der Arbeitsfläche neben sich. «Da bin ich auch überfragt. Himmel, wie überfordert müssen sich erst Julian und Liv vorkommen, wenn wir nicht einmal wissen, was man einem Säugling schenken kann.» Sie lachte trocken und bemerkte, wie sich Brians Gesicht unangenehm verzog.

«Habe ich etwas Falsches gesagt?»

Mit grimmiger Miene schüttelte er den Kopf.

Schuldbewusst verschränkte Teddy die Hände. «Ich habe doch etwas falsch gemacht! Entschuldige, es ist nur ...»

«Nein, du hast nichts falsch gemacht.» Er seufzte und stellte seine Tasse ab. «Julian und Liv hatten schon einmal ein Kind. Einen Jungen. Er ist vor einigen Jahren ertrunken.»

Entsetzt schlug sich Teddy die Hand vor den Mund.

Brian nickte dumpf. «Sie hängen es nicht an die große Glocke. Bis letzten Sommer waren sie deswegen sogar getrennt und hatten sich scheiden lassen. Die beiden waren in den letzten Wochen ziemlich nervös, weil die Situation ihnen Angst gemacht hat. Julian machte sich Sorgen um Liv – und umgekehrt.»

«Das tut mir unglaublich leid», flüsterte Teddy.

«Mir auch. Ich denke aber, dass sich mit Briannas Geburt alles wieder etwas normalisiert hat.» Er sah sie nun endlich wieder an und schluckte verlegen. «Ich muss dir etwas sagen ... und ich weiß nicht, ob dir das gefällt.»

Der Druck in ihrer Brust kehrte zurück und ließ sie ängstlich zusammenzucken. Brians Gesichtsausdruck verhieß nichts Gutes. Teddy fürchtete sich regelrecht vor dem, was er ihr gestehen wollte. Vielleicht hatte er in den letzten Wochen ein Model aufgerissen, das jetzt wilde Geschichten über ihn erzählen wollte?

«Okay.» Sie holte Luft und lächelte zittrig. Sie waren nicht offiziell zusammen gewesen. Wenn er tatsächlich mit einer anderen Frau geschlafen hatte, um sich trösten zu lassen, durfte sie ihm das nicht vorwerfen, schließlich hatte *sie* mit ihm Schluss gemacht.

«Ich habe Liv von dir erzählt.» Mit einer Hand fuhr er sich unsicher durch seine unordentliche Mähne und suchte mit seinen unglaublich blauen Augen ihren Blick. «Das hätte ich nicht tun sollen, ich weiß, aber ich musste einfach mit jemandem über uns reden.»

Sprachlos blickte sie ihn an und war so verwirrt, dass sie nichts sagen konnte.

Er redete schnell weiter: «Als du gesagt hast, dass du dir keinen weiteren Skandal leisten kannst, habe ich dich nicht richtig verstanden. Vielleicht wollte ich dich einfach nicht verstehen. Ich konnte nur daran denken, dass du mich nicht mehr sehen wolltest, weil du mich für einen hirnlosen Playboy hieltest...»

«Nein, das habe ich nicht!» Sie schüttelte hektisch den Kopf.

Er grinste schmerzlich. «Das weiß ich jetzt auch. Und ich weiß auch, dass du dir Sorgen darum gemacht hast, was mit dem Verein geschehen könnte, wenn man uns eine Affäre andichtet oder uns sogar auffliegen lässt, aber...» Er rang nach Worten.

«Aber was?»

«Aber...» Brian presste seinen schönen Mund fest zusammen und blieb so lange stumm, dass Teddy ihn mit ängstlicher Verwunderung ansah. «Ich hätte dir schon viel früher sagen müssen, dass ich nicht einfach nur unverbindlichen Sex von dir will. Du faszinierst mich. Ich mag dich, und ich hoffe, dass du mich auch magst. Was ich damals gesagt habe, meinte ich auch so. Ich wollte dich kennenlernen ... und je mehr ich von dir wusste, desto mehr mochte ich dich.»

Der Kloß in ihrem Hals war wieder da, aber dieses Mal war es anders, weil das bedrückende Gefühl in ihrer Brust verschwand und einem übersprudelnden Glücksgefühl Platz machte.

Er deutete ihr Schweigen wohl falsch, weil er verzagt den Kopf senkte. «In solchen Sachen bin ich ziemlich ... unerfahren. Ich habe einer Frau noch nie gestanden, dass ich sie liebe. Deshalb habe ich es bestimmt nicht richtig gemacht, aber...»

Teddy schnappte nach Luft, woraufhin er sie seltsam ansah.

«Was?»

Sie griff sich automatisch an die Brust und trat einen Schritt auf ihn zu. «Du ... du liebst mich?»

Er zog mürrisch seine Augenbrauen zusammen. «Warum klingst du so ungläubig? Nur weil ich Affären mit anderen Frauen hatte, heißt das nicht, dass ich keine Gefühle habe! Ich ...»

Um ihn zu bremsen, schlang sie beide Arme um seinen Hals und drückte ihm einen heftigen Kuss auf den Mund. Dabei stießen ihre Nasen aneinander, woraufhin er schmerzhaft zusammenzuckte und trotzdem seinen linken Arm um ihre Taille schlang, um sie fest an sich zu ziehen.

«Oh ... entschuldige.» Kichernd strich Teddy ihm eine Haarsträhne aus den Augen und strahlte ihn an.

Abwartend legte Brian den Kopf schief und legte nun auch den rechten Arm um ihre Taille. «Und?»

«Was *und*?» Sie bemerkte, dass er mit unsicherem Blick ihr Gesicht betrachtete.

«Ich habe dir gesagt, dass ich dich mag ...»

«Du hast gesagt, dass du mich liebst.»

«Hm ... ja, das auch.» Er seufzte und spielte den Lässigen. «Bekommt man in solchen Fällen normalerweise nicht eine Antwort?»

Lächelnd küsste sie seine stoppelige Wange, sein Kinn, seinen Mundwinkel und flüsterte gerührt: «Was willst du denn hören?»

«Teddy», presste er durch seine Zähne, «ich erzähle dir von meinen Gefühlen und fände es schön, wenn du etwas dazu sagen könntest!»

Glucksend drückte sie ihm einen kurzen Kuss auf die Lippen. «Ich fing an, dich zu mögen, als du mich dein Motorrad hast fahren lassen und mich bei dieser Sitzung vor den Abteilungsleitern verteidigt hast. Verknallt war ich, als du etwas über mein Tattoo wissen wolltest...» Mit einem Seufzer schloss sie: «Und endgültig verliebt war ich, als wir nach Washington fuhren. Du konntest nachvollziehen, weshalb ich zu Drogen gegriffen habe, und du hast es nicht verurteilt.»

«Du warst nie einfach nur eine oberflächliche Bettgeschichte», sagte er leise und zog sie nah an sich heran, «wenn ich dir das früher gesagt hätte, hätte es diesen Streit nie gegeben. Mir haben frühere Affären nichts bedeutet, das musst du mir glauben. Dich wollte ich kennenlernen – und nicht nur mit dir schlafen.»

Verständnisvoll nickte sie. «Es tut mir leid, dass ich dir unterstellt habe, mich wie ein Betthäschen behandelt zu haben. Ehrlich.» Teddy fuhr mit dem Zeigefinger seine rechte Augenbraue nach. «Ich war in Panik und habe dabei völlig übersehen, wie verletzend meine Worte für dich gewesen sein müssen. Du hast mich nie so behandelt – auch deshalb habe ich mich in dich verliebt.»

Als er sie küsste, schmolz Teddy dahin und drückte sich eng an ihn. Erleichtert stellte sie fest, dass sie ihren Quarterback wiederhatte, und hätte ihn am liebsten nicht mehr losgelassen.

24. Kapitel

Das Licht eines diesigen Oktobermorgens fiel in das geräumige Badezimmer der MacLachlan-Wohnung, in dem Teddy und Brian zusammen in der Wanne lagen. Entspannt hatte Teddy Arme und Beine um Brian geschlungen, der sich an sie schmiegte und seinen Hinterkopf auf ihre Brust bettete.

Nach einer anstrengenden Nacht mit unglaublichem Versöhnungssex und innigen Kuscheleinheiten lagen sie jetzt zufrieden im heißen Wasser. Teddy fuhr mit ihren nassen Fingern durch seine dunkle Mähne und lächelte über die schnurrenden Seufzer, die über seine Lippen kamen. Vorsichtig hob sie ein wenig den Kopf und betrachtete sein genießerisches Lächeln, das im völligen Gegensatz zu seinem gefährlich wirkenden Gesicht stand. Die Schwellung an seiner Nasenwurzel hatte mittlerweile dunkelblaue Schattierungen angenommen, genauso wie sein riesiges Veilchen, während sich die dunklen Bartstoppeln zu einem Vollbart zu entwickeln schienen. Anfangs waren seine Küsse ein wenig befremdlich gewesen, weil das Gefühl, ihn mit Bartstoppeln zu küssen, ganz neu für sie gewesen war. Neu, aber extrem erregend. Sein Landstreicherimage wurde durch die sanften Augen und das zärtliche Lächeln gemildert, mit dem er sie ansah.

«Weißt du eigentlich, dass ich noch nie zuvor unter einem Betthimmel geschlafen habe?»

Sie strich ihm die Haare zurück und beugte sich vor, um ihm einen Kuss auf das Ohr zu geben. «Kaum zu glauben.»

Er gluckste mit geschlossenen Augen und griff nach einer ihrer Hände, um sie an seine Brust zu ziehen. «Vielleicht sollte ich mir auch einen zulegen.»

«Du hast einen Futon. Da passt kein Betthimmel.»

Die ganze Zeit machte er sich schon über ihr Mädchenzimmer lustig und erinnerte sie ständig an die peinlichen Fotos, die er auf einem Regal entdeckt hatte. Eines zeigte sie mit Zöpfen, als sie den Buchstabierwettbewerb ihrer Schule gewonnen hatte und mit einem begeisterten Lächeln ihre Zahnspange präsentierte.

Doch momentan war Teddy zu glücklich, um über seine Frotzeleien Verdruss zu empfinden.

«Dann besorge ich mir halt ein komplett neues Bett.»

«Du weißt aber, dass erwachsene Männer mit einem Betthimmel leicht schwul wirken?»

«Das ist mir egal», erklärte er entspannt und legte den Kopf weit zurück. «Ich mag es, wie der Himmel wackelt, wenn wir miteinander schlafen.»

Teddy schnaubte und legte ihre Beine fester um seine Hüften. «Eigentlich hätte mir klar sein müssen, dass irgendein schmutziger Gedanke dahintersteckt.»

«Alle meine schmutzigen Gedanken drehen sich um dich.» Grinsend gab er ihr einen Kuss in die Handinnenfläche und legte sie anschließend auf seinen Bauch.

Als dieser ein Grummeln von sich gab, fragte Teddy: «Hunger?»

«Ein bisschen.»

«Soll ich uns etwas machen?»

«Gleich», erwiderte er leise, «jetzt möchte ich einfach noch etwas mit dir hier liegen.»

Innerlich durchströmte sie große Freude, nach außen begnügte sie sich jedoch damit, seinen Bauch zu streicheln.

«So entspannt bin ich schon lange nicht mehr gewesen.» Er stöhnte kurz auf. «Vermutlich sollte ich mich bei einigen Leuten für meine miese Laune in den letzten Wochen entschuldigen.»

«Die da wären?»

Er stöhnte erneut. «Wo soll ich anfangen? Das Team musste sicher am meisten unter meinen unausstehlichen Anwandlungen leiden.»

«Einsicht ist der erste Weg zur Besserung.» Mit einer Hand schöpfte Teddy etwas Wasser über seinen Bauch und beobachtete fasziniert, wie sich Tropfen zwischen seinem Sixpack sammelten.

«Du hast gut reden. Dann wäre da noch der Coach...»

«Der dich unter eine kalte Dusche zerren musste, damit du überhaupt wieder runterkamst, wie ich gehört habe.»

Brian brummte, erwiderte jedoch nichts.

«Eigentlich finde ich die Vorstellung, dass du wegen mir so schlechte Laune hattest, richtig süß.»

«Du bist eine Frau», gab er knapp zurück, «natürlich findest du so etwas süß.»

Sie vergrub ihre Nase in seinem Nackenhaar. «Dein langes Haar gefällt mir extrem gut. Es erinnert mich an die Kerle in einem Piratenfilm, den ich als Kind einmal gesehen habe.»

«Eigentlich hatte ich es bald abschneiden lassen wollen.»

«Lass es noch eine Weile so», bat sie und zwirbelte an den langen Strähnen herum, «ich komme dadurch auf schmutzige Ideen, die dir gefallen werden.»

«Rollenspiele?»

Kichernd küsste sie seinen Nacken. «Unbedingt. Der Bart muss dafür auch noch dranbleiben.»

Unbewusst fuhr er sich über den dichten Wuchs an seinen Wangen. Dann fuhr er mit seiner Aufzählung fort. «Bei dir sollte ich mich auch entschuldigen, dass ich im Aufzug so fies war.» Zögernd spielte er mit ihren Fingern.

«Schon vergessen.»

Brian schwieg für eine Weile und gestand schließlich in einem merkwürdigen Ton: «Und meine Mom sollte ich auch bald anrufen. Da habe ich ziemlichen Mist verzapft.»

«Hm?»

Von unten blickte er zu ihr auf. «Sie rief mich zu einem denkbar ungünstigen Zeitpunkt an und wollte mir ihr Herz ausschütten.»

«Und was hast du gemacht?»

Er schnitt eine Grimasse. «Ich habe ihr vorgeworfen, dass sie eine schlechte Mutter war und selbst Schuld daran sei, dass ich nichts mit ihr zu tun haben will. Sie weinte, aber das interessierte mich nicht, also legte ich einfach auf.»

«Eine blöde Situation», flüsterte sie mitleidig, «aber ich kann dich verstehen.»

«Als Kind war ich völlig auf sie fixiert», erklärte er mit heiserer Stimme, «es gab immer nur meine Mom und mich ... und fremde Männer, die sich mit den Schuhen in den Händen morgens aus unserem Haus schlichen, während ich vorm Fernseher saß und die Sesamstraße schaute.»

«Es tut mir leid», murmelte sie und schlang beide Arme um ihn. Das Bild von dem kleinen Brian, der im Pyjama Ernie und Bert ansah, stieg vor ihrem inneren Auge auf. Trotz allem musste sie lächeln.

Gepresst erwiderte er: «Mir auch. Mein Footballtrainer ermunterte mich, hart zu trainieren, und sprach davon, dass ich vielleicht einmal mein Geld damit verdienen könnte. Ich träumte davon, meiner Mom ein schönes Haus kaufen zu können, dessen Dach nicht bei jedem kleinen Wind weggeblasen wurde. Doch dann schleppte sie Carl an und behandelte mich ab da wie Luft.»

«Und sie warf dich aus dem Haus, als du sie gegen ihn verteidigen wolltest», schloss Teddy mitleidig.

«Genau. Das nehme ich ihr bis heute übel.» Er knurrte leise. «Carl verbot ihr den Umgang mit mir. Sie akzeptierte dies widerstandslos und meldete sich nur, wenn sie in seinem Auftrag nach Geld fragte.» Er suchte Teddys Blick. «Bin ich herzlos, wenn ich jetzt kein Interesse mehr an meiner Mutter habe?»

Kopfschüttelnd antwortete Teddy: «Überhaupt nicht. Du bist nicht herzlos, sondern enttäuscht und verletzt.» Sie seufzte. «Aber ich glaube, dass deine Mom früher selbst oft enttäuscht und verletzt wurde. Das entschuldigt nicht, wie sie dich behandelt hat, aber vielleicht erklärt es, weswegen sie sich für Carl entschied.»

«Hm.» Nachdenklich sah Brian vor sich hin.

«Sprich einfach mit ihr – und wenn du es nur tust, um dich danach besser zu fühlen.»

«Vielleicht mache ich das wirklich.» Er wechselte das Thema, indem er sich zu ihr umdrehte und sich auf sie legte. «Und jetzt?»

Ratlos hob sie die Augenbrauen. «Frühstück?»

Entschlossen schüttelte er den Kopf und spritzte dadurch einzelne Wassertropfen aus seinen Haarsträhnen auf ihr Gesicht. Ihr Blick fiel auf seine Verletzungen.

«Wo hast du das eigentlich her?»

«Nicht der Rede wert.» Er schenkte ihr ein warmes Lächeln. «Die Jungs und ich sind uns beim Training zu nahegekommen.»

«Ein Sportunfall?»

Er nickte.

«Du weißt, dass ich als Teambesitzerin für das Wohlergehen meiner Spieler verantwortlich bin?» Ihr Gesicht wurde gespielt ernst.

«Ich glaube mich zu erinnern, dass wir darüber schon einmal sprachen.» Nun schob er ihr das feuchte Haar nach hinten. «Ich bin sicher, die Versicherung deckt den Schaden, Miss MacLachlan.»

Besorgt nagte sie an ihrer Unterlippe. «Wenn wir den Schaden melden, steigt die Versicherungssumme ins Unermessliche...»

«Oje» – er seufzte –, «dann werden Sie mich auf andere Art entschädigen müssen.»

«Da fällt mir sicher etwas ein.» Sie zog seinen Kopf zu sich und küsste ihn leidenschaftlich.

Leicht atemlos löste er sich etwas später wieder von ihr. Seine nassen Haarspitzen berührten ihr Gesicht und lösten ein wohliges Schauern in ihr aus. «Dieses Versteckspiel geht mir auf die Nerven, Teddy. Ich will dich nicht verstecken müssen.»

«Ich will dich auch nicht verstecken müssen.»

Brian betrachtete ihr zartes Gesicht mit den vertrauensvollen Augen und drückte sich noch enger an sie. «Aber einige wichtige Spiele stehen an.»

«Ja», flüsterte sie verzagt.

«Was sollen wir tun?» Er seufzte. «Die Spiele sind wichtig für das Team, aber du bist *mir* wichtig.»

«Für eine Weile komme ich mit der Heimlichtuerei noch klar.» Zufrieden lehnte sie den Kopf gegen die Wanne. «Und sobald wir im Dezember wissen, ob wir die Playoffs erreicht haben, können wir uns überlegen, was wir tun wollen. Was hältst du davon?»

«Ich bin nicht begeistert, habe aber auch keine andere Idee.» Er stieß ein unwilliges Grunzen aus. «Keine Ahnung, wie das Team reagiert, wenn es von uns erfährt. Es wäre verdammt blöd, wenn es deshalb zu Unsicherheiten und Niederlagen käme.»

«Das meine ich auch.» Sie fragte schüchtern: «Waren meine Skandalgeschichten Thema in der Umkleide? Ich meine ... das Sexvideo...»

«Unsinn», verneinte er barsch. «Die Jungs interessieren sich nicht für ein uraltes Sexvideo!»

Als sie ihn unglücklich ansah, setzte sein Herz beinahe aus. «Teddy...»

«Bitte, versprich mir, dass du es dir nicht ansiehst... oder hast du es schon getan?»

«Nein.» Er schüttelte ernst den Kopf. «Das habe ich nicht und werde ich auch nicht tun.»

Er bemerkte, dass sie schwer schluckte. «Ich möchte nicht, dass du dich deswegen für mich schämen musst, wenn wir offiziell ein Paar sein sollten. Aber –»

«Jetzt mach mal einen Punkt», unterbrach Brian sie ruhig, «wenn ich mir nicht Gedanken darum machen müsste, dass einige Idioten im Team womöglich Stunk machen, weil wir beide zusammen sind, hätte ich längst eine Presseerklärung dazu herausgegeben, dass wir ein verliebtes Paar sind. Wieso sollte ich mich für dich schämen? Wegen irgendeiner uralten Geschichte, die gar nicht so besonders ist? Ich möchte dir ja keine Illusionen rauben, aber das Internet ist voll von Sexfilmen...»

«Ach?»

«Ja.» Brian lächelte. «Scheiß auf das Video! Du bist eine kluge, witzige und unglaublich heiße Frau...»

«Mit kleinen Brüsten...»

«Mit tollen Brüsten!» Er warf ihr einen ungeduldigen Blick zu. «Du hast einen phantastischem Körper! Ich bin ganz verrückt nach ihm. Und nach deinen Brüsten. Du willst mir doch nicht sagen, dass ausgerechnet *du* Komplexe wegen deines Körpers hast?»

Wieder nagte sie unsicher an ihrer vollen Unterlippe. «Ich bin keine Sexbombe mit Highheels und engen Kleidern.»

Brian verdrehte die Augen. «Ich bin nicht in Highheels oder enge Kleider verliebt, sondern in dich. Was ich sagen wollte, bevor du mich mit deinen großartigen Brüsten abgelenkt hast, ist Folgendes: Du bist eine interessante Frau mit Verstand und Tiefgang. Ich fühle mich bei dir wohl und will dich bei mir haben. Was interessiert mich da ein blödes Video?»

Erleichtert drückte sich Teddy an ihn und ging dabei beinahe unter.

Da das Wasser inzwischen merklich abgekühlt war, stiegen sie aus der Wanne und trockneten sich gegenseitig ab. Teddy schlüpfte in ihren Bademantel und verknotete den Gürtel, während sich Brian ein Handtuch um die Hüften schlang.

«Frühstück?»

«Wohl eher Brunch.» Er gab ihr einen gutmütigen Klaps auf den Hintern.

«Oh ... Mist.» Teddy blickte auf die Uhr neben dem Handtuchregal. «Ich sollte kurz im Büro anrufen und sagen, dass ich heute nicht komme.»

«Du hast vielleicht eine Arbeitsmoral ...» Brian schnalzte mit der Zunge. «Dann verschwinde ich schon einmal in der Küche und setze Kaffee auf.»

«Danke.» Nach einem Kuss machte sie sich auf den Weg in ihr Zimmer.

Brian dagegen lief fröhlich pfeifend durch den Flur. Mit Teddys Vater hatte er sich häufig getroffen, war jedoch niemals in dessen Wohnung gewesen. Er kam sich ein bisschen wie in einem Museum vor, mit all den teuren Kunstwerken und edlen Teppichen. Dann schlenderte er in die Küche, schaltete dort das Licht an und setzte Kaffee auf. Aus dem Kühlschrank fischte er Eier und Speck, griff nach der Milch und schloss die Tür wieder. Durstig setzte er den Milchkarton an die Lippen und trank einen großen Schluck, als hinter ihm ein erschrockenes Keuchen ertönte.

Hastig drehte er sich um und blickte in die schreckgeweiteten

Augen von Teddys Mutter, die ihn und den leeren Milchkarton in seiner Hand ungläubig fixierten.

Brian schluckte und fühlte sich bemüßigt, sich zu verteidigen. «Die Packung war fast leer, sonst hätte ich ein Glas genommen.» Schnell stellte er den Milchkarton beiseite und lächelte unsicher.

Die Hand der älteren Frau fuhr panisch an die Perlenkette um ihren Hals. «Wer sind Sie?»

Sie hatte ihn in den letzten zwei Jahren mindestens fünfmal getroffen, schoss es Brian durch den Kopf, während er ihren klassischen Hosenanzug und die akkurat geschnittene Frisur musterte, aber sie erinnerte sich wohl nicht daran. Während ihr Mann ein riesiger Footballfan gewesen war, hatte sie ihre Zeit mit Benefiz- und Kunstveranstaltungen verbracht.

Höflich trat er vor, hielt mit der linken Hand das Handtuch umklammert und streckte ihr die rechte hin. «Brian Palmer, Mrs. MacLachlan. Ihr Mann hat uns einige Male miteinander bekanntgemacht.»

Sie schien mit der Situation völlig überfordert zu sein, weil sie seine Hand fassungslos betrachtete, jedoch keine Anstalten machte, sie zu ergreifen. Brian zog sie langsam zurück und holte tief Luft.

«Sie sind der Quarterback.»

«Ja, Ma'am.»

«Aha.» Das erstaunlich jung gebliebene Gesicht wurde erst bleich und dann rot. «Und wieso stehen Sie halbnackt in meiner Küche, junger Mann?»

Das war zu offensichtlich, also schwieg er und hörte in diesem Moment Teddys fröhliche Stimme durch den Gang: «Ich habe mich krankgemeldet. Das heißt wohl, wir können den ganzen Tag im Bett bleiben und heißen Sex haben, bei dem der Betthimmel wackelt!»

Ihr fröhliches Gesicht erstarrte, als sie die Küche betrat und ihre Mutter bemerkte, die stocksteif neben der Tür stand.

«Mom! Was ... was tust du denn hier?»

«Das frage ich mich allerdings auch», erklärte Majory MacLachlan spröde.

Brian musste mit ansehen, wie Teddy totenbleich wurde und verzweifelt nach Worten suchte. «Mom ... es ist nicht so, wie du denkst.»

Würdevoll deutete ihre Mutter auf ihn. «Was denke ich denn, Teddy?»

«Ich ... er ...»

Majory MacLachlans missbilligender Blick wurde geradezu verächtlich. «Zum Glück muss dein Vater das nicht miterleben.»

Entsetzt stellte Brian fest, dass Teddy in Tränen ausbrach, während ihre Mutter mit geradem Rücken an ihrer Tochter vorbeirauschte und sie einfach stehenließ. Sofort eilte er zu der schluchzenden Teddy, um sie zu trösten, doch sie schüttelte bloß japsend den Kopf.

Plötzlich wurde er wütend und lief mit wehendem Handtuch der älteren Frau durch den Flur hinterher. «Mrs. MacLachlan! Warten Sie einen Augenblick!»

Eigentlich hatte er sie für eine verschüchterte Frau gehalten, die sich vor den Footballspielern ihres Mannes fürchtete, doch sie stellte sich ihm resolut in den Weg. «Ich will kein Wort von Ihnen hören, Mr. Palmer. Dies hier ist meine Wohnung, auch wenn meine Tochter es geschafft hat, sie in ein Bordell zu verwandeln. Bitte gehen Sie.»

Er knirschte mit den Zähnen. «Es ist wirklich anders!»

«Ach ja?» Sie funkelte ihn an. «Schlafen Sie mit meiner Tochter?»

«Ja, aber ...»

«Da haben Sie es.» Die ältere Frau reckte ihr Gesicht in die

Höhe. «Wie es aussieht, hat Teddy es schon wieder fertiggebracht, den Namen meines Mannes in den Dreck zu ziehen. Sie sollten sich lieber von meiner Tochter fernhalten, sonst leidet Ihr Name genauso wie der meines Mannes.»

Er war sprachlos. «Mrs. MacLachlan, ich bin in Ihre Tochter verliebt!»

Schniefend trat Teddy neben ihn und verbarg die zitternden Finger in ihrem Bademantel. «Mom, Brian und ich sind wirklich verliebt. Nur wegen des Presserummels halten wir es noch geheim.»

«Nimmst du wieder Drogen?»

«Nein!» Teddys Gesicht glich einer verzweifelten Maske. «Nein! Ich nehme keine Drogen.»

Als hätte ihre Mutter nicht zugehört, runzelte sie argwöhnisch die Stirn. «Ich will dieses Zeug nicht in meiner Wohnung haben!»

«Hast du nicht gehört? Ich habe seit zehn Jahren keine Drogen mehr angefasst. Warum glaubst du mir nicht?»

Ihre Mutter sah sie skeptisch an. «Dir ist nicht zu trauen, Teddy. Du hast keinen Anstand und kein Verantwortungsbewusstsein.»

«Das stimmt nicht», mischte sich Brian ein und griff nach Teddys zitternder Hand. «Sie ist absolut anständig und verantwortungsbewusst! Sie leistet großartige Arbeit im Verein und –»

«Meine Tochter geht mit den Footballspielern ihres Vaters ins Bett», herrschte Majory ihn an, «in seiner Wohnung! Nennen Sie das Anstand?»

«Denkst du etwa, ich würde mit dem ganzen Team schlafen?» Teddys Stimme klang, als würde sie erneut in Tränen ausbrechen, und sie starrte ihre Mutter dumpf an.

Majory kniff ihre Lippen zusammen. «Ich weiß nur, dass du

froh sein solltest, bei deinen früheren Sexpartys nicht schwanger geworden zu sein und dir keine Krankheit geholt zu haben. Ich will nicht wissen, was du jetzt treibst.»

«Gar nichts! Ich habe zu dem Team überhaupt keinen persönlichen Kontakt!»

«Das sieht hier aber ganz anders aus.» Sie deutete auf den halbnackten Brian, der Teddys Hand hielt.

Verzweifelt brach es aus ihr heraus: «Ich bin verliebt in ihn!»

«Ma'am, bei allem Respekt, aber Teddy ist erwachsen und kann tun, was sie will.»

Entrüstet drehte sich die ältere Frau auf dem Absatz ihrer feinen Lederschuhe zu ihm um. «Meine Tochter hat uns damals entsetzlich gedemütigt. Soll sie doch jetzt tun, was sie will, aber nicht in meiner Wohnung und *nicht* im Verein ihres Vaters!»

Teddy holte zitternd Luft. «Du willst mir gar nicht zuhören, Mom! In den vergangenen zehn Jahren hast du mir nicht ein einziges Mal zugehört.» Sie wischte die Tränen beiseite. «Während meiner Zeit in Indien habe ich dir geschrieben, aber du hast nie geantwortet. Es war dir egal, wie es mir ging und wie sehr ich es bereut habe, euch verletzt zu haben. Du hast auch nie anerkannt, was ich in der Uni, im Sport oder in Dads Wohltätigkeitsverein erreicht hatte. Für dich stand fest, dass ich für immer eine Versagerin bin. Wie konnte ich bloß glauben, dass sich unser Verhältnis bessern könnte, wenn ich hier wohne?» Erstickt fuhr sie fort: «Ich packe meine Tasche und verschwinde. Du musst dir keine Sorgen mehr machen, dass meine unzähligen Affären und Dealer hier aufkreuzen.»

Sie ließ Brians Hand los und flüchtete über den Flur.

«Haben Sie sich jemals gefragt, warum sie damals Drogen genommen hat?», fragte Brian.

Majory MacLachlan betrachtete ihn unwillig und faltete die Hände vor ihrem schlanken Körper. Brian glaubte nicht, dass es der steifen und unnahbaren Frau egal war, was mit ihrer Tochter geschah, aber sie war dermaßen auf Anstand und Contenance gepolt, dass sie vermutlich nicht aus ihrer Haut konnte.

«Die falschen Freunde» – seufzend schüttelte sie den Kopf –, «mein Mann und ich haben uns jahrelang vorgeworfen, sie in diese Privatschule geschickt zu haben.»

Als er sicher war, dass sein Handtuch nicht verrutschte, verschränkte er die Arme vor der Brust. «Es waren nicht nur die falschen Freunde.»

«Woher wollen Sie das wissen?»

«Weil Teddy es mir erzählt hat», antwortete er ruhig und ignorierte ihren snobistischen Ton.

«Was soll es denn sonst gewesen sein?» Pikiert starrte sie ihn an. «Bevor sie diese Schule besuchte, war sie die beste Schülerin ihres Jahrgangs, sie hielt den Rekord für Langstreckenläufe der ganzen Stadt und trainierte für die Landesmeisterschaften. Außerdem war sie eine talentierte Pianistin und gewann Wissenschaftspreise. Wir waren so stolz auf sie.»

Verwundert über so wenig Einsicht, schüttelte Brian den Kopf. «Da haben Sie die Antwort.»

«Ich verstehe nicht...»

Brians Mundwinkel wanderten nach unten. «Das ist sehr viel Druck für eine Vierzehnjährige, die sich darüber Gedanken macht, dass sie adoptiert wurde und dass sie ihre Eltern deshalb umso mehr zufriedenstellen muss.»

Majory MacLachlan wurde stockstarr. «Wir haben Teddy immer wie ein leibliches Kind geliebt.»

«Wegen der Pokale, die sie nach Hause brachte, nehme ich an?»

Sie brauste auf. «Wie können Sie es wagen, mir Derartiges zu unterstellen? Mein Mann und ich haben niemals darauf Wert gelegt, dass sie erfolgreich war.»

«Und warum haben Sie sie dann fallengelassen, als sie einen Fehler gemacht hat?»

Zornig erwiderte die ältere Frau: «Ich lasse mich von Ihnen nicht in meinem eigenen Haus beleidigen.»

Er deutete eine Verbeugung an. «Das müssen Sie auch nicht. Wir sind sofort weg.» Kopfschüttelnd folgte er Teddy und ließ Majory MacLachlan stehen, die sich endlich unbeobachtet fühlte und traurig das Gesicht verzog.

25. Kapitel

Es war keine Schande, gegen die *Dallas Cowboys* in deren Stadion zu verlieren. Wenigstens sagte das John immer wieder, um seine Spieler aufzumuntern, die mit gesenkten Köpfen vom Spielfeld getrottet waren, als sie mit 18 zu 20 Punkten verloren hatten. Es war ein ausgeglichenes Spiel, bei dem kein Team dem anderen etwas geschenkt hatte. Die Texaner hatten einfach das gewisse Quäntchen Glück gehabt und konnten das Spiel für sich entscheiden.

Die Bilanz der *Titans* war immer noch großartig, weshalb das Team am Abend wieder halbwegs gut gelaunt ein Mannschaftsdinner im gemeinsamen Hotel einnahm. Einige der Jungs machten sich anschließend in das Nachtleben der texanischen Metropole auf, nachdem sie den mahnenden Worten ihres Coachs gelauscht hatten, nicht über die Stränge zu schlagen, weil sie am nächsten Morgen das Flugzeug erreichen mussten.

Brian erteilte seinen Kumpels eine Absage, als sie ihn fragten, ob er mitkommen wolle, und blieb im Hotel, um sich in Teddys Zimmer zu stehlen und dort die Nacht zu verbringen. Entgegen seinem Vorschlag, dass sie vorerst in seine Wohnung ziehen sollte, hatte sie vor vier Tagen auch in New York in einem Hotel eingecheckt, nachdem sie aus der Wohnung ihrer Mutter ausgezogen war. Natürlich war es die vernünftigste Lösung gewesen, aber nach dem heftigen Streit und den üblen Vorwürfen ihrer Mutter hätte Brian sie gern bei sich gehabt. Mittlerweile schien sie sich wieder gefangen zu haben, auch wenn er wusste, dass sie an den Worten ihrer Mutter zu knabbern hatte.

Glücklicherweise lief es zwischen ihnen beiden bestens. Nicht einmal die Niederlage hatte ihn aus der Bahn geworfen. Ein Grinsen war an seinem Mund regelrecht festgeklebt gewesen, als sie mit dem Bus zurück ins Hotel gefahren waren und Teddy nur wenige Sitze vor ihm gesessen hatte. Er hatte über die Sitze hinweg ihren Pferdeschwanz gemustert und daran denken müssen, wie sie ihn wohl für die Niederlage entschädigen würde. Am Teamtisch hatten sie sich gegenübergesessen, saftige Steaks gegessen und mit den anderen Spielern derart entspannt geredet, als würden sie nicht darauf warten, endlich allein in Teddys Zimmer zu sein.

Am nächsten Morgen schlich er sich in sein Zimmer und packte seine Tasche, bevor er zum Frühstück hinunterging. Kaum hatte er sich zu Eddie und einem verkaterten Blake an den Tisch gesetzt, als sein Telefon klingelte.

Zwar erzählte die Krankenschwester aus Gainesville, dass seine Mutter bei dem Autounfall nicht ernsthaft verletzt worden sei, sie aber ständig von ihm sprach und ihn sehen wollte. Anscheinend war sie nach einem feuchtfröhlichen Abendessen mit Freunden noch selbst nach Hause gefahren und hatte ihren Buick in einen Graben gesetzt. Der Wagen schien ein Totalschaden zu sein, während sie im Großen und Ganzen mit dem Schrecken davongekommen war. Mit einem gebrochenen Handgelenk, Prellungen und einer Gehirnerschütterung hatte man Brians Mom in der Nacht ins Krankenhaus eingeliefert, und dort tyrannisierte sie nun die Schwesternschaft, weil sie unbedingt ihren Sohn erreichen wollte.

Brian hatte sich eh entschlossen, seine Mom anzurufen, und überlegte nun ernsthaft, ob er kurz nach Georgia fliegen sollte, um nach ihr zu schauen. Er fing Teddy vor dem Speisesaal des

Hotels ab, zog sie in eine unbeobachtete Ecke und schilderte ihr, was passiert war.

«Flieg hin» – sie warf einen Blick auf die Uhr –, «bis Georgia ist es nicht weit. Sicherlich bekommst du sofort einen Flug.»

«Denkst du, das ist eine gute Idee?»

«Sie ist deine Mom. Wenn du sie nicht besuchst, wirst du es dir vielleicht irgendwann vorwerfen.»

Er zögerte. «Eigentlich sollte ich mit dem Team zurückfliegen...»

«Brian, deine Mom liegt im Krankenhaus!» Teddy schluckte hart. «Du solltest mit ihr sprechen. Glaub mir, wenn ich könnte, würde ich meinem Dad so viele Dinge sagen...»

Augenblicklich nahm sein Gesicht eine bedauernde Miene an. «Teddy...»

«Mir geht es gut.» Sie lächelte zittrig. «Ich möchte nur nicht, dass du irgendwann bedauerst, sie nicht besucht zu haben.»

Verlegen rieb er sich über den Nacken. «Was soll ich ihr sagen? Wir haben uns ewig nicht gesehen.»

«Ich weiß es nicht.» Sie hob ratlos die Schultern. «Sei einfach ehrlich. Du musst ihr nicht vorspielen, dass alles vergessen ist. Vielleicht reicht es ihr schon, dass du ihr einfach zuhören willst.»

«Das ist es ja.» Er ließ den Kopf hängen. «Ich weiß nicht, ob ich ihr überhaupt zuhören *will*.»

«Doch», entschied sie und küsste ihn zart auf den Mund, «das willst du. Setz dich zu ihr und hör ihr zu. Das reicht völlig. Und dann kommst du zurück und hilfst mir bei der Wohnungssuche. Ich dachte an ein kleines Apartment in deiner Nähe.»

Schnaubend trat er einen Schritt zurück. «Dann kannst du doch gleich zu mir ziehen.»

Teddy lachte und schob ihn beiseite. «Nicht so hastig, mein Lieber. Hol dein Gepäck. Ich erkläre John die Situation.»

«Okay.»
«Und ruf mich an, wenn du mehr weißt.»

Obwohl es ein Montagmorgen war, machte sich Teddy fröhlich auf den Weg zur Arbeit. Lächelnd lief sie durch das Foyer des Hotels und bemerkte die neugierigen Blicke nicht, die ihr von überall zugeworfen wurden. Brian hatte soeben angerufen und ihr erzählt, dass er am nächsten Morgen einen Flug zurück nach New York nehmen wollte. Seine Mutter war bereits aus dem Krankenhaus entlassen worden, sodass er sich um eine vorläufige Hilfskraft kümmern musste, die seiner Mutter zur Hand ging, solange die wegen ihres gebrochenen Handgelenks nicht allein für sich sorgen konnte. Auf Teddys Frage, wie das Gespräch denn gelaufen war, hatte er lediglich geseufzt und gemeint, dass seine Mutter die Vergangenheit beschönigte und von den ‹guten alten Tagen› sprach, als ob seine Kindheit das reinste Zuckerschlecken gewesen sei.

Weil sie nicht zu spät kommen wollte, hatten sie aufgelegt und abgesprochen, am späten Nachmittag noch einmal miteinander zu telefonieren, damit er ihr mehr erzählen konnte.

Zwar tat es ihr wirklich leid, dass die Aussprache mit seiner Mom derart unzufrieden für ihn verlaufen war, aber sie lächelte immer noch, weil sie seine Stimme gehört hatte – und weil er morgen zurückkommen würde.

Kaum hatte sie das Hotel verlassen, rissen Blitzlichter sie aus ihren Gedanken, und eine Meute Fotografen und Journalisten stürzte auf sie zu.

«Miss MacLachlan! Was sagen Sie zu den Bildern?»
«Wer ist der Mann auf den Fotos?»
«Wie lange geht das schon mit Ihnen?»
«Ist es jemand aus dem Team?»

Verwirrt und völlig überrascht stand sie auf dem Bürgersteig, umklammerte ihren Rucksack und blickte durch die Gläser ihrer Sonnenbrille auf die aufgeregte Menschentraube, die ihr Mikrophone und Objektive vors Gesicht hielt. Panisch trat sie einen Schritt zurück. Sie wusste überhaupt nicht, wovon alle sprachen, bis ihr jemand demonstrativ die Titelseite einer Zeitung unter die Nase hielt.

Sie würgte die unangenehme Magensäure hinunter und schnappte entsetzt nach Luft.

«Mit wem waren Sie zusammen?»

«Waren Drogen im Spiel?»

«Werden die Fotos Einfluss auf Ihre Arbeit haben?»

«Ist diese Affäre Schuld an der Niederlage von vorgestern?»

Sprachlos starrte sie auf das Foto und hielt sich den Rucksack vors Gesicht, weil die Blitzlichter immer wieder aufleuchteten. Mühsam kämpfte sie sich dann zurück in die Hotellobby und überlegte verzweifelt, wie sie jetzt zur Arbeit kommen sollte. Und noch verzweifelter fragte sie sich, was sie jetzt tun sollte.

«Sag mir doch einfach, was Sache ist, Teddy.» John tigerte in ihrem Büro auf und ab, deutete wütend auf die Zeitungsexemplare, die sich auf ihrem Tisch türmten, und warf ihr gestresste Blicke zu.

Sie schwieg eisern und spürte wieder, wie die Magensäure in ihr hochstieg.

«Verdammt! Du weißt, dass wir gegen die Bilder vorgehen können, oder? Die Aufnahmen sind illegal, das Veröffentlichen verstößt gegen geltendes Recht! Sag nur ein Wort, und ich rufe sofort unseren Anwalt an. Das ist eine absolute Verletzung deiner Privatsphäre.»

Als sie immer noch nicht antwortete, beugte er sich über den Schreibtisch und musterte sie verwirrt. «Du willst doch auch nicht, dass diese Bilder verbreitet werden …?»

«Natürlich will ich das nicht!»

«Dann lass uns den Anwalt einschalten und eine Unterlassungsklage einreichen.»

Teddy schüttelte den Kopf. «Nein, das mache ich nicht.»

Er riss eine Zeitung an sich und deutete auf ein äußerst unscharfes Bild, das im Dunkeln geschossen worden war und ihren nackten Rücken zeigte. Um zu beweisen, dass es wirklich Teddy MacLachlan war, die in einem Hotelbett auf einem Mann saß und mit ihm Sex hatte, war neben dem unscharfen Bild ein Foto von ihrer Tätowierung abgedruckt worden, das auf dem Benefizlauf geschossen worden war.

«Hier steht: ‹Ist Miss MacLachlan dabei, einem ihrer Spieler für die tolle Unterstützung zu danken? Wer ist der Mann, mit dem sie nach dem Auswärtsspiel in Dallas Sex hatte?› Sie nehmen Bezug auf diese Pressekonferenz vor einigen Wochen, diese Schweine.»

Was sollte sie dazu sagen? Sie war innerlich wie erfroren, nachdem sie die Bilder gesehen hatte, die einen ihrer privatesten Momente zeigte. Nach damals hatte sie nicht geglaubt, sich jemals wieder so fühlen zu müssen.

Sie hatte sich geirrt.

Erniedrigt und beschämt saß sie nun schon den halben Vormittag in ihrem Büro, hatte unzählige Telefonanrufe annehmen müssen und war zu einer Entscheidung gekommen. Nicht nur hatten der Commissioner, andere Teambesitzer und sogar der Bürgermeister ihr dazu geraten, ihre Aufgaben im Verein erst einmal ‹ruhenzulassen›, sondern auch Werbepartner hatten aufgebracht erklärt, sie müssten die Zusammenarbeit in Frage stellen, wenn Teddys Name ständig mit Sexskandalen in Verbindung gebracht wurde.

Die ganze harte Arbeit der letzten Monate, all ihre Bemühungen und Erfolge waren vergessen – sie war und blieb Teddy

MacLachlan, eine Schlampe, die mit jedem verfügbaren Mann ins Bett ging. In Talkshows wurde gemunkelt, dass sie wieder Drogen nahm und einen schlechten Einfluss auf die Spieler ausüben könnte.

«Teddy» – John sah sie ungeduldig an –, «diese Fotos hätten niemals aufgenommen werden dürfen! Es ist illegal, Menschen ohne deren Erlaubnis in geschlossenen Räumen zu fotografieren...»

«Sie wurden aber gemacht», erwiderte sie hitzig, «wenn ich eine Unterlassungsklage einreiche, wird alles nur schlimmer!»

John seufzte. «Wir sind unter uns, Teddy. Nichts dringt aus diesem Raum. Sag mir einfach, wer es war. Die Presse rastet aus, weil sie denkt, es sei jemand aus dem Team. Wenn wir einen Freund von dir präsentieren, den du bisher einfach nicht in der Öffentlichkeit vorgestellt hast, ist die Sache halb so wild.»

Sie war kurz davor, in Tränen auszubrechen. Der Skandal war perfekt, ohne dass jemand überhaupt wusste, dass der Mann auf den Fotos der Quarterback und Kapitän ihres Teams war. Die Bilder waren unscharf, dunkel und zeigten sie nur verschwommen, während Brian gar nicht zu sehen war, weil er auf dem Rücken gelegen hatte. Wie es schien, waren die wenigen Bilder innerhalb eines kurzen Zeitraums aufgenommen worden. Man konnte lediglich ihren nackten Rücken und Männerhände auf ihrer Haut sehen.

Sie konnte Brian unmöglich in dieses Chaos hineinziehen. Glücklicherweise war er gar nicht da und erlebte diese Hexenverfolgung nicht mit. Brians Karriere konnte ein böses Ende nehmen, wenn er als Lover seiner Chefin identifiziert wurde, die von Sexskandalen und Drogendelikten verfolgt wurde.

Um dem zu entgehen, hatte Teddy sich entschieden, einen Teammanager einzustellen und diesem sowie John die Verfügungsgewalt zu übergeben. Der Cheftrainer wusste noch nichts davon, sondern wütete immer noch, dass sie die Fotos verbieten lassen sollten, obwohl das Kind längst in den Brunnen gefallen war.

«Ich werde ihn nicht in meine Probleme hineinziehen» – entschlossen schüttelte sie den Kopf –, «das ist meine Sache.»

«Und die Sache des Vereins!»

Teddy schluckte hart. Sie wollte jetzt nicht weinen und daran denken, wie sehr ihr Vater enttäuscht wäre, weil sie nach wenigen Monaten das Handtuch werfen musste. Später konnte sie weinen, aber zuerst wollte sie den Tag überstehen.

«Nicht mehr lange, John.»

«Wie meinst du das?» Misstrauisch verengten sich seine Augen.

«Ganz einfach.» Sie holte tief Luft. «Der Commissioner hat mir ans Herz gelegt, eine Auszeit zu nehmen, und das tue ich jetzt auch.»

«Was?»

Sie nickte entschlossen. «Ich bin untragbar geworden und schade dem Verein. Daraus ergibt sich nur eine Konsequenz.»

«Unsinn.»

Teddy ballte die Hand zur Faust. «Ann gibt gerade die Meldung weiter, dass ich um vier eine Pressekonferenz abhalte.»

«Überlege es dir bitte noch einmal.» John seufzte auf. «Das ist eine Kurzschlussreaktion, Teddy. Bald verstummen die Presseberichte wieder und –»

«Und dann tratschen sie in zwei Monaten darüber, dass ich mit den Sponsoren geschlafen habe, um an gute Werbeverträge zu kommen.» Sie biss sich fest auf die Unterlippe. «Kommt nicht in Frage. Ich muss an das Team denken. Eine untragbare Teambesitzerin *ist* untragbar!»

John verschränkte die Arme vor der Brust und erwiderte unglücklich: «Du bist ganz und gar nicht untragbar.»

«Du siehst das persönlich und nicht geschäftlich, John.» Sie bemühte sich um eine ruhige Stimme, auch wenn sie innerlich zitterte. «Ich bin dir dankbar für deine Loyalität als Freund, aber als Coach musst du ans Team denken. Da stören persönliche Gefühle nur.»

Genau das sagte sie sich auch ständig. Sie durfte nicht an sich denken, sondern daran, was für den Verein am besten war.

«Gerade jetzt! Du hast dir solche Mühe mit dem Team gegeben und es geschafft, dass sie dich akzeptieren.»

«Es ist leider nicht zu ändern.»

Ann kam herein und blickte sie alarmiert an. «Teddy, ich habe drei weitere Anrufe bekommen.»

Sie nickte und sagte an John gewandt: «Danke für deine Hilfe, aber ich habe mich entschieden. Könntest du mir bei der Auswahl eines Teammanagers helfen? Ich habe bereits mit einigen Kandidaten telefoniert.»

«Teddy ...» Er räusperte sich.

«John, bitte, dabei musst du mir helfen. Allein schaffe ich das nicht.»

Widerstrebend nickte er. «Von mir aus ... gehen wir zusammen hinunter, wenn die Konferenz anfängt?»

«Ich mache das allein.»

Der Coach brauste auf: «Untersteh dich! Du setzt dich diesen Haien nicht allein gegenüber!»

«Doch.» Sie stand nun wirklich kurz vor einem Tränenausbruch. «Und ob ich das allein mache. Ich will niemanden von euch dort sehen.» Ihr wurde furchtbar schlecht, also schluckte sie hart. «Sobald du neben mir sitzt, wird es heißen, dass *du* der Mann auf den Fotos bist! Das ist wirklich das Letzte, was wir gebrauchen können.»

John schien anderer Meinung zu sein, weil er aus dem Raum polterte und dabei beinahe Ann umriss, die auf das Telefon deutete. «Teddy, deine Mom. Sie ruft schon das fünfte Mal an.»

Verzweifelt vergrub Teddy das Gesicht in den Händen. Sie hatte schon so viele Beschuldigungen und Tadel gehört, dass sie auf die Missbilligung ihrer Mutter gern verzichtet hätte.

«Teddy?» Ann stand noch immer in der Tür und wartete.

«Danke.» Sie hob den Kopf und nahm den Hörer auf ihrem Schreibtisch in die Hand. «Ja, Mom?»

«Teddy ... ich habe gerade die Nachrichten gesehen.»

Sobald Ann die Tür geschlossen hatte, fiel Teddys Gesicht in sich zusammen.

«Danke für die Mitteilung. Ich habe die Fotos auch gesehen – jeder hat sie gesehen, aber keine Sorge! Ich gebe um vier meinen Rücktritt bekannt», sagte sie wütend in den Hörer und verkrampfte sich in der Bemühung, nicht zu schluchzen. «Du musst es nicht sagen! Ich habe wieder versagt und Dads Namen in den Schmutz gezogen ... und ja, ich weiß, ich bin selbst schuld daran, dass man mich öffentlich eine Schlampe nennt, wenn man meine Vergangenheit bedenkt.»

«Eigentlich wollte ich etwas anderes sagen», erwiderte ihre Mutter ruhig.

«Was denn?» Sie hörte das bittere Schluchzen in ihrer Stimme. «Wie froh du bist, dass Dad das nicht mit ansehen muss?»

«Nein ...» Sie stockte. «Ich wollte dich bitten, wieder nach Hause zu kommen.»

Teddy verstummte fassungslos.

Majory atmete nervös in den Hörer. «Du brauchst dein Zuhause, Teddy, und du brauchst die Unterstützung deiner ... deiner Familie.»

Verwirrt holte Teddy Luft. «Mom, wenn es dir nur darum geht, dass du meinst, ein Auge auf mich haben zu müssen, damit der Skandal nicht noch größer wird ...»

«Darum geht es mir überhaupt nicht», gestand ihre Mutter kleinlaut, «ich wollte dich schon früher anrufen und dir das sagen.»

«Okay.»

«Ich meine ...» – sie seufzte – «dieser Skandal ist unerträglich, aber ... aber du kannst nichts dafür.»

Teddy schniefte leise. «Vielleicht hast du recht, aber das hilft mir jetzt auch nicht.»

«Das stimmt.» Erneut entstand eine längere Pause. «Wirst du wieder nach Hause kommen?»

Teddy schluckte schwer. «Ich weiß nicht. Jetzt habe ich nur Gedanken für die Konferenz.»

«Überleg es dir bitte», sagte Majory, «du kannst immer nach Hause kommen, Teddy.»

Eigentlich hätte dieser Anruf ein großer Lichtblick für Teddy sein müssen, aber er war es einfach nicht. Nicht am heutigen Tag.

26. Kapitel

Miss MacLachlan wird eine knappe Stellungnahme vorlesen. Die anschließenden Fragen werde ich in ihrem Namen beantworten. Bitte haben Sie Verständnis dafür, dass wir nur wenige Minuten zur Verfügung haben, da Miss MacLachlan noch eine Unterredung mit ihren Mitarbeitern führen wird.»

Der Pressesprecher, der neben ihr saß und ein sehr ernstes Gesicht machte, nickte ihr auffordernd zu.

Mit bleichen Wangen sah Teddy in die neugierigen und teilweise gehässigen Gesichter der Reporter, die darauf warteten, dass sie ihr Inneres preisgab. Ihre zitternden Hände waren so feucht, dass sie diese unter dem Tisch an ihrer Hose abwischen musste, bevor sie das Blatt nahm, auf dem die wohlformulierte Erklärung ihres Rücktritts stand.

Teddy kam sich vor, als stünde sie ganz allein einem feindlichen Team gegenüber, das sie zu zerfleischen drohte. Aber sie hatte es so gewollt. John hielt sich hinter der Tür zum Konferenzraum auf und schmollte, dass sie ihn nicht dabeihaben wollte.

Nach einem Räuspern begann sie: «Angesichts der unwahren Gerüchte in den letzten Monaten und der aktuellen Presseberichte bin ich zu der Einsicht gelangt, dass es für den Verein am besten ist, wenn ich vorläufig meinen Posten einem Teammanager überlasse, der sich in meinem Namen» – sie schluckte und fuhr zittrig fort – «um die Belange des Teams kümmern wird ...»

Erschrocken merkte sie, wie jemand das Podium betrat und

sich wie selbstverständlich neben sie setzte. Ein nervöser Seitenblick sagte ihr, dass sich Brian neben ihr niedergelassen hatte und die versammelten Pressevertreter kühl musterte, bevor er ihr das Blatt aus den Fingern nahm und es beiseitelegte.

Nicht nur sie war verstört, sondern auch die Journalisten, die ihn argwöhnisch musterten und zu tuscheln begannen.

Teddy warf dem Pressesprecher einen hilflosen Blick zu und sah John verzweifelt an, der seinen Kopf durch die Tür gesteckt hatte, als sie ihre Rede abbrach.

Ihr Quarterback stützte beide Ellenbogen auf der Tischplatte ab und beugte sich zu seinem Mikro. Mittlerweile war sein Veilchen kaum mehr zu sehen, und auch die Schwellung an seiner Nasenwurzel war komplett zurückgegangen. Nur sein Haar war immer noch lang, während ein ordentlicher Dreitagebart seine Wangen zierte. Während Teddy nicht wusste, ob sie sich über sein spontanes Erscheinen freuen sollte, ging er äußerst zielstrebig vor.

«Wir sollten noch einmal von vorn anfangen, da ich nun anwesend bin. Miss MacLachlan wird keineswegs von ihrem Posten zurücktreten, sondern weiterhin als Teamchefin arbeiten. Alle weiteren Fragen richten Sie bitte ausschließlich an mich.»

Ein Sturm von Fragen brach los.

Wie vom Donner gerührt saß Teddy neben ihm und glaubte nicht, was er da gerade tat. Er würde seine Karriere ruinieren. Das wollte sie ihm sagen beziehungsweise deutlich machen, weshalb sie ihn unter dem Tisch mit der Hand anstieß, doch er ergriff ihre Hand einfach und zog sie – für alle Welt sichtbar – auf seinen Schoß. Panisch wollte Teddy aufspringen, aber Brian verhinderte dies, indem er sie eisern festhielt.

«Brian! Warum sprechen Sie in Miss MacLachlans Namen? Was haben Sie mit dieser Angelegenheit zu tun?»

«Weil ich der Mann auf den Bildern bin.»

Entsetzte Rufe wurden laut. «Wollen Sie damit sagen, dass Sie eine Affäre mit Ihrer Chefin haben?»

Die Presseleute waren völlig fassungslos und schossen wie wild Fotos.

«Nein, wir haben keine Affäre, sondern führen seit einigen Monaten eine völlig normale Liebesbeziehung.»

Einige Journalisten sprangen auf, um auf sich aufmerksam zu machen, während andere laute Fragen in den Raum hineinbrüllten.

Brian gab sich unbeeindruckt, drehte sich zu Teddy und raunte ernst, als ob sie nicht gerade belagert würden: «Dupree hat mich angerufen und mir alles erzählt. Warum hast du es nicht getan?»

Ihr Kinn zitterte. «Ich wollte ... dich nicht mit meinen Problemen belasten.»

«Teddy, das sind *unsere* Probleme!» Er seufzte und tat das Undenkbare – beugte sich zu ihr und küsste sie zärtlich auf den Mund.

Der Lärm der aufgebrachten Reporter nahm noch zu. Der Pressesprecher, inzwischen heillos überfordert, versuchte vergeblich, die Leute zu beruhigen und im Zaun zu halten.

Als hätte er alle Zeit der Welt, beendete Brian seinen Kuss, drückte Teddy noch einen Schmatzer auf die Nasenspitze und drehte sich wieder zu den Presseleuten um, die verstummten, um seine weiteren Erklärungen zu hören.

Er lächelte unverbindlich. «Damit das Team konzentriert die laufende Saison bewältigen kann, ohne von Schlagzeilen über uns beide abgelenkt zu werden, hatten Teddy und ich entschieden, unsere Beziehung erst nach der Saison öffentlich zu machen. Leider sahen sich einige von Ihren Kollegen genötigt, Fotos zu veröffentlichen, die Stoff für einen angeblichen Skandal liefern sollten. Meine Anwälte bereiten in diesem Moment eine

Klageschrift vor und werden den Urheber der Fotos, die widerrechtlich entstanden sind, mit dem allergrößten Vergnügen vor Gericht zerren. Das Gleiche gilt natürlich auch für die Zeitungen und Fernsehsender, die die Fotos veröffentlich haben ...»

«Die Öffentlichkeit hat ein Recht auf Aufklärung!», warf ein wenig seriös wirkender Reporter ein und wurde von Brian mit einem finsteren Blick bedacht.

«*Wir* haben ein Recht auf Privatsphäre! Niemand darf Fotos von uns schießen, wenn wir uns zurückgezogen haben und allein sind. Und was das Recht auf *Aufklärung* betrifft: Rufmord und falsche Verdächtigungen fallen nicht darunter!»

«Brian, was meinen Sie damit?»

«In Ihren Blättern musste ich heute eine beschämende und falsche Vermutung nach der anderen lesen! Teddy MacLachlan hat einen tadellosen Charakter und eine großartige Arbeitsmoral. In der kurzen Zeit, in der sie als Teambesitzerin arbeitet, hat sie mehr Erfolge aufzuweisen als viele andere ihrer Kollegen und kann sie allein auf ihren Fleiß, ihre unermüdlichen Bemühungen und ihre Intelligenz zurückführen. Doch niemand macht sich die Mühe, diese Erfolge oder ihr karitatives Engagement zu erwähnen. Es sollte Ihnen allen peinlich sein, eine großartige Frau zu verleumden und ihr immer wieder die schmerzhaften Erinnerungen an eine abgeschlossene Vergangenheit vor Augen zu halten, anstatt ihre Verdienste anzuerkennen.»

Teddy sah durch Tränen auf zu Brians Profil, das eindeutig grimmig war. Obwohl er so angespannt wirkte, als würde er im nächsten Moment jemandem an die Gurgel gehen, hielt er ihre Hand überraschend sanft und strich beruhigend über ihre Finger. Dankbar drückte sie seine Hand.

«Von unserer Seite ist alles gesagt –»

Fragen stürmten auf sie nieder und unterbrachen ihn, doch Brian ignorierte die Journalisten und sprach bedächtig weiter:

«... jedoch gebe ich Ihnen und dem Paparazzo, der diese Bilder geschossen hat, einen guten Rat. Schreiben Sie über mich, was Sie wollen, aber sollte irgendjemand meine Frau diffamieren, werde ich richtig böse. Er wird entweder von meinen Anwälten verfolgt oder von mir selbst. Wenn ich jemanden erwischen sollte, der uns durch Fenster nachspioniert, werde ich handgreiflich und stopfe dem Übeltäter die Kamera in das Maul.»

Teddy ließ sich wie betäubt von ihm hochziehen und starrte ihn mit großen Augen an. Vor ihnen riefen die Reporter immer noch wilde Fragen in den Raum, während das ununterbrochene Klicken von Kameras ertönte. Brian schlang einen Arm um ihre Schulter und führte sie vom Podium. Nur am Rande bekam sie mit, wie das Sicherheitspersonal die Presseleute davon abhielt, den gesperrten Bereich zu entern, in dem sie verschwunden waren.

Kaum waren die Objektive nicht länger auf sie gerichtet, drehte sich Brian zu Teddy um und nahm sie in den Arm. Sie konnte nicht anders und fing an, vor Erleichterung und Panik zugleich zu weinen.

«Es ist doch alles gut», tröstete er sie leicht unbeholfen und hielt sie fest an sich gedrückt, «du musst nicht weinen. Schatz ... bitte ...»

Mit bebendem Atem sah sie ihn an. «Schatz?»

Brian wurde rot und zuckte verlegen mit den Schultern. «Ich darf ja nicht *Süße* oder *Schätzchen* zu dir sagen. Also wird es wohl auf Schatz hinauslaufen.»

Wieder verzog sie das Gesicht, als wolle sie jeden Moment erneut in Tränen ausbrechen. Schnell griff er nach ihrer Schulter und fragte grummelnd: «Kannst du mir bitte sagen, was dieser Unsinn sollte? Du hättest mich sofort anrufen müssen. Und dann setzt du dich auch noch allein diesem Schmierentheater aus und willst deinen Rücktritt verkünden!»

«Ich wollte nicht, dass du da mit hineingezogen wirst.»

Brian schnaubte und warf ihr einen Blick zu, als zweifle er an ihrer Intelligenz. «Zum letzten Mal: Wir sind zu zweit. Keine Alleingänge mehr.»

«Palmer!» John kam mit zusammengepresstem Kiefer auf sie beide zu.

Teddy sah alarmiert zwischen beiden hin und her. «John...»

Der Coach schüttelte den Kopf und fixierte seinen Quarterback. «Ich weiß nicht, was ich tun soll. Einerseits würde ich dir am liebsten in den Hintern treten und andererseits dir wegen deiner Courage auf die Schulter klopfen.»

«Danke, Coach.» Brian nickte ihm übertrieben zu. «Entschuldige uns. Teddy und ich müssen noch etwas erledigen.» Er fasste nach ihrer Hand und zog sie weiter den Flur entlang.

«Kein Sex in den Umkleiden!», rief John hinter ihnen her, als sie um die Ecke verschwanden.

Teddy ließ sich von Brian am Eingang zu den Umkleiden vorbeiziehen und fragte leicht nervös: «Wohin gehen wir?»

«Das siehst du gleich.»

«Brian...»

Sie fixierte seinen Hinterkopf und kämpfte gegen das überwältigende Bedürfnis an, den Kopf zwischen die Beine zu stecken und nach Luft zu schnappen. Vor einer Viertelstunde hatte sie sich auf unangenehme Fragen vorbereitet und war innerlich dagegen gewappnet gewesen, ihr Amt, das ihr so unglaublich viel bedeutete, abgeben zu müssen. Dann war Brian wie ein Tornado auf dem Podium erschienen und hatte sie vor der Presse verteidigt und beschützt. Kategorisch hatte er weitere Erklärungen abgelehnt. Sie wusste nicht, was er jetzt vorhatte, und das machte sie ein wenig nervös. Am liebsten hätte sie sich zurückgezogen und erst einmal tief durchgeatmet.

«Komm schon!» Er drehte sich im Gehen zu ihr um und verkündete amüsiert: «Da gibt es noch eine Kleinigkeit, die mir im Magen liegt.»

Sie hatte keine Ahnung, was er meinte, aber als er sie in den Besprechungsraum des Teams zog, wo alle Spieler herumstanden und miteinander diskutierten, wäre sie am liebsten im Boden versunken. Die Presse war eine Sache – aber die Meinung der Spieler, die ihr womöglich die kalte Schulter zeigten, weil es Fotos gab, auf denen sie beim Sex mit ihrem Kapitän zu sehen war, war ihr enorm wichtig. Hier stand viel auf dem Spiel, denn verlöre das Team den Respekt vor ihr, den sie so mühsam erkämpft hatte, konnte sie einpacken. Eine Teambesitzerin, die von den eigenen Spielern als heiße Nummer betrachtet wurde, war nicht fähig, den Verein zu führen.

«Was hast du vor?», flüsterte sie aufgebracht, als er mit ihr nach vorn trat und ihr einen Stuhl hinschob.

«Pst.» Er grinste und drückte sie auf den Klappstuhl. «Jungs, ihr dürft euch setzen. Macht es euch gemütlich und genießt die Show.»

Was für eine Show? War er völlig übergeschnappt? Teddy griff nach seinen Händen und fragte verwirrt: «Welche Show? Was ... was soll das hier?»

Sanft löste er ihre Hände und reckte sich. «Es ist an der Zeit, endlich meine Wettschulden einzulösen.»

«Welche Wettsch...» Entsetzt verstummte sie und wurde blass. «Brian!»

«Wart's ab. Ich hab sogar die perfekte Musik dazu.»

Bevor sie ihn abhalten konnte, trat er zu der an der Wand befestigten Anlage und schaltete sie ein.

Zögernd drehte sich Teddy zu den wartenden Footballspielern um, die begeistert grölten, als Bob Marleys Song «Girl I want to make your sweat» ertönte.

Teddy saß wie angewurzelt auf ihrem Stuhl, als Brian zur

Hymne der Rastafari-Bewegung und Reggae-Begeisterten zu tanzen begann. Aus ihrem Entsetzen wurde ein gurgelndes Lachen, als er wie ein professioneller Stripper hüftwackelnd auf sie zutänzelte und mit geschmeidigen Bewegungen ihren Stuhl umrundete. Sie hatte keine Ahnung, was er vorhatte, aber dem Team schien es zu gefallen, denn die Jungs jubelten frenetisch.

Zuerst schlüpfte er aus seinen Sneakers und präsentierte seine nackten Füße. Sie konnte nicht ernst bleiben, während er vor ihr stand, sich langsam den Kapuzenpulli über den Kopf zog und dabei kurz hängenblieb, bevor er das Kleidungsstück mit einer lässigen Handbewegung zu Boden warf. Mit einer übertriebenen Geste schüttelte er sein Haar und klimperte mit den Wimpern.

Blake brüllte ihm aus dem Hintergrund ermunternde Floskeln zu, über die er grinsen musste. Er fixierte Teddys Augen und öffnete dabei bedächtig die Knöpfe seines Karohemdes, das er unter dem Pulli trug. Mit für einen Footballspieler äußerst graziösen Bewegungen drehte er ihr den Rücken zu und schob sein Hemd ein Stück über die nackte Schulter, bevor er es wieder hochzog und das Spiel einige Male wiederholte. Langsam rutschte das Hemd schließlich ganz hinunter und wurde von ihm zur Seite geschleudert.

Teddy unterdrückte ein Prusten, denn er drehte sich wieder zu ihr um und spannte seine Bauchmuskeln an, während er übertrieben verführerische Blicke ins Publikum warf und seine Hüften kreisen ließ.

«Los, Rabbit!»

«Wir wollen nackte Tatsachen sehen!»

Mit feuerrotem Kopf starrte sie in sein Gesicht, als er ihr eine Kusshand zuwarf und anschließend seinen Gürtel öffnete. Das tat er so provozierend langsam, dass sie auf den Gedanken kam, er könne seinen Beruf verfehlt haben. Sobald der geflochtene Gürtel offen war, tänzelte er ein weiteres Mal um sie herum und blieb anschließend vor ihr stehen, um mit lässigen Bewegungen die Knöpfe seiner Jeans zu öffnen.

Das Team jauchzte vor Erheiterung.

Teddy konnte nicht glauben, dass er es tatsächlich tat. Doch er schob seine Finger in den Jeansbund und schob den verwaschenen Stoff langsam und bedächtig hinunter, bis die Hose auf den Boden fiel und dort ebenfalls von ihm weggetreten wurde. Nur noch in hellblaue Boxershorts gekleidet, stand er vor ihr und rieb sich an einer imaginären Poledance-Stange. In dieser Situation hätte sie ihn nicht mit glühenden Augen anstarren dürfen – sie tat es trotzdem. Er zeigte seinen kräftigen Oberkörper mit den krausen schwarzen Haaren, die von den ausgeprägten Brustmuskeln eine Spur über sein Sixpack bis zum Bund der hellblauen Shorts zogen. Die Muskeln an seinen langen Beinen wölbten sich unter seiner Haut, als er die schmalen Hüften kreisen ließ. Teddy sah in sein attraktives Gesicht und erkannte das Funkeln in seinen klaren blauen Augen. Dann wandte er dem Publikum den Rücken zu und zog kurz die Shorts über seine festen Pobacken.

Die Spieler brachen in Begeisterungsschreie aus und hielten sich vor Lachen die Bäuche.

Im Hintergrund sang Bob Marley, dass seine Gefühle durcheinandergeraten seien und er ein Mädchen zum Schwitzen bringen wolle, während Brian sich vor Teddy stellte und seine Daumen in den Bund seiner Boxershorts hakte, als wolle er sie im nächsten Moment mit kleinen Bewegungen lasziv über die Hüften ziehen.

Das Team pfiff und feuerte ihn an.

Teddy blickte von seiner Unterwäsche hoch in seine blauen Augen und spürte, wie sich Schmetterlinge in ihrem Bauch ausbreiteten und geradewegs auf ihr Herz zuflatterten. Mit einem Lachen sprang sie auf und warf sich in seine Arme.

Hoffentlich hatte es jetzt auch der letzte Spieler kapiert, dass ihr Kapitän und Quarterback, Brian *Rabbit* Palmer, verliebt war.

Epilog

Teddy konnte nichts dagegen tun, aber sie *hasste* Pressekonferenzen. Wenn es möglich war, drückte sie sich davor und ließ anderen den Vorrang. Heute konnte sie das Medienereignis jedoch nicht einfach schwänzen – und diesmal wollte sie es eigentlich auch gar nicht. Als Teambesitzerin des frischgebackenen Super-Bowl-Siegers war sie unglaublich glücklich und unglaublich stolz. Am liebsten hätte sie die ganze Welt umarmt.

Gestern hatten die *Titans* im Dallas Stadium gegen die starken *Chicago Bears* gespielt und anschließend die begehrte Vince-Lombardi-Trophäe mit nach New York genommen, wo die Jungs bei ihrer Ankunft wie Popstars gefeiert worden waren. Die ganze Stadt war aus dem Häuschen und im *Titans*-Fieber. Als der Mannschaftsbus vom Flughafen zum Vereinsgelände gefahren war, hatten sich Fans davorgeworfen und den verkaterten Spielern zugejubelt, die vermutlich erst in diesem Moment realisiert hatten, was mit ihnen geschah.

Teddy musste zugeben, dass sie nur mit viel Glück in die Playoffs gekommen waren. Die bisherige Saison war mäßig gewesen, weswegen sie insgeheim den Traum vom Finale längst begraben hatte, aber dann waren sie trotz allem in den Playoffs gelandet und dort richtig durchgestartet. Das Spiel gegen die *Bears* war nicht spannend gewesen, sondern mörderisch. Während der kompletten Spielzeit hatte sie nicht stillsitzen können und war beinahe wahnsinnig geworden. Nach dem Sieg hatte sie geheult, gelacht und gleichzeitig vor Fassungslosigkeit nichts sagen können.

Starke Arme schlangen sich um sie. «Pst! Sagen Sie nichts! Ich will nicht, dass meine Freundin das mithört, aber ich finde Sie rattenscharf.»

Lachend drehte sie sich zu Brian um, der gespielt erschrocken Luft holte. «Oh, du bist es, Schatz.»

«Sehr komisch.» Verlegen fuhr sie sich durch ihr kurzes Haar und errötete. An seinen Anblick hatte sie sich noch nicht gewöhnt. In den letzten Monaten hatte er tatsächlich eine frappierende Ähnlichkeit mit einem Grunge-Gitarristen gehabt, weil er wie einige andere Spieler beschlossen hatte, sich nicht eher die Haare zu schneiden und den Bart zu rasieren, als bis sie aus den Playoffs ausgeschieden waren oder den Super Bowl gewonnen hatten. Erst gestern Abend hatte er seine lange Mähne raspelkurz geschnitten und den dunklen Vollbart abrasiert. Sein jungenhaftes Gesicht kam so wieder zum Vorschein.

Ihre eigene Kurzhaarfrisur, die er ihr am heutigen Morgen im Badezimmer des Hotels geschnitten hatte, war ebenfalls das Resultat einer privaten Wette untereinander. Sie hatte ihn in der letzten Zeit so oft mit seinen langen Zotteln aufgezogen, dass er vorgeschlagen hatte, sie müsse sich ihre langen Haare auch abschneiden, wenn er seinen eigenen Rekord brechen würde. In einem Anflug geistiger Umnachtung hatte sie zugestimmt.

Die kurzen Strähnen und der freie Nacken waren ungewohnt, genauso wie der Blick in den Spiegel, aber Brian hatte sich große Mühe gegeben und ihr einen flotten Haarschnitt verpasst, der ihre zierlichen Gesichtszüge zur Geltung brachte – wie *er* meinte. Teddy dagegen hatte Angst, wie ein Junge zu wirken, weil die langen honigblonden Locken ihrer Meinung das einzig Weibliche an ihr gewesen waren. Sie hatte sich ihr Haar seit fast zwei Jahren wachsen lassen und stand nun mit einer Kurzhaarfrisur da.

«Gott, du bist so schön!» Brian nahm ihr Gesicht in beide Hände und drückte ihr einen leidenschaftlichen Kuss auf die Lippen. Ob es an dem Sieg, der Aufregung oder ihrer neuen Frisur lag, dass er dermaßen anhänglich war, wusste sie nicht, aber sie erwiderte den Kuss glücklich und aus ganzem Herzen. Sie konnte nicht oft genug hören, dass er sie schön fand.

«Mein kleiner Hippie» – er lächelte an ihrem Mund –, «bist du glücklich?»

Sie nickte. «Sehr.»

«Ich auch.» Mit einem Strahlen gab er ihr einen Kuss auf die Nasenspitze. «Vor zwei Jahren habe ich dir versprochen, mit den *Titans* den Super Bowl zu gewinnen. Es tut mir leid, dass es so lange gedauert hat.»

«Schon vergessen», murmelte sie amüsiert und gab ihm einen Kuss auf die Wange.

In der letzten Saison hatten die *Titans* zwar einen großartigen Start hingelegt, waren in den Playoffs jedoch verletzungsbedingt rausgeflogen. Dank des großartigen Teams, das Lobgesänge auf seine Chefin gesungen hatte, war das Pressegetuschel schnell verstummt, und man hatte Teddy MacLachlan keine Schuld daran gegeben, dass die *Titans* wenig erfolgreich gewesen waren.

Vor genau einem Jahr waren Teddy und Brian auch viel zu beschäftigt gewesen, um sich von dem Presserummel wegen ihnen beeindrucken zu lassen, da Teddy in seine Wohnung gezogen war, nachdem sie zusammen einen ausgedehnten Indien-Trip unternommen hatten. Vom Holi-Festival im Norden über Dschungeltouren, Tempelbesuche und einem entspannenden Strandaufenthalt in Kerala hatten sie alles erlebt, was es zu erleben gab. Irgendwie hatten es Fotos von ihnen beiden, farbbedeckt und ausgelassen tanzend, in die New Yorker Zeitungen geschafft. Bis heute hatten sie keine Ahnung, wie Bilder von ihnen auf dem für Inder heiligen Holi-Fest entstehen konnten.

In wenigen Wochen wollten sie ihren nächsten gemeinsamen Urlaub antreten. Zusammen mit Julian, Liv und Brianna sollte es ganz beschaulich nach Mexiko gehen, wo sie alle faul am Strand liegen und die Sonne genießen konnten. Julian, Brian und sie hatten außerdem eine kleine Mountainbiketour gebucht, während Liv abgelehnt hatte, sie wollte die inzwischen fast anderthalbjährige Brianna nicht bei einem fremden Babysitter lassen. Als würde Brian das zulassen!

Brian war völlig vernarrt in sein süßes Patenkind, das ihn bloß aus den schokoladenfarbenen Augen ansehen musste und ihn schon um den Finger gewickelt hatte. Teddy erinnerte sich gern an Briannas Taufe, als der genervte Julian irgendwann sein Kind zurückverlangt hatte, weil Brian es den ganzen Tag für sich beschlagnahmt und stolz herumgetragen hatte. Brian hätte lieber selbst auf die Tour verzichtet, als Brianna einer Fremden zu überlassen. Zum Glück war das nicht nötig, da Liv auf sie aufpassen wollte. Außerdem hatte Julian seinem besten Freund unter dem Siegel der Verschwiegenheit erzählt, dass Liv wieder schwanger war. Abends hatte Brian es natürlich Teddy berichtet, die die Nachricht jedoch längst von der werdenden Mutter gehört hatte – ebenfalls unter dem Siegel der Verschwiegenheit.

Teddy liebte auch Brians andere Freunde. Sie waren nicht nur ihre großartigen Spieler, sondern ein Haufen durchgeknallter und witziger Typen, die sich schnell damit abgefunden hatten, dass ihre Chefin plötzlich mit von der Partie war. Manchmal war es schwer, das Berufliche vom Privaten zu trennen, und sie und Brian gerieten sich über gewisse Dinge ab und zu in die Haare, aber meistens dauerten die Streitereien nicht länger als eine Halbzeit.

Wenn Brian wirklich etwas verbockte, schickte er Dupree mit einem Geschenk-Set, bestehend aus Räucherstäbchen, zu ihr, weil er wusste, dass sie dem Tackle alles verziehen hätte. Glücklicherweise war das erst zweimal vorgekommen.

Beim ersten Mal war er ausgeflippt, weil sie seine Mutter zu seinem Geburtstag nach New York eingeladen hatte. Es hatte nicht lange gedauert, bis er zerknirscht eingesehen hatte, dass sie ihm und ihr bloß etwas Gutes hatte tun wollen. Teddy war jedoch stur geblieben und hatte seine Entschuldigung erst akzeptiert, als er Dupree zu ihr schickte. Beim zweiten Mal war sie sauer gewesen, weil er einer hübschen Reporterin verraten hatte, dass er sie Teddybärchen nannte, wenn sie allein waren.

Brian glaubte immer noch, er hätte es Dupree zu verdanken, dass ihr zweiter Streit so schnell geendet hatte. Dabei hatte sie sich sofort beruhigt, als sie erfahren hatte, dass die bombastisch aussehende Reporterin glücklich verheiratet war – mit einer Frau.

Sie wollte ihre Eifersucht gar nicht verteidigen, auch wenn Brian jedes Mal grinste und merkwürdig zufrieden schien. Ihr Freund war halt ein heißer Typ, der ständig begehrliche Frauenblicke auf sich zog. Das wusste sie, aber deshalb musste sie das nicht mögen. Doch in Wahrheit gab er ihr keinen Grund zu klagen, wenn sie ehrlich war. Wenn er mit einer anderen Frau flirtete, tat er es, um in einem überfüllten Restaurant einen Tisch zu bekommen, bevor er seiner Freundin rücksichtsvoll den Stuhl zurechtrückte.

Abgesehen von kleinen Streitigkeiten führten sie eine absolut harmonische Beziehung und verbrachten sehr viel Zeit miteinander. Außerhalb der Saison hatten sie es sich sogar angewöhnt, sonntags mit Teddys Mutter zum Brunch zu gehen, auch wenn Teddy bis heute nicht wusste, wie es dazu gekommen war.

Nach der Pressekonferenz vor mehr als einem Jahr, in der Brian sich als ihr Freund geoutet hatte, war Teddy für einige Monate wieder zu ihrer Mutter gezogen, bevor Brian sie gebeten hatte, bei ihm zu wohnen. Auch wenn die Beziehung zu ihrer Mutter ein wenig unbeholfen blieb, gingen sie mittlerweile schon entspannter miteinander um und schienen auf einem guten Weg zu sein. Der Tod ihres Vaters vor mehr als einem Jahr hatte sie beide neben all der Trauer wieder zueinanderfinden lassen. Bei seiner Beerdigung hatte sie neben ihrer Mom gestanden und ihre Hand gehalten, während Brian wiederum an ihrer anderen Seite war und ihr tröstend eine Hand auf den Rücken gelegt hatte. Obwohl ihr Dad bereits seit Monaten im Koma gelegen hatte, war sein Tod ein Schock für Teddy gewesen und hatte sie in schreckliche Trauer versetzt. Das einzig Gute daran war tatsächlich die Annäherung an ihre Mom gewesen – und die Erkenntnis, dass Brian nicht davor zurückgeschreckt war, sich um sie zu kümmern, selbst wenn sie die ganze Nacht schluchzend neben ihm im Bett gelegen hatte.

Falls sie irgendwelche letzten Zweifel daran gehegt hätte, ob er die Beziehung zu ihr ernst nahm, hätten sie sich in dem Moment in Luft aufgelöst, als er nach der Nachricht vom Tod ihres Vaters mit ihr zu ihrer Mom gefahren war, um über Nacht bei ihr zu bleiben und die Beerdigung ihres Vaters zu planen.

Brian hatte sich großartig verhalten – nicht nur ihr gegenüber, sondern auch ihrer Mom gegenüber, mit der er sich bereits in den Monaten zuvor anfreundete, als er Teddy in der Wohnung ihrer Mutter besuchte. Ihre vornehme Mutter hatte tatsächlich am Herd gestanden und ihm Pfannkuchen gebacken, wenn er vom Training kam und Hunger hatte. Die beiden verstanden sich prächtig und hatten gemeinsam den sonntäglichen Brunch eingeführt. Aus den Blicken, die ihre Mom Brian zuwarf, konnte Teddy ablesen, wie erleichtert sie war, dass ihre Tochter solch einen «netten und lieben» Freund hatte.

«Komm, wir sind spät dran.» Brian schlang einen Arm um

ihre Schulter. Während sie in Richtung Konferenzsaal schlenderten und freudestrahlende Mitarbeiter begrüßten, spielte er mit ihrem kurzen Haar und vergrub seine Nase darin.

«Das habe ich richtig gut hinbekommen. Darf ich dir jetzt immer das Haar schneiden?»

«Mal sehen.» Lächelnd berührte sie seine glattrasierte Wange. «Wenn ich dich rasieren darf.»

«Wo?»

Auf seine lüsterne Frage hin musste sie lachen und versteckte ihr grinsendes Gesicht an seiner Brust.

«Ich kann ja verstehen, dass ihr viel nachzuholen habt.» John stellte sich ihnen in den Weg und betrachtete sie grimmig. «Aber ihr kommt zu spät. Alle warten schon.»

«Dann lass sie warten», antwortete Brian schulterzuckend.

John schnitt eine Grimasse. «Du bist doch nicht immer noch sauer wegen dieser Sache?»

Teddy gurgelte fröhlich. Der Coach hatte seinen Spielern in den letzten Wochen Sexverbot erteilt, um ihre Energie für die Spiele zu bewahren, und glaubte wirklich, dass sich das Team daran gehalten hatte. Sie wollte ihm die Illusion nicht rauben und schwieg mit einem unterdrückten Lachen.

Großzügig schüttelte Brian den Kopf. «Schon vergessen, Coach.»

John grinste erleichtert. «Dann mal rein mit euch.»

Wie sie erwartet hatte, platzte der Raum fast aus allen Nähten. Der Großteil des Teams hatte sich ebenfalls eingefunden und wartete nur noch auf seinen Quarterback und die Chefin.

Zusammen setzten sie sich auf das Podium, nahmen Gratulationen entgegen, beantworteten Fragen zum Spiel und erklärten, wie viel der Super-Bowl-Sieg dem Verein bedeutete.

«Teddy, Sie haben eine neue Frisur – hat das etwas mit dem Sieg zu tun?»

Errötend räusperte sie sich und beugte sich ein wenig vor. «Es war eher eine private Wette.»

Da Brian und Teddy mittlerweile bekannt dafür waren, miteinander Wetten abzuschließen, horchte der Reporter auf. «Um welche Wette handelte es sich denn, wenn ich fragen darf?»

Brian grinste zufrieden und lehnte sich mit vor der Brust verschränkten Armen zurück.

Teddy stieß einen gottergebenen Seufzer aus und sah zur Decke. «Ich hielt es für undenkbar, dass Brian seinen Punkterekord, den er beim Super Bowl vor fünf Jahren aufgestellt hat, brechen kann. Da ich verloren habe, durfte er mir die Haare schneiden.»

Belustigtes Lachen erklang. «Er hat sehr gute Arbeit geleistet.»

Grinsend bedankte sich Brian bei dem Reporter, der nachhakte: «Brian, was hätten Sie machen müssen, wenn Sie verloren hätten?»

Teddy stieß einen kleinen erschrockenen Laut aus, woraufhin der Reporter den falschen Schluss zog. «Oh! Ging es etwa um das Thema Heirat?»

Sofort begannen die Pressevertreter zu tuscheln.

Brian sah seine Freundin fragend an, als ob er wissen wollte, ob er diese brisante Information weitergeben dürfe. Sie hob beide Hände. «Von mir aus!»

Lächelnd sprach Brian ins Mikrophon: «Wenn ich verloren hätte, was ich glücklicherweise *nicht* habe, hätte ich mir einen Teddybären tätowieren lassen müssen.»

Verblüfftes Schweigen trat ein. Die Presse hatte damit gerechnet, dass er Details zu einer bevorstehenden Hochzeit preisgeben würde, doch er sprach von einer Tätowierung!

«Warum ein Teddybär?», fragte der Reporter krächzend.

«Weil ich sie Teddybärchen nenne, wenn ich möchte, dass sie rot wird und sich aufregt.»

Natürlich wurde sie sofort rot und sah ihn strafend an. Die Presseleute und die Spieler kicherten.

«Brian, um auf das Thema Heirat zurückzukommen», fragte ein weiterer Reporter gutmütig, «Sie beide sind in wenigen Monaten seit zwei Jahren liiert und leben zusammen. Wird es nicht Zeit, an eine Heirat zu denken?»

Neugierig fragte Brian sie: «Was sagst du, Teddybärchen?»

Ihr Blick hätte ihn töten können, doch er lachte nur und schüttelte an die Presse gewandt den Kopf. «Da haben Sie Ihre Antwort.»

«Im Ernst ... liegt eine Hochzeit im Bereich des Möglichen?»

Brian kratzte sich gespielt nachdenklich am Kopf. «Im Ernst?»

«Ja!» Aufgeregt nickte der Reporter. «Ja, bitte.»

Lächelnd hob Brian beide Hände. «Bisher nicht.»

Enttäuscht stöhnte die Presse auf und wandte sich anderen Themen zu.

Heimlich verschränkte Brian seine Finger unter dem Tisch mit Teddys. Er hatte sie längst gefragt, ob sie ihn heiraten wolle. Sie hatte ja gesagt. Die Hochzeit würde während des Mexiko-Urlaubs stattfinden – eine unspektakuläre Zeremonie ohne Gäste und ohne Torte, nur im Beisein von Julian, Liv und Brianna, die noch nichts davon wussten.

Das hieß ... Brian hatte es Julian unter dem Siegel der Verschwiegenheit erzählt.

Und Teddy hatte es Liv erzählt – ebenfalls unter dem Siegel der Verschwiegenheit.

Poppy J. Anderson bei rororo

Titans of Love
Verliebt in der Nachspielzeit
Touchdown fürs Glück
Make Love und spiel Football

Ein schwerer Fall von Leben

Ellen Homes liebt es, ihre Mitmenschen zu beobachten - sie selbst aber möchte nicht gesehen werden. Sie versteckt sich hinter zu vielen Kilos und ihr Gesicht hinter langen Haaren. Nachts putzt sie in einem Riesensupermarkt.
Eines Tages trifft Ellen im Bus eine junge Frau: Temerity ist blind, sprüht vor Lebensfreude, hat keinerlei Berührungsängste. Sie ist der erste Mensch seit langem, der Ellen «sieht». Die folgt ihr fasziniert und rettet sie prompt vor zwei Handtaschendieben. Fortan ist nichts mehr, wie es war. Temerity lockt Ellen gnadenlos aus der Reserve. Zusammen fangen die beiden ungleichen Freundinnen an, sich einzumischen – immer da, wo jemand sich nicht wehren kann oder wo Unrecht geschieht. Sehr schnell wirbeln sie jede Menge Staub auf...

rororo 26867

Das für dieses Buch verwendete FSC®-zertifizierte Papier *Creamy* liefert Stora Enso, Finnland.